어린 북파공작원의 비밀

자물쇠 속의 아이들

자물쇠 속의 아이들 - 어린 북파공작원의 비밀

© 김영권, 2022

1판 1쇄 인쇄_2022년 01월 01일
1판 1쇄 발행_2022년 01월 10일

지은이_김영권
펴낸이_홍정표
펴낸곳_작가와비평
　　　 등록_제2018-000059호

공급처_(주)글로벌콘텐츠출판그룹
　　　 대표_홍정표 이사_김미미
　　　 편집_최한나 하선연 권군오 문방희 기획·마케팅_김수경 이종훈 홍민지
　　　 주소_서울특별시 강동구 풍성로 87-6
　　　 전화_02) 488-3280 팩스_02) 488-3281
　　　 홈페이지_http://www.gcbook.co.kr
　　　 이메일_edit@gcbook.co.kr

값 14,500원
ISBN 979-11-5592-289-7 03810

김영권 장편소설

작가와비평

어린 북파공작원의 비밀

자물쇠 속의 아이들

자물쇠 속의 아이들

응고된 시간을 씹어 먹고 싶다. 휴전선 철조망에 엉겨 붙어
　　살아가는 녹지 않는 이 기이한 얼음 괴물을…….
남과 북의 사람들은 그 쌍두^{雙頭} 기생충에 늘 희롱당하고 있다.

-어느 소년병의 수첩에서

백사마을의 미담

●■▲

　어느 한여름날, 노인이 119 구조센터로 전화를 걸어 왔다고
한다. 가래가 그릉그릉 끓어오르는 숨 가쁜 목청으로 간절히
부탁했다는 것이었다.

　"햇빛이 보고 싶어서…… 부디 좀……."

　구조대가 출동한 곳은 백사마을이었다. 희귀한 백사가 많
아서가 아니라 중계동 '104'번지라서 그렇게 불리는 도시 속
의 시골 같은 마을이었다. 좀 더 사실대로 말하자면 서울 변두
리의 빈민촌이랄까, 마지막으로 명맥을 이어 살아가고 있는
달동네였다.

　노인은 컴컴한 지하굴 같은 방에 누워 있었다. 기력이 쇠약
하고 반신불수 상태라 119 대원들은 망설였다. 하지만 노인의
소망이 너무 간절했기에 휠체어에 태워 밖으로 나갔다.

　마침 청명한 날씨라 하늘에선 햇볕이 쨍쨍 내리쬐고 간간이

시원스러운 산바람이 불어왔다. 119대원은 휠체어를 밀어 동네 마당 쪽으로 내려가 보려 했지만 비탈길이 너무 가파르고 울퉁불퉁해서 포기하곤 도리어 위쪽으로 끌고 올라갔다. 땀을 뻘뻘 흘리면서도 그 대원은 짜증을 부리지 않았다. 하기야 짜증스런 일로 여겼다면 처음부터 애써 나설 필요도 없는 일이었다. 이 다사다난한 세상에 햇빛을 보고 싶어 하는 늙은이의 소망이 뭐 그리 대수롭겠는가.

노인이 세 들어 사는 낡은 집은 백사마을에서도 고지대 쪽에 위치해 있었기 때문에 곧 좁직한 골목을 벗어나 산기슭의 공터에 어렵사리 닿았다. 시원스런 바람이 불어왔다.

"바쁜데 이런 일까지 시켜서…… 정말이지 미안허구먼요. 내가 주책이지……."

노인은 119대원을 향해 황송한 표정으로 말했다. 그러고는 눈을 슬쩍 들어 하늘의 태양을 살피려다가 너무 부신 듯 나뭇잎 사이로 반짝이는 빛을 지그시 바라보았다. 얼마 후엔 눈을 감고 햇빛을 온몸으로 느끼는 양 긴 한숨을 쉬었다. 눈시울에 투명한 눈물 한 방울이 맺혀 떨어질 듯 말 듯 떨리며 햇빛을 그 속에 담곤 반짝였다.

"괴로웠던 옛날 일들이…… 어두컴컴한 방안에서는 마치 악어처럼 물속으로 끌고 들어가 목을 조르더니만…… 지금은 하얀 나비가 되어 훨훨 날아가는 것만 같아. 아늑한 고향으로…….”

노인은 중얼거렸다. 좀 어눌하긴 했지만 감회 깊은 목소리였다. 소년 같은 순수함이 깃든 빛이 굵은 주름살 진 얼굴에 어렸다.

“고향이 어디세요?”

119 대원이 물었다.

“태어난 고향이…… 저 남쪽 어딘가 천왕산 기슭 아래 있긴 있었는데…… 그만 잃어버렸구먼. 그 고향은 마음속의 고향일 뿐이지.”

노인은 애써 담담히 대답했지만, 스스로 생각해도 얄궂다는 표정을 지었다.

“네? 그럼 어딘지 전혀 깜깜하단 말씀이세요?”

“일고여덟 살 무렵부터 혼자 거친 세파를 헤쳐 온 셈이지.”

“힘드셨겠네요. 제가 한번 알아보고 연락드릴게요. 천왕산이라고 하셨죠?”

“응.”

“전국에 천왕산이 아마 여러 개일 텐데……. 혹시 요즘 티브이에서 많이 나오는 오징어 게임에 대해 들어 보셨어요?”

“응, 들어보긴 했지. 그런데 왜?”

“게임 이름이 각 지역에 따라 다르다고 하더라고요. 그래서 혹시 고향을 탐문하는 데 도움이 될까 싶어서…….”

"글쎄, 그땐 아직 어려서 그런 놀이를 해본 기억이 없구먼. 가물가물해. 다만 해골산 특수부대에 들어갔을 때, 휴식 시간에 대원들끼리 편을 지어 해본 기억은 나누만. 거기선 놀이도 훈련의 한 방편이라 아주 거칠고 무시무시했지. 오징어포 놀이라고 했던가, 그걸 하다가 박이 터지거나 뼈가 부러지는 경우도 있었어."

"그랬군요. 제가 꼭 찾아볼게요."

"흐흐, 정말루 고맙구먼. 그런디…… 원래 국가공무원이 이렇게 다 친절한 거여, 아니면 개인적으루 심성이 착한 거여? 너무 고맙고 그러면서도 왠지 궁금해서 한번 물어보는 거구먼."

"제가 착해서라기보다는 우리 대원들 모두가 한마음으로 국민들의 안녕을 위해 최선을 다하고 있습니다!"

"음, 그래야지. 이미 세월이 많이 흘렀는데…… 차가운 바닷물 속에 갇힌 그 세월호의 아이들…… 찾지 못한 아이들도 어서 꺼내 줘서 세상의 빛을 보게 하면 좋으련만……."

노인은 안타까운 눈으로 한숨을 내쉬었다.

"네, 어서 그래야겠죠."

젊은이는 노인의 하얀 머리카락을 바라보며 짧게 대답했다. 그 눈가에 잠시 고뇌의 그늘이 스쳐 갔다.

"나도 고아가 되어 세상을 헤매다가…… 억울하게 누명을 쓰고 선감도 청소년 수용소에 끌려가서 생지옥을 체험하기도 하고…… 바다를 헤엄쳐 탈출하던 도중에 죽을 뻔하기도 했지만…… 바다는 정말 두려워…… 수중고혼이라도 빨리 꺼내줬으면…….”

햇살이 따사로운데도 노인은 설핏 몸을 떨었다. 여윈 팔 위에 소름이 돋아났다.

“아까 보니 다리를 많이 저시던데 다치셨던가요?”

“흐음…… 사연이 많지. 열대여섯 살 때 특수 공작원이 돼 저 윗동네(북한)에 침투했다가 구사일생으로 살아 나왔거든.”

“고생이 많으셨군요.”

“난 새발의 피라우…… 반병신이 되거나 죽은 동료들이 훨씬 더 많았어요.”

“아, 그렇군요.”

“다른 나라도 그런지 어쩐지 잘 모르겠지만…… 우리가 살아가는 이 나라는…… 옛날부터 특히 어린 청소년들이 사람 취급을 제대로 받지 못한 것만 같아. 수많은 소년 소녀들이 방황하다가 자살하고…… 어른들 때문에 타락하고…… 하루아침에 수백 명의 생명이 실종되는데도…… 우리가 믿은 국가는 대체 뭘 하는지…….”

노인은 손가락으로 자신의 머리카락을 쓸어 넘기더니 흰 머리칼 한 올이 손등에 달라붙자 입을 오므려 후 불어 날리고 나서 소리쳤다.

"그래도 청춘이 좋아⋯⋯."

산새 한 마리가 나뭇가지 위에 앉아 내려다보며 긍정인지 부정인지 모를 소리로 지저귀더니 어디론가 푸르르 날아갔다.*

---

* 이 이야기는 어느 일간지의 미담란에 소개된 기사를 바탕으로 119 대원을 수소문해 당시의 상황을 전해 듣고 또한 주인공 노인을 직접 찾아가 인터뷰한 후 사실에 따라 재구성한 것이다 – 지은이

차례

자물쇠 속의 아이들

1부

인신ㅅ神의 가면

청춘의 가격

●■▲

낙엽 한 잎이 떨어져 내리는 찰나에도 시간을 느낄 수 있다.

허공에서 지상까지의 짧은 낙하 순간 갈색 잎의 시체는 파르르 떤다.

시간이 없다고 주장하던 그 사람도 지금은 아마 낙엽처럼 지하로 스며들고 있을 터이다.

청춘이라 해도 결코 시간이 넉넉한 것은 아니다. 오히려 더 촉박할 수도 있다.

늙은이는 사탕의 단물을 빨아 먹듯 느긋하겠지만, 청춘의 시간은 단두대로 올라가는 계단처럼 가파르다.

부평초처럼 제주도 각지를 유랑하던 용운은 늦가을 무렵 서울로 잠입했다.

떳떳한 국민이 못 되는 부랑아 신세이기에 항상 쥐새끼같이 몸을 낮추고 웅크려야 했다. 까딱 잘못해 경찰에 포획되기라도 하면 과거가 드러나 지옥 같았던 선감도로 되돌아가야 하는 '죄인' 신세이기에……

전국을 절망과 희망 속에서 떠돌았다.

제주도엔 왜 갔던가? 도망이라고 해도 좋았다. 서울에서는 일거리도 찾을 수가 없었지만 불안해서 견뎌 내기가 힘겨웠다. 차라리 바다 건너 아무도 모르는 곳에서 방랑하는 고독한 수도승처럼 살고 싶기도 했다.

물론 그뿐만은 아니었다. 섬이긴 해도 선감도와 달리 훨씬 넓고, 때 묻지 않은 특이한 선남선녀들이 살고 있을 듯싶은 그 이국적인 남국의 땅에서 진정한 삶을 설계해 보고 싶었다. 몸뿐만 아니라 마음속 깊이 파고든 상처와 멍도 씻어 버리고 싶었다.

하지만 어린 도망자는 그곳에서도 안주하기가 힘겨웠다. 그 당시의 제주도엔 외지인이 별로 많지 않았기에 용운은 늘 강렬한 빛이 반사되는 거울 속에 있는 듯한 급박한 심정이었다. 뭉그러지든 짓밟혀 없어지든 차라리 군중 속에서 부대껴 보는 게 나을 성싶었다.

명동 입구에서 잠시 멈칫거리던 용운은 번화한 거리로 들어섰다. 아직 한낮이라 네온사인은 명멸하지 않았지만 오가는 사람은 많았다. 화려한 스카프와 멋져 뵈는 코트를 걸친 행인들을 용운은 멍하니 쳐다보았다. 마음속으로는 '좀 부럽군. 하지만 겉치장일 뿐이겠지. 정신과 마음이 더 중요해.' 하고 중얼거렸으나 서글픈 표정을 감추려는 듯 고개를 숙인 채 총총히 그 번화가를 벗어났다. 그리고 을지로를 거쳐 동대문 쪽으로 무작정 걸어 올라갔다.

어린 거지 시절에 떠돌던 청계천이 저쪽 멀리 어렴풋이 보였다. 얼마 후 밤이 오면 명동에도, 서글픈 추억이 어린 청계천에도, 환상적인 꽃이 피어나 아마 진실과 허위를 헷갈리게 하리라. 사람은 누구든 자신의 욕망이나 성질에 따라 이 골목 저 골목을 찾아 헤매며 자기만의 성채나 사상누각을 쌓아 올리면서 즐거워하니까…….

제주도에서 함께 떠돌았던 약간 이상스러웠던 형과 문둥이 누나는 지금도 어느 하늘 아래에서 티격태격하고 있으려나. 그 형의 얼이 나간 듯한 행동과 깊은 밤중에 꿈속에서 덜덜 떨며 중얼거리던 야릇한 말들…… 그 당시엔 몰랐으나, 혹시 부둣가에서 술 취한 어떤 노인네가 횡설수설 내뱉던 '스무 해 전 봄의 끔찍스러웠던 일'과 어떤 관련이 있는 게 아닐까 싶기도 했다. 섬 가족 중에 국군에게 빨갱이로 몰려 맞아 죽은 사람이 없는 집은 단 한 곳도 없다며 울음을 흘리던 늙은이……. 그러니 그 이상한 형의 가족도 처절한 비극을 겪었을지 몰랐다.

'아, 좀 더 일찍 알았더라면 얘기라도 나눠 보고 위로의 말이라도 건넬 수 있었을 텐데…… 좀 더 그 마음을 이해할 수도 있었으련만…….'

용운은 안타까움을 이기지 못하고 한숨지었다.

스산한 바람결에 가로수에서 떨어진 낙엽과 먼지가 이리저리 날아다녔다. 건물이나 시속과 인정 따위가 그동안 많이 변하기도 했겠지만, 특별히 갈 곳이 정해지지 않은 용운은 마치 이방인처럼 쭈뼛거렸다. 그런 가운데 숭례문만이 변함없이 우뚝 서서 고금의 영욕을 바람결에 속살거렸다.

한참 멍하니 선 채 고색창연한 그 누각을 쳐다보고 있던 용운은 터덜터덜 발길을 옮겼다.

꾀죄죄한 두루마기 차림에 낡아빠진 갓을 쓴 노인이 길 한쪽에 앉아 혼잣소리로 중얼중얼하고 있었다. 바닥에 깔린 돗자리 위엔 너덜너덜한 책 몇 권과 '사주, 관상, 택일, 작명, 토정비결'이라고 붓글씨로 쓴 판대기가 놓여 있었다.

용운은 슬슬 그 앞으로 걸어가 쪼그려 앉았다. 노인은 곁눈질로 흘끔 바라보고는 한마디 퉁겼다.

"흐흠, 고독살에다 역마살까지 끼였구먼."

"무슨 말씀이세요?"

"흥, 공짜로 금언을 들으려고 하면 안 되지."

노인은 짐짓 근엄한 표정을 지으며 상체를 천천히 좌우로 흔들었다.

"전 아무것도 가진 게 없는걸요."

"사지가 멀쩡한 새파란 놈이 가진 게 없다니, 천지신명을 기망하는도다!"

"정말인데요."

"그 머루 같은 눈알과 입주둥이 속의 하얀 이빨과 팔팔한 손은 뭔고?"

"예?"

"흠, 멍텅구리 녀석! 청춘 시절엔 살아 있다는 것 자체가 곧 천금 만금보다 귀중하니라. 허접스런 부귀영화는 거절하는 게 오히려 미래엔 도움이 되느니라."

"그건 할아버지들이나 하는 말씀이죠. 저는 지금 암담할 뿐인걸요."

노인은 소년의 관상이라도 보려는 양 슬쩍 흘겨보았다. 형클어진 장발 아래의 핼쑥한 얼굴엔 궁기가 잔뜩 끼여 있었지만, 눈동자만은 맑은 정기를 담고 있었으며 입가엔 어설프나마 나름의 의지가 떠돌았다.

"고독살이 꼭 나쁜 것만은 아니란다. 물론 황량한 사막을 걸어 나가는 듯한 고충은 있겠지만, 그럴수록 정신을 한데 모으지 않으면 미치거나 죽을 수밖에 없겠지. 흠, 가련한 인생에게 보시나 해야겠고나. 그래, 사주가 어찌 되는고?"

노인이 말했다.

"예?"

"태어난 해와 달, 날과 시가 언제냔 말이여."

"몰라요."

"몇 살인지는 알 것 아녀? 거참 보시하기도 힘들구먼."

"열여섯인지 일곱인지……."

"허어, 그럼 손바닥이나 내놔 봐."

"할아버지, 말씀이나마 고맙습니다. 하지만…… 제가 아직 어리지만 하도 고생을 하다 보니 손금이 닳아서 희미해져 버린 것 같아요. 도대체 운명이란 미리 정해져 있는 것인가요, 자기가 만들어 가는 건가요?"

"어린 녀석이 한 깊은 상이로군. 어떤 대답을 바라누?"

"이래도 저래도 힘들어서……."

"음, 나도 내 운명은 모른다. 조언이나 한마디 할 수 있을까. 고독이나 역마살이 꼭 나쁜 것만은 아니여. 힘이야 들것지. 그래도 남의 도움 받지 않고 살겠다는 각오가 중요혀. 음, 어쨌든 니가 가는 길이 너의 운명이 되겠지. 흐흐흐……."

용운은 사주팔자라는 글자를 가만히 바라보고 있더니 갑자기 벌떡 일어나 동대문을 뒤로 두고 내달렸다. 허기와 갈증으로 인해 헉헉대면서도 이빨을 악물고 뛰었다.

저 멀찍이서 경찰관이 어떤 술주정뱅이를 체포하는 광경을 보고서야 급히 발을 멈추었다. 심호흡을 한 후 천천히 걸었다. 수갑에 채인 술주정뱅이는 마치 코뚜레에 꿰인 소처럼 엉엉 울었다.

용운은 줄타기라도 하듯 주춤주춤 걸었다. 그 자리를 겨우 벗어나고서야 또 심호흡을 했다.

"그래, 어차피 이 세상은 어떻게 돌아가는지 알 수가 없다. 죽든 살든 차라리 내가 나를 죽이고 살리자! 까짓것, 별 거 있나 뭐."

그는 혼잣소리로 중얼거렸다.

"우선 이름부터 바꾸고 보자. 내가 태어나기도 전에 조부님께서 미리 지어 놓은 이름이라지만, 그래서 이왕이면 좋게 생각하려고 하기도 했었지만, 어딘지 모르게 별로 좋잖은 느낌이야. 용이 신령스러운 상상의 존재라지만 어디까지나 동물이잖아. 개미나 나비를 이름 자에 쓰는 것처럼 좀 멋쩍어. 그리고 왠지 내겐 너무 강렬한 불꽃이 쏟아져 오는 듯해서 못 견디겠어."

그는 미친 아이처럼 고개를 끄덕거렸다.

"그럼 뭘로 지을까? 음, 언젠가 꿈속에서 한번 해본 듯한 노릇이야. 용도 먹구름도 없는 하늘에 떠가는 구름처럼 살자고 생각했지. 이제부터 내 이름은 청운이야. 하하……."

그는 문득 눈길을 돌려 멀리 희미해진 동대문을 쳐다보았다.

"아마 이 부근에서 피에로 형이 어린애의 아이스크림을 훔쳐 먹다가 잡혀 선감도로 끌려갔겠군. 아, 그 형은 죽었을까, 살았을까? 보고 싶어. 그리고 박꽃 누나는 선감도에서 지금 어찌 살고 있을까?"

그는 한숨을 내쉬었다.

야릇한 동굴

●■▲

청운은 신설동을 거쳐 용두동 쪽으로 올라갔다.

배에서 꼬르륵 소리가 났다. 잊고 있었던 허기가 뱃속에서 깨어났다. 어디든 주저앉아 시원한 물을 마시고 싶었다. 그러고는 쌀밥 위에 배추김치를 찢어 얹어 한입 가득 씹어 삼키고 팠다. 하지만 막상 앉으려니 그 넓은 땅에 자유로운 자기 땅 한 조각 없었거니와 물도 보이지 않았다.

'돈이 한 푼 있다면 저 상점 냉장고 속의 사이다를 굳이 마시지 않더라도 얼마나 좋을까!'

하지만 빈털터리 신세이다 보니 갈증이 더 격심해졌다.

청운은 잠시라도 앉아 쉴 요량으로 한길을 벗어나 풀이나 숲이 있어 보이는 한갓진 쪽으로 천천히 걸음을 옮겼다. 좁은 골목을 빠져나가자 문득 어떤 건물이 눈길을 잡아끌었다. 그 2층짜리 청회색 건물은 낡긴 했으나 키 큰 정원수에 둘러싸여

운치가 있었다.

하지만 청운이 놀란 건 대문 옆에 내걸린 현판 때문이었다. 거긴 '새하늘교 동대문 회당'이라고 각인돼 있었다. 그는 검은 글자들을 가만히 바라보았다.

"가만 있자. 새하늘, 새하늘교라…… 아니, 저건 예전에 엄마가 믿던 바로 그 사이비 종교가 아닌가? 맞아, 저 푸른 원 속의 불꽃 무늬는 그때 그 괴상스런 노신사가 들고 온 팸플릿에 찍혀 있던 것과 똑같군."

청운은 눈살을 찌푸렸다.

"독버섯 같은 게 아직도 없어지지 않고 오히려 여기저기 지부를 두고 있는 모양이군. 얼마나 많은 사람들이 엄마처럼 속고 있을까. 나쁜 놈들!"

그는 치솟으려는 흥분을 자제하면서 생각을 굴렸다.

"음, 저기 가서 물어보면 혹시 엄마에 대해 조금이라도 알 수 있지 않을까 몰라. 일단 한번 물어보기나 하자……. 아냐, 설령 안다고 하더라도 저 사이비 인간들이 제대로 알려 줄 리가 없어. 어떻게 할까?"

그는 심사숙고하는 표정이더니 곧 회심의 미소를 지었다.

"음, 호랑이를 잡으려면 굴에 들어가라고 했지. 이번 기회에 저 속에 잠입해 실상을 알아보자. 어릴 때 기억으로 저들을 함부로 단죄해서는 안 되지. 제대로 알면 혹시 좋은 면이 있을 수도 있잖겠어? 그러면 엄마의 마음을 이해하게도 되고, 그러는 동안 저들의 도움을 얻어 엄마와 고향을 찾을 수도 있을지 몰라."

청운은 일어나서 검은 대문 안으로 들어섰다. 낙엽이 여기저기 깔린 앞마당의 정원을 지나 올라가자 아까부터 웅얼웅얼하던 소리가 점점 크게 들려왔다.

"홈바리 홈바라 쿰……."

청운이 본관으로 다가가자 건물 옆쪽에 붙은 경비실 같은 데서 한 사내가 대뜸 소리쳤다.

"무슨 일로 왔나?"

청운은 쭈뼛쭈뼛 그쪽으로 걸어갔다. 사각형의 얼굴에 머리카락이 허옇고 눈이 붉게 충혈된 그 사내는 수상쩍다는 듯이 청운을 가만히 노려보았다.

"저, 선생님…… 제가 여기서 잡부 일을 하면서…… 새하늘교의 진리를 배우고 공부할 수는 없을까요? 선생님, 제발 부탁드립니다. 침식 제공만 해주시면 어떤 힘든 일이라도 하겠습니다."

청운은 구슬픈 표정으로 말했다.

"왜 그러지? 무슨 사연이라도 있는가?"

사내의 굳은 인상이 좀 풀렸다.

"제 엄마의 소원이에요. 어떤 고난과 시련이 있더라도, 생명을 바쳐 진리를 깨치면 새로운 참 생명을 받는다고 하셨어요."

"엄마는 어디 계신데?"

"독실한 신자이셨는데…… 제가 어릴 때 길을 잃어…… 까마득할 뿐입니다."

"흐음, 잠시 기다려 봐."

사내는 붉은 눈으로 번개처럼 청운을 훑어본 뒤 경비실에서 나와 본관 안으로 들어갔다.

청운은 그제야 높다란 청회색 건물의 종탑을 쳐다보며 한숨을 푹 내쉬었다.

어느 결에 서녘 하늘엔 노을이 지고 있었다. 핏빛으로 물들던 구름은 차츰 아가씨의 볼처럼 분홍색으로 바뀌더니 금세 청회색을 거쳐 먹빛으로 잠기어 갔다. 그 풍경을 배경으로 뾰족한 종탑에서 댕댕 청아한 소리가 울려 퍼져 나갔다.

"아, 이제 곧 어둠이 내 눈을 가리고 혹은 뱃속에 스며들어 칼질을 할 수도 있겠지. 어찌 될지 어찌 알리. 점쟁이 영감의 말마따나 이런 상황이 운명인지 나의 허접한 의지인지 난 모르겠다."

그때 본관 입구에서 좀 전의 사내가 손을 흔들었다. 가라고 하는지 오라고 하는지 불분명한 손짓이었지만 청운은 일단 그쪽으로 걸어갔다.

"두 손을 맞잡아 배꼽 아래에 대고 고개를 숙여. 건달기를 버리고 공손해야 돼."

"예?"

청운은 놀라서 대꾸했다.

'건달이라니! 뭐, 귀공자는 아니지만 건달같이 굴진 않았는데……. 다른 사람의 눈으로 보면 혹시 건달 느낌이라도 드는 걸까? 선감도에서 고통을 겪는 동안 나도 모르는 새 불량한 기운이 스며들어 버린 건지도 몰라.'

사내는 청운의 속을 꿰뚫듯이 쏘아보며 엄명했다.

"잔소린 접어 둬!"

청운은 그의 뒤를 따라 묵묵히 안으로 들어갔다.

어둑한 복도 양쪽으로 많은 방문이 보였고 그 안쪽에서 웅얼웅얼 기도하는 소리가 크게 울려 나왔다. 악을 쓰는 것 같은 소리도 간간이 들렸다. 청운은 안내자를 따라 구석에 붙은 한 방으로 들어갔다.

벽의 빛깔이 분홍색이어서 청운은 우선 좀 놀랐다. 아늑하기보다 혼란스러운 느낌을 주었다.

입구에서 가까운 쪽 벽에 붙여 큰 책상이 놓였고 검은 장부와 서류 같은 것들이 가득 쌓여 있었다. 안색이 창백하고 빼빼 마른 여자가 앉아 장부를 뒤적거렸다. 안쪽에 놓인 푹신한 소파엔 남자 몇이 앉아 탁자 위에 말없이 화투짝을 두드리고 있었다. 벽 위쪽에 걸린 금박 액자 속의 근엄한 대통령과 태극기 그리고 그 옆의 교주인 듯한 장엄한 얼굴이 내려다보았다.

"실장님, 데려왔습니다."

경비실 수위가 말하자 금테 안경을 쓴 남자가 얼굴을 돌리더니 날카로우면서도 어딘지 빙글거리는 눈빛으로 청운을 슥 훑어보았다.

"음…… 시키는 대로 잘할 수 있겠어?"

그가 입을 열자 금니가 번쩍거렸다.

"예."

청운은 공손스레 고개를 숙이며 대답했다.

"우화 신생을 도모하려면 목숨을 제단에 다 바치는 탈바꿈이 필요하지. 음, 알겠는가?"

"예."

청운은 말을 억지로 입 밖으로 밀어내었다. 그러다가 사례 들려 켁켁 밭은기침을 했다.

"일단 며칠 있어 봐. 흠, 그런 뒤에 다시 볼만하면 또 보자구."

금테 안경은 눈을 화투짝으로 돌려 버렸다. 의외로 쉽게 잠입에 성공했기 때문인지 청운은 수위를 따라 나가면서 남몰래 긴 숨을 내쉬었다.

첫 경험

●■▲

다음날 새벽, 청운은 어스름 속에서 잠이 깨었다. 운율적인 기도 소리가 아스라이 들려왔다.

청운은 상체를 일으키곤 주위를 둘러보았다. 장방형의 큰 방에 네댓 사람이 낡은 담요를 덮은 채 쿨쿨 자고 있었다. 그중엔 수위 사내도 끼여 코를 드렁드렁 골고 있었다.

"음, 새로운 시작이야."

청운은 입속으로 중얼거리곤 잠을 털고 일어나 밖으로 나갔다. 새벽 공기가 생경하면서도 상쾌한 느낌으로 다가왔다. 선감원의 억압적인 공기와는 다른 신선한 기운을 그는 긴 호흡으로 들이마셨다.

어제 선임자가 시킨 대로 청운은 빗자루를 찾아 마당을 말끔히 쓴 뒤 뒤꼍으로 가서 장작을 패기 시작했다. 버팀목 위에 통나무를 골라 올려놓곤 심호흡과 함께 도끼를 치켜들었다.

"악의 대가리는 이걸 받아라!"

독백하면서 힘껏 내리쳤다. 굵은 통나무가 단숨에 쩍쩍 갈라져 속살을 드러내는 것을 보며 청운은 미소를 지었다.

"남을 속여 피눈물 흘리게 하는 대가리도 이걸 받아랏!"

그는 이마에 땀방울이 돌도록 계속 도끼질을 했다.

어느덧 동쪽 하늘이 희부옇게 트여 왔다. 야산이 가까워서인지 일찍 잠깬 새들이 귀여운 외국어라도 하듯 지저귀었다. 청운은 마치 그 소리를 번역해 들으려는 듯 귀를 기울였다.

"흐흐, 이 세상천지에 인간이란 족속이 없다면 어떨까 하고 얘기하는 것 같군."

청운은 휘파람을 한번 불고 나서 장작개비를 모아 한쪽에 쌓기 시작했다.

어디서 키우는 놈인지 뒷산에서 내려온 놈인지 모를 검정고양이 한 마리가 휙 지나갔지만 청운은 별 관심을 두지 않았다. 마무리를 대충하고 동녘의 아침놀을 쳐다보고 있을 때 맑은 종소리가 울려왔다. 청운은 급히 우물가로 내려가 세수를 하곤 기도실 쪽으로 향했다.

한복과 양복을 결합한 듯한 울긋불긋한 옷을 입은 남녀 신도들이 긴 기도를 마치고 줄지어 식당 쪽으로 내려가는 것을 보며 청운은 기도실로 들어섰다. 정면 벽에는 교주와 대통령의 사진 사이에 태극기가 걸렸을 뿐 다른 특별한 장식은 없었다.

미리 들어와 있던 수위 옆에 꿇어앉아 합장하고 있자 몇 사람이 뒤이어 들어왔다. 슬쩍 보니 분홍색 사무실에서 화투 치던 남자도 있었고 낯모를 인물들도 있었다.

"아로아 천왕님께 귀의하옵니다. 홈바리 홈바라 쿰…… 알라미 살라미 홈……."

어조를 맞춰 기도한 후 절을 세 번 하고 묵묵히 밖으로 나갔다. 좀 형식적이라는 생각을 하며 청운도 따라 나서려는데, 분홍방에서 화투 치던 금니박이 사내가 불렀다.

"살다 보면 점차로 익숙해질 거야. 눈에 보이는 것만 믿고 속단했다간 진리를 알 수가 없지. 자, 이 성전을 열심히 공부하면 환골탈태 우화등선 할 수가 있어. 자네 모친이 믿음 깊은 우리 교인이라 해서 특별 대우해 주는 거야."

사내는 금니를 내비치고 웃으면서 책 한 권을 건네었다.

"구렁이가 용 되고 굼벵이가 나비 되듯 사람이 신인으로 우화등선하는 희귀한 공부이니 다이아몬드를 찾는 정신으로 열심히 해보게."

"신인이 뭔가요?"

청운이 조심스레 물었다. 사내는 즉시 대꾸했다.

"신과 같은 사람이지."

청운은 공손히 고개를 수그렸다. 하지만 그의 입가엔 비웃음이 보일락 말락 감돌았다.

표지가 붉은 그 '성전' 속엔 금빛 찬란한 왕관을 쓴 교주의 사진이 화려한 미소를 짓고 있었고, 뜻이 애매모호한 글귀가 가득 차 있었다. 청운은 뜻은 접어두고 천천히 읽어 나갔다. 의미보다는 암기가 우선이다!

선감학원에서 경험했듯 뜻을 찾기보다 무조건 외웠다. 국민교육헌장이니 원훈이니 뭐니 위에서 시키는 대로 외지 못해 얼마나 심한 폭행을 당했던가! 왠지 마음에 거부감이 들면서 싫은 내용은 아무래도 잘 외어지지 않았다. 뜻을 알고 마음에 새기면 자연스레 외워질 텐데……. 하지만 그때나 지금이나 그럴 만한 형편이 아니었다.

"천지가 명일 개벽하여 신천지가 열리리니, 그 시초는 사람의 몸과 마음에서 비롯되도다. 낡은 심신과 낡은 욕망 그리고 낡은 돈을 모조리 불태워 버려야만 비로소 하얀 봉황이 알 속에서 깨어나리로다……."

청운은 억지로 읽어 내려가다가 한숨을 쉬곤 했다.

며칠 후 금니박이 사내가 불렀다.

"지식은 실천하여 열매를 맺지 못하면 헛것이다. 이제부턴 오전과 저녁엔 일을 하되 대낮엔 포교를 하러 나가거라."

청운은 어느 아주머니를 따라 동대문으로 나갔다. 이른바 '낚시'를 하기 위해서였다.

"된다고 생각하면 되고 안 된다고 생각한다고 해서 꼭 안 되는 건 아니겠지만 이왕이면 잘된다고 생각하면 좋지. 하지만 절대로 부끄럽다고 생각해선 안 돼. 잠깐의 부끄러움을 참고 나가 목표를 이루면 성취감과 함께 황홀해지니까. 홈바리 쿰! 우리가 꿈꾸는 새로운 인간에겐 부끄러움보다는 당당함이 필요해."

정감 아주머니가 말했다.

"예."

청운은 고분고분 대답했다.

새하늘교는 최상층의 교주와 지도부 아래 총감, 정감, 정무 등등의 직책으로 엄밀하게 짜여 있었다. 정무 다섯 명이 한 조가 되어 정감에 소속되고 같은 구조로 다섯 명의 정감은 총감에 소속된 완전한 다단계식이었다. 각 조의 조원들은 조장을 마치 부모님처럼 모시면서 교의를 배우고 수발하며 매달 일정액의 헌금을 상납했다. 전국 각지에 모세혈관처럼 뻗은 지부를 통해 모금된 성금은 결국 '한님'인 교주의 수중으로 들어가게 되었다. 그리고 포교에 성공하게 되면 본인도 점수를 받지만 덩달아 조장까지 점수를 쌓게 돼 이른바 '효도'를 하게 되는 셈이었다.

"몇 살이니?"

"열일곱요."

청운은 이번엔 모호한 한두 살의 차이를 따지지 않고 스스럼없이 대답했다.

"청춘의 시작이군."

부러움이 깃든 여자의 목소리에 청운은 싱긋 미소를 지었다.

"얘, 지금부터 잘 봐둬! 징그럽게 웃지만 말구."

여자는 민첩한 발걸음으로 어떤 중년 남자에게 다가서더니 생긋 웃었다.

"오, 정말 고상한 대인군자의 복덕을 지닌 인상이시군요! 잠시 시간을 내주시면 생활 속에서 그것을 성취하는 방법을 알게 되어요. 선생님뿐만 아니라 자손들이 더 큰 복을 누릴 수 있답니다."

남자는 여자가 건네주는 유인물을 휙 떨쳐 버리곤 걸어갔다.

여자는 호흡을 가다듬으며 길거리의 다른 목표물을 노렸다.

"하루에 한 마리만 낚아도 괜찮은 거야."

그러고는 곧 깔끔한 한복 차림의 어느 할머니에게로 다가갔다.

"아유, 참 곱기도 하셔라! 아드님이 해주셨나, 며느님이 마련해 주셨을까나? 그런데 귀여운 손주 중에 하나가 검은 빛 속에 있어서 우리 자애로운 할머님 안색에도 수심의 그늘이 졌군요. 어쩔거나! 어르신, 잠시 틈을 내어 새하늘의 진리 말씀을 들어 보시면, 바로 그 귀하신 손주가 밝은 빛을 얻고 나아가 국가의 귀인을 만나 앞으로 크게 영달할 수가 있답니다.”

“집에 가서 살림이나 잘할 일이지 저게 무슨 짓이람.”

할머니는 주름살 많은 얼굴을 찡그리곤 혀를 쯧쯧 차며 지나갔다.

“아, 갑자기 속이 아파…… . 우리 저기서 좀 쉬었다 갈까?”

낡아빠진 여인숙 간판 앞에서 여자가 한숨과 함께 말했다.

여자는 청운의 대답을 듣지도 않고 어둑스레한 골목 안으로 들어갔다. 청운은 무심코 따라갔다.

만약 누군가 감언이설의 낚시에 일단 걸리게 되면 저절로 회당까지 따라가고 만다. 한 마리의 ‘인간 고기’는 화려한 무지갯빛 방에서 네댓 명의 포교 전문가들에게 둘러싸여 세뇌 교육을 받는다. 인간이란 그저 동물에서 신으로 건너가는 일종의 다리에 불과하다. 동물적인 면과 신적인 면이 섞여 있기 때문에 인간은 온갖 괴로움과 풀기 어려운 문제들에 얽매여 생고생하는 것이다. 그러므로 인간의 저급성뿐만 아니라 어찌보면 반쯤은 부자유한 기성 종교의 신까지도 극복할 때, 인간은 구체적인 완전자가 되어 진정한 신께 감사의 미소를 던질수 있고 나아가 신을 부려서 이 땅과 나의 삶을 천국으로 돌변시킬 수 있다는 얘기였다.

이른바 ‘무지개 다리’를 각자 속에 실현하기 위해서는 오랜기도와 기꺼이 바치는 성금聖金이 필요할 터였다. 가정은 풍비

박산이 난다. 하지만 일단 세뇌(축복)를 받은 사람들은 바로 내일이나 모레 또는 몇 달 후면 자신이 그 천국의 화원에 들어가게 되리라 믿고 모든 것을 바치는 것이었다.

며칠 동안 청운이 듣고 본 모습이었다.

간판은 도로변에 있었으나 여인숙은 좀처럼 나타나지 않았다. 무슨 접선 암호처럼 그려 놓은 붉은 화살표를 따라 골목길을 이리저리 몇 구비 돌고서야 겨우 허름한 건물 안으로 들어섰다.

어스레한 곳에서 추레한 난쟁이 여인이 쌍둥이를 힘겹게 겨우 안고 울음을 달래는 꼴을 바라보던 청운은 여자가 재촉하는 소리를 듣고 곧 복도를 지나 이층으로 따라 올라갔다.

구석방 문을 열고 들어간 여자는 머뭇거리는 청운의 팔을 잡아 끌어들인 뒤 즉각 닫았다. 그리고 주저앉아 벽에 등을 기댔다.

"아유, 다리가 너무 아프네. 허새비처럼 섰지 말고 와서 좀 주물러 줘."

"아깐 배가 아프다고 하시더니……."

"얘, 넌 모르는구나. 병이든 고통이든 다른 무슨 일이든, 더 큰 것이 작은 것을 지배한다는 사실을 말야. 만약 지금 두통이 심하다면 다른 통증은 잊혀지는 식이지. 인생의 진리를 하나 가르쳐 줬으니 이리 와서 다릴 주물러 줘."

청운은 마지못해 쭈그려 앉더니 무릎걸음으로 그녀의 발치께로 다가갔다. 여자는 벽에 기댄 채로 눈을 감고 있었다. 늘 불그무레하게 충혈돼 있어서 일말의 공포감을 주던 그 눈은 긴 속눈썹에 덮여 버려 오히려 애잔스러웠다. 마흔 살에 가까워 뵈는 얼굴 때문이었는지 모른다.

'눈은 마음의 창문이라 하지만, 눈을 감은 모습이 더 진실하다는 말도 있던걸. 어느 쪽이 사실일까?'

청운은 그녀의 다리로 손을 가져가며 멈칫거리다가 하얀 양말 신은 발을 잡고 살살 만지기 시작했다.

"아이 간지러워……."

작고 불그죽죽한 여자의 입술 새로 웃음소리가 새어 나왔다.

"다리가 아프다니까 그러네. 장난치려하지 말고 어서 다릴 좀 주물러 줘."

여자는 눈을 흘기면서 말했다.

청운은 손을 옮겨 그녀의 종아리를 슬슬 만졌다.

"감질나게 말고 좀 꼭꼭 눌러 봐."

청운은 손아귀에 힘을 넣어 주물러 주었다. 지난 여름의 땡볕에 그을린 듯한 연갈색 다리는 의외로 말랑했다.

"무릎이 많이 아파."

명령에 따라 청운이 무릎을 감싼 채 마사지하자 여자는 여린 신음 소리를 내면서 벽에 기댄 상체를 조금씩 방바닥으로 미끄러뜨렸다. 그러면서 문득 무릎을 한번 세웠다가 놓았다. 검정 치마가 스르르 미끄러져 내려 허벅지가 내보였다. 종아리와 달리 볕에 타지 않아 허연 속살이었다. 그녀는 손을 뻗어 치마를 끌어 내리다가 청운의 손을 잡아 허벅지 위로 슬며시 올려놓았다.

그 순간부터 청운은 저도 모르게 입속이 바싹 마르고 심장이 펄떡펄떡 뛰기 시작했다. 온몸이 벌벌 떨렸다. 그래도 여체의 매끄러운 탄력을 이기지 못한 그의 손바닥은 죄악과 벌을 잊어버린 양 저절로 움직이며 점점 여인의 허벅지 위쪽으로 더듬어 올랐다. 여자는 눈을 감은 채 아무 말 없이 한숨만 쉬며 이따금 할딱거렸다.

청운의 떨리는 손은 허벅지의 종착지 또는 어떤 신비스러운 입구 앞에서 더 이상 나아가지 못하고 주춤거렸다. 여인의 숨결이 점차 가빠지더니 갑자기 상체를 일으켜 청운을 끌어안았다. 그리고 목과 귀와 눈과 입술에 침을 마구 묻히며 키스를 해댔다. 마치 탐식하는 욕심쟁이 소녀처럼…….

늙은 아줌마의 이상스런 열정 앞에서 청운은 오히려 차츰 냉정해지고 있었다. 사춘기의 앳된 청년에겐 주체할 길 없는 정욕과 더불어 순수를 향한 목마름도 있는 법이다. 그는 고뇌가 깃든 눈으로 고개를 저으면서 여자의 몸을 밀어냈다. 어쩌면 한순간 그의 마음속엔 엄마나 박꽃 누나 혹은 생긋 미소 짓던 바닷가의 그 소녀가 떠올랐는지도 몰랐다.

"왜 그러니? 내가 무서워서 그래?"

여자의 말에 청운은 한동안 침묵을 지키다가 짐짓 냉소적인 표정으로 입을 열었다.

"무섭긴요. 쳇, 가련해 보여서 그래요."

"흥! 그래도 꼴에 남자라고……. 애송아, 그딴 소리 말고 어서 발목이나 주물러 줘. 음, 허리도 아픈걸."

여자는 좀 성이 났으면서도 몸을 돌려 엎드리며 절제된 목소리로 명령했다.

"아깐 속이 아프다고 하시더니만."

"애, 꺼벙아, 너가 인생에 대해 뭘 알겠니."

청운은 얼굴을 잔뜩 찌푸렸다. 선감도에서 온갖 고생 끝에 살아 나온 사람을 앞에 놓고 애송이라니!

"사람 몸이 인생이야. 큰 고통이 사라지면 작은 고통이 곧 그 자리를 차지하지. 고민도 마찬가지고……."

청운은 아무 말 없이 여자의 허리를 두드려 주었다. 한참 동안 안마를 받으며 작게 신음 소리를 내다 여자는 손을 뒤로 돌려 청운의 손을 잡아 밀어냈다. 그러고는 천천히 일어나 앉더니 자기 가방 속에서 갈색 병의 드링크제를 꺼냈다. 뚜껑을 열어 한 모금 마시곤 청운에게 건네었다.

"흥, 이건 독약이야. 호호, 마실 용기가 있니?"

여자는 일부러 그러는 양 비웃음을 지었다. 청운은 그걸 받아서 쭉 들이켰다.

"그래도 남자랍시구, 폼생폼사네."

여자는 뭐가 좋은지 낄낄거렸다. 그러더니 갑자기 얼굴을 잔뜩 찡그렸다.

"아, 배가 아파."

그녀는 방바닥에 드러누웠다.

"정말 아픈 거예요?"

"음…… 배가 아니구 속이 아파. 가끔 한 번씩 쿡쿡 쑤셔. 좀 주물러 줄래?"

청운은 손을 그녀의 배 위에 살짝 얹으려다가 멈췄다.

"병원엘 가보시죠."

"그럴 돈이 어딨어. 설령 병원 갈 돈이 있더라도 차라리 성전에 희사하고 기도하는 게 낫지. 그래야만 우린 사람을 넘어 신인이 될 수 있어. 아, 아파……."

여인의 찡그런 얼굴이 거짓말 같지 않아서 청운은 손을 그녀의 배로 가져가 슬슬 문질렀다. 여자는 아늑히 호흡하면서 스스로 옷자락을 끌어 올렸다. 청운의 손은 저절로 여인의 배꼽 위 맨살에 닿았다. 부드럽고 따스한 피부의 감촉을 못 이긴 듯 그의 손은 저절로 여인의 배를 쓰다듬었다.

"음……."

여인은 나지막이 신음을 흘렸다.

그 소리를 듣고 있자 청운의 머릿속엔 불현듯 어떤 기묘한 기억이 떠올랐다.

제주도에서 방랑하던 청운은 어느 날 휘적휘적 한라산으로 올라갔다. 마지막으로 백록담이나 한번 보고, 그 거울 같은 신비한 물에 자신의 운명을 비춰 보고 싶었다. 그러고는 돌도 많고 바람도 많고 한도 많은 그 섬을 떠날 참이었다.

하지만 도중에 심한 비와 운무를 만나 이리저리 방황하다가 결국 산중턱에 자리 잡은 어느 암자로 찾아들게 되었다. 주지 승은 머리를 파르라니 깎고 있었지만 눈알 가에 붉은빛이 돌고 입술이 거무칙칙한 색을 띠어 그런지 스님이 아니라 어쩐지 무당 같아 보였다. 그가 입을 열자 금니들이 번쩍거렸다.

"불쌍스런 중생이로군. 마당에 빗자루질이라도 허멍 밥값을 허겡."

산중이라 저녁 공양이 끝난 뒤 곧 어둠이 내렸다. 비는 줄기차게 쏟아졌다. 고시 공부를 한다는 학생들 몇이 잡담을 나누다가 제각기 방으로 들어가 버리자 산사는 빗소리 속에 더욱 적막해졌다.

청운은 홀로 야기 속에 서 있었다.

'이상스런 느낌이 드는군. 나는 여기 있어. 그런데…… 별 멀지도 않은 예전에…… 이렇게 저렇게…… 그곳 저곳에서 살아 온 나는…… 어디에 있을까? 지금의 내가 허수아비처럼 느껴지는군. 아, 내가 아니라…… 옛날에 만나 얘기를 나눴던 그 사람들이 더 정답고 나 같아.'

그는 한숨을 내쉬었다.

'엄마는 어디서 뭘 하고 있을까? 그곳에도 이처럼 비가 내리는지…… 그리고 박꽃 누나와 피에로 형이 보고 싶어. 그 이상한 아저씨와 문둥이 누난 지금도 함께 있을까 몰라.'

독백을 하는 사이에 그는 빗발도 잊은 채 마당을 천천히 거닐었다.

주지승 방의 창문에선 은은한 창호지를 통해 아직도 불빛이 새어 나오고 있었다. 청운은 무심결에 그쪽으로 다가갔다. 어떤 그리움 때문이었을까? 혹은 쓸쓸한 인간을 보고 싶어서였을까?

그런데 방 안에서 말소리가 들려왔다.

"스님은 두렵지도 않아여?"

여자의 잠겨드는 목소리였다.

"뭬가?"

"부처님의 신벌이……."

"어허, 중생의 아픈 몸을 고치는 절차인데 뭣이 그리 두려워. 무서우면 가든지. 괜히 와서 그래. 흠!"

"아이, 좀 조용 하세요. 누가 듣겠세요."

"누구라도 다 와서 보라 그래. 하늘도 부처님도 사람도 다 들으래지 뭐. 옴 도로도로……."

"그래도 스님의 손길은 딱딱하면서도 부드럽네요. 아, 아……."

여자의 신음 소리가 자제를 못하고 차츰 가팔라졌다.

청운은 빗소리를 핑계 삼아 겁도 없이 주지 방 쪽으로 다가 갔다. 그 순간 갑자기 방안의 불이 꺼졌다. 청운은 숨결을 목 속에 가두고 처마 아래서 몸을 움츠렸다.

좀 있으니 다시 여자의 목소리가 들려왔다.

"아이, 스님, 왜 자꾸 등허리만 주무르셔요. 로맨스도 모르는 돌부처."

"등허리가 아프다문서 뭔 잔소리여."

"살이 문드러지겠어여. 아이, 잠깐만여…… 음, 이제 배를…… 아니 좀 위쪽을 부드럽게 매만져 줘요. 아아……."

목소리로 보아 아마도 눈시울에 불그스레한 기가 돌던 젊은 보살 같았다. 주름살 투성이의 늙은 공양주 보살은 그녀의 엄마 같았는데도 마구 부려먹었다. 여자의 목청이 점점 달뜨는 것으로 보아 주지승도 손을 가만두고 있진 않은 모양이었다. 청운은 좀 더 다가갔다. 하지만 문틈을 들여다보거나 창호에 귀를 갖다 대진 않고 기둥 한 구석에 기댄 채 숨을 가쁘게 소리 죽여 몰아쉬었다.

여자의 신음 소리가 급기야 할딱거림으로 변했다. 저 어둠 속의 방에서 과연 무슨 일이 벌어지고 있는 걸까? 청운은 저도 모르게 야비한 오만가지 상상에 빠져 몸을 떨었다. 그런데 여자의 달아오른 목청과는 달리, 실망스럽게도 의외로 차분한 주지승의 목소리가 흘러나왔다.

"내가 이바구 한자리 해볼까. 얼마 전 경상도 진주에 자칭 석구봉 도사라는 자가 나타나 야단법석을 떤 사건이 있지엉?"

"으으음…… 비구니들을 농락하고 죽인 그 나쁜 놈 말이져?"

"실은 그 자가 내 친구여. 도반이었단 말이지."

"아유 무서라! 지금은 아니겠져? 무서우면서도 왠지 실상을 제대로 알고 싶기도 해. 아, 좀 더 위쪽으로…… 가슴속이 답답해. 제발 더 세게……."

손으로 여자를 요리하면서도 주지승의 목소리는 여전했다.

"음, 진주에서 삼천포를 돌아 사천 쪽으로 가다 보면 봉명산鳳鳴山에 다솔사多率寺라는 아담한 절이 나와. 퇴락한 고찰이지만 옛날에 백범 김구 선생이나 만해 한용운 선사들께서 독립운동을 하다가 피신한 곳이기도 하지."

"설마…… 그런 곳에서…… 아이, 간지러워……."

"거기서 좀 외떨어진 곳에 여승들만 기거하던 암자가 있었지. 거기에 그놈이 나타나 분탕질을 한 거야."

"사악한 놈! 아, 가슴이 아프다는데…… 왜 자꾸 배만 만져여. 좀 더 위쪽……."

"허허, 능지처참을 해도 모자라겠지. 헌데 과연 그놈만 사악한 걸까?"

"무슨 소리예여? 그럼 또 누가?"

"부처님께서 말씀하시길, 신통술 같은 것에 너무 집착하면 삿길로 빠져 지옥으로 든다고 하셨지. 그런데 청정한 마음으로 불도를 닦아야 할 비구니들이 신통술에 현혹돼 버렸단 말씀이야. 스스로 악도에 빠진 거지."

"속임수를 썼으니 속은 거잖아여?"

"물론 축지법이니 축귀술 따위의 술법을 진실인 양 꾸민 놈도 나쁘지만, 부처님의 말씀대로 행하지 않고 그런 초능력 미신에 홀린 여승들에게도 잘못은 있지."

"사형당한다고 하더군여. 쫌은 불쌍해. 아아, 가슴이 답답하댔더니 쌩까고 배꼽만 만지더만 이젠 아래로 내려가네. 의뭉스러워……."

"이게 바로 중생 제도여."

"죽이고 싶어, 죽고 싶어."

"사필귀정이지. 지금은 모두가 석구봉을 악마라고 지탄하지만 원래는 나름대로 멋이 있고 머리가 비상했어. 한국에서 불교 진리가 잘못 실행된다면서 괴로워하기도 했지. 그런데

이 땅에서는 종교 진리보다는 정치가 모든 것을 좌우하거든. 정치 모리배들이 하는 꼴을 보곤 욕을 퍼붓곤 하더니만 제풀에 밀교로 빠져 버린 거지."

잠시 침묵의 시간이 흘렀다. 쪽쪽 빠는 소리…….

"음, 밀교에 대한 오해가 많지만, 사실은 불교의 가장 높은 단계야. 인간에게 자연으로부터 주어진 성욕을 단련해 일시적인 육체의 쾌락을 넘어 정신의 기쁨과 해방을 얻자는 거지. 성욕 속의 자연 에너지는 지렁이, 파리, 메뚜기, 암캐, 벼룩, 인간 따위의 생존 원력이야. 잘 활용하면 부처가 될 수도 있지만 삿되게 낭비하면 사망이겠지."

"아, 그래도 뭔가 신비스러운 능력을 가졌으면…… 아아!"

"물론 초능력을 얻으면 좋지. 나도 신통력을 갖고 싶어. 하지만 무엇보다 죽음과 삶을 동시에 보는 수행이 먼저고 신통력은 그 결과야. 본말이 전도되면 대가리를 땅에 박은 듯이 우습지. 그 친구도 수재였지만 진리의 연꽃보다는 정욕의 초능력을 추구하다가 그런 꼴이 되었겠지. 하긴 얼마나 갑갑했겠어. 중으로 살기도 참 힘들어. 강을 거슬러 올라가는 물고기보다도 못한 게 요즘 인간들 같으니……. 자기들이 못하니 중들에게 투구 같은 걸 씌워 놓고 욕망과 싸우라는 꼴이지."

"음, 하아……."

"종교나 정치꾼 모리배의…… 과대망상을 받아 준…… 흠,

신도들이나 국민이 더 문제라구."

"헛소리는 그만 둬여! 아, 좀 더······."

"요 암캐 같은 년. 내가 부처 성님의 흉내를 내면서까지 해탈 법문을 해주는데도 여직 육신의 덫을 벗어나지 못하는군."

"홍, 정욕에도 연꽃의 꽃술이 떨리는 기쁨은 있어여. 스님, 댁은 왜 매만져 주기만 하는 거예여. 혹시 고자가 아니에여?"

"흠흐흐흐······ 요것이 또 색즉시공의 진리를 오염시키려 는군. 그럼 어디 한번 맛을 보여 줄까, 응?"

"아아, 별안간 흉포한 맹수 놈처럼 변하면 어쩌라구여. 아으 홍······."

청운은 입속에 고이는 침을 꼴깍 또 꼴깍 조심스레 삼키며 어두운 방의 내막을 상상해 보았다. 안타까움에 겨운 청춘의 한숨이 새어 나왔다.

"아!"

바로 그 순간 청운은 짧은 비명을 지르며 감미롭고도 안타 까운 회상에서 깨어났다.

순간 여자가 두 손바닥으로 청운의 얼굴을 감싼 채 부드럽 게 키스하다가 별로 반응이 없자 입술을 꽉 깨물어 버린 것이 었다.

"왜 이러세요?"

청운이 말하느라고 입을 열자 곧바로 부드럽고 따뜻한 혀가 침입해 모든 언어를 막고는 미꾸라지처럼 꿈틀거렸다. 그는 눈을 감고 그 쾌락 속 혹은 아쉬움이 남았던 추억 속의 장면에 잠겨 버리고 싶은 듯했는데…… 오히려 눈을 크게 뜨곤 상대의 젖어든 눈을 가만히 바라보았다.

"너 숫총각이니?"

여자가 입귀에 웃음을 흘리며 물었다.

청운은 자신이 숫총각인지 뭔지 알 수 없었다. 선감원에서 당한 일로 인간의 진실과 순수가 훼손당한 것에 비하면 숫총각 따윈 아무것도 아니었다.

"숫총각 딱지는 바보 딱지……. 왜 그런지 아니? 가장 사랑하는 사람에게 그걸 바치려 하면 바보가 되기 때문이지. 호호……."

청운은 갑자기 여자에게 달려들었다. 여자는 깜짝 놀란 듯하더니 문득 가만히 있었다. 청운은 이미 그녀 스스로 반쯤 열어 놓은 블라우스를 헤치고 허연 가슴을 만지다가 거무스레한 유두를 발작적으로 빨아댔다.

어느덧 여자는 알몸뚱이가 되어 꿈틀거렸다. 청운이 격정을 못 이겨 성난 수소처럼 덤비자 달뜬 여자는 의외로 할딱할딱 숨을 고르면서 분별심을 보이려 했다.

"자기야, 난 천천히 길게 하는 게 좋아. 이 세상이 끝나도록……."

하지만 청운은 멈추지 않았다. 격렬한 운동 끝에 사정을 한 얼마 후 그의 눈에서는 왠지 눈물이 흘러내렸다. 여자는 그 눈물을 핥다가 바로 눈 아래쪽의 파르스름한 점에 입술을 댄 채 그의 상체를 꽉 껴안았다. 그리고 작게 속삭였다.

"우리는 보통 인간을 넘어 초인이 되어야만 해."

청운은 혼란 속에서 마치 목각 인형처럼 누워 있었다.

'내가 왜 그랬을까? 이상한 꿈속을 지나온 것만 같아. 지금은 원래대로 늙은 아줌마인데 아깐 왜 매력적인 아가씨처럼 느껴졌을까? 내가 미쳐 발광했다 치더라도, 그건 너무 우습고도 추악한 짓이었어. 마치 마녀의 요술에 홀린 듯 몽롱해서…….'

청운은 아직 모르고 있었다. 새하늘교 교인들은 자신들의 목표인 '신인'이 되기 위해서는 설혹 최음제나 흥분제뿐만 아니라 어떤 수단 방법도 가리지 않는다는 엄혹한 사실을.

청운과 달리 여자는 오히려 만족감과 에너지를 얻은 활기찬 모습으로 그를 끌고 다시 거리로 나섰다. 주눅이 든 청운의 눈엔 그녀가 일면 초인처럼 비치기도 했다.

전도 활동에 열을 올리던 그들은 땅거미가 내릴 무렵 마침내 창신동 빈민가 입구에서 술 취한 노숙자 한 명을 수확한 후 회당으로 귀환했다.

천령탑天靈塔

●▨▲

낙엽 흩날리는 스산한 계절도 어느 결에 지나가고 겨울이 왔다.

하얀 눈이 펄펄 내린 어느 날, 청운은 동대문 회당을 떠나 아차산에 있는 본당으로 가게 되었다.

예상에 없던 갑작스런 일이었다. 낡아빠진 차를 타고 답십리를 지나 눈 덮인 중랑천을 건너 군자동을 넘어서자 저 멀리 아차산이 보였다.

'아, 저곳이 바로 그 야릇한 전설이 깃들었다는 산이구나.'

청운은 입속으로 중얼거렸다. 그는 언젠가 낡은 만화책에서 본 얘기를 떠올렸다.

이조 명종 때 홍계관이라는 이름을 가진 점쟁이가 있었다고 한다. 족집게처럼 용하다는 소문이 널리 퍼져 그의 집엔 늘 점을 치려고 몰려드는 사람들로 문전성시를 이루었다. 힘이 없어

억울하게 당한 무지렁이부터 아픈 사람, 도둑맞은 사람, 근심 많은 아낙네들에 이르기까지 속 시원한 말을 들어보려고 찾아드는 사람은 꼬리에 꼬리를 물고 이어졌다. 나중에는 궁중으로 소문이 퍼져 마침내 임금의 귀에까지 들어가게 되었다.

숭유억불崇儒抑佛의 정책을 내걸고 나라를 열었던 조선의 임금으로서는 그런 점쟁이를 혹세무민하는 무리로 보지 않을 수 없었으리라. 명종은 어명을 내려 홍계관을 잡아들인 다음 쥐가 든 상자를 하나 내놓고 물었다.

"네가 용하다니 이 상자 안에 무엇이 들어 있는지 알아맞혀 보거라. 만약 틀리면 얕은 재주만 믿고 세 치 혀를 놀려 백성을 속인 죄로 엄히 다스릴 것이니라."

추상같은 어명이 떨어지자 골똘히 생각하던 홍계관이 이윽고 입을 열었다.

"쥐가 들어 있는 줄로 아뢰옵니다."

임금은 상자 안에 쥐가 들어 있는 것을 알아맞히는 것은 어렵지 않다고 여겼다. 쥐가 찍찍거리는 소리를 듣고 판단할 수 있는 노릇이기 때문이었다. 그래서 다시 명을 내렸다.

"그렇다면 상자 안의 쥐가 모두 몇 마리인지 말하라!"

생각에 잠겼던 홍계관이 다시 입을 열었다.

"모두 열두 마리의 쥐가 들어 있는 줄로 아뢰옵니다."

"열두 마리라고 했느냐?"

"그렇사옵니다."

"네 이놈! 상자 안에 쥐가 들어 있는 것은 맞지만 열두 마리가 아니라 암수 두 마리이니라."

상자를 여니 과연 두 마리의 쥐만 들어 있을 뿐이었다.

"이놈! 어리석은 백성들을 속여 혹세무민하고도 살아남을 줄 알았더냐?"

"죽을죄를 졌사옵니다."

불같이 화가 난 명종은 홍계관을 사형시키라고 명했다.

상자 안에 갇혀 있던 쥐 중에 암놈이 새끼를 낳은 것은 어명에 따라 홍계관이 참형을 당할 장소로 옮겨졌을 때였다. 신하로부터 암쥐가 열 마리의 새끼를 낳아 상자 안에 홍계관의 말대로 쥐 열두 마리가 들어 있었다는 보고를 받은 명종은 탄복을 했다. 뱃속에 들어 있는 쥐새끼의 숫자를 귀신이 아니고야 어떻게 알아맞힐 수 있단 말인가. 임금은 즉시 사형을 중지하라는 명을 내렸다.

홍계관에 대한 사형 집행이 이루어지려던 장소가 바로 아차산 밑이었다. 어명을 받든 산하가 급히 말을 몰고 달려가면서 소리쳤다.

"어명이니 사형 집행을 중지하라."

망나니는 선뜻 칼을 내려치지 못하고 휘두르고만 있었다. 이때 어명을 받든 신하가 달려오며 무엇인가 소리를 지르자

망나니는 집행을 늦추는 것을 책망하는 줄로 생각하게 되었다. 더 늦추었다가는 문책당할 것이라고 생각한 망나니는 즉시 홍계관의 목을 향해 칼을 내려치고 말았다. 오해로 인하여 한 순간 훌륭한 점쟁이의 목이 달아나고 만 것이었다.

"아차!"

모두가 안타까워했지만 이미 어쩔 도리가 없었다. 그때부터 그 산을 아차산이라고 부르게 되었다는 전설이 내려오고 있었다.

'참 안됐어. 한 번의 선택이 일생을 좌우하다니!⋯⋯ 왕의 한 마디에 운명이 달라져 버리는 사람들⋯⋯. 신도 아닌 사람이 제 생각이나 기분에 따라 같은 인간의 삶을 마구 조져 놓은 곳은⋯⋯ 바로 지옥이야. 옛날이나 지금이나 같아. 만일 내가 누군가에 의해 강제로 선감원에 안 갔다면⋯⋯ 나는 어떻게 살고 있을까?'

그는 한숨을 내쉬었다.

'만일 엄마가 사이비 종교에 홀리지 않았다면⋯⋯ 아, 홀린 엄마가 잘못인지, 홀린 그 노인이 나쁜지 아리송해지는군. 그 나저나 대체 엄마는 지금 어디 있을까?⋯⋯ 새하늘교에 들어온 게 과연 바른 길인지도 아리송해. 본당에 가면 아무래도 찾아보는 데 유리할지도 모르겠지만, 아차 하는 순간 너도 끝장날 수가 있으니 조심해야만 해. 악마들의 소굴일지도 모르니

말야⋯⋯.'

　이런저런 생각을 머릿속에서 굴리는 동안 이윽고 차는 아차산 기슭으로 오르는 울퉁불퉁한 길로 접어들었다. 조금 더 에돌아가자 시멘트 포장도로가 나타나더니 갑자기 눈앞에 웅장하고 화려한 건물들이 보이기 시작했다. 깜짝 놀라 마음 한 구석이 위축될 정도였다. 오래전 선감도로 끌려가 푸른 산속의 회색 바라크 군群을 보았을 때와는 또 다른 느낌이었다. 그곳에서는 죽음의 조종 소리가 영혼을 엄습하는 듯했는데, 이곳에선 뭔지 장엄한 뜻 모를 미소를 짓는 성싶었다.

　입구에는 거대한 철문이 한쪽만 열려 있고, 검푸른 유니폼을 입은 남자 둘이 양쪽에 부동자세로 서 있다가 차를 세웠다. 허리춤에 곤봉 같은 게 매달려 있었다.

　운전수가 몇 마디 하자 진입이 허락되었다.

　새하늘교의 교리가 동서양의 종교를 통합해 새롭게 재창조하는 것이라 그런지 모르지만 건물들은 일견 양식풍과 한식풍의 장점이 잘 조화되어 멋있어 보였다. 하늘로 날아오를 듯한 청기와 지붕을 떠받친 크림빛 대리석 팔각기둥과 번쩍거리는 창들은 아차산을 배경으로 마치 거룩한 신전처럼 보였다.

　청운을 비롯해 차에서 내린 사람들은 갓 쓸어 놓은 듯 정갈한 마당을 지나 본당 앞의 천령탑으로 갔다. 하늘의 성령을 불러온다는 탑. 미리 교육 받은 대로 발소리뿐만 아니라 숨소리마저 죽여야 했다.

눈앞에 거대한 돌탑이 서 있었다. 다듬잇돌만 한 돌을 차곡차곡 쌓은 그 탑은 첨성대 정도의 둘레에 높이는 까마득히 1백 미터 이상 솟아 푸른 하늘을 어루만지고 있었다. 돌은 짙은 검은 색이었는데 신비롭게도 그 속에서 빛을 내고 있었다. 햇빛을 받아 그런 것 같진 않았다.

천령탑 앞의 검은 석판 위에 새하늘교의 근본 교리문이 아슴아슴 새겨져 있었다. 사람들이 두 손을 가슴 앞에 모으고 참배하는 동안 청운은 그것을 속으로 읽었다.

청산靑山에 자라나는 생명나무의 씨알을 갈구하는 형제자매들이여!

이제 마음의 눈을 뜨라. 허울뿐인 진리라는 미명 아래에 스스로 구속당했던 과거의 종교 율법의 쇠사슬을 끊고 새로운 마음으로 태어나라.

창조와 진화의 종점은 현재의 인생이 아니다. 원숭이로부터 인간이란 새로운 종족이 진화했듯 죄와 사망을 초극한 인신이 탄생한다. 실로 경이롭게도 성스러운 몸으로 변신한 초인의 등장이로다! 인간이 영혼의 실재와 만나 영생의 존재로 도약하는 위대한 재창조 앞에 우리는 서 있는 것이다. 하늘에 거하는 신이 아니라 지상에서 성소를 찾은 신이 탄생하는 순간이다. 바야흐로 영혼의 실재와 만나 껍질을 벗고 우화등선하여 그대들도 모두 새로운 신인으로 탄생하라!

예전에 고향 집에 찾아든 괴상한 노신사의 입에서 나불나불 흘러나왔던 이른바 성언聖言이었다.

문득 왠지 청운의 두 눈에 눈물방울이 맺혔다. 그는 다른 사람처럼 기도문을 외는 대신 입술을 꽉 깨물었다.

다음날부터 청운은 네 성문聖門 중의 남문南門 수비대에 배치되었다.

낮엔 두 사람씩 보초를 섰지만 밤이 되면 각 문마다 5명씩 조를 짜 수비를 했다. 알고 보니 특별한 이유가 있었다.

며칠 후 교주 생일을 기념키 위하여 큰 잔치가 벌어질 예정이었다. 그런데 10여 년의 세월 동안 하늘 높은 줄 모르고 급성장한 새하늘교단엔 암종과도 같은 심각한 문제가 발생했다. 초인이 된다는 신비스럽고 희한한 새하늘 교리에 빠져 고군분투하다가 재산과 가족을 다 잃은 원한 맺힌 사람들이 하나둘씩 모여 울부짖기 시작한 것이다. 그런 기미를 포착한 부산 교당의 두목이 남부 방면의 세를 결집하여 본부 교당에 개혁을 요구하며 대항하다가 급기야 성탄신일을 기해 밀고 올라온다는 얘기였다. 그런 까닭에 위기감을 느낀 본부에서도 수도권 청년교도의 세를 규합하여 방비뿐 아니라 격퇴하기로 결정한 모양이었다.

"어려울 때 같은 동포들끼리 돕긴커녕 왜 서로 싸울까?"

청운이 초승달을 쳐다본 채로 윤호 형에게 물었다. 윤호는 스물다섯 살이라는데 앞머리가 많이 빠져 듬성듬성하고 허연 새치까지 많아 마치 중늙은이처럼 보였다. 다른 세 사람은 경비실에서 눈을 붙이고 있었다.

윤호는 혀가 짧아 좀 더듬거리며 대꾸했다.

"잘은 모르지만…… 쌍방 간에 본래 교리를 잘못 변질시켰다고 야단인데…… 사실은 돈 때문이 아닌가 싶어."

윤호는 히히 웃었다. 그러자 마치 하회탈처럼 주름살이 많아져 갑자기 노인네 같았다.

"응? 돈?"

"새하늘교는 원래 부산 해운대에서 탄생했다고 해. 두 친구가 있었는데, 10년 공부를 약속하곤 하나는 신선도와 불교를 수도하고 다른 하나는 기독교를 신앙했다는 거야. 그런데 5년쯤 지난 후…… 도통이나 깨달음 여부를 떠나서…… 한 사람은 계속 공부를 하고 다른 한 친군 포기를 했다는군. 그 무렵은 혼란기라 이른바 정통 불교나 기독교 외에도 그걸 사칭한 신불교니 천막성전이니 통일교뿐 아니라 신도니 남묘호렝게쿄니 하는 일본 종교들이 들어와 벼라별 교파가 아귀다툼을 하며 고난에 빠진 사람들을 천국으로 인도하겠다고 설쳤대. 두 친구도 힘을 모아 새로운 종교를 창시하기로 작정했는데, 애초엔 대단히 순수하고 열렬했다더군. 기존의 사이비들을 쳐부수고 진정한 종교를 이 세상에 펼치기로 마치 돈키호테처럼 나선 거야."

윤호는 짧은 혀로 입술을 축이고 나서 말을 이었다.

"그래서 한 친구는 교주로서 진리 설파를 맡기로 하고 다른 친구는 교단의 행정적인 사무를 책임지기로 했대. 흐흐……아무튼 이 세상엔 진리에 목마른 사람들이 많아 교가 흥성하자 슬슬 서울로 진출해…… 이곳에 터를 잡곤 거창한 성전 사업을 벌인 거지. 그 정도 성공을 했으니 만족했으면 좋으련만 사람 욕심이 어디 그래? 결국 교주는 부산 친구를 버리고 서울에서 새하늘교로 탈바꿈해 번성하게 된 거래."

"아무튼 교리는 같을 것 아냐?"

"많이 바뀌었대. 같은 글자라도 코에 걸면 코걸이, 귀에 걸면 귀걸이니까."

"음, 부산에서 자기들도 잘 하면 되지 왜?"

"원래 조선 놈들이 서울에 목매달잖아. 부산뿐만 아니라 경상도나 전라도 신도들까지 슬슬 서울 쪽으로 빠져나가자 약이 오를밖에……."

"그래서 죽자 사자 결판을 내자는 거야?"

"몰라. 재산이 엄청나니까 서로 좀 나눠 먹자는 거겠지 뭐. 어차피 교리까지도 생판 달라져 버렸으니 화합은 힘들다고 해."

"음, 그런 비밀이 있었구나."

청운은 심드렁하게 대꾸했다. 스산한 찬바람이 불어와 머리카락을 헝클었다.

"배고프지?"

윤호 형이 주머니에서 빵을 꺼내 내밀었다.

"내가 직접 만든 거여."

"어디서?"

"여기 빵 공장이 있어. 간장 공장과 옷 공장도 있구. 또 약을 만드는 공장도 있단다."

"무슨 약인데?"

"여러 가지라던데…… 아무튼 효과는 직빵이래."

"아, 그렇구나. 난 형도 어딘가에서 갑자기 차출돼 온 줄 알았어."

윤호는 실없이 웃었다.

"낮엔 빵을 만들고 밤엔 보초를 서지, 하하."

"여기 오는 사람들이 다 먹는 거야?"

"아니지. 따로 상표를 붙여 사회에 납품도 하고 있어."

"힘들진 않아?"

청운은 선감원에서 돈 한 푼 받지 못하고 온갖 생고생을 하던 때를 떠올리며 물었다. 여기도 그렇지 않을까 싶었다. 피에로 형과 박꽃 누니의 슬픈 얼굴이 그의 눈앞에 아른거렸다.

"힘은 들지만…… 굼벵이 때 진한 고통을 겪어야만 찬란한 날개를 달고 우화등선한다니까."

윤호는 꿈꾸는 듯한 표정으로 중얼거렸다.

"형, 그런데…… 정말 도통해서 신인이 되어 천국으로 승천할 수 있다고 믿는 거야?"

청운은 조심스레 물었다.

"흠…… 처음엔 좀 결사적으로 믿었지. 살다 보면 막막한 일이 많아. 절망 속에 빠져 의지할 데가 전혀 없다면…… 부모 형제가 빨갱이란 누명을 쓰게 되면…… 이 땅은 별안간 친구도 친척도 두려워하는 지옥이 돼 버려. 한 나라 한 민족이라고 하지만 그 꼴이 되면 국가라는 괴물이 늘 잡아먹으려 하지. 어쩌지 못해 나를 파괴하고…… .새로운 힘센 인간이 되고 싶었어. 호호, 그런데 보다시피 요 모양 요 꼴이야. 초인이 아니라 병정개미 같은 신세……. 하면 된다! 적극적으로 믿고 이 세상에 대한 미련과 욕심을 버리면 우화등선한다고 외치지만…… 마치 텅 빈 매미 허물 같은 느낌이야."

윤호는 서글프게 웃었다.

"형, 여기 계속 있을 거야?"

"이런 생각을 하면 나쁘지만…… 여기다 돈을 꽤 많이 넣었거든. 혀 빠지게 번 돈을 다 빼앗겨 버려 이제 갈 데도 없구먼."

"형, 그래도 희망을 잃지 말았으면 해. 나도 죽을 고비를 많이 넘겨 봤어."

청운은 선감도에서 고생했던 얘기를 들려주었다.

"그랬구나. 그런 지옥계에서 살아 나온 사람처럼 보이질 않는군. 꼭 지어낸 얘기 같아."

청운은 말없이 미소 지었다.

형, 조약돌이 파도를 횡포라고 생각할 것 같아? 응?

그는 마음속으로 말을 했다.

밤은 점점 깊어 갔다. 차가운 허공에서 별들이 파르르 떨었다.

"아무도 안 오는군."

"떼거지로 몰려오진 않겠고, 몇 명이 침투해 테러를 할까 싶어 걱정하는 거지 뭐."

새벽이 되도록 적은 아무도 오지 않았다.

"실망보다는 절망이 더 아름다운 희망을 꽃피울 수도 있어."

청운은 하품을 하며 중얼거렸다.

아기 씨앗

●■▲

　새해 정초 1월 1일을 기하여 교주의 탄생을 축하하는 성일절^{聖日節} 대잔치가 거행되었다.

　새하늘교 최고의 명절이라 서울뿐 아니라 지방 각지에서도 열혈 신도들이 몰려들었다. 천국회관 대연회장은 상상 외로 넓고 높았는데도 입추의 여지가 없을 정도였다.

　하늘처럼 파란 천장에서는 둥근 오색 크리스탈 공이 돌아가며 마치 태양인 양 빛을 내려 비추고 있었다. 그 인조 하늘에서는 무지갯빛 별이 저마다 화려하게 반짝거렸다.

　회당 정면 벽엔 교주의 사진을 중심으로 양옆에 태극기와 대통령의 사진이 크게 확대되어 걸렸으며, 그 아래에 차려진 귀빈석에는 금빛 왕관을 쓴 교주를 비롯해 고급 외투로 잘 차려 입은 귀빈들이 일견 근엄한 표정으로 앉아 있었다. 하얀 빛이 나는 옷을 걸친 교주는 입가에 미소를 띤 채 연회장의 특설 무대에서 벌어지는 선남선녀들의 화려한 춤을 내려다보았다.

앞줄에 늘어선 여인들의 율동 속에서 한 젊고 예쁜 여자가 사뿐히 걸어 나오더니 본부석 중앙에 버텨 앉은 교주를 향해 두 손 바쳐 공손히 꽃송이를 내밀며 노래 불렀다.

천상으로부터 진흙땅으로 내려오신 참 하느님
더러움 속에 손수 들어가사 순결한 황금 꽃을 피우시네
죄악의 인간 대신 무쇠 기둥 일자가一字架 짊어지고
새하늘땅에 새사람 탄생케 하시네

그러자 뒤에서 춤추던 여인들이 일제히 두 팔을 올려 하트 모양을 만들며 아주 요염한 목소리로 후렴을 합창했다.

낭군님, 나의 신랑, 영원토록 사랑해요~

관중석의 신도들은 환성을 내지르며 박수를 쳐댔다.

"여보, 낭군님! 사랑해요!"

멀리서 건축 공사하는 소리가 울려왔다. 그건 아차산 기슭에서 신도들이 무임금으로 노력 봉사를 하여 원로원 휴양소를 짓는 소리였다. 새하늘교는 종교 단체이면서도 산하에 여러 가지 사업체를 문어발식으로 거느리고 있었다. 거기엔 신도들의 성금뿐만 아니라 희생적인 노력 봉사도 동원되고 있었다. 또한 자선 사업 명목으로 부랑인 교화 복지원을 설립해 운영하면서 국가로부터 거액의 보조금을 타내어 착복한다는 소문도 떠돌았다. 그런데도 교단은 무사태평했을 뿐더러 얼마 전엔 대통령 표창을 받아 희희낙락하고 있었다.

교주가 일어나 단상 쪽으로 다가섰다. 얼굴에 비해 몸체는 투실투실 살이 찐 편이었다.

그는 금테 안경을 걸친 눈으로 만장한 자신의 믿음 깊은 '백성'들을 지그시 내려다보고 나서, 불그죽죽한 입술을 열어 유난히 하얀 사기질의 치아를 빛내며 연설을 시작했다.

"여러분! 여러분과 나는 한 마음 한 몸이에요! 그러니 오늘 내 생일이라고 축하를 받고 있지만, 사실은 여러분 스스로 이 천하에 생겨나 삶을 축하하고 축하받는 것이죠. 잘게 생각하면 여러분 각자에게 모두 1일생이니 2일생이니 3일생이니 하는 생일이 있겠지만, 좀 더 넓게 보면 우리 모두는 결국 보지에서 태어난 것입니다. 아니, 왜들 그렇게 웃으세요? 보지란 가장 성스러운 구멍인 할리 홀, 모든 생명이 꿈꾸며 자라서 태어나는 보배로운 연못인 보지寶池인 것입니다."

교주는 잠시 말을 멈추곤 헛기침을 했다.

"흐흠, 성스러운 곳에서 태어난 우리는 세상에서 왜 이다지 타락해 버렸습니까? 여러분! 인간은 결코 개돼지나 원숭이처럼 현세에 만족하는 존재가 아니라, 지상의 동물계를 넘어 천상의 선계로 올라가는 사다리와 같은 존재인 것입니다. 강조하지만 인간은 무지갯빛 사다리입니다! 이 위대한 진리를 철두철미 믿고, 일시적인 세상의 욕망인 재물욕, 명예욕, 정욕 따위에 침 뱉고 함께 무지개 사다리를 넘어 천국으로 갑시다!"

신도들은 열렬한 박수갈채와 함께 환성을 질렀다.

"오, 낭군님! 사랑해요!"

"아아, 신랑이시여! 내 품에……."

교주는 흐뭇한 미소를 짓고 자신의 백성들을 내려다보며 손을 흔들었다.

귀빈석엔 지역구 국회의원, 지방 법원의 판사와 검사, 구청장, 언론사 기자 등등 많은 유지들이 참석해 양복 앞가슴에 꽃을 단 채 근엄한 표정으로 앉아 있었다.

잠시 후 국회의원이 단상 앞으로 나서더니 우렁찬 목소리로 축사를 시작했다.

"친애하는 우리 시민 여러분! 국정에 바쁜 미천한 저를 여러분의 충정으로 이곳에 모셔 주어서 감사합니다. 흠, 이곳은 참으로 아름다운 딴 나라 딴 세상의 천국 같습니다. 영원히 이곳에서 살고 싶을 정도로…… 흠, 하지만 국정에 바쁜 몸이라 그럴 수 없는 게 유감천만입니다. 다만, 하나만 말씀드리고 먼저 일어서겠습니다."

그는 혀로 입술을 축였다.

"위대한 우리 박대통령 각하께서는 우리나라를 선진국으로 진입시키기 위해 불철주야 노심초사하고 계십니다. 그런데 일부 종북 분자들이 자기 이익을 위해 이 나라를 마치 악의 제국인 듯이 욕질하고 있는 실정입니다. 그들은 빨갱이나 빨갱이의 자식인 경우가 백 퍼센트입니다. 그래서 이번에 각하께서는 새 국정 역사 교과서를…… 흠, 어디까지나 진실에 바탕한 신판 국정서를 만들어 빨갱이에 물든 어린 학생들을 교화시키려는 것입니다. 아니, 반대한다는 연놈들은 우리 국민이 아니라 미친 것들이 아닐까요? 아니, 핍박받고 어두웠던 과거의 역사를 벗어나 긍정적이고 주체적인 미래의 새 역사를 만들어 가자는데 웬 잔말이 이다지도 많은 것입니까!…… 아무튼 이곳에 오니 여러분의 신심이 곧 국가를 이끌어 가는 충심임을 절절히 느끼게 됩니다. 에, 또…… 이번 선거에서도 우리 당과 저를 믿고 찍어 주시면 분골쇄신하겠습니다."

별로 박수가 없었지만 국회의원은 유들유들 웃는 표정을 유지한 채 제자리로 돌아가 앉으며 옷깃 위의 금배지를 한번 만졌다.

구청장의 인사 말씀이 끝난 후 다시 여신도들의 화려한 춤과 노래가 시작되었다.

유일무이한 우리 주 새 하느님의 성탄일에

거룩하신 사랑의 씨알을 받아

어여쁜 아기 조물주 낳고 싶네.

나의 신랑, 나의 여보

포근한 품속에 안겨 사랑 씨알 받고 싶어요.

아, 아기 선지자 낳아

생육신 하느님의 큰 은혜에 보답하고파~

아무리 종교적인 의례 속의 비유라 할지라도 좀 심한 느낌이 들었다. 청운은 대강당의 옆문에서 수비를 서며 경청하고 있었다. 교주는 그렇다 하더라도 귀빈석의 공인들까지 무표정하고 미소까지 띤 것은 이해하기가 어려웠다. 아까 방명록에서 슬쩍 본 바 그들은 국가의 녹을 먹는 상류층 인사들이었다.

멀리서 아우성 소리가 들려왔다. 남도의 '반역자'들이 몰려왔는지도 몰랐다. 청운은 덤덤한 표정이었다. 누가 무슨 짓을 하는지 잘 모르겠지만 이쪽저쪽 싸우는 척하다가 뭔가 나눠 먹겠지. 어차피 피해자는 순진한 신도들일 뿐이야. 청운은 입가로 냉소를 흘리며 한숨을 내쉬었다.

갑자기 무대 위로 오색 무지갯빛이 은은히 비치더니 은막이 열리고 음악 소리에 맞춰 색동저고리와 치마 차림의 어린 소녀들이 나비처럼 팔을 흔들어 춤추며 줄줄이 뛰어나왔다. 예닐곱 살이나 되었을까, 모두 귀엽고 깜찍한 모습이었다. 화려하긴 했으나 어딘지 인조 향수를 뿌린 조화造花 같았던 여인들의 몸짓을 넘어, 저 앳된 소녀 애들은 명랑한 생명의 약동을 표현해 주지 않을까?

소녀들은 양손에 든 오색 부채를 흔들어 춤을 추며 무대 중앙으로 나서더니 두 팔로 머리 위에서 하트 모양을 만들면서 또한 몸을 이어 하나의 큰 하트를 만들었다.

"참하나님의 탄생을 참마음 한마음으로 축하드려요!"

어린 선녀들은 합창과 함께 무릎을 살짝 굽혀 가며 율동했다. 그 귀엽고 깜찍한 모습에 관중들은 미소를 지으며 박수를 쳤다.

한 예쁜 소녀가 팔랑팔랑 나비춤을 추며 무대 앞쪽으로 날아갔다. 그리고 귀빈석을 향해 나붓이 엎드려 큰절을 올렸다.

소녀는 일어나 종종걸음으로 교주 앞쪽에 가 서서 붉은 꽃 한 송이를 바치며 노래했다.

낭군님~ 나의 낭군님~
암흑에 묻힌 창녀를 건져 내어
새하늘로 인도하러 오신 하느님
낭군님 품속에서 신비로운 향기에 취해 더러운 때를 벗고
새 처녀 참 처녀로 태어난다네.

미치도록 사랑하는 낭군님~

참 핏줄 이어받은 아기 하느님 낳아 드리고 싶어요!

교주는 천천히 일어나 계단을 내려서더니 꽃을 받아 향기를 맡고 소녀를 슬쩍 안아 올려 볼에 뽀뽀를 했다. 그러고는 다시 계단을 올라 단상 위에다 소녀를 올려놓았다.

"정말로 아기 하느님을 낳고 싶어요?"

"네."

소녀는 진지한 표정으로 대답했다.

"오, 정녕 거룩한 모성이로다! 여러분, 정조를 거지발싸개보다 하찮게 여기는 이 타락 시대에 우리가 천상으로부터 받은 사명은 시원의 순결을 회복하는 것입니다. 과거의 윤리가 아니라 미래의 도덕으로! 그리하여 새 천지의 자궁에서 범속함을 벗은 신인이 태어나는 것입니다. 이 어린 숙녀를 순결성의 봉인이 찍힌 성 처녀로 인증하노라. 옴 바라바라……."

그는 흐뭇한 표정으로 소녀의 엉덩이를 슬슬 매만지고 있었다.

"기뻐요? 참마음으로 저 모든 분들에게 밝혀 주어요."

"네, 사랑하는 낭군님이시여, 너무 기뻐요! 그런데 언제 씨알을 받아 새 아기 하느님을 낳을 수 있나요, 네?"

깜찍한 말투에 관중들은 웃어댔다. 하지만 어색함을 감출

수 없는 웃음이었다.

"왜 웃죠? 그건 바로 여러분의 마음이 아직 더러운 욕망에 차 있기 때문입니다! 생은 영원하지 않으니 모든 추악한 욕망들을 버리고 이처럼 순결한 연꽃이 되어야 할 것입니다."

교주는 소녀를 계단 아래 무대까지 데려다주었다. 어린 소녀들이 퇴장함과 동시에 다른 문으로부터 교복 차림의 여중생과 여고생들이 줄지어 나왔다. 춤은 추지 않고 미소만 지은채 "저희는 주님의 영원한 신부예요~" 하고 소곤대며 고개를 숙였다.

"오, 진실한 나의 신부여⋯⋯."

교주는 속삭이며 껴안아 주었다. 청운은 두 눈으로 그 광경을 똑똑히 바라보면서도 도저히 믿을 수가 없었다.

'종교란 게 과연 저런 것이었던가! 내가 이렇게 경악하고 수치스러워하는 것도 내 속에 더러운 정욕이 잠재해 있기 때문인가? 혹시 선감학원에서 너무 어릴 때 추악한 폭행을 당해서 내가 피해망상에 빠진 것일까?'

그는 눈에 힘을 준 채 마치 연극과도 같은 야릇한 언행이 벌어지는 무대를 바라보았다.

'사심 없는 맑은 눈으로 보면 저런 모습도 영롱한 세상의 한 모습일까? 후, 그래도 너무 야하군. 아줌마들은 그렇다 치더라도, 어린 소녀들에게 신랑이니 낭군이니 여보니 하는 말을 대체 왜 어떻게 가르쳐주었길래 저럴까? 어른이란 것들이 세뇌를 시켰다고 볼 수밖에 없다. 저 소녀의 부모들은 웃고 있지만 과연 마음속으로도 해괴망측한 짓거리를 용인하고 있을까? 종교의 아롱다롱한 베일 속에서는 다 천국으로 변하는 걸까?'

청운은 고개를 흔들었다. 새하늘교의 신도들은 교주를 신으로 떠받들고 있지만, 사회 일각에서는 그를 기발한 희대의 색마로 지탄한다는 사실을 풍문으로 들은 바 있었다. 내부로 들어와서 보니 그 풍문은 전혀 허황한 얘기만은 아니었다. 오히려 어눌하지만 구체적인 사실들을 윤호 형으로부터 듣고는 간담이 떨릴 지경이었다.

"교주가 천재인 건 인정해얄 것 같아. 내가 볼 때 동서고금의 진리에 통달하고도 한 단계 더 나아간 것 같거든. 그런데 영웅이나 천재들은 에너지가 상당히 강하잖아. 그건 정신력이기도 하지만 육체의 성욕 에너지이기도 하거든. 영웅호색이란 말이 괜히 나왔겠니? 아무튼 평범함을 뛰어넘어 신과 같은 사람이 되는 건 좋은데, 지나치게 색을 밝히는 건 좀 구역질이 나기도 해. 이건 나도 어디서 들은 거라 긴가민가하긴 한데, 일주일에 한 번씩은 젊은 여자가 하얀 옷차림으로 베일을 쓰고 교주 궁전으로 들어간다는 거야. 호화찬란한 아방궁에서 선택된 여자인 '선녀'는 교주에게 공순히 큰절을 한대. '사랑하옵는 낭군님, 아기 천군님 낳아드리고 싶은데 어떠세요?' 그러면 교주는 엄숙한 목소리로 말한다는 거야. '신부여, 묵은 죄악을 잊고 이리 와 나와 함께 새 하늘 새 사랑의 열매를 맺자꾸나.' 젊은 아가씨뿐만 아니라 남편 있는 여자 중에서 고운 여자는 부름을 받는다고 하더군."

"남편은 어쩌구?"

"그게 나 참…… 남자도 교리에 빠져 마치 목수 요셉처럼 기뻐한다나. 평범하고 추악한 인간을 초월한 새 아기를 낳아 널리 퍼뜨려야 새 하늘의 천국이 빨리 온다니까 뭐."

청운의 입에서는 헛웃음이 나왔었다. 많은 의문점이 머릿속을 맴돌았다. 사이비 종교에 빠져 제정신을 잃은 사람들은 무지해서 그렇다 치더라도 도대체 국가는 왜 보고만 있는 것일까? 국민을 괴상스런 교리로 꾀어서 농락하는데도 왜 실상을 조사해 명백히 밝히고 처단하지 않을까? 신도는 종교의 왕국에 속할 뿐 국민이 아니란 말인가. 저 귀빈석 위의 고위 공무원들은 왜 이런 황당한 도깨비 모임에 참석해 교주의 머리에 후광을 더해 주는 것일까?

그 순간에도 무대에서는 하얀 블라우스를 입은 여중생들과 여고생들 그리고 여대생 중의 '미래 신부'들이 춤추고 노래하며 한 송이의 예쁜 꽃을 만들어 교주에게 바치고 있었다. 교주는 흐뭇한 표정으로 입가에 미소를 흘렸다. 청운은 사악한 복마전 속에 들어와 있는 느낌이었다.

예전부터 미국이나 영국, 프랑스 등 소위 선진국에서는 신흥 종교라 하더라도 잘못된 정부나 사회의 부정부패를 비판하고 진실한 새 왕국을 꿈꾸는 경우가 더러 있었다. 그러나 이 땅에서는 그렇지 못했다. 새로 나타난 종교라고 해도 기독교나 불교 계통의 암부에 기생하면서 그 숙주 종교보다 더 저속하게 타락하는 게 대부분이었다. 5·16쿠데타로 한 나라의 정권을 장악한 군부 세력이 사회악을 척결한다며 깡패뿐만 아니라 죄없는 신문팔이나 어린 구두닦이들을 잡아들여 강제 노동 수용소로 보내고 날아가는 새까지 떨어뜨리면서도, 독버섯처럼 창궐하는 사이비 종교를 그냥 두고 보는 건 대체 무슨 까닭일까? 특히 미국 선교부의 비호를 받는 기독교계 종교는 급성장했고 그런 와중에 신흥 사이비 교파도 우후죽순처럼 생겨났다. 불교 계통이라고 별로 다르지 않았다. 음흉하고 음습하기는 똑같았다. 그들은 신의 가호를 빙자해 천당과 천국을 떠벌리면서 가난하고 괴로운 사람들의 고혈을 마구 쥐어짰다. 그런데도 단속하는 척 시늉이나 하면서 대한민국이라는 엄연한 국가 권력이 사이비들을 척결하지 않는 까닭은 과연 무엇일까?

청운은 도무지 알 수가 없었다.

'혹시 자기네들이 사이비라서 그런 게 아닐까?'

청운은 쓴웃음을 지으며 고개를 저었다.

사회가 어지럽고 부패할수록 사이비는 기승을 부리게 된다. '혁명 정부'도 처음엔 그나마 부정부패를 내몰고 새 나라를 건설하려 노력하는 듯싶었으나, 차츰 스스로 변질돼 독재와 각종 부정부패를 일삼았다. 그것도 어디까지나 새 나라 건설을 거창하게 내세우면서. 자신의 양심과 진실을 걸고 전국민 앞에 맹세했던 민정 이양을 거부하고 권좌에 앉은 대통령은 이후에도 계속 국민과의 약속을 어기는 그 버릇을 버리지 못했다.

　구악 철폐를 외치는 와중에도 사이비 종교의 꼬리는 잘렸을지언정 머리와 몸통은 진실의 가면을 쓰고 살아남았다. 오히려 더욱 번창하는 시절이었다. 부정한 사람이 부정한 사람을 단죄하는 척할 수는 있어도 진정 단죄할 수는 없다. 영웅이든 독재자든, 교주 한 사람을 신봉한다는 점에서 한국은 신흥 사이비 종교 단체와 많이 닮아 있었다. 어린 학생들이 배우는 국정교과서에 '삶아서 찢어 먹어야 할 민족의 원수인 살인마'로 표현된 김일성은 흉악한 사이비 종교의 교주로 비유되기도 했다. 무장간첩들은 붉은 뿔을 단 도깨비로 불렸다.

　한편 사이비 종교 측은 마귀의 뿔을 숨기기 위해 각계 각층에 귀한 선물을 하고 필요시엔 금품을 마구 살포했다. 비리를 감추고 번성하려면 어쨌든 정부 여당 편에 붙어야만 했다. 경제계의 대기업체들이 하는 수법을 배웠는지도 몰랐다. 신도들의 가난한 주머니에서 나온 성금 중의 많은 액수가 그런 구멍으로 **빠**져나갔다. 신도들에겐 청빈한 삶이 천상의 하느님께 가깝다고 설교하면서도 교주 자신은 아방궁 속에서 지상 최고의 쾌락을 누렸다.

사이비 종교의 교리는 대체로 현실 생활을 부정하고 어딘가 하늘 속 무지개 너머에 존재한다는 안락궁^{安樂宮}을 내세웠다. 가진 것 다 버리고 청정한 마음으로 우주의 참 진리에 순종하면 석삼년 내에 안락궁전으로 들어가게 된다는 것이다.*

이승에서 고통당하고 어렵게 살면서도 신앙을 통해 새롭고 행복한 저승을 갈망하는 신도들은 직업과 재산과 가족까지도 버리고 도깨비의 섬으로 들어간다. 거기 고립된 채 성령의 세

---

* 수많은 유사 종교들은 그동안 각양각색의 천국이나 천당을 내걸어 놓고 순진하거나 무지한 신도들을 속여 왔다. 그럼 사이비 종교에 **빠**진 신도들에겐 과연 아무런 잘못도 없을까? 얼마 전 검찰에 구속된 지천교^{地天敎} 교주는 이렇게 말했다.
"나는 다만 광고지에 나의 신념을 올려놓았을 뿐이다. 원래 나는 신은 아니었다. 그런데 사람들이 신으로 옹립하기에 그냥 가만히 앉았을 뿐이다. 도대체 내가 무슨 추악한 거짓말을 했는가? 내가 직접 돈이나 무슨 여성의 몸을 달라고 요구한 적은 없다. 그들 스스로 받아 달라고 기도했다. 그런데 내가 왜 거절할 필요가 있겠는가? 주는 걸 거절하는 건 죄악에 걸린다. 돈에 대해 한 마디 하자면, 그건 자꾸 써야만 돌고 돌아 인간들에게 의미를 창출해 준다. 실상 나를 이렇게 돈에 헤픈 사람으로 만든 건 그 신도들이며 난 오히려 피해자인 셈이다."

례를 받은 '국민'들은 순한 양이 돼 교주의 광신도로 변했다.

새하늘교 교주는 단상에서 우렁차게 외쳤다.

"나는 하느님의 심부름꾼으로 이 자리에 왔습니다. 그런 내가 말합니다. 우리는 천국을 지향하지만, 다른 사이비 종교와는 달리 어디까지나 이 땅 위에서 차근차근 사다리를 밟아 올라가 신인으로서 새 하늘을 건설하는 것입니다! 여기서 극히 조심해야 할 사항이 있으니 유의하세요. 우리는 땅을 벗어나되 지상을 무시하지 않으며, 하늘에 오르되 천상을 중시하지 않는 신인간인 것입니다! 천지자연의 운행은 오묘하여 속인들은 짐작할 수 없습니다. 우주적으로 볼 때 지구상의 중심인 우리 대한민국…… 물론 우리 교도들은 이곳을 떠나 근본 자리로 가야겠지만…… 이곳은 우리의 영원한 조국인 것입니다! 바로 이곳에 한 위인이 나투었습니다. 물론 우린 이 땅을 떠나야겠지만…… 여러분! 갈 땐 가더라도 이 헐벗은 조국을 위해 일할 분을 일단은 대통령으로 뽑아 놓지 않는다면, 저 천국에 가서라도 회한의 눈물을 흘리게 될 것입니다."

그는 만장한 신도들을 침묵 속에 휘둘러보더니 갑자기 발작이라도 하듯 목청껏 외쳐댔다.

"오, 여러분! 민주주의와 평등을 내세우는 빨갱이 당은 겉보기엔 천사 같지만 사실은 악마 새끼입니다! 평등이란 말은 좋지만, 과연 여러분이 나와 같다고 할 수 있습니까? 신이 원숭이입니까? 설령 그렇다고 하더라도 그 사이엔 수많은 사다리가 놓여 있건만, 단번에 맞먹으려고 하니…… 아, 저 빨갱이당 후보자를 도둑놈에 사기꾼이라고 선포하는 바입니다!"

신도들은 환호성을 올리며 열렬히 박수를 쳤다.

청운은 입속으로 중얼거렸다.

'아마도 국가가…… 악한 사이비 종교를 방관하는 것은…… 투표에서 행사될 그런 눈먼 몰표를 의식해서인지 몰라.'

멀리서 고함 소리가 갑자기 커졌다가 작아졌다 하며 들려왔다.

"정도를 벗어나 사악한 길을 걷고 있는 독고 홍달 교주는 천지존명 앞에 석고대죄하라! 천지 정화 대공사를 하여 새 하늘과 새 땅과 새 사람을 창조한다고 선전하지만, 실상은 하늘을 헐게 하고 땅을 헐게 하고 인간마저 헐게 하여 피고름을 흘리게 하고 있지 않느냐? 본래의 진리를 왜곡하여 민심을 희롱하는 자에게 천지의 징벌이 있을지라!"

하지만 저지조에 막혀 대문을 뚫고 들어오지는 못하는 모양이었다. 악에 받친 소리가 이어졌다.

"이 나라의 경찰은 도대체 누구 편인가? 정도의 편인가, 사도의 편인가? 우리는 폭력을 증오하며, 단지 진실을 밝혀 천지의 정도를 되찾으려 할 뿐이다! 우리의 앞길을 막지 말라!"

그러자 메가폰을 통해 굵직한 목소리가 울려 나왔다.

"아, 거 소란 피우지 말고 좀 조용하시오! 대한민국 경찰은 어느 편도 들지 않고 단지 신성한 공무를 집행할 뿐이오! 여러분들에게 무슨 불만이 있는지 모르지만, 우락부락한 불한당도 소속된 듯한 단체를 입장시킬 수는 도저히 없소! 왜냐? 지금 이 순간 저곳엔 도지사님을 비롯해 공무를 보시는 분들이 계시기 때문이오. 그리고 이미 위협적 사안에 대한 신고가 들어와 있기 때문에, 우리는 당신네들이 떠나지 않으면 밤새도록 여기서 보호를 해야 하는 판국이오. 양해하기 바라며, 지금부터 조금이라도 소란을 피울 경우 즉시 공권력을 발동하여 구속할 것임을 알립니다! 반항할 경우엔 즉각 발포할 테니 유의하기 바랍니다. 또한 새 사람 운동은 우리 국가에서 추진하는 새 마음 운동과도 통하는 바, 그런 불온한 언동은 빨갱이로 즉결처분 될 수 있으니 조심하시오!"

그런 후엔 아무런 소리도 들리지 않았다. 한번 빨갱이로 찍힌다는 건 본인뿐만 아니라 일가 친족이 연좌제^{緣坐制}에 갇혀 지옥에 떨어지는 것과 같았다.

그 시절엔 이런 일도 있었다.

한 남자가 셋집에서 만삭의 아내와 두 아이랑 자고 있는데 갑자기 건장한 남성 셋이 방으로 들이닥쳤다. 한 사람이 허리춤을 올리는데 권총과 수갑이 보였다. 그들은 조사할 게 있다며 막무가내로 나가자고 말했다. 넋이 나간 채 끌려가 차에 타고 있는데 잠시 후 그의 늙은 어머니도 끌려왔다. 검은 지프차를 타고 도착한 곳은 남산 중앙정보부였다.

요원들은 아들과 늙은 어머니의 눈을 가린 채 뒷문으로 데리고 들어간 다음 서로 다른 취조실에 감금했다. 바닥에 박힌 넓찍한 타일들에 거뭇거뭇한 핏자국들이 보였다. 그들이 시키는 대로 군복으로 갈아입자마자 여러 명이 달려들어 사정없이 몽둥이질과 발길질을 했다. 기절했다가 깨어나니 뒷머리에서 피가 흘렀다.

취조를 담당한 자가 말했다.

"월북 후 북괴 공작원으로 남파된 네 아비가 잡혀 서울구치소에 수감돼 있다. 네 아비가 실토해서 너희 가족을 잡아 온 것이다. 간첩 활동한 것을 다 불어라!"

"저는…… 그런 적이 없습니다."

"니가 시인하지 않으면 네 어미도 발가벗긴 채 네 옆에 매달아 놓을 것이고, 네 아내도 그렇게 할 것이다. 그래도 거짓말하면 아이들을 데려다 이 모든 모습을 보여 주겠다."

고개를 흔들자 옷을 싹 벗긴 채 공중에 매달아 몽둥이로 구타하고, 수갑을 채운 양손과 가슴 사이에 무릎을 집어넣게 한 후 쇠파이프를 꽂아 거꾸로 대롱대롱 매달아 놓았다. 그 상태에서 얼굴에 수건을 덮고 고춧가루 물을 붓기도 했다. 울기도 많이 울고, 그냥 죽고 싶다는 생각뿐이었다. 더 견디기 힘든 건 다른 방에서 흘러나오는 어머니의 비명 소리였다. 일부러 소리가 들리도록 방문을 조금씩 열어 놓았던 것이다.

얼마 후 중정 요원들은 그의 동생과 숙부, 숙모, 외삼촌, 고모, 고모부까지도 잇따라 영장 없이 끌고 와 외부와 연락을 차단한 채 석 달 동안이나 불법 구금했다.

요원들은 피해자들에게 6·25 때 행방불명된 아버지가 북한 간첩으로 남파됐고, 그에게 포섭돼 고정 간첩으로 활동했다고 자백하라 강요했다. 일주일 동안 잠을 재우지 않고 가혹한 고문을 했다. 피해자들은 결국 허위 자백을 할 수밖에 없었다. 주범으로 몰린 남자는 '남파된 아버지와 함께 북한으로 올라가 밀봉교육을 받고 잠입해서 간첩 활동을 한 자'로 날조됐다.

아버지와 헤어진 건 그의 나이 다섯 살 때여서 전혀 기억이 없었고 이후 전혀 만난 적도 없었다.

재판에서 사형 선고를 받은 그는 이듬해 무기징역으로 감형돼 억울한 옥살이를 하다가 30년 후 다 늙은 모습으로 출소했다. 그의 어머니는 징역 10년, 숙부와 동생은 각각 5년을 선고받아 복역했다.

한번 빨갱이 딱지가 붙은 그들에겐 출소 후의 세상도 또 다른 거대한 감옥이었다. 그들 가족의 집엔 밤마다 돌이 날아왔고, 우물가에 가면 사람들이 서둘러 자리를 떴다. 길을 지날 때는 '저기 빨갱이 새끼 간다' 하고 수군댔다. 연좌제에 얽매인

가족과 친척들은 모두가 취직도 못한 채 밑바닥 빈민으로 떠돌아야 했다.

그런 슬픈 이야기를 청운은 넝마주이를 하며 밑바닥 세상을 떠돌 때 듣게 되었던 것이다.

대강당에서 교주의 탄신을 축하해 부르는 어린 소녀의 노랫소리만 또렷이 허공에 떠돌았다.

여보, 낭군님~
사랑스런 아기 하느님을 낳게 해주세요!

청운은 그곳으로부터 몇 걸음 벗어나 유리창 앞에 가 섰다.

멀리서 공사하는 소리가 들려왔다. 50미터 이내에 보이는 건물들은 산뜻하게 완공돼 있었고, 100미터쯤 떨어진 곳에서는 신축 공사가 한창 진행 중이었다. 병원에 부속된 요양원 건물이었다. 공사장에서 일하는 사람들은 대부분 새하늘교에 소속된 신도들이라고 했다. 서울이든 지방이든 한 달에 닷새씩 신도들은 의무적으로 노력 봉사를 하게 되어 있었다. 물론 무임금이었다. 전문적인 기술을 가진 자는 그 분야로, 그 외엔 막노동에 투입되었다. 모든 건축물이 그렇게 지어졌다.

교단은 아차산 아래에 수십만 평의 산야와 넓은 논밭을 소유한 채 신도들로 하여금 농사를 짓게 해서 자급자족했다. 그

농지도 원래 야산과 황무지를 헐값에 구입해서는 신도들의 피땀으로 개간해 옥토로 만든 것이었다.

교주의 자식들은 금수저를 물고 태어난 덕택에 온갖 축복과 부귀영화 속에 자랐다. 특히 후계자로 지목되고 있는 외아들은 어린 나이 때부터 여중생과 여고생을 임신시키는 등 섹스 스캔들을 일으킨 뒤, 미국으로 유학 가서 호화 생활을 하며 마약 복용 상태로 온갖 추잡한 사건을 일으켰다.

눈꽃

●■▲

청운은 탄신일 행사가 끝난 후에도 본부 교단에 남게 되었다. 반대파의 행동대원들이 언제 쳐들어와서 행패를 부릴지 모르기 때문이었다.

교단 측에서는 정보를 수집하는 한편 경찰서와 협의하여 파출 분소를 설치한다는 소문도 돌았다. 청운은 지은 죄도 없으면서 왠지 가슴이 울렁거렸다. 아무리 덤덤해지려 애써도 선감도가 떠올라 제풀에 심장이 할딱거리는 것이었다.

'그렇다고 개처럼 꼬리를 내릴 순 없지.'

그는 입술을 꽉 깨물었다. 어떡하든 복마전의 비밀을 캐내어 세상에 고발하고 싶었다.

하지만 쉽지 않은 짓이었다. 천궁^{天宮}에 거처한다는 교주는 다시 볼 수 없었고, 종무회관이나 그곳에서 일을 보는 사람들은 상급직이든 하급직이든 접근조차 여의치 않았다.

청운이 조금이나마 편하게 다가갈 수 있었던 사람은 일반 평신도들이었다. 일반 신도에도 계급이 있어 한 급이라도 높으면 상전으로 군림하고 낮으면 하인으로 봉사했다. 지상의 인간에서 천상의 신인으로 도약하는 과정에도 사다리가 있고 그 사다리의 한 계단은 천금보다 무겁다는 의미였다.

사실 한 단계를 오르는 건 쉽지 않았다. 물론 신심이 제일 중요한 기준이었지만, 그 신심은 무엇보다 성금, 즉 성스러운 재물 헌납과 인신 공양으로 판정되었다. 일전 한푼 없는 사람이라도 새하늘교에 대한 신심으로 무장하고 이 거리 저 거리를 헤매 다니며 선교하여 새 신도를 많이 끌어 오기만 한다면 사다리를 훌쩍 뛰어 오를 수 있었다. 그중에서도 가장 화려한 건 딸을 교주에게 바쳐 황비로 간택되는 일이었다. 그렇게 되면 그 소녀의 부모는 단번에 사다리도 필요 없이 최상급의 귀인으로 올려 모셔졌다.

하급 평신도 아주머니들이 청운에겐 생판 남처럼 여겨지지 않았다. 그들은 어쩌다 저리 됐을까? 그 아주머니들은 괴상한 붉은 경전 속의 구절을 구세주의 약속으로 믿고 읊조리지만 바깥세상에서 본 아주머니들과 그닥 다르지 않은 성싶었다. 노력해서 성공하고 싶지만 능력이 못 미쳐 잡일을 맡아 하는 가련한 여인네들…… 혹시 엄마도 어디선가 저 아줌마들처럼 살고 있지 않을까?

청운은 조심스레 그들에게 얘기를 걸어 탐문을 시도했으나 엄마의 소식은 알 길이 없었다.

기다려도 봄은 오지 않고 찬바람만 심하게 불어댔다. 쌓여 있던 눈이 펄펄 날려 마치 먼 과거의 백설이 다시 내리는 것 같았다.

하얀 옷을 입은 여자가 마당을 가로질러 천천히 천령탑 쪽으로 걸어가고 있었다.

'아, 누나…….'

청운은 눈을 크게 뜬 채 입속으로 중얼거렸다. 여자의 검고 치렁치렁한 머리가 센 바람에 흩날렸다. 가녀린 몸매까지도 선감도에서 본 박꽃 누나를 닮은 듯했다. 청운은 그녀 쪽으로 발을 떼어 놓으려다가 일순 멈췄다. 박꽃 누나보다 키가 조금 작은 성싶었고, 무엇보다 전혀 절룩거리지 않는 걸음이었던 것이다.

"야, 너 왜그래?"

함께 보초를 서고 있던 윤호 형이 물었다.

"아냐, 그냥……."

청운은 더듬더듬 대꾸했다.

"예쁘지? 하지만 임자가 있는 몸이란다."

"응? 누군데?"

"성처녀라고나 할까. 하느님의 신부라고 하며 남자를 거부한댄다."

윤호는 말한 후 가볍게 한숨을 내쉬었다.

"그래?"

"이건 비밀이야. 교주가…… 거 뭐 있잖아, 참 신부로 점을 찍고 맞아들이려는데…… 본인이 완강히 거부한대."

"왜?"

"교주는 사람이지 참 하느님이 아니라며 그런대더라."

"맞는 말인데 뭘 그래."

"그래도 그건 신성모독이지. 부모까지 나서서 구슬리는데도 막무가내라나. 아, 참 걱정된다."

윤호는 말끝에 긴 한숨을 쉬었다.

"엄마까지?"

청운은 떨리는 목소리로 물었다.

"그래. 부모가 다섯 살에 데려와 입교시켰다는데…… 신앙 교육을 철저히 받았을 텐데도 자꾸 교주를 인간이라고 무시하니 원 참……."

"여기서 내보내 버리면 될 텐데."

"그러면 나도 좋을 텐데…… 교주가 딱 막고 있거든."

"왜?"

청운은 윤호 형의 눈을 바라보며 물었다. 윤호는 고개를 돌려 눈에 덮인 산을 바라보았다.

"자기 신부가 돼야 한다는 거겠지."

"그런 욕심을 안 부리면 이 세상이 얼마나 아름다울까!"

청운은 안타깝다는 표정으로 탄식을 토했다. 올해 열일곱 살이 된 그는 굵은 눈썹 밑 검은 눈동자에 고독감과 세상에 대한 의혹과 부정의 빛을 담고 있었다. 야생 고양이가 인간 앞에서 보이는 눈빛이라고나 할까. 창백한 얼굴은 다소 수척한 듯싶었으며 거뭇거뭇 자란 수염 속의 입술은 가끔 시니컬한 미소를 짓곤 했다.

몸은 군살이 없고 근육질이었는데 겨울나무처럼 좀 메마른 모습이었다.

"저 여자가 어딘가로 가고 나면, 왠지 이 세상이 텅 비어 버린 쓸쓸한 공간이 될 것만 같아…….

윤호가 한숨을 섞어 중얼거렸다.

"뭐? 그럼 형이 저 여자를 사랑하는 거야?"

윤호는 한참 만에 작은 소리를 겨우 흘려냈다.

"응."

"그럼 어쩔 테야?"

"나도 모르겠어. 어찌 해야 할지…….

그의 탄식은 허연 입김이 되어 회색 허공으로 날아갔다.

며칠 후였다. 먼저 의혹을 제기한 건 윤호의 입에서였다.

"안 보여. 없어져 버린 것만 같아."

"뭐가?"

"설화 말야. 아무래도 이상스러워."

설화雪花란 그가 사랑한다던 그 흰옷 입은 가냘픈 여자였다.

"뭐가 이상해?"

"아무래도 교주 놈이 궁전으로 납치해 가서 강제로 제 신부로 삼은 모양이야. 그녀가 스스로 응낙할 리는 없으니까…….
온갖 추잡스런 강압을 했겠지. 아흐, 개쌍놈! 그냥 가만 놔두면 천령탑에 가서 하느님께 어여삐 기도하며 살 텐데……."

그는 광기 어린 목소리로 막 지껄였다.

"제발 좀 조용해. 잘못 걸리면 형도 죽을 수가 있단 말야."

"그 여린 설화가 원통함을 못 이겨 스스로 목을 맸거나, 교주 놈이 죽여서 어디다 몰래 묻어 버렸는지도 몰라. 궁전 어디선가 젊은 여자가 구슬피 우는 소리와 비명 소리, 그리고 미쳐서 히히 웃으며 마구 욕을 하는 소리를 어떤 할머니가 들었다는 소문이 있거든. 아, 이 세상에 살아 있기만 한다면……."

청운은 묵묵히 교주의 천궁을 쳐다보았다. 그의 미간이 떨리며 찌푸려졌다.

바다에 갇힌 선감학원에서 맞아 죽고 암매장되는 경우를 많이 보았지만, 설마 대한민국의 중심인 서울 한복판에서 그런 일이 벌어질 수가 있을까?

하지만 모를 일이었다. 선감도를 탈출하긴 했으나, 그곳에서 겪은 지옥 같은 고통은 몸과 마음 속에서 영속되었다. 잊으려 할수록 오히려 더 선명한 핏빛을 드리우며 파노라마처럼 펼쳐졌다.

죄 없는 어린 아이들을 무인도에 가둬 놓고 개돼지 취급하는 걸 모른 척한 이 따위 나라에서…… 그 어떤 괴이한 일인들 안 일어나겠는가.

"형, 우리 한 며칠 더 살피면서 좀 확실히 알아보자. 별일이 없을 수도 있잖아. 알았지? 하지만 조심해야만 돼. 우리가 먼저 죽어 감쪽같이 암매장돼 버릴 수도 있으니까."

"개새끼들, 어디 두고 보자!"

"형, 제발 흥분하지 말고……."

"걱정 마. 내가 다 알아낼 수 있어. 늘…… 눈꽃이 내 가슴속 심장을 어루만지면서…… 머릿속에서는 자기 얘기를 들려주거든."

"형도 참……."

"거짓말이 아냐."

"사실 나도 그 사이비 종교 교주에게 원한이 있는 사람이야. 엄마를 세뇌시켜 뺏어 가는 바람에 난 고아로 험한 세상을 살게 됐거든. 나도 그놈의 교주가 사는 궁전을 파괴해 버리고 싶은 심정이야. 하지만 그럴수록 조용히 기회를 노려야 해.”

“알았어. 조심하면서 캐 볼게.”

그는 추위에 얼어터진 입술로 희미하게 웃었다.

하지만 보지 못할수록 애정은 몽상 속에서 더욱 절절이 깊어지는 건지, 며칠 지나지 않아 윤호 형의 가슴은 마치 석류처럼 쩍 쪼개져 버렸다. 그리고 벌겋게 타는 심장을 주체하지 못하고 반쯤 미친 듯 어슬렁거리며 연인에 대한 사랑과 교주에게 향한 증오감을 마구 주절댔다.

그 무렵엔 조신하던 설화 어머니도 불안스런 낯빛으로 이 구석 저 구석을 눈여겨보며 돌아다니고 남문이나 북문 앞에 선 채 오래도록 먼 길을 바라보곤 했다. 천령탑을 돌며 중얼중얼 기도하는 여윈 아낙네의 머리카락은 점점 하얗게 세어 갔다.

그런 모습을 볼 때마다 청운의 가슴은 얼음으로 만든 바늘에 쿡 찔린 듯 서늘한 통증을 느껴야 했다.

그런데 언제부턴가 윤호 형이 보이지 않았다. 좀 괴상하게 변하긴 했으나 늘 어디선가 보이긴 했기에 안쓰러움을 느끼면서도 동시에 ‘혹시 가장을 하고 있는지도 모를 노릇이지. 좀 더 두고 보자.’라고 생각했었다. 하지만 하늘로 날았는지 땅속으로 꺼졌는지 아무리 찾아도 흔적이 전혀 없었다.

며칠 후 청운은 사무실로 통하는 계단을 걸어 올라갔다.

수소문한 결과는 오리무중이었다. 공사장에도 가 보고 교화 복지원 부근을 어슬렁거리며 탐색해 봤지만 허사였다. 윤호 형을 아는 신도 아줌마들이나, 함께 지내기도 했을 법한 고참 형들에게도 물어 봤지만 모른다는 대꾸뿐이었다. 때때로 농담을 나누며 웃기도 했던 사람들이 돌벽보다 더 견고한 느낌으로 다가왔다.

혹시 몰래 죽여 암매장했을지도 모른다는 의혹이 든 청운은 밤중에 후래쉬를 들고 산자락을 샅샅이 훑어보기도 했다. 하지만 잔설에 덮인 바위산은 쓸쓸한 절망감만 안겨 줄 뿐이었다.

청운은 최후의 절박한 심정으로 걸음을 옮겼다. 한 계단 한 계단 밟을 때마다 불안감과 두려움이 솟았지만 억눌러 참았다.

'내가 죄를 지었을 수는 있어도 여기서는 지은 죄가 없어. 멍청아, 선감도로 끌려가는 게 무섭더라도 힘 좀 내봐!'

속으로 외치며 문을 열었다. 불그무레한 방 속에서 화투질을 하고 앉은 사람들의 모습이 비현실적으로 여겨졌다.

청운은 그 몽환적인 시공간을 좀 더 절실히 느껴 보려는 듯 바라보고 서 있더니 곧 무거운 침묵을 안고 발을 돌렸다.

'저들이 무엇을 알고 있을까, 설령 알더라도 과연 사실대로 가르쳐 줄까?'

전혀 가능성이 없다는 대답만이 뇌리 속에서 메아리쳤다. 그 순간이었다.

"야 임마, 왜 왔다가 그냥 나가는 거야? 저놈이 갑자기 쉬어
빠졌냐? 흠, 뭔지 수상스럽군. 야, 너 이리 와!"

조롱하는 듯하던 목소리가 갑자기 냉혹하게 바뀌었다.

청운은 돌아서서 슬슬 다가갔다.

"거기 꿇어 앉아!"

청운은 그대로 서 있었으나 잠시 후 무릎을 굽혀 고분고분
앉았다. 화투나 치며 히득거리던 사람들의 인상이 갑자기 싸
늘히 변했기 때문이었다. 그리고 환상과도 같은 히히덕거림
속에서 무지막지한 폭력을 휘두르던 선감원의 사감이나 방장
들이 귀신처럼 떠올랐기 때문이었다. 그때 당한 고통은 몸이
마음과 달리 제멋대로 행동케 했다. 생각과 달리 입은 굳어, 괴
상한 신음 소리를 냈다.

"임마, 왜 그래?"

"피에로 형이 없어서…… 죽은 게 아닌가 여쭤 보려고…….."

청운은 눈을 내리깔며 대답했다.

"피에로가 누구야?"

"제가 좀 착각을 했습니다. 피에로가 아니라…… 윤호 형
이…….."

"아, 걘 제 집에서 데려갔어."

"왜요?"

"왜긴 뭐가 왜야. 그런 반 미친 녀석을 뭣에 쓰려구."

"그럴 리가 없는데……."

"귀가했다면 귀가한 줄 알아야지. 야 임마, 그럼 내가 거짓말을 한다는 거야? 쟤가 좀 이상스럽군."

보라색이 도는 안경을 낀 남자가 천천히 구두 굽 소리를 내며 다가오더니 한쪽 입귀로만 미소 지으면서 청운의 머리를 툭툭 건드렸다.

창백하던 청운의 얼굴이 불현듯 붉어지기 시작하더니 다시 창백해졌다. 그는 입을 꾹 다물고 있었다.

"왜 유감 있냐?"

남자는 청운의 양 뺨을 보석 반지 낀 손등으로 툭툭 두드리며 이죽거렸다.

"그 형은 집도 부모님도 없는 고아라고 했어요. 살았든 죽었든…… 이곳 어딘가에 있을 거예요."

청운은 미간에 주름살이 질 만큼 감정을 억제하며 말했다.

"니 따위가 뭘 안다고 그래, 응? 새파란 놈이 보자 보자 하니 안 되겠군."

순간 청운의 뺨따귀에 불이 일고 곧장 눈앞으로 구둣발이 날아들었다. 청운은 이마를 숙여 그 공격을 막는 동시에 상대의 다리를 붙잡아 밀어내었다. 아무 생각이 없었다. 그냥 선감도에서 당했던 폭력을 벗어나야 한다는 생각뿐이었다. 힘이 거세였던지, 광이 번쩍번쩍 나는 구두가 주인 격인 사람보다 높이 공중에 뜨며 요란스런 비명소리가 터졌다.

"사람 죽인다! 살인나겠다! 야, 빨리 경보 치고 경찰에도 연락해!"

화투판에 앉아 있던 사람들이 모두 벌떡 일어나 달려왔기 때문에 누가 지른 소린지 알 수 없는 판국이었다.

청운은 벌떡 일어섰다. 한 찰나에 수많은 얼굴이 서로 겹치면서 악을 썼다. 그것은 선감원에서 자주 보았던 악귀와 같은 모습이었다.

경찰이라는 소리를 듣는 순간 청운은 온몸을 파르르 떨더니 자신을 붙잡아 죽이려는 아귀 손들을 온 힘껏 뿌리치곤 달려나갔다.

차가운 바람이 얼굴을 맞받아쳐 불어왔다. 미끈하는 순간 청운은 눈길에 미끄러져 나뒹굴었다. 그는 엎어진 상태로 아주 잠깐 눈을 들어 한곳을 바라보았다. 매화 꽃잎만큼이나 굵은 눈송이가 하늘하늘 떨어져 내리고 있었다. 그리고 높다란 천령탑 아래 머리가 허옇게 센 한 여인네가 허리를 구부린 채 기도를 올리고 있었다. 바로 설화의 엄마였다. 딸이 행방불명된 뒤 갑자기 늙어 버린 모습이었다.

청운은 고통도 잠시 잊곤 그 정경을 눈여겨보았다. 하지만 추격자들을 본 청운은 벌떡 일어나 다시 내달렸다. 넓은 마당을 가로질러 정문 방향으로 가는 척하다가 슬쩍 우회하여 뒷산 쪽으로 뛰었다. 그러고는 지난번에 윤호 형의 무덤을 찾을 때 뚫어 두었던 철조망 구멍으로 기어 나갔다. 그는 헐레벌떡 달아나면서도 혹시나 싶어 이리저리 휘둘러보았다.

아차산 등성이를 넘을 땐 두 눈에 불현듯 물기가 맺혀 어룽 거렸다. 백설 한 송이가 눈동자 위에 떨어졌기 때문인지도 몰 랐다.

한참 걸어가자 저 멀리 아물아물 푸른 한강이 흐르는 게 보 였다.

"도망친다고 겁먹었다곤 생각하지 마라. 힘을 길러 꼭 돌아 올 것이다."

청운은 손등으로 눈시울을 닦으며 중얼거렸다.

눈발이 점점 촘촘해졌다.

자물쇠 속의 아이들

2부

청춘 경매

단팥빵

●■▲

다시 부평초처럼 떠도는 신세가 되었다.

지친 몸을 깃들일 만한 자그마한 둥지 하나 찾을 수가 없었다. 영세한 공장 지대를 기웃거려 보기도 했으나, 주민증을 보자거나 학력이나 경력 따위를 시시콜콜 따지듯 물어보는 탓에 정나미가 떨어졌다.

"쳇, 일만 잘하면 될 텐데…… 왕궁이나 되는 듯이 뭘 그렇게도 허세를 부린담."

그래서 청운은 하루 벌어 하루 사는 막노동을 해 가며 겨우 연명했다. 어린 꼬맹이 시절에 각설이 타령을 부르며 길바닥을 전전하던 설움보다 더 낫다고 할 것도 없었다. 일거리가 늘 있는 게 아니어서 굶는 적도 많았다. 그렇다고 그때처럼 구걸을 할 수도 없고, 깡패들을 따라다니고 싶은 맘도 없었다. 어떻게든 해서 자리가 잡히면 공부를 하고 싶었다. 그래서 헌책방에서 우선 검정고시 강의록을 한 권 사 검게 물들인 군용 잠바 주머니에 넣어 다니며 틈틈이 읽곤 했다.

표지를 들치면 이런 글귀가 희미하게 인쇄되어 있었다.

캄캄한 밤하늘의 저 별들이 아름다운 건
그곳에서 저마다 독특하게 피어나려 애쓰는
눈에 보이지 않는 꽃 한 송이 때문이다.
황량한 저 사막이 아름다울 수 있는 건
아득한 그 어딘가 맑은 샘물을 감추고 있기 때문이다.
별이나 사막이나 혹은 인간을 진정 아름답게 하는 건
눈에 보이지 않는 법이다.*

현실이 삭막해서 그런지 혹은 앞날이 캄캄해선지 모르지만, 그 시 구절을 읽으면 청운은 자신의 내면 속에 걸려 있는 검은 거울을 보는 것만 같았다. 미래는 비칠 듯 말 듯 어른거리는 그림자 같을 뿐 결코 보이지 않았다.

'난 마치 샘물도 없는 황막한 사막을 헤매는 폐인 같아.'

심한 갈증이 입보다는 마음속으로 몰려왔다.

그래서 굶주림에 지쳐 노숙을 할 때에도 머릴 들어 밤하늘

---

* 생텍쥐페리, 『어린왕자』에서

을 쳐다보며 별들에게 얘기를 걸곤 했던 것이다.

'나도 그곳으로 가고 싶어. 난 지금 수많은 지옥 중에서도 춥고 배고픈 지옥을 지나 고독지옥 속에 있어. 그곳엔 어떤 존재들이 살고 있는지 궁금해지는군. 얼굴 모습이나 생김새나 입은 옷이 서로 좀 다르면 어때? 마음이 따뜻하면 다 통하지 않을까 싶어.'

미친 척 입속으로 웅얼대다가 고꾸라져 잠이 들었다.

다음날 다시 주린 배를 안고 거리를 배회할 때면 죽을지도 모른다는 공포감이 몰려왔다. 설령 굶어 죽지 않더라도 어떤 야수가 갑자기 목덜미를 물고 흔들어 죽인 후 자신의 살을 뜯어먹을 것만 같았다. 마치 자기가 미친 들개가 돼 비틀비틀 도시의 시가지로 내려온 듯 불안스럽고 초조한 심정이었다. 차라리 다시 그 무서운 선감도의 지옥 속으로 숨어 들어가고 싶을 지경이었다.

"차라리 지옥 속의 길을 걷고 있다고 생각하자. 음…… 그러니까 조금은 마음이 편해지는군. 저기 저 도인은 붉은 천을 목에 걸고 하늘 위의 천국과 땅 속의 지옥을 설교하네. 아, 하지만 바로 이 땅 이 나라에 지옥과 천국이 있지 않을까 싶어. 저 예쁜 소녀는 아름답게 미소 짓는군. 아아, 천국 사람과 지옥 사람이 한 찰나에 만나 스쳐 지나가네."

청운은 굶주림에 지쳐 비틀거렸으며 헛소리를 하는 기색이었다. 아직 꽤 차가운 바람이 길게 자란 그의 머리카락을 흩날렸다. 그는 헐떡거리면서도 길바닥에 주저앉지 않고 계속 걸었다.

제기동 시장 앞에서 한 사내가 중얼중얼 씨불이고 있었다. 벌겋게 단 화덕 위의 석쇠엔 껍질이 벗겨진 뱀들이 놓여 소리 없이 입을 쩍쩍 벌리며 꿈틀거리고 있었다. 산 몸뚱이에서 기름이 방울져 떨어지며 지글거렸다. 단말마도 못 지른 채 질긴 목숨이 끊어진 뱀이 노릇노릇하게 익으면 사내는 집게로 집어 대나무 바구니에다 가지런히 담았다. 그러고는 입으로는 계속 떠들며 마대 자루에서 산 뱀을 꺼내어 대가리에서부터 단숨에 껍질을 벗겨 내렸다. 핏물이 배어난 뱀의 몸뚱이는 불 위에 놓이기 전 사내의 팔목을 감으며 파르르 떠는 것처럼 보였다.

사내가 눈을 들어 청운을 쳐다보곤 만병에 특효라며 빙긋 웃었다. 사내의 눈은 탁하고 동공이 노르무레한 게 영락없이 뱀의 눈을 닮아 있었다.

"만물의 영장이라는 인간보다 더 영물이여. 안 먹으면 손해랑께."

청운은 고개를 흔들며 발길을 옮겼다. 저 앞에 벽면이 온통 하얀 고층 건물이 서 있었다. 긴장이 갑자기 풀려 버렸는지 터덕터덕 걸으며 서글픈 웃음을 흘렸다. 그는 그 건물 안으로 들어갔다.

그곳은 매혈, 즉 피를 파는 곳이었다.

얼마 후 청운은 아까보다도 더 허청거리는 걸음으로 그곳 계단을 걸어 나왔다. 하지만 조금쯤 밝은 얼굴로 단팥빵 봉지를 뜯고 있었다. 이어 빵을 한입 베어 물려는 순간이었다.

　"어이, 젊은 피가 아깝지도 않나?"

　굵직한 목소리가 들려왔다. 청운은 빵을 입에서 떼며 곁눈질로 살폈다. 검은 선글라스를 낀 신사가 옆에서 보일락 말락 미소를 짓고 있었다. 진회색 양복 위에 검정 코트를 걸친 세련된 모습이었다.

　"상관 마슈."

　청운은 빵을 뜯어 먹으며 대꾸했다.

　"금이나 다이아몬드보다 더 고귀한 피를 왜 그렇게 몇 푼 헐값에 내버리나? 죽는 길도 많다만 살 길도 많은데……."

　청운은 무심한 척 가장하면서 슬쩍 상대방을 살폈다. 혹시 경찰이나 선감학원에서 온 사감이 아닌가 싶어서였다. 사내는 허연 이빨을 내보이며 빙긋 웃었다.

　"어이, 노다지 한번 캐보지 않을래? 아무려면 피 팔다 죽는 것보다 황금덩이 속에 묻혀 죽는 게 낫지 않겠어?"

　"혹시 사기꾼 아니슈?"

　그러자 사내는 정색을 했다.

　"그런 소리 마라. 난 대통령을 보좌하시는 분의 한 심부름꾼일 뿐이야. 이건 국가를 위한 일이란 말야."

"예?"

"순진하긴. 네가 선감학원에서 도망친 놈이란 사실도 이미 알고 있다. 흐흠, 생각이 있으면 조용히 따라오고 안 그러면 당장 꺼져."

사내는 세련되고 당당한 폼으로 걸어갔다. 청운은 주위를 살폈다. 도망칠까, 저자를 따라갈까? 그는 다급히 머리를 굴렸다. 일단 도망가자! 그는 발을 떼었다. 그런데 문득 머릿속에 선감학원에서 겪었던 기억들이 떠올랐다. 그는 마치 낚싯바늘에라도 걸린 듯 천천히 사내를 뒤따랐다.

"까짓것, 죽든 살든 어차피 지옥이긴 마찬가지야."

그는 입속으로 중얼거렸다.

정장 사내는 길가의 라일락 다방 앞에서 힐끗 뒤돌아보더니 회심의 미소를 지으며 다방 안으로 들어갔다. 마담과 레지 아가씨의 인사를 못 본 척 그는 구석 자리로 가서 털썩 퍼져 앉았다.

"어이, 편히 앉으라구. 내가 뭐 저승사잔 아니니 겁먹지 말구. 여기 칼피스 두 잔 가져와!"

사내가 느긋이 말했다. 검은 선글라스 위에 불빛과 다방의 풍경이 반사되곤 했다.

청운은 상대의 그런 겉꾸밈새 혹은 비밀스런 위장을 무시하듯 고개를 숙여 버렸다.

"제가 선감도에 있었다는 건 어떻게 알았죠?"

사내는 입꼬리에 슬쩍 미소를 띄웠다. 그리고 명함 하나를 꺼내 내밀었다. '중앙무역공사 동대문지구 영업과장'이란 직함이 찍혀 있었다.

"쉽게 알 수가 있지. 죄인의 냄새가 나거든, 흐흐……. 그것보단 우리가 모든 죄인을 감시하고 있다는 편이 더 정확하겠군."

"난 죄가 없어요! 억울하게 끌려간 것도 원통한데……."

"흠, 물론 그렇겠지. 하지만 사실은 그닥 중요치 않아. 그런 곳에서 썩었다는 게 문제지."

"난 썩지 않았어요. 최면술사처럼 조작하려고 하지 마세요!"

"그래, 물론 지난 일보다 미래가 더 중요해. 사실 말이지만, 선감학원 출신들도 내가 몇 명 다뤄 봤어. 깡다구가 있지, 하하. 멀리 부산에 있는 형제복지원에서도 애들이 지원해서 올라온다구."

"예?"

"놀라지 말고 그 차나 마셔."

사내는 찻잔을 들어 혀를 축였다. 청운은 저도 모르게 따라하려다 멈추었다.

"어쨌든 군대는 가얄 것 아냐. 군대 물을 먹어 봐야 철부지 소년에서 성인다운 청년이 된단 말야. 더군다나 여긴 일반 부대가 아니라 대한민국 최고의 특수 부대거든."

청운은 잔을 들어 검붉은 빛이 도는 차를 한 모금 마셨다. 달콤 쌉쌀한 맛이 은근한 향기와 함께 뇌 속으로 스며들며 기묘한 환상을 자아내는 듯했다.

"그런데 왜 이런 곳에서 나 같은 부랑인을…… 삐까번쩍한 사람들이 많을 텐데……."

선감도란 소리 때문에 자꾸만 꺼림칙했던 것이다.

"흠, 거긴 잘났거나 돈 많다고 갈 수 있는 곳이 아니야. 우리 한민족을 위해 일한다는 지극한 애국심과 사명감을 가진 심신이 건강한 사람이 아니면 불합격이야."

"제겐 그런 애국심이 없어요."

"왜?"

"외딴섬에 어린애들을 가둬 놓고 죽이는데도 아무런 도움도 주지 않는 게 무슨 나라예요! 그렇게 해도 좋다고 면허를 줬다는 얘기도 있어요."

"지난 일은 잊어버려. 인생만사 희비쌍곡선이야. 그래서 이번엔 우리 국가에서 기회를 주려 하잖아."

"무슨 기회죠?"

"잘 들어. 간단히 말하겠다. 너가 만약 민족 사업에 동참한다면 국가는 여러 가지 특혜를 베풀어 줄 것이다. 우선 입대와 동시에 모든 전과가 말소된다. 일정 기간 임무 수행 후 제대할 때면 깨끗한 유공 증명서와 주민증이 발급될 것이다. 주민증 없인 하루도 숨 쉬고 살 수 없는 사회니깐 말야."

청운은 저도 모르게 침을 꿀꺽 삼켰다. 어린 날부터 이때껏 부랑아로 세상의 길바닥을 떠돌면서 얼마나 불안하고 쥐새끼마냥 비루했던가. 인간답게 한번 살고 싶다!

선글라스를 낀 사내는 청운의 속내를 뚫어 보는 듯 엷은 미소를 입가에 띠곤 말했다.

"뿐만 아니라 우리의 정보망을 가동해서 네 고향과 부모를 찾아 준다. 그 정돈 쉬운 일이야, 허허허."

"정말인가요?"

"흥분하지 마라. 그런 특혜들은 입대 후 주어진 임무를 완벽히 수행해 냈을 때 가능한 것이니까 말야."

청운의 눈빛이 좀 흔들렸다. 그는 어항 속을 부유하는 금붕어들을 바라보다가 곧 시선을 들어 창밖 저 멀리 푸른 하늘을 나는 새들을 물끄러미 쳐다보았다.

사내의 목소리가 어딘지 더 유들유들해졌다.

"고민할 게 없는데 뭘 그러냐? 일반 군부대보다 교육과 훈련이 빡세다는 사실은 미리 알려 주니까 아예 한꺼번에 심사숙고한 뒤 결정해라. 일정 훈련이 끝나면 특수 요원으로 임명돼 007 영화에 나오는 요원들처럼 멋지게 활동하며 살 수 있다. 한 명의 특수 요원이 되는 순간 국가의 명령 외엔 아무도 너를 건드릴 수가 없다. 그리고 무엇보다도 중요한 건 돈이 아니겠나? 차곡차곡 쌓아 놓은 월급과 특별 상여금을 제대 시에 합산해 고급 주택 열 채를 살만한 1억(요즘 액수로는 100억쯤) 원을 일시불로 지급해 준다. 또한 원한다면 공무원으로 특채돼 마치 암행어사처럼 근속할 수도 있어. 느긋이 팔도강산과 세계 각지를 여행하면서 자신의 영광을 만들어 내는 것이지."

사실 청운은 돈 같은 건 크게 관심이 없었다. 차라리 10만 원이나 100만 원이라고 했다면 좀 더 구체적으로 욕심이 생겼을까? 1억 원이란 거액은 현실성을 넘어 화려한 환상의 꽃불놀이처럼 느껴졌다.

속지 않으려면 미리 욕심을 자제해야 한다. 그런 환상엔 별관심이 없었으나 '고향'과 '암행어사'란 얘기엔 은근히 마음이 흔들린 모양이었다.

"해보겠습니다."

청운은 심각한 표정으로 말했다.

"그래, 잘 생각했어. 봉 잡은 거라구, 그것도 국가의 봉황 깃을……."

사내는 모처럼 두 입귀를 활짝 올려 웃었다.

"그럼 오늘은 어디 여인숙에 들어가 조용히 지내고, 내일 아침 6시까지 청량리역의 시계탑을 기준으로 왼편 구석에 붙은 헌병 출장소 앞으로 나와. 알았지?"

사내는 지갑을 꺼내더니 지폐 몇 장을 뽑아 건네었다.

청량리의 추억

●◼▲

석양이 붉은 생^生 다이아몬드처럼 빛나며 서산마루에 걸려 있었다.

청운은 길가의 녹슨 깡통이나 돌멩이를 차며 천천히 동대문에서 청량리 쪽으로 걸음을 옮겼다. 이전처럼 맥빠지지 않고 오히려 들뜬 기운을 억누르려는 표정이었다.

경찰서나 순경을 봐도 움츠러들지 않고 보란 듯 조금쯤 빼기는 태도를 내보이기도 했다.

그때 마침 어디선가 애국가의 음율이 장중히 울려 퍼지기 시작했다. 행인들은 마치 인형처럼 그 자리에 우뚝 멈춰 서서 가슴에 손을 올렸다.

"우리는 자랑스러운 태극기 앞에 조국과 민족의 무궁한 영광을 위하여……."

청운은 그냥 깡통을 차면서 생각에 잠겨 걸어갔다.

"야, 임마! 너 이리 좀 와!"

굵은 목소리가 청운을 불러 세웠다. 돌아다보니 순경이었다.

"왜 그러죠?"

"뭐, 왜냐구?"

"예."

"얌마, 너 북한에서 내려온 간첩 아니야?"

"웃기지 마슈."

"애국가 앞에서는 대통령 각하께서도 엄숙해지시는데 감히 너 따위가…….."

"난 그런 형식적인 애국이 아니라 진짜 애국하러 목숨 걸고 떠나는 몸이우. 씨팔, 나라가 나라답게 대해 줘야 애국가도 부를 마음이 생기지."

"이 자식 이거 미친놈 아냐?"

"그래, 미쳤다고 칩시다. 그러는 아저씨는 왜 엄숙하게 경례하지 않고 경망스레 딱딱거리시우?"

"응? 그렇지……! 너 거기 잠깐 서 있어. 경례 끝나고 어디 보자!"

순경은 갑자기 로봇처럼 부동자세로 서서 가슴에 손을 얹었다.

"몸과 마음을 바쳐 충성을 다할 것을 굳게 맹세합니다……."

청운은 녹음된 성우의 맹세문을 들으며 계속 걸었다.

'이 땅, 이 나라는 과연 내게 무엇을 주었는가? 조국과 민족이라…… 흠, 너무 거창스러운 느낌이 드는군. 그저 이 땅 위에 사는 사람들이 겁먹지 않고, 굶주리지 않고, 자신의 작은 꿈이나마 꿀 수 있는 나라라면……'

중요한 생각을 하는 순간 억센 손아귀가 어깨를 턱 거머쥐었다. 청운은 흘끗 돌아보았다. 조금 전 로봇같이 엄숙히 경례하던 그 순경이었다.

"너 쓴맛 좀 봐야겠다. 순순히 따라오지 않으면 수갑을 채워 연행하겠다. 만약 반항할 시엔 이 권총이 네 이마를 박살낼 것이다!"

"애국하러 가는 사람을 막다니 우습네. 흐흐……."

"이 자식이 정말 미쳤나 보군. 농담이 아니야!"

순경은 권총을 들어 청운의 머리를 바로 겨냥했다.

"또 지랄하면 나도 더 못 참는다. 이 방아쇠를 당기는 순간 넌 개돼지의 시체와 비슷해지는 거야. 대한민국의 위대하고 장엄한 전진을 훼방 놓는 놈들은 즉결처분에 처한다! 상부의 지침이니 날 원망하진 마라."

순경은 자신의 누르께한 얼굴로 지을 수 있는 가장 험악한 표정을 지으려 애쓰며 최후통첩을 했다. 이마에 작은 땀방울이 돋아날 정도로 진지하고 심각한 모습이었다.

청운은 입을 쩝 한번 다셨다.

"쏘더라도 이걸 본 뒤에 쏘슈."

그러고는 주머니에서 신사로부터 받은 명함을 꺼내 내밀었다.

"뭐야, 이게? 꼼짝 말고 가만 서 있어!"

순경은 심드렁한 표정으로 명함을 받아 들곤 쓱 훑어보더니 천천히 신음을 흘리며 돌려주었다. 갑자기 그의 눈엔 연민의 기색이 떠돌면서 목소리도 너그러워졌다.

"잘 가게. 조국과 민족을 위해……."

순경은 악수를 청했다. 청운이 그의 손을 잡자 순경은 열정적으로 흔들어대면서 머리도 세차게 끄덕였다. 그 바람에 모자가 벗겨져 떨어져 버렸다. 드러난 대머리에 석양빛이 한 점 비쳐 반짝거렸다.

청운은 거리가 먼 줄도 다리가 아픈 줄도 모른 채 생각에 잠겨 걸었다.

여덟 살 어린 나이에 부모를 잃고 거렁뱅이로 헤매 다닌 길이었다. 눈물겨운 삶이기도 했지만 어찌 보면 보잘것없는 잡초 인생이기도 했다.

'아, 선감도에서 말 못할 고생을 겪었으면서도 난 여전히 엄마 품을 그리워하는 어린애 심보를 마음속 깊숙이 지니고 있어. 엄마의 치맛자락을 붙잡고 있었단 말이야. 이젠…… 이번 기회를 통해 치졸한 소년에서 벗어나야만 해. 나 스스로 성장하려 노력하지 않으면 하느님이 도와주려 해도 안 될 것 같아.'

그는 정신병자처럼 홀로 중얼거렸다. 지나가던 사람들이 흘끔흘끔 바라보며 혀를 쯧쯧 찼지만 전혀 신경 쓰지 않았다.

'그동안 나 자신만을 생각한 것 같아. 내 아집과 욕망의 노예가 되어 하찮은 한 목숨 생존 경쟁이나 하면서, 뭔가 다른 어떤 것을 위해서는 살지 못했어. 이번 기회에 누추한 나를 한번 죽여 다른 것을 위해 던져 보자! 그러면 혹시 다른 내가 태어날 수도 있지 않을까……'

청운은 어느덧 청량리역 광장 앞에 서 있었다.

이미 어둠이 내리고 불빛들이 켜져 밤과 동거를 시작했다. 작은 불빛 한 점 속에서 수많은 추억을 되새기다 보니 어둠도 부드러운 베일인 양 정겨웠다.

청운은 시계탑 오른편을 흘끗 살펴보고 나서 왼쪽으로 걸어갔다. 허름한 식당들이 몰려 있는 곳이었다. 결똘마니로 돌아다니던 한겨울, 소박한 꿈을 하나 꾸었다면 그건 따스한 식당에 들어가 푸짐한 돼지국밥을 먹는 일이었다. 이제 그럴 수가 있다! 소주도 한 잔 곁들여서…….

그런데 식당 간판을 가까이서 바라보는 순간 청운은 딱 멈춰 섰다. 불현듯 이상스런 고독감이 가슴 밑바닥으로부터 치밀어 올라왔던 것이다. 식욕은 사라져 버리고 쓸쓸한 정신만 저녁 바람에 흩날렸다.

'난 왜 여기 서 있는 걸까? 대체 무엇 때문에 여기에……? 물론 아직 확실하진 않지만…… 그곳이 한번 들어가면 다시 살아나오기 힘들다는 바로 그 무서운 곳이 아닌지 모르겠어. 선감원에서도 귓가로 들은 적이 있었지. 하긴 뭐 실상은 직접 겪어 봐야 알겠지만…….'

청운은 발길을 돌려 고개 숙인 채 역전 광장을 이리저리 거닐었다. 어둠은 불빛 속에서도 점점 짙어졌다. 외로움을 못 이긴 듯 그의 입에서 한숨이 새어 나왔다. 그때였다.

"따뜻한 방이 있어. 함께 가 재미있게 놀지 않을래, 응?"

어떤 여자가 속삭이며 청운의 곁으로 다가붙어 팔짱을 꼈다. 진한 분냄새와 아양 섞인 콧소리가 아니라도 그녀가 어떤 신분의 존재인지 청운은 이미 짐작할 만했다. 그는 별도 없는 어두운 허공을 응시했다.

"뭘 그래? 자기도 외로운 늑대 같은데…… 슬픈 해어화의 이야길 한번 들어 줘 봐."

"해어화가 뭔데요?"

"아이참, 무식하긴. 가르쳐 주면 나랑 갈 거지? 해어화解語花란 사람의 말을 알아듣는 꽃이란 뜻이야."

그제야 청운은 눈을 돌려 여자를 바라보았다. 분을 발랐음에도 부석부석한 피부를 가릴 수 없는 얼굴에, 큰 눈은 웃고 있었으나 정기가 없고 메마른 입술엔 거품이 일어나 있었다. 원래 체형이 그런지 굶어서 그런지 모르게 삐삐 마른 몸매였다.

가끔 한 번씩 폐가 찢어진 듯 이상스러운 기침 소리를 냈다.

청운이 가만히 있자 여인은 물고기의 입질을 느낀 낚시꾼처럼 부드럽게 그의 팔을 끌고 588번지 쪽으로 데려갔다.

좁고 지저분한 골목 양옆으로 홍등가가 죽 늘어서 있었다. 유리창 속의 인형 같은 여인들이 붉은 등불 아래서 사내들을 향해 요염한 미소를 던졌다. 정육점의 불빛과도 같은…….

여인은 그곳을 지나 좀 더 으슥한 곳으로 청운을 끌고 갔다. 흐릿한 30촉짜리 전구가 꽃샘바람에 흔들거리는 후미진 쪽방 지대였다. 청운은 여자의 분냄새를 맡으며 어느 한 곳으로 들어갔다. 쭈그려 앉아 담배를 피우고 있던 여자들이 웃으면서 말했다.

"저 언니 오늘 횡재했네. 어떻게 저런 새신랑을 모셔 왔을까?"

"사랑도 좋지만 새서방이 폐병에 걸리진 않아야 할 텐데."

"죽음도 불사코 다가온 열애…… 아, 얼마나 멋질꼬!"

깔깔거리는 웃음소리가 어둠을 흔들었다.

여자는 그런 소리들이 싫다는 듯 청운을 앞세워 데려가며 아무 대꾸 없이 뒤에서 침묵의 장막을 치려는 모습이었다. 여자가 이끄는 대로 방 안으로 들어서자 딸깍 하며 흐릿한 알전구가 켜졌다.

콩기름을 먹인 종이 장판 한쪽에 분홍빛 이불이 깔려 있었다. 여자는 청운을 끌어 앉혀 다리 위에 이불을 덮어 주었다.

그리고 낡아빠진 소형 티브이를 켰는데 흐릿한 포르노 영상이 잠시 나오다가 꺼져 버렸다. 여자는 그 고물을 탁탁 두드리다가 청운이 별 관심을 보이지 않자 꺼 버렸다.

"자기야, 몸 녹이면서 잠시만 기다려, 응?"

여자가 상체를 구부린 채 방문을 나서며 말했다. 검정 치마 밑의 종아리가 희고 가녀렸다.

"저기요…… 소주 한 병 부탁해요."

여자는 돌아보며 고개를 끄덕였다.

"그리고…… 좀 출출하니까 고기보쌈도 한 접시 시켜 주세요."

여자의 눈이 좀 커졌다.

"그건 비싼데……."

"하하, 걱정 마세요."

청운은 주머니에서 지폐를 꺼내 여자에게 한 장 건네었다.

"알았어요."

여자는 살짝 웃고는 나갔다가 하얀 수건 속에 콘돔을 숨겨 들어왔다.

"이게 뭐죠?"

"혹시 필요할 것 같아서……."

"하하하!"

갑자기 청운은 미친놈처럼 웃어대더니 콘돔을 집어 입에 대고 바람을 불어 넣었다. 점점 부풀어 올랐다. 청운은 얼굴이 새

빨개지도록 기를 쓰고 숨을 불어 넣었다.

"그만, 그만, 그만!"

여자가 팔을 날개인 양 흔들며 소리쳤다. 청운은 한 숨결 더 불었다. 눈시울에 눈물 한 방울이 맺힌 순간 허연 풍선은 뻥 소리를 내며 터졌다. 여자가 손톱으로 꼬집어 버렸던 것이다.

"하하!"

"호호호!"

두 사람은 웃어댔다.

얼마 후 술과 안주가 배달돼 오자 여자는 마치 안방마님처럼 바지런을 떨며 신문지 위에 한 상 잘 차렸다.

"한 잔 드시와요, 새 낭군님."

여자는 눈웃음을 지으며 잔을 채웠다. 찰랑거리는 투명한 소주를 청운은 단숨에 쭉 들이켰다. 그러고는 여자에게 잔을 건네곤 찬 소주를 부었다. 여자는 여윈 두 손길로 잔을 받들어 잡곤 입술로 가져가 천천히 꼴깍꼴깍 마셨다. 찬 바깥바람 속에 있다가 온기 속으로 들어와서 그런지 어쩐지 모르지만 그녀의 눈망울엔 물기 한 점이 맺혔다. 그게 눈물인지 소주 방울인지 청운은 알 길이 없었다.

"자기야, 긴밤 놀 거지?"

여자가 다정스런 목소리로 물었다.

청운은 대꾸 대신 술잔을 비웠다. 여자의 눈에 아양의 빛이 일었다.

"그러려면 계산부터 먼저 좀 해줄래, 응? 불독 년이 하두 지랄을 해대서……."

청운은 주머니에서 돈을 손에 잡히는 대로 꺼내 여자에게 쓱 내밀었다. 여자의 눈이 휘둥그레졌다.

"그렇게 많인 필요 없어. 장난치지 마."

"장난?"

청운은 소주잔을 들어 쭉 들이켰다. 그러고는 한숨을 쉬곤 피 판 값으로 받았던 몇 장만 빼서 주머니에 쑤셔넣은 후 나머지를 밀어 버렸다.

"이걸로 내일 아침에 해장국만 한 그릇 먹으면 땡인걸 뭐."

"왜? 혹시 죽으려고 해?"

여자가 짐짓 놀란 척하며 물었다.

"군대엘 가."

청운은 무인도에서 돌을 하나 바닷물에 던지는 듯이 막막한 표정으로 대꾸했다.

"진작에 그럴 것이지. 깜짝 놀랐잖아, 우리 얄궂은 어린 신랑 땜에……. 죽지 말고 잘 다녀와. 변치 않고 여기서 낭군님을 기다리고 있을 테니까, 응?"

청운은 쓸쓸히 미소 지을 뿐이었다.

둘은 주거니 받거니 잔을 비웠다. 술을 마실수록 청운의 얼굴은 더욱 창백해졌는데 여자의 얼굴엔 붉은 반점이 돋아나 차츰 범위를 넓혀 갔다. 그리고 간혹 밭은기침을 쏟아냈다. 하지만 몸이 흐느적거릴 즈음엔 홍조만 짙어질 뿐 기침은 잠잠해졌다.

"노래 하나 해보세요."

청운의 요청에 여인은 의외로 다소곳이 고개를 숙이곤 나무 젓가락으로 쟁반을 두드리기 시작했다.

> 자고 나도 사막 길 꿈속에서도 사막 길
> 사막은 영원의 길 애달픈 나그네 길
> 낙타 등에 꿈을 싣고 사막을 걸어가면
> 황혼의 지평선에 석양도 애달퍼라
> 저 언덕 넘어갈까 끝없는 사막의 길
> 노을마저 지면 갈 곳 없는 이 마음…*

방은 초라했지만 따스했다. 연탄불을 제때 잘 갈아 넣은 모양이었다. 연탄가스 냄새마저도 역겹기보다 오히려 향기롭게 여겨지는 시간이었다.

어느 결에 여인은 낡은 회색 외투를 벗어 버려 연보라빛 털

---

* 김능인 작사, 〈사막의 한〉

스웨터에 검정 치마 차림이었다. 뒤로 모아 묶었던 머리를 풀어내려 그런지 어쩐지 언뜻언뜻 드러나는 목이 한결 희고 가녀려 보였다.

청운 같은 어린 나이에 그런 참혹한 인생길을 걸어왔을진대, 외로운 눈길에 그 창녀가 혹시 천사나 선녀로 보였다고 해서 헛되다고 나무라는 사람이 만약 있다면 너무 야멸차지 않을까. 왜냐하면 천사나 선녀란 꼭 외양이 아름다운 존재가 아닐 수도 있기 때문이다.

추억 속의 슬픈 박꽃 누나에 대해 회상하던 청운은 쓴 소주의 맛에 취했는지 선감학원에서 겪은 고통스러웠던 얘기를 처음 본 창녀에게 늘어놓았다.

일제강점기에 세워져서 수많은 불우 청소년들과 독립투사의 자손들을 끌어가 교육시켜선 전쟁터의 총알받이나 일본군 병사들의 성 노리개로 썼다는…… 그리고 해방 후엔 고아나 부랑아를 잡아들여 하루 15시간씩 가혹한 강제 노동을 시켰던 그 지옥…… 특히 5·16쿠데타 후엔 새롭고 밝은 나라를 만든다며 조금만 수상쩍거나 누추해 보여도 즉각 잡아갔다. 심지어 집과 부모가 있는 아이들도 그런 억울한 경우를 당했는데, 그건 수용되는 아이 한 명당 경찰관이나 구청 공무원에겐 살인자를 잡은 것보다 높은 고과 점수가 부여되고 선감학원 측엔 정부 보조금이 주어지기 때문이었다.

여자는 처음엔 지어낸 거짓말이라고, 대명천지 대한민국에 어찌 그런 희한스런 일이 있겠느냐며 고갤 흔들었다. 하지만 청운의 말 한 마디 한 마디가 체험으로부터 나왔음을 느끼게 된 그녀는 찰랑거리는 소주 한 잔을 쭉 들이키더니 한숨을 폭 내쉬었다. 밭은기침이 따라 나왔다.

"하긴 참 악마가 함께 사는 요지경 세상이긴 해. 콜록콜록…… 내가 뭐 요조숙녀는 아니지만, 아직 서른도 안 된 나이에 요 모양 요 꼴로 시들어 버렸으니, 콜록…….."

"어쩌다가……."

청운은 더 물을 수 없어 소주만 마셨다.

"나도 사실은 한이 많은 년이야. 옛날에 일본 놈들이 처녀들을 끌고 가서 정신댄지 뭔지 시켰다고 지랄을 해쌌는데…… 실은 이 나라 이 땅 사람들이 더 악독한 것 같아……. 호호호, 놀라지 말어. 난 동방예의지국이라는 이 나라에서도 골수파인 저 경북 대구 지방의 양반 선비 가문에 태어난 몸이야. 그런데 호호, 어떤 일이 있었는지 아니? 사촌 오빠란 자가…… 여고생의 순결성을 강제로 더럽혀 놓았어. 뒷동산에 밤 주우러 가잔 말에 속아 따라간 내 잘못, 내 잘못인 건 알아. 하지만 그 후엔…… 사촌 오빠는 징그럽게 웃으며 협박했기에 난 눈물을 글썽이며 추악한 그의 요구를 들어줄 수밖에 없었어."

여자는 술잔 속의 투명한 액체를 물끄러미 내려다보더니 홀

쩍훌쩍 울며 천천히 비웠다.

"얼마 후 임신 사실이 들통나고…… 아기가 누구 씨인지 밝혀지자, 집안에서는 비밀회의를 열었던가 봐. 지금 내가 질질 짜는 건, 강제로 지워진 아기 때문이 아냐……. 그 옛날의 사대부 양반이니 선비의 후손입네 자랑하는 집안 어른들이…… 쥐새끼 같은 종손을 살리기 위해 나를 화냥년으로 몰아 고향 땅에서 내쫓아 버린 거야. 엄마마저도 지엄한 가문의 명을 차마 거역하지 못해 울면서 내 등을 떠밀어 내더군……. 내가 이 세상에 부대끼면서 느낀 건, 그런 사람이 의외로 많다는 사실이야. 우릴 같은 사람이 아닌 도깨비로 보는가 봐. 호호, 그러면서 왜 기웃기웃 찾아오는지……. 자기들도 도깨비보다 못한 지푸라기면서……. 그들 자신은 고려 조선 사대부 양반의 핏방울을 받은 대한민국 국민이고 나 같은 년은 뽁을 가진 인형이라고 생각하나 봐. 이 나라마저도 우리를 하나의 국민이 아니라 더러운 화냥년이라고 여기는 건, 아마 고조선 때부터 대대로 물려 내려온 게 아닌가 싶어."

여자는 눈물 자국으로 더러워진 얼굴로 구슬피 웃었다.

"우리 조상이라는 양반 사대부 분들의 추악한 위선은 아마 기네스북에 올려놔도 금메달감이 될 거야. 옛날에 말야, 조선 시대의 돈 많은 양반 중엔 겉으론 성인군자인 척하면서 밤엔 예닐곱 살짜리 어린 소녀들을 품고 잤다잖아. 그리고 더 큰 쾌락을 위해 그 가엾은 소녀들의 이빨을 생으로 다 뽑아낸 뒤 부드러운 입으로 펠라치오를 하도록 시켰대.”

“펠라치오가 뭐예요?”

청운은 미간을 찌푸리며 물었다.

“음, 그건 우리가 쓰는 전문 용어야. 남자의 거기를 빨아 주는 거지 뭘.”

멀리서 통행금지를 알리는 사이렌이 울었다. 청운은 허리를 한번 추스려 세웠다.

“그래도 난 이 나라를 위해 내 서글픈 생명을 던지고 나갈 거예요. 그런 가짜 사이비 나라가 아닌 진짜 우리나라를 위해…….”

“호호, 너무 진지해서 어렵네.”

“그래요. 내 마음속에도 여러 가지 추한 욕망이 있겠지요. 그래도 내 말의 반에 반쯤은 인정해 줘요.”

“어머, 얼굴까지 붉어지네. 호호, 이 창녀 왕국의 여왕이 아무런 사심 없이 그대의 맑은 충성심을 인정하노라.”

그리고 입술을 내밀어 청운의 볼에 키스를 했다. 부드럽고 촉촉한 생명의 감촉이었다.

청운은 전혀 경험이 없는 숫총각처럼 그녀의 이마와 눈과 코와 입술과 볼에 입을 맞추었다. 여자가 키스를 받는 채로 쟁반을 밀쳐 버리곤 방구석에 깔린 노란 이불 위로 그를 이끌었다. 청운이 그녀의 스웨터를 밀어 올리고 가슴에 입술을 대려하자 여자는 잠시 반항하는 듯하더니 곧 더 세게 사내의 머리를 끌어안았다. 청운은 빈 젖을 오래도록 빨았다. 닳아빠진 여체 같은데도 여자가 자꾸 간지럽다며 몸을 비비꼬는 바람에 좀 성가셔진 청운이 중얼댔다.

"너무 그러네. 가짜는 싫어."

"뭐가 가짜야? 가망 없지만…… 미래의 아기를 위해 깨끗이 남겨 두려는데……. 알랑 들롱은 여주인공의 몸을 가지고 놀 수 있는데도 잠시 만지고 말잖아. 그게 멋있는 거야."

그러면서도 직업의식을 잊지 않았는지 청운을 보듬곤 허약한 허벅지를 슬쩍 벌렸다. 청운은 치솟아 오르는 정력을 주체치 못해 아랫도리를 폭력적으로 움직였다. 헐떡이는 신음 소리에 섞여 그르렁거리며 울리는 폐 속의 소리를 들으면서 죄의식을 느끼면서도…….

검은 선글라스

●■▲

바람이 아직 꽤 차가웠다. 아직 새벽 어스름이 걷히기 전이
었다.

청운은 역전 식당에서 해장국밥 한 그릇을 사 먹은 뒤, 광장
을 거닐며 시계탑과 반대편 구석에 붙은 헌병분소를 번갈아
바라보곤 했다.

집결 시간인 6시까지는 아직 10분쯤 남아 있었다.

'갈까, 말까?'

청운은 고민에 빠져 망설였다. 인생의 갈래길 앞에 서서 막
상 결정을 내려야 할 순간을 맞닥뜨리자 공포감이 턱없이 무
겁게 가슴을 짓눌렀다. 그냥 발길을 돌려 도시의 뒷골목을 떠
돌거나 또는 산천을 방랑하며 꿈속의 무릉도원인 고향을 찾
아가고 싶기도 했다. 하지만 발을 떼려는 순간 새로운 세계에
대한 호기심과 선글라스 사내의 언약이 화려한 만화경^{萬華鏡}으

로 펼쳐지며 가슴을 뛰게 했다.

　문득 시 한 구절이 떠올랐다. 검정고시 영어 강의록에 나온
것이었다.

　　노란 숲속에 두 갈래의 길이 있었다.

　　나는 두 길을 다 가지 못하는 것을 안타깝게 생각하며

　　오랫동안 서서 한 길이 굽어 꺾여 내려간 데까지

　　바라볼 수 있는 데까지 멀리 바라보았다.

　　그리고 똑같이 아름다운 한 길을 택했다.

　　그 길에는 풀이 더 있고 사람이 걸은 자취가 적어

　　아마 더 걸어야 될 것이라고 나는 생각했었다.

　　그 길을 걸으면 결국 거의 같아질 것이지만……

　　그날 아침 두 길에는 낙엽을 밟은 자취는 없었다.

　　아, 나는 다음날을 위하여 한 길을 남겨 두었다.

　　훗날 나는 어디선가

　　한숨을 쉬면서 이야기할 것이다.

　　숲속에 두 갈래 길이 있었다고

　　나는 사람들이 적게 간 길을 택하였다고

　　그리고 그것 때문에 모든 것이 달라졌다고…….*

어찌할까? 시계탑의 바늘은 점점 6시를 향해 올라갔고, 서서히 여명이 어스름을 걷어 내고 있었다. 뜸하게 들려오던 차량의 굉음이 차츰 심해지고 행인들의 발소리도 잦아지며 도시의 하루가 열렸다.

청운은 아랫입술을 한번 깨문 후 집결 장소를 향해 발걸음을 옮겼다.

"안녕!"

그는 누구에게 보내는지 모를 작별 인사를 작게 중얼거렸다.

헌병 분소 한옆에 모닥불이 타닥타닥 소리와 함께 타올랐고, 그 주위에 입성이 누추한 네댓 명의 새파란 청년들이 저마다 독특한 표정을 지은 채 어깨에 힘을 넣거나 건들거리고 있었다. 침묵을 지키는 애들도 있고 벌써 말을 터서 시시덕거리는 치들도 보였다. 장발족에 수염을 텁수룩이 기른 놈, 광대뼈 위에 칼자국 같은 흉터가 난 얼굴들이 모닥불빛을 받아 괴상하게 번들거렸다. 헌병 분소 안엔 전등불이 켜져 있고 근무자도 보였지만 문은 꽉 닫힌 상태였다.

그런 중에도 추레한 몰골들이 하나둘씩 계속 모닥불 앞으로 모여들어 열댓 명 가까이 되었다.

시계는 이미 6시를 넘어섰다.

---

* 로버트 프로스트, 「가지 않은 길」

"씨팔! 대한민국 철도청 시계가 틀린 거야, 헌병대 시계가 틀린 것이야?"

스포츠형 머리에 눈썹이 굵은 사내가 모닥불을 향해 침을 찍 내쏘며 불평했다.

청운은 혹시 공동 운명체가 될지도 모르는 그들의 모습을 좀 더 자세히 보고 싶었다. 하지만 불꽃이 바람결에 이리저리 흔들리며 사람들의 얼굴을 제멋대로 채색하고 있었다.

'알려고 하면 일 년이 걸려도 알지 못한다. 가만히 두고 보면 한 달 안에 알게 된다.'

그렇게 생각하며 청운은 무심히 불꽃을 바라보았다. 너무 깊이 빠르게 알려고 하면 사람 마음의 불꽃 속에서 타 죽을 수도 있는 것이다. 하지만 어떤 곳에서든 설령 알지 않으려 해도 열흘쯤 지나면 반나마 알게 되는 건 우리가 같은 인간이기 때문일까? 물론 서로 안다는 것 자체가 허구일 수도 있겠지만 말이다.

여명이 밝아올수록 모닥불빛은 희미해졌다. 그제서야 헌병 분소 문이 열리더니 선글라스를 끼고 군용 점퍼를 걸친 중년 사내가 걸어 나왔다. 그는 짧은 머리에 모자를 쓰지 않았고 견장에도 계급장이 붙어 있지 않았다. 모닥불가에 둘러선 새파란 젊은이들을 한번 쓱 살펴본 그는 굵직한 목소리로 입을 열었다.

"지금부터 점호를 하겠다. 호명하면 조용히 손만 들어라. 그리고 저쪽으로 가서 차례대로 줄을 지어 앉아라."

선글라스 사내는 서류를 들고 한 명씩 호명을 하는 동시에 손 든 본인을 흘끗 살폈다.

"윤청운!"

아무런 대답이 없었다.

"윤청운, 없나?"

중년 사내의 목소리가 좀 높아졌다. 청운은 자기 이름이 불리길 기다리고 있었으면서도 입을 열지 않았다. 스스로 아호雅號를 짓는 기분으로 이름을 바꾸었지만 불러 주는 사람도 별로 없었고, 더구나 공적인 자리이니만큼 '윤용운'이란 본명이 불리리라고 자가당착적으로 착각하고 있었기 때문이었다. 멍청한 착각을 언뜻 알아챈 건 서너 사람이나 더 호명돼 나간 다음이었다.

"아까 부른 윤청운 여기 있습니다!"

손을 들고 외치자 여기저기서 웃음소리가 터졌다. 선글라스 사내는 싸늘한 일갈로 그런 소란을 제압했다.

"너 이리 나와."

청운이 나가자 구둣발이 정강이뼈를 세게 찼다.

"너 같은 놈을 일반 군대에서는 고문관이라고 부르지. 그러나 우리가 가는 곳엔 그런 시시껄렁한 것이 없다. 왜냐? 덜된

놈은 죽기 때문이다. 싫으면 잡지 않을 테니 당장 떠나라! 이건 이 꺼벙이뿐만 아니라 여러분 모두에게 해당된다."

꺼져 가는 모닥불처럼 아무도 별말이 없었다.

'에라, 좋다. 거절하는데 굳이 갈 필요가 없지. 내 길을 가자. 더 낭만적인⋯⋯.'

청운이 그렇게 생각하고 느긋해지려는 순간이었다.

시커먼 두 동물 같은 게 큰길 쪽에서부터 역 광장으로 시근벌떡거리며 달려왔다. 앞에 선 놈은 도망자고 바짝 뒤따르는 놈은 추격자인 모양이었다.

"도둑 새끼! 잡히는 순간 살인난다!"

두 사내는 시계탑을 가운데 두고 빙빙 돌며 도망과 추격을 계속했다. 더 이상 아무 말도 없이 헉헉대며 달릴 뿐이었다. 서너 바퀴나 돌았을까, 도망자의 동작이 슬로비디오처럼 느려졌으나 추격자도 마찬가지였으므로 아직 잡히진 않았다. 도망자는 마침내 심장이 터져 버릴 만큼 헐떡이면서 진로를 바꿔 헌병 분소의 모닥불 쪽으로 부나비처럼 양팔을 퍼덕거리며 달려왔다. 그러더니 마치 골인 지점을 통과한 마라토너가 감독이나 동료의 품에 안기듯 앞에 서 있던 청운의 품속을 파고들며 무너져 내렸다. 곧 이어 추격자의 몸뚱이도 덮쳐 왔다.

청운은 비틀거리면서도 쓰러지지 않고 버텼다. 어쨌든 간에 일제 식민지 때 나라 잃은 설움을 달래 준 손기정 선수만큼은 아니더라도 생존경쟁으로 요란스런 청량리 바닥에서 우승과 준우승을 한 사람들을 쓰러뜨려서는 안 된다는 생각 때문이었다.

"야, 너희들 뭣하는 놈들이야!"

선글라스 사내가 신경질적으로 언성을 높였다.

"이 개자식이…… 술이랑 안주랑 아가씨까지 데리고…… 잔뜩 처먹고는 도망을 치잖어요. 이 개놈 새끼!"

추격자는 도망자의 멱살을 꽉 쥐어 잡은 손을 부르르 떨며 말했다.

"그게 사실이야?"

"예, 그랬긴 하지만…… 이 웨이터 자식이 야구 방망이를 들고 와서 귀신 오래비처럼 겁을 주며 패려는 바람에……."

그의 손은 자기 멱살을 잡은 손을 잡아 비틀고 있었다.

"웨이터, 사실이야?"

"예, 이 개망나니 놈이 말이죠…… 자기가 무슨 비밀 특수 부대 요원이라면서 거들먹거리기에 가짜 색출 차원에서 손 좀 봐주려 했어요. 허헛, 개도둑놈 따위가 무슨 특수 요원이라구."

"술값이 얼마지?"

"술값이 문제가 아니죠. 양심 없는 도둑놈이나 사기꾼은 때려 족쳐서 벌레에게 절을 하도록 시켜야 해요."

"알았으니 넌 그 손을 놔. 그리구 넌 이리 좀 와봐."

그는 더벅머리 녀석의 머리칼 몇 오라기를 잡아끌었다.

"너 왜 사기치고 그래? 죽을래, 응?"

"그게 아니고…… 저도 여기 지원서를 썼는데…… 막상 오려니까 왠지 긴가민가하기도 하고 또 좀 쓸쓸해서…….'

"흠, 너 이름이 뭐야?"

"이충길입니다."

"음, 저쪽 줄로 가 앉아!"

이충길은 갑자기 의기양양해진 표정으로 추격자를 슬금 쏘아보곤 대열에 합류했다.

"아니, 도대체 아저씨가 뭔데 저 도둑놈을 놓아줘요?"

충길의 추격자는 노발대발한 나머지 입가에 허연 거품마저 일었다.

"웨이터, 말 조심해! 그깟 술 몇 잔 가지고 지랄하면 우리가 슬퍼져. 얘들은 지금 나라를 위해 몸을 바쳐 가는데 말야."

"저도 죽겠네요. 술값을 받아 가지 않으면 큰형님들한테 혼난단 말예요."

"너희 그 큰형놈들까지 콩밥 먹게 하지 않으려면 곱게 꺼져!"

웨이터는 기가 막히는 모양이었다.

"아니, 대체 이런 법이 어딨어요?"

"있어, 임마."

"씨발, 그럼 나도 나라를 위해 지원할랍니다. 지옥 끝까지

라도 따라가 염라대왕님 앞에서 술값과 아가씨 값을 받아내
야쥬.”

“흠, 너 같은 꼴통도 필요할 때가 있겠지. 이름과 나이는?”

“박남호, 열일곱입니다.”

“저쪽으로 가서 서 있어.”

그런 중에도 몇 명이 더 왔다. 선글라스 사내는 서류를 들고
호명을 계속했다. 스물다섯 명 중에 두 명만 아직 도착하지 않
은 상태였다.

선글라스 사내는 헌병 분소 안으로 들어갔다가 차 한 잔 마
실 시간쯤 지나서 나왔다.

“웨이터, 영광인 줄 알아라. 저리 들어가!”

“예!”

사내는 대열에 들어서서도 추격의 눈길을 멈추지 않았다.
둘은 노려보며 개와 고양이처럼 서로 말은 못하고 으르렁거
릴 뿐이었다.

“너도 어서 들어가. 도둑놈을 붙들어 세운 공으로 한번 봐
준다.”

선글라스 사내의 말을 귓가로 흘려들으며 청운은 맨 뒤꽁무
니에 가서 섰다. 그 발걸음의 방향이 옳은지 그른지 잘 모른
채…….

짙은 카키색 차양막이 쳐진 군용 트럭 한 대가 굉음을 내며 올라오더니 헌병 분소 앞에 멈추었다. 시동을 끄지 않아 호랑이나 사자 같은 맹수가 목을 울려 으르렁대는 듯한 소리를 냈다. 운전석과 조수석의 문이 거의 동시에 열리더니 사복 차림의 건장한 사내 세 명이 뛰어내렸다. 그리고 곧장 선글라스 사내 앞으로 가더니 거수경례를 올려붙였다.

"음, 수고가 많군. 잠시 저기 들어가 손이라도 녹이게."

선글라스 사내는 입가에 부드러운 미소를 지으며 말했다.

"네, 괜찮습니다."

"음, 그래. 모두 스물다섯 마리다. 잘 호송 관리하도록!"

앞의 말은 작고 뒤의 말은 굵직한 명령조였다.

선글라스 사내는 들고 있던 서류철에서 한 장을 뽑아 가장 가까이 선 젊은 사내에게 건네었다. 그런 다음 대열을 지어 선 젊은이들을 향해 명령을 내렸다.

"여러분은 이제 국가의 명을 받고 위대한 사명을 수행하러 떠나는 귀중한 몸이다. 그 무엇도 두려워할 것이 없다. 국가의 윗분이 보증하니까. 자, 지금부터 차례대로 힘차게 번호를 외치면서 승차한다. 시작!"

아직 부드러움을 잃지 않은 어린 청소년들의 몸이 지렁이처럼 생동하며 트럭으로 올랐다.

장막이 닫히기 시작하자 선글라스 사내가 목청을 울렸다.

"열심히 노력해서 모두 낙오자 없이 부디 유종의 미를 거두기 바란다."

아무런 대꾸도 없었다.

트럭은 목쉰 호랑이처럼 그르렁거리며 천천히 방향을 바꿔 청량리역을 뒤에 두고 떠나기 시작했다.

청운은 슬픈 추억이 어린 공간을 바라보며 작별 인사를 하고 싶었으나 장막에 가려져 버려 맘속으로 '잘 있어.'라고 할 수밖에 없었다.

서울 시내를 벗어난 트럭은 차츰 속도를 올렸다. 컴컴한 장막 속에서 아무도 별 말이 없었다. 바깥 풍경을 보지 못한 채 흔들리며 내달리는 차체에 몸을 맡기고 있으려니 청운은 지구가 실제로 빙글빙글 돌아가는 듯한 착각 속에 빠졌다. 그 와중에도 코를 살짝 골며 잠든 놈도 있었으나 대개는 긴장한 모습이었다. 어딘지도 모르는 곳으로 팔려 가는 소나 돼지나 개가 혹시 이런 심정이지 않을까, 하고 청운은 생각했다.

해가 떴는지 장막 속으로도 빛이 새어 들었다. 포장도로가 끝나자 차는 잔돌을 밟으며 심하게 덜컹거렸다. 시골길인지 호젓한 산기슭인지 모르지만 해맑고 기이한 새소리가 들려왔다.

'저 새에 비하면 물론 어린애는 아니겠지. 하지만 다들 아직 군대에 갈 나이는 아닌 것 같은걸. 스무 살도 채 안 된 듯싶은 우리들을 끌고 가서 대체 어디에 쓰려는 걸까? 저기 저 앤 아직

열댓 살도 안 된 애송이잖아.'

청운의 마음속엔 의심의 그림자가 갈수록 더욱 짙어졌다.

간간이 스쳐가던 다른 차 소리나 행인의 말소리조차 끊어진 걸로 보아 한갓진 곳인 모양이었다. 짐짓 대범스러운 표정으로 헛기침을 흠흠 뱉는 놈도 있었지만 그 또한 다른 애들이 느끼는 초조감을 다른 방식으로 표현한 게 아닐까 싶기도 했다.

누군가 갑자기 말을 꺼냈다.

"저, 성님요…… 오데로 가는진 뭐 알고 싶은 생각도 없고 또 알 필요도 없겠지맨요…… 오줌통이 꽉 차서 빵 터져 삐릴 거 같으니까네 차 좀 잠시 세워 주이소."

눈이 작고 입술이 두꺼운 사내였다.

"다 왔으니까 조금만 참아."

호송자가 시멘트 위에 자갈 구르는 듯 삭막한 소리로 대꾸했다.

"정말 마 죽겠십니더. 자연쓰런 생리현상을 우짜는교?"

"그것도 훈련의 하나라고 생각하면 견딜 수 있을 거다. 너희들은 앞으로 범상한 인간을 넘어 초인이 되어야 하니까."

싸늘한 목소리였다.

초인과 신인은 어떻게 다를까? 청운은 문득 생각했다.

군용 트럭은 30분쯤 더 가서야 속도를 늦추고 차츰 매끄러운 길로 진입해 가는 느낌이었다.

"충성!"

구호를 무시하듯 트럭은 엔진 소리를 슬쩍 한번 높였다가 가라앉혔다.

청운은 장막 속에 앉아서 바깥의 광경을 상상해 보았다. 아마 어느 외딴 군부대의 고요한 연병장이 아닌가 싶었다.

이윽고 트럭은 끼익 소리를 내며 멈추었다. 적막이 장막 안의 어둑한 공간을 감쌌다.

"여기가 어딜까? 쌀쌀한 게 아마 서울보다 북쪽인 것 같은데……."

모종의 긴장감 때문인지 아무도 대꾸하지 않았다.

운전석 쪽의 차 문이 열리고 닫히는 소리와 함께 발소리들이 뒤로 뛰어오더니 장막을 열어 주었다. 산간 지역 특유의 신선한 공기가 흘러 들어왔다.

사복 호송원이 굵은 목청으로 명령을 내렸다.

"한 명씩 빠르고 질서정연하게 내려서 저쪽에 이열 종대로 선다, 실시!"

그러려고들 노력은 했다. 하지만 오랫동안 웅크려 앉아 있었던 다리엔 쥐가 날 뿐더러 오줌보가 꽉 찬 탓인지 젊은이들은 신음 소리를 내며 거북이처럼 느리게 움직였다. 대충 줄을 지어 선 다음에도 엉거주춤한 채 발을 동동 구르는 녀석도 보였다. 인원 점검을 하는 도중에 철조망이 쳐진 으슥한 담벼락에다 오줌을 갈기던 경상도 녀석은 조인트를 까인 뒤 끌려오면서도 일종의 오르가즘을 느끼는 표정이었다. 눈시울에 눈물이 맺혀 있었다.

어떤 놈은 도저히 견딜 수 없었는지 살그머니 빠져 나가려다가 발각돼 강력한 조인트 공격을 당하곤 이중 고통을 못 이겨 팔딱팔딱 뛰었다.

그런 소동 후에야 정식 명령이 내려 이열 종대로 줄지어 화장실을 향해 갔다. 화장실 근처에서부터 슬슬 대열이 흐트러지고 담배를 피우고 잡담을 나눴지만 호송원도 바라보기만 할 뿐 나서서 제지하지 않았다.

"10분간 휴식!"

한마디 외치고는 물러가 버렸다.

어린 청춘들

●■▲

볼일을 마치고 나온 청운은 벽에 기대어 선 채 하늘을 쳐다보고 있었다. 태양이 중천에 뜬 채 스스로 살아 숨 쉬는 다이아몬드처럼 찬란한 빛을 뿌렸다.

청명한 허공에 까치인지 까마귀인지 모를 새가 열댓 마리쯤 떼를 지어 자유롭게 선회하며 떠돌았다. 무리가 리더를 따라 떠나간 후 홀로 남은 한 마리는 점점 높이 솟아올라 유유히 푸른 하늘을 날아다녔다. 언젠가 어린 시절에 날려 보았던 꼬리 달린 종이연 같다는 생각이 들었다. 그는 마음의 줄을 그 새 연에 연결하여 높이높이 떠오르길 기원했다.

그때였다.

"야, 너 혹시 용운이 아니냐?"

누군가 다가와서 어깨를 툭 치며 말했다.

"누구시지?"

청운은 상대를 유심히 살펴보면서 물었다.

"허, 요새 너 신세가 펴인 모양이구나야. 나 선감학원에 있던 스라소니야."

상대는 날카롭게 쭉 찢어진 눈꺼풀 속의 노르스름한 눈동자를 이리저리 굴리며 씩 웃었다.

"음, 스라소니 눈이구나. 오랜만이군."

청운은 속으론 뜨끔했으나, 여기서 꿀렸다간 또 선감지옥에서 당한 악몽이 되풀이될까 봐 두려워 싸늘히 대꾸했다.

"짜식, 많이 컸군. 그렇다고 그 시절의 사실이 어디 가냐? 이제 선감원 반장은 아니지만 그래도 형님 뻘인데……."

"까불지 마라. 여차하면 너도 죽고 나도 죽는다. 네가 가엾은 애들에게 한 짓을 뉘우치지 않는다면 말야."

문득 놈이 언젠가 엄마의 목각상에 사악한 짓을 하던 기억을 떠올린 청운은 주먹을 꽉 쥐곤 노려보았다.

"아유 무서워! 야, 알았다 알았어. 씨발 좆도……. 나도 뭐 거기서 좋아서 그랬겠냐? 실상 나도 지옥에서 살아남기 위해 그랬고, 내가 아니었다면 다른 어떤 놈이 상명하복의 규율에 따라 또 그랬겠지. 호호, 그런 거대한 수용소를 운영하려면 오사리잡놈들을 통제키 위해 다소 과격한 경우가 생기기도 하는 거야."

"넌 좀 심했어. 일신의 만족을 위해 불쌍한 아이들을 괴롭힌 악마 새끼 같으니!"

"야, 이 개꿀통 괴짜 같은 자식아…… 남들 듣는 데서 무슨 자랑이라고 다 까발릴래, 응? 그러지 말고 우리끼리 힘을 모아야지. 임마, 나도 그 지옥을 못 견뎌 결국 탈출해 온 몸이야."

"흥, 넌 아마 살인이라도 저지르고 도망쳐 왔을 놈이야."

"이 자식이…… 거기서 사람 하나 죽는 건 다반산데 뭣이 무서워 내가 도망치겠냐? 진실한 삶을 찾아 **빠삐용**처럼 목숨을 걸고 탈출했단 말야."

"어떻게?"

"뭐…… 그게 꼭…… 거세찬 파도를 뚫고…… 영웅적으로 탈출해야만 좋냐? 왜 그런 우둔한 짓을 하냐. 음, 난…… 물때 좋은 날을 잡아 얕아진 물길을 유유히 휘파람 불며 걸어 나왔어."

"흥, 스라소니가 아니라 여우로군."

"야, 살기 위해서는 뱀인들 못 되겠냐? 사람 속엔 모든 동물이 다 들어 있을걸."

"웃지 마. 징그러워."

"호호…… 그런데 넌 왜 선감원에서 쓰던 그 좋은 이름을 바꿨냐? 무슨 죄라도 지었냐?"

"또 선감도 타령이야? 그런 악마 소굴에 들어가면서 본명을 대는 놈이 병신이지."

"호호, 그럼 진짜 본명은 청운이라구?"

"진짜 진짜 본명은 따로 있어."

청운은 희미하게 미소 지었다.

"이 자식이⋯⋯."

스라소니는 미간에 인상을 한번 그었으나 곧 간살스레 웃었다.

"그래, 알았다. 알았으니⋯⋯ 반말 찍찍 까는 것까진 좋은데, 제발 무시하지 말고 형이라고 좀 불러라."

"왜 그래야 하지?"

"까짓 선감학원 선배라곤 않겠다. 허지만 사실 한두 살이라도 인생 짬밥이 있잖냐 말야."

"쳇, 나도 과거는 묻지 않겠어. 쳇, 앞으로 형답게 행동하면 형이라고 불러 줄게. 그런데 물어볼 게 있어."

"뭔데?"

그때였다. 날카로운 호루라기 소리와 함께 엄한 명령이 울려 퍼졌다.

"집합!"

하지만 일단 풀려난 청소년들은 쉽사리 질서 속으로 모여들지 않았다. 고함을 질러대던 호송원은 독한 욕설까지 내뱉으며 닦달했지만 별 소용이 없었다. 그는 고민에 빠져 있더니 다시 소리를 내질렀다.

"인원 점검 후에 곧 식당으로 이동할 것이다! 선착순으로 스무 명까지 끊고, 나머지는 나태한 벌로 굶어야 한다!"

그러자 전광석화처럼 모든 관심과 에너지가 한곳으로 몰려 달려가는 데 할당되었다.

호송원은 자신의 아이디어에 만족했는지 빙긋 미소 지었다. 점호를 마친 뒤 대열은 식당을 향해 빠르게 움직였다.

널찍한 식당 내부는 티끌 하나 없이 잘 정돈돼 있었다. 개미처럼 줄을 지은 인간들은 식판을 들고 걸으며 취사병이 퍼 주는 음식물을 받았다.

청운은 식판을 들고 스라소니 옆으로 가서 앉았다. 가능하면 멀리하고 싶은 놈이었지만 그럴 수가 없었다. 꽁보리밥을 시래기 된장국에 말아 허겁지겁 처먹는 스라소니를 가만히 바라보다가 그가 한숨 돌리자 청운은 슬쩍 물었다.

"저기…… 우리 반에 있었던 피에로라고…… 혹시 알아……요?"

"누구?"

"그 왜 앞니 빠진 어린 광대 있었잖아……요."

"아, 그놈…… 지금은 선감도에 없을걸."

"죽었어?"

청운은 긴장감을 감추고 물었다. 스라소니는 갑자기 흥분해 매섭게 노려보았다.

"개새끼…… 네놈들 땜에 내가 얼마나 고생한 줄 알기나 하

냐? 반장 노릇 제대로 못했다고 평민으로 강등돼 좆뺑이치다
가 결국 못 견디고 탈출한 거야, 씹새야!"

입에서 밥알이 튀는 것도 모른 채 지껄이다가 곧 알아채곤
화를 삭이며 주워 먹었다. 뭔가 무척 억울한지 인상을 잔뜩 그
으며 청운의 식판에서 밥을 한 숟갈 가득 떠 입으로 가져갔다.

"그래서…… 그 피에로는 어찌 됐어?"

"말도 마라. 탈출해 간 놈이 시체가 되어 파도에 떠밀려 왔더
라. 개좆 같은 새끼! 파묻으려고 뒷산으로 메고 가는데…… 갑
자기 기침을 하며 물을 잔뜩 토해내면서 히히 웃어대는 거야."

"그러군 어찌 됐어?"

"탈출죄로 벌을 주려니까…… 자기는 반쯤 가다가 반성을
하곤 죽을힘을 다해 되돌아왔으니 벌보다는 상을 줘야 한다
고 중얼거리더군. 웃기는 새끼……. 그런데 징벌방에 들어갔
다가 나온 후 한동안 영화 얘기나 떠벌리면서 애들을 웃기고
지내더니…… 또 감쪽같이 사라져 버렸어."

"탈출한 걸까?"

"그건 나도 모르지. 근데 너 밥은 안 먹냐?"

청운은 고민스런 표정으로 한숨을 폭 내쉬었다. 그는 식판
을 스라소니 앞으로 밀어 주며 중얼거렸다.

"박꽃 누나는 어찌 됐을까?"

"박꽃이 누구야?"

"왜 좀 절뚝거리는 그……."

"아, 그 미친 무당년?"

"미친년이라니, 말조심해!"

"얌마, 그럼 미친년을 미친년이라고 부르지 뭐라고 해? 좀 아깝긴 했지. 하지만 뭘해, 시들어 빠진 백장미에 썩어 버린 복숭아인걸."

"무슨 소리야? 살아 있긴 해?"

"진짜 미쳐서 완전히 맛이 갔다니까. 하긴 뭐 미친년이나 무당년이나 비슷하긴 하지."

"그럼 무당 일을 제대로 하긴 하는 거야?"

"짜식아, 그건 나도 모르지. 아무튼 미쳐서 들판을 헤매 다니다가도 굿할 땐 신명이 내려 그런지 사람이 달라진다더군. 나도 잠깐 한번 봤는데, 눈이 희번득거리는 게 무서우면서도 문득 보석같이 반짝일 땐 황홀한 느낌을 주더군."

스라소니는 청운의 식판까지 깨끗이 비우곤 입술을 핥았다.

"집합하라!"

이번엔 메가폰을 통해 명령이 울려 퍼졌다. 어느 결에 저쪽 재빨리 달려 나가는 스라소니의 뒤를 따라 청운도 급히 일어나 발을 옮겼다.

정렬이 되자 이제까지 본 적이 없는 사람이 뚜벅뚜벅 앞쪽으로 걸어와 섰다. 진갈색에 붉은 기가 좀 섞인 듯한 선글라스를 걸치고 있었다. 거무스름한 안색에 생고무처럼 질긴 느낌을 주는 얼굴이었다. 그는 걸걸한 목소리로 입을 열었다.

"자, 이제 여러분은 우리 대한민국의 최전선을 지키는 특수 정예 요원으로서 엄숙히 입문하려 한다! 우리 국가는 최고급 교육과 대우를 해주는 만큼 국가로서도 여러분의 충성 서약을 받아 두어야만 한다. 굵고 짧게 사는 게 사나이의 멋이듯이 서약 내용은 간단하다. 어흠…… 비밀을 엄수하고, 상부의 명령에 순종하고, 죽음 앞에서라도 조국을 영광케 할지언정 원망하지 않는다는 것이다!"

청년이라기엔 아직 어딘가 앳된 구석이 남은 새파란 젊은이들은 별말 없이 '어른'의 입을 지켜보기만 했다.

"부담스러운 사람은 즉시 떠나도 좋다. 잘 생각해 본 뒤 엄숙한 충성심으로 서약하기 바란다."

작게 웅성거리는 소리가 나긴 했지만 대열을 이탈하는 자는 없었다.

"그럼 실시하도록!"

그는 입귀로만 빙긋 미소를 지은 뒤 서류철을 옆에 선 부하에게 건네었다.

호송원은 젊은이들을 이끌어 연병장 한쪽에 붙은 바라크로 데려갔다. 거기서 한 명씩 서약서에 지장을 찍게 한 후 안으로 들여보냈다. 미리 대기하고 있던 일병 세 명이 바리깡을 들고 착착 머리칼을 밀어 순식간에 새알머리로 만들어 버렸다. 마지막으로 들어간 청운은 머리카락이 히피족처럼 길었기 때문에 좀 지체되었다.

"아깝네요. 추저분한 더벅머리지만 만져 보면 본래의 진가를 알 수가 있죠. 깨끗이 감으면 여자들의 손길도 쓰다듬고 싶어 할 텐데요."

이발병의 말을 뒤로 하고 청운은 급히 대열의 꽁무니에 따라붙었다. 앞에서는 뭔지 가득 찬 퍼런 군용 배낭을 순서대로 하나씩 나눠주고 있었다. 왠지 모르지만 청운은 그것들이 곧 다 배급되어 자기에겐 차례가 오지 않을 듯한 불안감이 들었다. 어릴 때부터 핍박받고 살며 소중한 것을 박탈당해 온 숱한 기억 때문인지도 몰랐다. 하지만 여기서는 그런 걱정을 할 아무 필요가 없었다. 속이 꽉 찬 배낭을 하나 지급받은 청운은 그 속에 보물이 든 게 아닐 텐데도 흐뭇한 표정을 지었다.

청량리에서부터 호송해 온 사복 중 하나가 갑자기 나서더니 말했다.

"이곳은 여러분이 생활할 부대가 아니다. 일단 배낭을 짊어져라. 본대에 가서 안 맞는 건 서로 맞게 바꾸면 되니까. 꾸물거리지 말고 어서 뛰어나가!"

연병장엔 트럭이 미리 시동을 건 채 대기하고 있었다.

"1번 이동수! 2번 김민식! 3번 조명호……."

한 명씩 한 명씩 자기 번호와 이름을 외치며 차로 뛰어오르자 이윽고 다시 장막이 닫혔다.

트럭은 굉음을 토하며 달리기 시작했다. 잠시 후 포장도로를 벗어나자 트럭은 점점 갈수록 격심하게 덜컹거렸다. 엉덩방아를 찧고 서로 부대끼면서도 반^{半} 어둠 속의 군상들은 자신의 배낭을 마치 분신인 양 안은 채 침묵을 지키는 모습이었다. 주머니에서 볼펜을 꺼내 자기 이름인지 뭔지 열심히 새기는 녀석도 있었다. 알머리를 배낭에 기댄 채 잠꼬대를 중얼거리는 치도 보였다.

얼마나 시간이 흘렀을까. 문득 두꺼운 장막 틈을 통해 바닷바람에 실린 싱그러운 갯내음이 살풋살풋 스며들었다. 멀리서 파도 소리가 아련히 들려오는 듯도 했다.

청운은 장막에 코를 대고 심호흡을 했다. 비릿하면서도 상큼한 그 냄새는 생명의 욕구를 담고 있었다. 또한 생과 사의 틈새에서 부대끼는 생물들의 고통을 품은 성싶기도 했다. 죽음을 넘어 선감도를 탈출한 먼 바다의 기억 때문일까?

하지만 그런 생각에 길게 빠져들 짬도 없이 파도 소리는 사라지고, 차는 어느 깊은 산기슭이라도 달리는지 갖가지 새소리가 청아하게 들렸다.

접동

접동

아우래비 접동

진두강 가람가에 살던 누나는

진두강 앞 마을에

와서 웁니다.

엣날 우리 나라

먼 뒤쪽의

진두강 가람가에 살던 누나는

의붓어미 시샘에 죽었습니다.

누나라고 불러 보랴

오오 불설워

시샘에 몸이 죽은 우리 누나는

죽어서 접동새가 되었습니다.

아홉이나 남아 되는 오랍동생을

죽어서도 못 잊어 차마 못 잊어

야삼경 남 다 자는 밤이 깊으면

이 산 저 산 옮아 가며 슬피웁니다.*

검정고시 강의록에 나와 있던 시였다. 슬픈 죽음에 대해 얘기하는데도 별로 무섭지 않을 뿐더러 어딘지 모를 먼 고향 뒷동산에 안겨 있는 기분이었다. 엄마의 품과 같은 느낌이랄까. 슬픈 절망과 고난 속에서도 좌절하거나 변질되지 말고, 본래의 심성을 간직하라는 애조 띤 의미가 깃들어 있는 듯해 마음으로 애송하게 된 것이었다.

얼마나 지났을까, 갑자기 육중한 철문이 열리는 끼익 하는 소리가 났다. 여긴 어딜까? 어느 깊은 산중의 부대일까? 하지만 군부대에서 자주 들은 엄숙한 "충성!" 구호도 없었다.

트럭은 느낌으로 보아 시멘트로 대충 포장된 듯싶은 우둘투둘한 곳을 지난 다음 평탄한 흙마당 같은 데로 진입하더니 마침내 거친 숨을 고르며 정지했다.

무슨 일인지 장막은 곧장 열리지 않았다. 바깥에서 뛰어다니는 사람에겐 1분밖에 안 되는 시간일지 몰라도 어둠 속에 갇힌 청운에겐 10분쯤 될 만큼 갑갑하고 답답했다.

얼마 후 차량 후미의 장막 문이 열렸을 때 청운은 깜짝 놀랐다. 맨 뒤에 탔기 때문에 맨 먼저 보게 된 것이다.

---

* 김소월, 「접동새」

해골탑

●■▲

봄날의 태양은 환한 빛을 내리 비추고 있었지만 높은 산과 나무 잎사귀들에 가려 좀 서늘한 느낌을 주었다. 더 놀란 건 연병장이라기엔 좁은 흙바닥 공터에 검정 모자를 쓰고 군복 차림으로 군화를 신은 열댓 명의 사내들이 빙 둘러선 채 몽둥이를 움켜쥐고 있었기 때문이었다. 더구나 한옆엔 카빈총을 든 세 명이 눈을 번들거리고 있었다.

"어서 내려라! 여기가 너희들이 재탄생하게 될 고향이다!"

음침한 고함 소리를 들은 청운은 엉겁결에 땅 위로 뛰어내렸다. 배낭을 한쪽 어깨에 걸친 채였다.

맨 앞에 서 있던 우락부락한 사내가 군홧발을 들어 휙 배낭을 걷어찼다. 중심을 잡지 못한 청운은 벌렁 나뒹굴었다.

"여기서는 아무것도 훔칠 물건이 없고 훔쳐봤자 헛일이다! 여러분은 모두 일심동체이기 때문이다! 개인주의보다는 동료애를 통한 살신성인의 정신을 보여 주기 바란다! 한 놈이 잘 못하면 모두가 죽는다는 사실을 명심해라! 이건 격언이 아니라, 실전에서 흘러나온 핏방울의 말씀이다. 배낭은 놔두고 살인적인 속도로 모여라!"

차에서 뛰어내린 아이들이 좁은 공터 가운데로 몰려섰다. 청운도 비틀거리며 그 무리 속으로 끼어들었다.

그 순간, 짤막하게 호루라기 소리가 울렸다. 그것을 신호로 빙 둘러서 있던 검정 모자들이 망나니의 칼 같은 몽둥이를 마구잡이로 휘두르며 다짜고짜 두드려 패기 시작했다. 아무런 말도 없고 이유도 밝히지 않은 무지막지한 폭행이었다. 방망이를 막으려고 팔을 들면 군홧발이 복부와 다리를 공격해 왔다. 쓰러지면 지근지근 밟아댔다.

'도대체 왜 이러는 것일까? 이 자들은 우리 국군이 아니라, 북쪽에서 비밀스레 내려온 무장공비나 혹은 깊은 산속의 동굴에서 기어 나온 악마들이 아닐까? 나라 위해 일한다더니, 허깨비의 거짓말에 속은 게 아닐까?'

청운은 땅바닥에 엎드려 코피를 줄줄 흘리며 생각했다.

폭행은 계속되었다. 청운은 단 한마디나마 물어보려고 안간힘을 다해 일어서다가 복부에 발길질을 맞곤 다시 픽 고꾸라졌다.

그때 기괴한 소리가 누군가의 입에서 터져 나왔다.

"씨팔, 무식한 개새끼들! 내가 프랑스 외인부대에 들어가려다가 조국과 민족을 위해 이곳까지 왔는데, 너무나 개좆같아서 못 참겠어. 세계 어느 나라의 특수 부대에서도 이런 개망나니 짓을 한다는 얘긴 못 들었다구. 그래, 흐흐…… 누가 진정 센지 한번 해보자!"

키가 작은 한 소년이 이마에 벌건 피를 흘리면서 방망이를 요리저리 피하다가 펄쩍 뛰어올라 검은 모자를 쓴 사내 한 명의 이마빡을 들이받았다. 건장한 사내가 맥없이 나뒹굴었고 모자는 멀찍이 날려갔다. 그러자 수많은 검정 모자 동료들이 즉시 한 알머리 소년에게로 달려들었다. 그 무지막지한 폭력 속에서도 소년은 쓰러지지 않았다. 그가 하이에나 같은 무리에 포위돼 살인적인 공격을 당하는 건 청운의 눈에도 보였다. 한데 그런 와중에도 어린 소년은 완전히 제압되지 않았다. 어떤 악동인지 격투기의 신동인지는 모르지만 몽둥이를 내려치는 자들이 오히려 하나씩 헉헉거리며 쓰러지고 있었다.

"다들 즉시 물러서라!"

그 소리와 동시에 검정 모자들은 먹이를 놓아둔 채 원위치로 돌아갔다. 잠시 후 총구를 앞세운 채 다시 만들어진 커다란 인간원人間圓 속에는 피투성이가 된 한 소년이 웅크려 있었다. 한쪽 눈이 퉁퉁 붓고 앞니가 빠져 버린 기괴한 모습으로 그는 빙긋 웃었다. 그리고 외쳤다.

"대한민국 만세!"

바로 그때 카빈총이 불을 뿜었다. 상부의 명령이거나 혹은 누군가의 일시적인 강박증이나 착각으로 방아쇠를 당겼는지도 모른다. 한순간 소년은 조국을 향해 올렸던 손을 흔들며 땅바닥으로 쓰러져 내렸다. 어떻게 살아온 신세인지 모르지만, 살아 규정대로 훈련을 받았다면 최고의 전사가 될 수도 있었던 용맹한 소년은 더 이상 숨을 쉬지 않는 사물死物이 되어 버렸다.

잠시 침묵이 흐르고, 바람결에 흔들리는 잎새 소리와 청아한 새소리만이 그 가당찮고 참혹한 인간의 짓거리를 나무라는 듯싶었다.

"이열 종대로 집합!"

침묵을 깨며 다급히 명령이 내렸다. 그 명령에 따르느냐 거역하느냐 하는 건 이미 자유 의지로 선택할 수 있는 상황이 아니었다. 바로 옆에 불을 뿜었던 총구가 있고, 싸늘히 식어 가는 시신이 누워 있었다. 침묵의 말은 각 개인의 가슴속으로 숨어들어갔다.

그때 또 한 명의 선글라스를 쓴 사내가 나섰다. 그곳에서 선글라스를 착용한 사람은 단 하나뿐이었기 때문에 특별한 존재로 부각돼 보였는데, 청운은 그 선글라스가 이전에 잠깐씩 본 선글라스 사내와 동일 인물인지 어쩐지 감을 잡기가 힘들었다.

그 사내는 두 손을 허리춤에 걸친 채 입을 열었다.

"조국을 위해 달려온 여러분을 환영하는 동시에, 또한 일촉즉발의 위기에 불미스런 개별 행동으로 인해 불상사가 생기게 된 점을 유감스럽게 생각한다. 여러분은 사소한 개인의 감정을 초월해 조국과 민족을 위해 헌신할 대한민국 특수 부대 요원의 길에 들어섰음을 인식하라! 아직은 출발선상에 선 피라미일 뿐이다. 여러분이 세계 최고의 007을 넘어서는 특수 요원이 되기 위해서는 일단 우리가 마련해 놓은 고난도의 훈련 과정을 통과해야만 한다. 햇병아리가 독수리로 성장하기 위해서는 자신의 현재 능력을 몇 번이고 극복하며 초월해 나아가지 않으면 안 된다. 그래서 서약서에도 명시됐듯 특수 훈련 프로그램에 전적으로 복종해야만 하는 것이다! 아무것도 묻지 말고 시키는 대로만 하면 된다. 거역하면 어찌 되는지는 저 시체가 대답을 해주었다."

선글라스는 헛기침을 하며 코를 벌름거렸다.

"흠, 나는 여러분의 훈련과 인격권을 총책임 지고 있는 이 해골부대의 총대장 이곤이다! 여기에 선 나는 여러분보다 저질이고 대단찮은 놈일 수도 있다. 하지만 나는 명령 계통에 의해 최고 윗분의 뜻을 받아 여러분을 세계 최고의 전사로 양성해야만 한다. 흠, 대한민국엔 정규군과 함께 귀신 잡는 해병대도 있지만, 현재 남북한이 휴전 협정 상태이기 때문에 공개적인 전투를 할 수가 없다. 그러나 보이지 않는 전쟁은 계속되는 상황인 것이다. 그건 군이 한반도뿐만 아니라 미국과 소련, 중국과 일본 등등 전세계에서 벌어지는 현상이다. 이런 엄중한 상황에서 여러분은 일당백의 기량과 정신력을 겸비한 용사로 육성돼 60만 정규군을 대신하여 최첨단 활동을 수행하게 되는 것이다!"

그는 잠깐 혀를 꺼내 입술을 적신 뒤 계속했다.

"나도 인간으로서 여러분을 부하라기보다 막둥이 동생처럼 따뜻하게 대하고 싶지만, 조국의 명령을 거역할 수 없는 심정과 고뇌를 이해해 주길 바란다. 사람은 나태하게 타락하면 짐승이나 벌레보다 더 저급해지고, 자기 자신을 극복해 내면 초인으로 변신해 신과 악수할 수도 있는 특이한 존재이다. 여기서 가장 중요한 것은 먼저 자기 개인의 덜떨어진 아집과 편견 따위를 버리는 것이다. 흠, 여러분에게 샴페인을 대접하지 못하고 잠시 매질이 가해진 건, 여러분이 알지도 못하는 새 배어 있는 세속적인 이기심과 개인주의라는 독먼지를 털어내기 위한 통과의례였음을 인식하기 바란다. 여러분이 애국심과 충성심을 십분 발휘하여 특수 훈련을 졸업하고 조국이 내려주는 임무를 제대로 수행했을 땐 영웅이 될 것이요, 낙오하는 자는 개죽음이 기다릴 뿐임을 항상 명심하라!"

그러고는 발길을 옮겨 차량 쪽으로 걸어갔다.

'말씀인즉슨 옳지. 음, 뒷모습이 앞모습보다 더 사람의 진실을 제대로 보여 준다던데…… 어딘지 호랑이 흉내를 내는 고양이 같군.'

청운은 속으로 중얼거렸다.

'아니지. 사람의 시신을 눈앞에 두고 공포감을 조성하는 데 슬그머니 이용해 먹는 걸로 봐서 속이 시커먼 너구리 같구먼.'

사실 그것은 효과를 보고 있었다. 청운을 비롯한 어린 청소년들은 참혹한 시체를 보곤 바싹 얼어붙어 버린 모습이었다.

검정 모자 하나가 앞으로 나섰다. 싸늘한 명령이 내렸다.

"지금부터 30초 내에 옷을 싸그리 벗고 엄마 뱃속에서 태어날 때처럼 알몸뚱이가 된다. 실시!"

모두 신속한 동작으로 제2의 피부라고도 하는 입성을 벗겨 내 자신의 발 앞에 놓았다.

"신발도 벗는교?"

"넌 탯줄 달고 나올 때 신발까지 신고 나왔냐, 응? 개새끼, 한번 더 그 따위 농담을 했다간 죽여 버릴 테니 명심해!"

극도로 긴장된 분위기 속인데도 여기저기서 킥킥대는 소리가 잠깐 흘러나왔다. 검정 모자는 매서운 눈으로 쏘아보았으나 굳이 색출해 내려고는 하지 않았다. 자신이 농담을 했든 폭언을 했든 간에 상대방이 유머로 알아듣고 웃어 주면 내심 만족감을 느끼는 게 인간의 한 특성인지도 몰랐다.

청춘의 꿈을 지닌 육체들이 빨가숭이로 서 있었다. 만약 목욕탕이나 따스한 아방궁이라면 얼마나 좋을까.

하지만 그곳은 산중의 살벌한 특수 구역이었다. 명령에 불응하면 저 앞에 뻗어 있는 시체와 같은 꼴이 된다. 중국의 어떤 종족은 여우나 토끼나 족제비 따위를 잡으면 두세 사람이 협력해 산 채로 가죽을 벗긴다고 한다. 죽은 후에 벗기면 모피의 부드러움이 떨어지기 때문이라는 것이다. 잘 벗겨지지 않는 껍질을 힘껏 잡아당기면 지지직거리는 소리와 함께 알몸뚱이가 드러나고, 산 짐승은 꿈틀거리며 비명을 채 내지르지도 못한 채 입속으로 삼킨다는 것이다. 오직 돈 때문에 그런…….

'사람에게 원초적인 공포감을 주는 건, 심하게 두드려맞는 것보다는 옷을 싹 벗기는 게 아닐까?'

청운은 떨리는 몸을 추스르려 애쓰며 생각했다. 피 묻은 몽둥이와 총구가 바로 옆에 기다리고 있어서 그런지 몰라도 알몸뚱이는 수치심보다 오히려 시시각각 공포감을 불러일으켰다.

"자, 이제 저쪽으로 이동해서 배낭을 수령한다."

나체의 군상이 움직이는 모습은 어딘지 꿈틀꿈틀 기어가는 지렁이와 닮아 보였다. 트럭 위에서 또 다른 검정 모자 두 명이 배낭을 하나씩 던져 주었다. 청운은 맨 마지막으로 받았다.

"들어라! 더 좋은 것이 그 안에 들어 있으리라고 생각하면 망상일 뿐이다. 똑같으니까. 어차피 여러분은 공동 운명체이므로 이기심보다는 이타심을 발휘하여 행동하는 게 결과적으로 볼 땐 훨씬 이득이다. 알았나? 지금부터 배낭을 열어 옷을 착용하되, 치수가 다를 경우엔 서로 바꿔 착용하는 유도리를 발휘하길 바란다. 실시!"

감정을 억압당한 소년들은 자동인형처럼 묵묵히 명령을 수행하기 시작했다. 어쩌면 자신의 수의가 될지도 모를 푸른 속옷과 군복을 꺼내 입고 모자를 쓰고 통일화를 신었다. 간혹 치수가 너무 크거나 작은 경우에만 가능한 작은 소리로 서로 신호를 해 바꿨다.

청운은 일단 착용하자 마치 운명인 듯 더 어쩌고 저쩌고 싶은 생각이 없어 대충 만족하기로 작정했다. 고르고 골라 봤자 딱 맞는 건 없다는 사실을 많은 체험을 통해 알고 있었기 때문일까. 배낭 속엔 그 외에도 수건, 치약과 칫솔, 빨랫비누 등 생활용품이 들었고 담배 한 갑도 구석 쪽에 숨어 있었다.

명령에 따라 모두 배낭을 멘 채 정렬했다. 개인의 체취가 스민 사복은 비닐 봉지에 담아 가져가 버렸다. 어떤 추억이 떠올랐는지 아쉬움의 눈길을 던지는 녀석도 보였다. 청운은 벌레 허물처럼 추레한 그 옷에 아무런 미련도 없었다.

"지금부터 호명하는 순서대로 번호를 복창하고 저쪽 해골 탑 앞으로 가서 선다! 앞으로 여러분은 이름 대신 이 번호로 불리게 되니 필히 명념해 두기 바란다!"

검정 모자를 깊이 눌러쓴 사내가 서류철을 들고 보며 소리치는 대로 한 명씩 재빨리 헌 대열을 빠져나가 새 대열을 형성했다. 신속한 진행이었다. 이제 두 명만 남았다.

　　"정춘호!"

　　"옛, 23번!"

　　모두가 가 버린 후에 홀로 남은 자의 고독감을 청운은 짐짓 무시하면서도 속으로는 느끼고 있었다. 검정 모자는 왕따 시키는 음흉스러운 기쁨을 음미하기라도 하는 듯 뜸을 들이더니 한참 후에야 청운의 이름을 불렀다.

　　"예! 25번!"

　　대답하고 뛰어나가려 할 때였다.

　　"저 새끼가 죽으려고 환장했나? 그런 번호는 없어! 니가 정그 번호를 갖고 싶으면 저기 저 시체를 살려내 24번을 주고 니가 대신 저 자리에 가 뻗어 있으면 된다! 새꺄, 어서 가서 누워!"

　　산 자와 죽은 자가 함께 얽매인 채 무시되고 모욕당하는 이런 땅이야말로 지옥이 아닐까, 하고 청운은 속으로 중얼거렸다. 주춤주춤하자 호령이 떨어졌다.

　　"빨랑 움직여! 3초 내에 실시하지 않으면 너도 똑같은 신세가 된다!"

　　청운은 시체 옆으로 갔다. 하지만 옆에 드러눕진 못한 채 서 있었다. 불현듯 몽둥이가 어깨와 목과 등을 마구 쳤다. 그리고 군홧발이 조인트를 까고 복부를 세차게 걷어찼다. 청운은 시체 곁으로 쓰러지고 말았다.

죽은 사람은 눈을 뜨고 있었다. 좀 전까지 살아 숨쉬던 붉은 볼은 창백해지고 입술은 푸르스레 변한 채 침묵의 어떤 말을 전하려는 듯했다. 청운은 가까스로 손을 뻗어 그 눈을 감겨 주었다.

"개새끼! 뭐해? 빨리 일어서!"

청운은 몽둥이와 군홧발 세례를 받으면서 천천히 몸을 일으켜 세웠다. 만약 그 자리에서 무너져 내린다면 송장이 되고 말겠다는 두려움이 앞섰다. 그는 절뚝절뚝 뛰어 대열 끝으로 가서 섰다.

해골탑을 흘낏 쳐다보았다. 쌓아 놓은 바윗돌 위에 해골을 그린 판자때기가 올려 모셔져 있었다. 그 옆에 때에 찌든 태극기가 펄럭이며 간혹 해골의 볼을 쓰다듬었다.

"자, 이제 본거지로 간다!"

검정 모자가 앞에 서서 인솔을 했다. 맨 뒤에서도 조교 한 명이 따라붙었다. 행렬은 산비탈과 골짝을 따라 난 좁고 험한 길을 지나 위쪽으로 계속 올라갔다. 봄이라 얼어 있던 계곡 물이 풀려 생기 차게 졸졸 흐르고 여기저기 희고 빨갛고 노란 꽃들이 피어나고 있었다.

얼마나 올랐을까, 높고 깊은 산 숲속에 이상스런 건물이 나타났다. 통나무와 흙과 돌로 만든 장방형 건축물이었는데, 왠지 자연스런 풍취보다 삭막한 느낌을 주었다. 너와지붕 위에 비닐을 덮고 돌로 촘촘히 눌러 놓았지만 바람이 불면 나부끼며 스산한 소리를 냈다. 그런 바라크가 두 채였다.

산중턱을 깎아 만든 연병장은 아까 밑에서 본 공터보다는 훨씬 넓었다. 한쪽에 철봉, 평행대, 샌드백 따위의 운동 시설이 설치돼 있었다. 바라크와 연병장은 철조망으로 둘러쳐진 상태였다. 고개를 들면 까마득하고 험준한 바위투성이 산악이 눈을 가로막았다.

행렬은 정문을 들어서자 곧장 진짜 해골탑 앞으로 인솔돼 갔다. 제대로 쌓아 올린 높직한 돌 제단 위에 오랜 풍우로 인해 잿빛으로 변해 가는 사람 해골이 놓인 채 텅 빈 눈구멍으로 웃는 듯 우는 듯 어린 청년들을 내려다보았다. 해골 밑을 'X'자로 받친 팔뼈는 마치 울지도 말고 웃지도 말라는 해골의 충고 같았다.

"조국을 위해 산화하신 선배님들을 향해 묵념!"

검정 모자가 엄숙히 말했다.

청운은 눈을 슬쩍 뜨곤 그 밑의 석판에 새겨 놓은 '조국에 대한 맹세'를 읽어 보았다. 그러면서 생각에 잠겼다.

'오, 이름 모를 분의 해골이시여! 당신은 조국과 민족을 위해 고귀한 희생을 할 수 있어서 행복하셨겠네요. 하지만 제겐 조국도 민족도 없습니다. 그저 사회에서 살아가기가 힘겹고 두려워 도망쳐 왔을 뿐……. 하지만 어쨌든 저를 낳아 준 부모님이 살아온 땅이니, 가능하면 뭔지 모르지만 중요한 일을 해보겠습니다. 내가 부랑아가 아니라는 사실을 증명하기 위해서라도…….'

문득 야릇한 냄새가 코끝을 스쳤다. 고기 굽는 노린내라고 할까, 그런데 개나 돼지를 굽는 구수한 냄새가 아니라 구역질이 솟게 하는 이상스런 악취였다. 청운의 머릿속엔 불현듯 공터 한쪽에 널브러져 있던 시체의 참혹한 몰골이 떠올랐다. 하지만 그게 꼭 죄없는 그 시체를 태우는 냄새인지 확인할 시간은 없었다. 여기저기서 구시렁거리는 소리가 나자 검정 모자의 고함이 터져 나왔다.

"정숙! 아가리 닥치란 말야! 이제부터 내무반으로 이동한다!"

행렬은 두 마리 뱀처럼 을씨년스런 바라크 안으로 들어가기 시작했다. 깊은 산중이라 짧은 해가 붉은 노을을 남긴 채 넘어가고 연병장엔 땅거미가 내리고 있었다.

어둑하고 썰렁한 내무반은 겉보기보단 넓은 편이었다. 통로를 사이에 두고 벽 양쪽으로 침상이 줄느런히 놓여 있었다. 혈기 왕성한 청소년들의 몸에서 자연스레 흘러나오는 기운이 아니었더라면 그곳은 삭막한 폐가와 같은 공간으로 느껴졌을 것이다. 만약 그곳에 노인들을 수용해 놓는다면 공동묘지의 분위기가 물씬 풍기고, 짐승들을 가둬 둔다면 음습한 외딴 축사로 보일지도 몰랐다.

검은 모자에 의해 번호순으로 각자의 자리가 배정되고 임시 반장도 한 명 찍어 세웠다. 철저한 정리 정돈과 전기 절약에 이어 남색 금지, 벽 낙서 엄벌 등 시시껄렁한 주의 사항 지도가 끝난 후 모두 다시 대열을 정비해 밖으로 나갔다.

산은 이미 어둠에 묻혀 거대한 검은 바위 장벽 같았다. 내무반이 들어 있는 바라크에서 조금 위쪽에 기간요원과 사병들이 거처하는 지휘부 소속 바라크가 자리 잡고 그 한쪽에 식당이 조그맣게 붙어 있었다. 취사 당번이 한 그릇씩 내준 저녁 메뉴는 산나물 비빔밥이었다. 보기보다 맛이 있었던 건 배고픔 때문이었을까. 누군가는 나물이 너무 적어 허접하다며 불평이었으나, 청운은 너무 많은 걸 뒤죽박죽 섞어 놓으면 특유의 나물 맛이 없어진다는 사실을 알기에 고맙게 먹었다.

청운이 허기진 몸으로 제주도를 떠돌 때 작은 벽돌 공장에서 잠시 일한 적이 있었다.

월급은 없이 숙식만 제공받는 조건이었다. 고된 노동이 끝나면 낡아빠진 개다리 밥상 위엔 공터 뒷구석의 밭에서 뜯은 각종 채소로 만든 나물과 꽁보리밥이 올랐다.

청운은 땀 흘린 보람을 만끽하며 쓱쓱 비벼 먹거나 상추쌈에 풋고추를 넣어 한입 가득 맛나게 씹어 삼켰다. 그에 비해 벽돌 공장 주인장은 인상을 잔뜩 쓴 채 억지로 으적으적 먹으면서 마누라를 향해 지청구를 하곤 했다.

"야 이년아, 내가 소새끼냐? 맨날 풀만 먹고 힘든 일을 어찌 허란 거여, 응?"

"나두 옛날에 친정에서마냥 고기 지글지글 볶아설랑 이밥이랑 먹고 싶어! 흥, 돈만 준다면 뭘 못할까?"

얼굴이 누렇게 뜬 아낙네는 등짝에 감기 걸려 칭얼대는 어린애를 업은 채 대꾸했다.

"또 쥐뿔도 없는 친정 타령이네. 난 한번 본 적도 없는 처갓집을 왜 들먹이냐? 허무맹랑한 소리 하지 말고, 내일은 제발 좀 병아리라도 한 마리 잡아 몸보신 좀 시켜라, 응?"

청운은 어른이 밥상 앞에서 아이처럼 반찬 투정이나 부리는 꼴을 뭐 그다지 탓하고 싶은 마음은 없었다. 그는 맑은 우물물로 입가심을 하며 생각에 잠겼다.

'만약 내가 보리밥이나 채소를 좋아하지 않는다면 정말 짜증나고 고역이겠지. 하지만 난 사실 쌀밥이나 고기를 먹긴 하지만 그닥 좋아하진 않아. 어릴 때부터 간혹 잔칫날에 쌀밥과 쇠고깃국이 나오면 왠지 식욕이 사라져…… 가난한 동무네 집에 가서 보리밥에 풋고추 된장국을 비벼 맛나게 먹곤 했지.

그래서 엄마는 쌀을 한 봉지 담아 주며 동무네로 보내곤 했어. 그땐 아직 가세가 기울지 않은 때였으니까. 물론 나도 가을날 저녁 기름기가 자르르 흐르는 햅쌀밥을 구수한 고깃국에 말아 먹는 맛을 모르는 건 아니지만…… 아마 내 체질엔 아닌 것 같아.'

그 무렵, 가난한 깡촌 농가에서 태어나 구국 혁명으로 대통령이 된 위대하신 분은 티브이, 라디오, 신문 등을 통해 자주 모습을 나타내었다. 특히 밀짚모자를 쓰고 모내기를 하다가 논둑에 앉아 늙수그레한 촌로들과 함께 막걸리를 마시는 장면은 농민뿐만 아니라 도시로 나가 살던 자식들에게도 진실하고 순박한 인상을 심어 주어 거의 전국민적인 지지와 앙망을 받았다. 청와대라는 대궁궐에 앉아서도 늘 세 가지 소찬으로 식사를 한다는 뉴스는 가랑잎 같은 서민들에게 꿈과 희망을 지니게 했다. 언론은 늘 그런 모습을 보여 주었다.

하지만 그분은 공업 입국이란 기치를 내걸고 농업을 희생시켜 나갔다. 수많은 농민들이 땅을 잃고 유랑민이 되어 떠돌다가 도시로 들어가 하층 노동자로 전락했다. 천하지대본天下之大本이라 일컫는 농업과 농민을 말살한 것은 대불충·대불효 죄로 미래에는 역사적 심판을 받을지도 모른다.*

---

* 농촌 희생 정책은 오늘날에도 계속 유지되고 있다. 미국이나 일본, 프랑스, 영국 등 선진국에서는 식량 자급뿐만 아니라 농촌의 자연친화적 가치를

다른 건 제쳐두고 혁명 대통령의 식성에 대한 청운의 의견은 벽돌 공장 사장의 견해와 좀 달랐다.

"그분이 애처로운 국민들과 고락을 같이 한다구요? 예, 아마 그렇겠죠. 하지만 원래 그분은 막걸리를 좋아해서 특별히 최고급품을 만들어 진상하는 술도가를 지정해 두었다고 합디다. 잡곡밥이나 국수, 서너 가지 소찬은 허례허식을 싫어하는 그분의 성격에 딱 맞았을 거예요. 그런 분에게 지나친 진수성찬은 오히려 식욕을 방해할 수도 있단 말입니다."

"그래서, 그게 나쁘다는 얘기여 뭐여?"

대통령과 이름이 비슷한 벽돌 공장 박정휘 사장은 입에서 침을 튀기며 말했다.

"좋아하는 음식을 그냥 조용히 잡수면 되지 왜 자랑을 하고, 더 나아가 국민들에게까지 혼분식을 하라고 강요하느냔 말입니다."

"그거야 언론이 나서서 한 짓이지, 대통령 각하께서는 그냥 가만히 계셨다구."

"가만히 보고만 있는 것, 그건 바로 속으로 웃으면서 허락하는 것이죠. 정말로 속이 진실한 분이라면 그따위 쑈를 반복하지 말고 그만두라고 지시했어야죠. 그런데 사실은…… 비밀

중시해 농업을 미래의 블루오션으로 설정해서 대규모로 투자하고 있는데 한국은 거꾸로 가고 있다.

스런 아방궁에서 매주마다 예쁘고 귀여운 아가씨들을 불러 놓고 양주 파티를 벌인다고 하더라구요."

"흠, 주지육림 소문 말이로군. 얌마, 그건 다 나쁜 놈들이 지어낸 유언비어야!"

박정휘 사장은 마치 자기가 모욕을 당하기라도 한 듯 흥분하며 주먹을 흔들어댔다.

"나도 긴가민가하지만, 굴뚝에서 연기가 괜히 나겠어요? 자기는 식성대로 자유롭게 먹으면서 국민에겐 하급품으로 강요하는 건 독재 정치죠."

청운은 선감도에서 선감학원 원장이나 사감들이 하던 짓을 떠올리며 말했다.

"이 친구 이거 어린 녀석이 못하는 소리가 없군. 혹시 빨갱이 아녀? 흠, 어딘지 수상쩍구먼."

청운은 미간을 찌푸렸다.

"몇 년 전에도 데모를 하다가 육지에서는 많은 사람들이 다쳤다고 하더라구요."

"뭐? 왜?"

"먼 일제 시대에 일본 놈들이 우리 국민들을 개돼지처럼 취급했다잖아요. 그리고 우리 소녀와 처녀들을 강제로 끌고 가 일본 군인의 위안부로 삼고…… 남자들은 징집하여 혹독한 강제 노동을 시켰다고 해요."

"그래서?"

"그런데 대통령이 한일회담을 해서 거액의 돈을 받고는 그들의 죄악을 무죄로…… 면죄부를 주었다는 거예요. 그래서 국민들이 큰 데모를 했다던데, 아저씨는 모르세요?"

"음, 흠…… 무슨 필요한 이유가 있었겠지, 괜히 대통령께서 그랬겠나."

"국민들의 뜻을 무시해 버리고 자기만 옳다고 하면 독재죠. 마치 미식가처럼……."

그 당시엔 빨갱이로 한번 낙인찍히면 뼈도 추리지 못한다는 소문이 돌았다. 시골 주막에서 막걸리를 마시다가 얼떨결에 한 마디 정부를 비판하기라도 했다간 이른바 '막걸리 반공법'에 걸려 치도곤을 당했다.

어느 날, 충북 청주의 농촌에 살던 김 아무개 씨는 장터에 나갔다가 막걸리를 마시고 만취 상태로 버스에 올라 혼잣말을 내뱉었다.

"이놈의 쌀값이 자꾸 똥값이 되니 어찌 살아갈 수 있나. 대한민국 대통령 정치가 김일성보다 못하다. 차라리 이북이 더 살기 좋겠다."

술기운에 무심코 한 말이었지만 한 버스 승객이 경찰에 신고하면서 김씨는 반공법 위반 혐의로 기소됐다. 김씨는 술에 취해 무슨 말을 했는지 기억나지 않는다고 항변했지만 아무

소용이 없었다. 재판에 넘겨진 그는 반국가 단체와 그 구성원의 활동을 찬양한 혐의로 징역 3년을 선고받았다.

가장이 졸지에 '빨갱이'로 몰리면서 가족들은 예기치 못한 고통을 받았다. 형사들이 수시로 집에 드나들고 취업도 못하는 등 '빨갱이 가족'이란 꼬리표가 늘 따라다녔다. 신원조회만 하면 어김없이 불이익을 당했다. 자식들은 학교에서의 차별은 기본이고 취업도 할 수 없었다. 친척들마저 발길을 끊어 버렸다.

3년 만기복역 후 출소한 김씨는 보호감호소에서 생활하다 이듬해 지병으로 쓸쓸히 생을 마감했다. 유족은 김씨의 사망 사실조차 제대로 전달받지 못했다고 한다.

이튿날 청운은 도망치듯 벽돌 공장을 빠져나왔다. 혹시 경찰에 걸려 무슨 짓을 당할지 두려웠기 때문이었다. 바닷가 마을을 지나, 5·16혁명 후 깡패들을 잡아들여 건설케 했다는 도로를 걸어 제주도를 떠났다.

그때의 그 보리밥과 상추쌈 맛이 입안에 맴돌았다.

식사를 마친 청소년 대원들은 밖으로 나가 잠시 자유 시간을 가진 후 다시 모여 내무반으로 들어갔다. 침상 앞 공간에 두 줄로 선 채 검정 모자의 지시대로 점호를 받았다. 식곤증 탓인지 군기가 **빠**진 애들은 서너 명의 조교로부터 구타를 당하고 조인트를 까였다.

"이제 너희는 일반인이 아냐! 언제라도 목표물을 향해 날아갈 수 있는 칼날이 돼야 한단 말야, 알았나?"

"예!"

"좋아, 그럼 오늘만큼은 첫날이니 서로 소개도 하고 장기 자랑도 하면서 놀아도 좋다. 단, 풍기 문란을 일으키거나 소란을 떨었다간 즉시 지옥행임을 명심해라!"

검정 모자는 수하들을 데리고 나가 버렸다.

해변의 여인

●■▲

어둑해졌기 때문에 반장이 알전구를 켰다. 발전기를 돌려서 켠 전등은 흐릿하고 깜빡깜빡했다. 그래도 자유를 얻은 청춘들은 불안스런 내일을 잊으려는 듯 짐짓 즉물적인 동물성을 드러내며 허세를 떨기도 했다.

"자, 그럼 이제부터 각자 소개를 하고 장기 자랑도 멋지게 해보기 바란다."

반장이 말했다. 좌중엔 잠시 침묵의 틈이 생겼다.

마침 소쩍새가 구슬피 울어 그 정적의 틈을 메워 주었다.

그때 1번이 침상에서 벌떡 일어났다.

"좆같은 인생, 빠따도 먼저 맞으라드만. 그런데 난 세상 살면서 한번도 1번이 돼본 적이 없어서 그런지 갑자기 많이 속으로 떨리더군. 좀 겸연쩍기도 하구 말야. 그런데 난 어느 순간 결코 안 떨기로 작정해 버린 거야…… 여러분, 과연 왜 그랬을까?"

"왜 그랬지?"

"그래 봤자 무슨 소용이 있느냐는 깨달음이 온 거야. 씨팔, 내가 좆나게 떨든 말든 대체 무슨 이득이 있겠느냔 말야. 차라리 설령 호랑이가 옆에서 으르렁거리더라도 무덤덤히 있는 게 조금이라도 이익이라는 얘기지. 담력이나 통찰력을 평가받을 수도 있고 말야."

"호랑이가 들으면 웃것다. 씨잘데 없는 소릴랑 집어치우고 장기 자랑이나 한번 해보랑께."

"장기 자랑의 목적은 자기 자랑보다는 여러 동지들을 즐겁게 해주는 데 있다는 점을 1번으로서 우선 밝혀 두면서……
아, 나야 뭐 별 장기랄 것도 없으니, 그냥 실제로 체험했던 이상야릇한 얘기나 한번 해볼란다."

그는 혀로 두툼한 입술을 축였다.

"빨랑 본론으로 들어가랑께."

"내 꿈은 영화배우였어. 나의 고독한 눈빛과 코에서 입가로 흐르는 윤곽선에 알랑 들롱의 이미지가 보이잖는가? 야, 웃지들 마, 웃지 말라구. 그래, 쓰벌…… 입술만은 좀 다르다는 사실을 나도 인정한다. 하지만 프랑스 사람과 조선 토종이 똑같을 순 없잖아. 난 하나의 개성이라고 생각할 뿐이야."

"그래, 아무튼 웃겨 주니 좋긴 해, 깔깔……."

"여러분, 난 웃음을 주려는 게 아니라, 애틋한 진실을 얘기하려는 거야. 알랑 들롱이 금수저를 물고 태어났다고 생각하는 사람이 있을지 모르지만, 그는 부모조차 잘 모르는데다 고등학교를 겨우 중퇴한 사람이야. 고독한 야생 들고양이처럼 암흑가의 뒷골목을 헤매 다니다가 그 유명한 외인부대에 들어갔지. 그때의 경험이 없었다면 그가 태양은 가득히 같은 명화에서 보여 준 박진감 넘치는 연기를 과연 펼칠 수 있었을까?"

"그건 모르지. 아무튼 그래서 너도 이곳을 외인부대라고 공상하면서 온 거란 말야? 그런 시시껄렁한 우스갯 집어치워, 임마!"

모두 웃음을 터뜨렸다. 청운은 문득 선감도의 피에로 형이 생각나 한숨을 쉬었다. 일상생활 자체를 영화라고 환상하던 그는 어디서 어떻게 살고 있을까.

"아따, 됐고…… 그럼 지금부터 본방송을 시작하겠다. 웃다가 감동 먹고 질질 짜지나 말어."

"걱정을 접어 둬."

"내가 고등학교에 입학은 했는데 똥통급이라 공부보다 놀기가 더 좋더군. 아마 그때 알랑 들롱이 없었다면 난 개귀신 짓이나 하다가 자살해 버렸을지도 몰라. 셋방에 살다가 연탄가스에 중독돼 반병신 꼴이 된 홀엄마…… 그런데도 어쩌든지 엄마는 날 공부시키기 위해 새벽 일찍 일어나 밥을 짓고 낮엔 붕어빵 장사를 했어. 어느 날 밥을 먹는데…… 배추 된장국에서 누에보다 통통한 초록색 배추벌레가 나왔어. 그걸 건져내면 되고…… 지금 생각하면 그냥 먹어도 좋을 텐데…… 그땐 인상을 잔뜩 찌푸린 채 숟갈을 탁 놓고 말았거든. 난 학교에 가지 않고 강가로 나가 조약돌로 내 이마를 마구 때렸지……. 다음날에도 엄마는 쓸쓸한 표정으로 새벽밥을 준비했어. 그 모습이 너무 애처로워 보여서 난 검정고시로 고등학교 졸업장을 꼭 따겠노라고 엄마에게 약속한 후 똥통학교를 자퇴하곤 내가 직접 붕어빵을 구웠지. 내가 겁 없이 그런 데는 알랑 들롱의 영향도 컸던 것 같아. 고등학교든 대학교든 졸업보다는 중퇴가 뭔지 강렬한 맛이 있어 보였거든."

"아 참, 그 녀석 사설 한번 무척 길군."

누군가 불평을 했다.

"여러분들이 영화를 보든 책을 읽든 이야기를 듣든, 너무 재미있는 것만 찾다가는 나중에 남는 게 없어. 중간중간 시시한 듯한 이야기가 사실은 양념 역할을 해준단 말씀이야. 아무튼…… 그 후 엄마는 속으로 상심이 컸든지 점점 허약해졌어. 그런 어느 날, 시장에 가서 밀가루를 한 포 사 들고 오는데 엄마가 길바닥에 쓰러져 있는 거야. 정신을 잃은 채 입가에 거품을 문 엄마를 가슴에 안고 흔들었지만 소용이 없었어. 엄마는 내 외침에 대답하려는지 입술을 살짝 벌렸으나 갑자기 파르르 떨며 혀를 반쯤 내민 채 앞니로 꽉 깨물었어. 난 어떻게든 내

손가락이나마 넣어 엄마의 혀를 살려 보려 했으나 엄마는 입가에 붉은 피를 흘리며 숨이 끊어지고 말았지."

그는 입을 꽉 다문 채 코로만 긴 한숨을 푹 내쉬었다. 이번엔 아무도 제지하지 않았다.

"나중에 들어 보니…… 족제비털 목도리를 두른 어떤 중년 여자가 붕어빵을 한 봉지 달랬다가…… 엄마가 성한 한쪽 손을 떨며 뻣뻣하게 내미니까 재수 없다면서 홱 밀치고 갔다는 거야. 난 골목길을 잠시 훑어본 뒤 큰길 쪽으로 허겁지겁 뛰어갔는데…… 검은 목도리를 걸친 여자가, 엄마를 죽였을지도 모를 그 여자가 택시를 잡아타고 사라지는 걸 봤을 뿐이야."

"영화도 저런 식으로 오락가락하면 극장이 텅 빌 텐데."

누군가 중얼거렸다.

"조금만 더 들어 보고 시시껄렁하면 몰매를 주던지 하자구. 참 네미랄……."

"난 그래서…… 여자라는 존재에 대해 애증의 두 가지 감정을 지니고 있는지도 몰라. 애정도 증오도 더 찾아가거나 다가갈 수 없는 아득함……. 난 죄책감 속에서 방황하다가 외사촌 형이 중국집 주방장으로 있다는 부산으로 갔어. 역전에서 전화를 걸었더니 남포동으로 오라고 하더군. 너무 일찍 갈 필요는 없겠다 싶어서 바다 냄새가 조금쯤 섞인 공기를 마시며 슬슬 역전 광장을 거니는데…… 어떤 여자가 다가왔지."

"알았으니 그만해. 어디서 많이 들은 냄새가 풍기는걸."

"아니, 이건 정말 내 체험이야. 진짜 야릇해. 여자는 길고 고불고불한 머리칼에 살짝 가려진 하얀 얼굴이 좀 외로워 보였어. 몸에 딱 맞는 검정색 원피스를 걸쳐 가냘프면서도 육감적인 몸매가 잘 드러났지. 그녀는 팔짱을 낀 채 아무것도 지니지 않은 모습이었어."

"매춘부였나 보네 뭐."

"그런 평범한 얘기라면 애당초 내가 꺼내질 않지. 여자는 어두운 빛이 깃든 큰 눈으로 나를 가만히 바라보더니 '나랑 같이 가지 않을래?' 하고 앵두 같은 입술로 묻더군. '어디로……?' 가능한 여운을 남기며 나는 대답했지. 여인은 희미하게 미소 지었어. '눈이 참 쓸쓸해 보이는구나.' 그 순간 나는 양갈래 길에서 반평생 동안 할 고민을 다 한 것만 같아. 삶이냐, 죽음이냐? 왜냐하면 그런 식으로 애들을 홀려 데려가서 도끼나 톱으로 팔다리를 잘라낸 뒤 불쌍한 앵벌이 노릇을 시킨다고 들은 적이 있거든. 정말 심장이 떨리더군. 그 천당과 지옥이 엇갈릴 찰나 속에서 갈등하던 나는 선뜻 한 걸음 내딛어 그녀의 팔짱을 꼈어. 운명적인 그 순간 나를 나서게 한 것은 바로 알랑 들롱이었지."

"뭐?"

"만일 여러분들이 그가 처음부터 스타였다고 생각한다면

큰 착각이야. 그도 엑스트라 비슷한 단역을 맡은 무명 배우 시절을 거쳤어. 그러던 어느 날 할리우드 최고의 미녀 배우가 프랑스를 방문한 기회를 그는 이용하기로 했지. 뒷골목 패거리 몇과 함께 공항으로 나간 그는 꽃다발을 뒤에 숨긴 채 기다리고 있었어. 마침내 유명 여배우가 트랩을 내려 걸어 나왔어. 수많은 방송사 기자들이 카메라를 앞세운 채 대기하는 중이었지. 그 순간 알랑 들롱은 깊은 숨을 속으로 천천히 들이쉬었어. 죽느냐 사느냐, 어릿광대가 되느냐 화제의 신예 배우가 되느냐, 환호성이 일어나느냐 마피아의 총탄이 기다리느냐 하는 위기와 기회의 순간……! 마치 부산역 광장에서 내가 그런 것처럼 알랑 들롱은 한 여인을 향해 걸어 나갔어. 어찌 됐을까, 응? 우수 어린 독특한 미소를 지으며 장미 꽃송이를 내밀자 천만뜻밖에도 인기 최고의 여배우는 더 화려한 꽃다발들을 무시하고 무명 배우의 장미 한 송이를 받아들며 고혹적인 미소를 지은 거야."

"얌마, 아랑 드롱! 내 고향이 삼천포라 이런 소릴 안 할라 캤는데, 제발 더 이상 삼천포로 빠지질 말고 진주든 부산이든 니 갈 길로 가거라, 자슥아!"

"알았어. 그녀를 따라 간 곳은 송정인지 송도인지 하는 바닷가 산자락에 위치한 하얀 별장이었어."

"흥, 이제야 제 구멍을 찾아가는군. 그래서 푹신한 침대 위에서 몇날 며칠 밤낮을 잊은 채 안고 뒹굴며 미망인의 욕정을 채워 줬다는 얘기 아녀?"

"물론 섹스도 하긴 했지. 하지만 그녀는 여러분이 상상하는 그런 색녀는 아니었어. 차라리 젊은 욕정을 못 이겨 색골처럼 군 나를 욕해 줘. 그녀는 무분별한 내 정욕을 부드러운 몸으로 이끌면서 섹스엔 정신적인 환희도 있다는 걸 가르쳐 주었어. 희미한 미소로……."

그는 추억에 젖은 어조로 말을 이었다.

"바닷가 기암절벽에 밀려와 부서지는 하얀 파도를 바라보다가 내 눈을 그윽히 쳐다본 그녀는 다시 망망대해로 눈길을 돌린 채 말하더군. 자신은 이 세상에 혼자뿐이라고……. 백사자 왕의 첩이 된 내력을 난 파도 소리에 섞여 들었지. 초등학교*에 입학한 며칠 후 검은 양복을 입은 신사 아저씨의 사탕 꾐에 빠져 어느 거대한 저택 속으로 납치되었대. 죽는 줄 알았더니 마치 공주처럼 대접하더래. 고아원에서 자란 어린 그녀는 때를 깨끗이 빼고 난 뒤 우아한 옷을 입고 어떤 아줌마가 차려 준 최고급 음식을 늘 먹었대. 커다란 거울에 비친 그녀의 모습은 스스로 봐도 놀라울 정도로 예뻤다더군. 그런 어느 날 연청색 안경을 쓴 어떤 자그마한 남자가 거울 속에 비치더래. 희

---

* 당시에는 '국민학교'라고 부름

꿋희끗한 머리카락에 포마드를 발라 단정히 꾸민 그는 소녀의 뒤에서 어깨를 감싸 안으며 '자기, 정말 매혹적이야.'라고 말하더래. 그에게서 풍겨 오는 진한 냄새가 싫었지만 어린 소녀는 거울을 향해 미소를 지어 보였대. 그 후부터 그 노신사는 매일 밤마다 소녀의 방으로 와서 한 이불 속에서 잤다고 하더군. 무려 20년 동안이나……. 그런데 껴안고 매만지긴 해도 처녀성을 더럽히진 않았대. 아마 고자였던가 봐. 그 소녀는 사춘기를 거쳐 아가씨로 성장하는 동안 한 번도 외출을 하지 못하고 학교에도 다니지 않았다더군. 창문을 통해 바다를 바라보는 것 외엔……."

그는 잠시 침묵을 지키더니 계속했다.

"그 원숭이 같은 남자는 부산 경남권을 주름잡는 폭력단인 백사자 파의 두목이었대. 그는 남항에서 가까운 문현동 근처에 옛날 일본군이 퇴각하면서 감춰 놓은 보물이 있다는 정보를 입수하곤 그걸 찾는 데 혈안이 돼 버렸다더군. 금괴가 최소한 1천 톤 이상이라고 하니 어쨌든 미칠 만도 하지. 일본군은 원래 그곳 지하에 깊고 어마어마하게 넓은 굴을 파곤 어뢰 만드는 비밀 군수 공장을 차렸다는 거야. 그러다가 전쟁이 불리해지자 한국과 중국을 비롯해 동남아 각지의 귀한 보물을 깡그리 약탈하여 일본에 가까운 그곳 굴 속에 숨겨 놓았대. 이건 야쿠자 본부 조직에서 흘러나온 극비 정보라 부산 지역의 두

목인 백사자왕도 비밀리에 탐사를 시작한 거래. 입구는 찾지도 못한 채 땅 위쪽에서 1년 동안 여기저기 겨우 작은 구멍을 뚫어 갈고리를 넣어 본 끝에 달려 나온 건 거무스레 썩은 해골과 손가락 뼈였대. 그건 아마 어뢰 공장을 다 지은 후 비밀을 위해 몰살해 버린 징용 인부들의 유골이 아닐까? 씨발, 진시황이나 우리 임금 놈들도 그런 짓을 저질렀잖아."

"그래서, 계속 듣고 있어야 해?"

누군가 말했다.

"흠, 일단 해골이 나왔으니 황금도 어딘가에 있으리라 하고 영화 황금광시대에 나오는 미치광이들처럼 백사자 두목과 함께 헤매고 다닌다더군. 그 바람에 그녀는 처음으로 별장에서 나와 시내까지 하염없이 걸어 나왔었다고, 바다를 멍하니 바라보며 말했어. 그녀는 내 손을 꽉 쥐었어. 파란 실핏줄이 비치는 가녀린 손으로……. 지평선을 쳐다보며 가만히 침묵을 지키던 그녀는 문득 '유리창 속에서 인형처럼 슬프게 산 인생이었지만…… 그래도 첫 외출에서 만난 너와 어설픈 사랑 흉내를 내다가…… 진짜 바다와 저 파도를 바라보고 있으니 이만하면 됐어, 그래 됐어…….' 라고 혼잣말처럼 중얼거리더군. 그러더니 푸른 바다 같은 눈을 돌려 날 보았어. '저 파도 속으로 함께 뛰어들까? 호호…… 그럴 필요까진 없겠지. 하지만 우린 영영 함께 할 순 없는 운명이야. 왜 그렇게 남자가 눈물까지 보여, 응? 어차피 그럴 바엔 서로 아쉬움을 가슴속에 나눠 가진 채 헤어져 언제까지나 그리워하는 게 좋아. 이미 의심을 샀기 땜에 넌 여기 더 있다간 죽어. 그러니 누굴 만나면 누나가 아프다고 하곤 급한 척 슬쩍 빠져 나가야만 해. 난 여기 좀 더 앉았을 테니까 어서 가 봐. 절대로 뒤돌아보지도 말고 한눈팔지도 말고 곧장 가, 안녕……' 하며 재촉했어. 난 죽더라도 그곳에 남아 있고 싶었지만, 그녀의 소망을 무시할 수가 없어서 몸을 일으켜 슬슬 재빨리 움직였지. 해안선을 따라 난 험한 길로만 걸어 안전지대에 닿은 순간 그쪽을 돌아다보았어. 그런데 그녀는 하얀 옷자락을 휘날리며 절벽 아래로 떨어지고 있지 않겠니. 마치 꽃잎처럼……. 봄이면 목련이나 동백꽃이 떨어져 바람에 날릴 때마다 난 석상처럼 서서 그녀를 생각해."

애기꾼이 기대했던 만큼 감동의 물결은 흐르지 않았다. 그렇다고 싸구려 영화 찍느냐는 따위의 야유도 없었다.

그건 아마 꽃처럼 피고 지는 영원보다는 당장 생사 앞에 선 절박함 때문인지도 몰랐다. 나서서 노가리를 까거나 유명 가수를 흉내 내 청중을 웃겨 보는 치는 몇 명 되지 않았고, 대부분은 이름만 밝힌 뒤 벽에 기대거나 동료의 어깨에 기댄 채 구경이나 했다.

밤은 묵묵히 깊어가고 두견새 울음소리만 목에 피를 문 듯 구슬펐다.

"음, 내가 피날레를 장식해야겠군."

한 녀석이 나섰다.

"김 빠진 맥주 같은 소릴 했다간 꿀밤 한 대씩 맞을 각오하고 시작허더라고."

"걱정 붙들어 매. 감질만 나는 것보단 아예 포르노가 낫겠지. 한데 이건 19금급이라 새파란 애송이 친구들이 기절할지 몰라 걱정이네."

"어서 시작이나 해봐. 밤도 꽤 늦었구먼."

"음, 난 그때 충무로 뒷골목의 작은 인쇄소에 다니고 있었기에, 그 근처인 필동에 어느 아담한 집 구석방을 월세로 얻어 지냈어. 너무 조용해 남산에서 지저귀는 새들의 소리가 들려올 정도였지. 난 교도소 교정직 공무원이 돼 볼 요량으로 어린 나이인데도 계획표를 벽에 붙여 놓고 나름 열심히 공부했어. 그런데 어느 날부터인가 밤에 책을 펴 놓고 공부하다 보면 주인집에서 개 짖는 소리가 자꾸 들려오는 거야. 애완용인지 넓은 마당을 놔두고 방안에서 키우더군. 나도 사실 개를 좋아하기에 마이동풍으로 넘기기도 하고 우공이산으로 참아 보기도 했지. 하지만 개소리는 시도 때도 없이 점점 커지면서 공부를 방해했어. 가만히 분석해 보니까, 원래 개는 그렇게 짖었는데 내가 처음엔 별로 신경을 쓰지 않았던 것 같아. 사실 밖에 서서 듣는 소리와 방 안에서 공부하며 듣는 소음은 아무래도 천지

차이거든. 그래도 '죄인을 교도하는 직업을 가지려는 내가 너그렇게 포용해야지, 언젠간 나아지겠지.' 하고 참았걸랑. 그런데 개놈은 한 조각 양심마저 없는지 점점 더 기승을 부렸어. 공부를 집어치우고 잠이라도 좀 자려면 마치 기다렸다는 듯 더 앙칼스레 짖어대더군. 그래도 주인은 혼내질 않는 거야. 오히려 마치 애처럼 어르고 달래고 하니 더 지랄이었지. 여름철이라 창문을 열어 놓으니까 마치 옆에서 마이크를 들고 무슨 개소리로 연설을 하듯 극성스러워 곧 노이로제에 걸릴 지경이었다니까. 가만히 생각해 보니 개새끼보다 개 주인이 더 얄미운 거야. 개가 짖을 때마다 대가릴 한 대씩만 때려 주면 좋을 텐데 자꾸 달래기만 하니 개가 얼씨구나 하고 오히려 주인을 조롱하는 꼴이 된 거지. 어느 날 밤, 난 견디다 못해 마당 앞의 계단을 올라 하얀 현관 앞으로 갔어. 왜 개새끼 한 마리가 애써 살아 보려는 내 인생의 앞길을 막는가? 왜 사람이 잠깐 고성방가를 하면 잡아가면서 개 한 마리가 짖어대 주위 사람들을 괴롭혀도 막을 방법이 없는가? 미국이나 일본, 프랑스 등등 선진국에서는 경범죄 감으로 법적 조치를 한다는데 왜 대한민국은 애완견보다 사람이 더 무시를 당하고 살아야 하는가? 개 같은 민주공화국은 개 같은 인간이 더 많이 살아서 그런가? 여러 가지 의문을 품은 채 현관문 앞에서 서성거리다가 마침내 노크를 했어. 개가 먼저 앙칼지게 짖어대고 나서 한참이 지나 현관문이 열리더군. 그곳에 여자가 산다는 건 알았지만 몇 달 동안 뒷모습을 겨우 한 번 슬쩍 봤을 뿐이야. 그런데 문틈으로 반쯤만 보이는 얼굴은 그닥 착한 인상은 아니었으나 잠기 남은 게슴츠레한 눈이나 작은 입술이 제법 예쁜 편이었어. 용건을 밝히니까…… 대뜸 싫으면 나가라는 거야. 그 순간 머리가 빡 돌더군. 그리고 그동안 숱한 밤에 꾼 꿈이 소용돌이쳤어. 난 그 꿈을 실현시키기 위해 억지로 문을 밀고 들어갔지. 발악하는 하얀 스피츠의 눈을 노려보니 겁먹은 듯 주춤하더군. 순간 잽싸게 주둥이를 잡아 쥐곤 고무줄로 칭칭 묶었어. 켁 하곤 나뒹굴더군. 세상이 조용해지는데 갑자기 여자가 마치 본인이 살해당하는 듯 새된 비명을 질러대더군. 잭나이프를 꺼내 들고 물었어. 이것처럼 벙어리가 될래요, 조용히 하고 내 말대로 할래요? 여자는 스피츠를 보며 고갤 끄덕이더군. 난 탁자 위에 놓인 담뱃갑에서 가느다란 개피를 하나 뽑아 불을 붙이곤 그녀에게 물었어. '애완견을 키우는 건 좋습니다만, 이웃에 피해를 주진 않아야죠. 그렇죠?' '그러니까…… 싫으면 그냥 나가 달라고 부탁드렸잖아요.' '방세를 냈으니 나도 여기 살 권리가 있어. 무엇보다 눈꼴사나운 건 개에게 나라는 한 인간의 꿈이 무시당하고 있다는 사실이에요. 개를 자식처럼 품에 안거나 등에 업거나 예쁘게 치장시켜 유모차에 싣고 다니는 걸 보곤 사람인 줄 알고 난 깜짝 놀랐어요. 그건 괴상스럽지만 뭐 개인의 취향이라고 쳐둡시다. 하지만 남의 취향도 존중해야죠. 조용히 짖도록 훈련을 제대로 시키거나 성대 수술을 하거나 알람 목걸이를 채우는 등 방법이 많은데도 왜 계속 개 멋대로 짖게 하나요?' '나한텐 사람보다 더 소중해요.' '왜, 왜!' '당신한 텐 한 마리 개로 보일지 모르지만 내겐 마음의 벗이에요. 사람이 채워 주지 못하는 정을 주니까요. 내가 사람들에게 당한 스트레스를 다 받아 줬어요.' '그 개의 스트레스는 내가 다 받았는데도?' '그건 내 알 바 아녜요. 정 고까우면 이런 행패를 부리기보단 경찰서에 신고하면 되잖아요.' '나도 다 알아 봤어. 그런데 아직 처벌할 법이 없대. 국회의사당에 가서 청원이라도 해보라고 조언해 주더군.' '나라에서도 허락하는데 왜 당신이 나서서 지랄이에요? 깡패 같으니!' '그럼 지금부터 진짜 개지랄을 해야겠군요.' 난 여자의 발목을 줄로 묶어 둔 뒤 개의 목을 슬쩍 찔러 피를 냈어. 붉은 피가 하얀 털을 물들이자 여자는 손가락으로 눈을 가린 채 흐느끼더군. 여자의 눈을 스카프로 묶어 가려 버렸어. 어찌 보면 털실 장난감 같기도 한 그 물체는 '컹컹, 나는 사람이 시키는 대로 했을 뿐이다. 설령 개 같은 나쁜 짓이었더라도…….'라고 무언의 항변을 하는 듯하더군. 그것을 집어 들고 이를 갈며 여자에게 말했어. '장만해 올 테니 냄비에 넣어 푹 삶아. 내장도 깨끗이 씻어서 넣으면 맛이 날 거야.' 난 개고기를 준비하러 가는 척 슬며시 나갔다가 급히 소주

한 병과 닭고기를 사 와 마루에 던져 놓았어. 고기를 냄비에 넣고 뚜껑을 덮은 후 스카프를 풀었지. '끓여!' 명령하자 여자는 살기를 느꼈는지 의외로 고분고분 닭국을 끓여 내놓더군. 나는 개소리의 고통 속에서 공상을 하며 작정했듯, 겉옷을 벗어 던지곤 팬티 한 장만 걸친 채 앉아 소줄 마시고 고기를 쩝쩝 씹어 먹기 시작했어. 그렇게 짖어대던 개놈은 화단에 던져두었지만, 난 상상을 하며 먹었지. 삼키는 족족 소화돼 에너지를 솟게 하더군. 그녀는 책상 서랍에서 선글라스를 꺼내 쓴 눈으로 노려보다가 갑자기 외면하는 둥 발작 일보 직전이었어. '그러니 그 전에 이웃에 대한 생각을 조금쯤 해줬으면 얼마나 좋아. 너 좋은 대로 했으니 이제 내 마음대로 해보겠다!' 나는 음침한 웃음을 흘리며 여자에게 말했지. 그런 다음 안아 들고 바로 옆의 아늑한 방으로 가서 침대에 던져 놓았어. 그리고 일부러 짐승처럼 으르렁거리며 옷을 찢어 벗겨 알몸뚱이로 만들었지. 희고 보들보들한 그 몸을 덮치자 그녀는 한 순간 토끼처럼 흠칫 놀라더니 곧 가슴만 팔딱거리며 가만히 있었어. 기름이 번질거리는 입으로 그녀의 도톰한 입술을 빨자 앙탈을 부리더니 콧구멍을 끈적끈적 핥으니까 숨이 가쁜지 엉겁결에 혀를 살짝 내밀더군. 그걸 붙들어 문 채 흡입하자 조금씩 빨려 들어오더군. 나는 증오심과 함께 변질된 모종의 애정을 섞어 그녀를 사랑하기 시작했어. 입술이 서로 접촉한 뒤부터 여자의 앙

탈은 한풀 꺾였지만 냉랭한 기색이 깃든 무표정한 얼굴로 변하더군. 그래도 몸은 차츰 뜨거워지는 느낌이었지. 만일 그녀가 눈물 흘리며 용서를 빌었다면 어쨌을지 모르지만…… 전혀 그러질 않았기 때문에 그녀는 내 눈에 사람이 아니라 한 마리의 암캐로 보이더군. 이런 짓은 나쁘겠지만, 이러지 않으면 또 언제 누군가를 도도하게 사람을 괴롭히겠지……. 난 차라리 죄악을 짓고 싶었어."

"그것으로 복수극은 끝이 났겠지?"

누군가 은근히 말했다.

"그럴 수야 있나. 얼마나 얄미웠는데. 난 성이 아직 다 풀리지 않았어. 국을 다시 한 그릇 듬뿍 떠서 투명한 소주와 함께 비우고는 여자의 몸 위로 올라가 광란적으로 지랄했지. 여자는 녹초가 된 채 할딱거리면서 예쁘고 귀여운 짐승마냥 애처로이 신음하더군. 밤이 새도록 그 짓은 계속되었어. 혹시 그 여자가 괴로워하기만 했다면 나도 웬만큼 하다 질려 버렸을지 몰라. 그런데 상체는 나를 거부하면서도 하체는 말미잘처럼 자꾸 달라붙는 거야. 그곳에 더 머물러 있었으면 어찌 되었을까? 하지만 난 아침이 오기 전에 홀몸으로 도망치고 말았어."

"어따, 잘났어. 개호주 같은 놈! 허지만 어딘가 삼류 동시상영 영화 같은 점이 없지도 않구먼."

시간도 꽤 늦었는 데다 더 이상 나서는 사람이 없어 파흥이 되었다. 반장의 지시로 주변을 정리 정돈한 후 모두 잠자리에 들었다.

문득 고요해졌다.

청운은 눈을 감은 채 길었던 하루를 회상해 보고 있었다. 어떤 날은 순식간에 지나가기도 했지만 이 날은 마치 열흘이나 된 듯 무겁게 느껴졌다.

'개란 과연 무엇일까? 외로운 인간의 벗일까, 애완용 물건일까? 혹은 가진 자들의 비열한 충복일까? 아무튼 시골에서는 대부분 잡아먹힌다는데, 도시에선 개가 사람을 비웃거나 잡아먹기도 하는 세상이야. 선감도…… 오래전에 시건방진 개를 살짝 걷어찬 죄로 선감원에 끌려왔다가 행방불명돼 버린 그 노랑머리 형도 그렇게 당한 셈이었지. 어쨌든 이제는 애완견 시대인 만큼 사람도 개한테 조심해야 해. 개를 자식새끼처럼 꾸며서 품에 안거나 등에 업은 걸 처음 보곤 깜짝 놀랐는데, 유모차에 앉힌 채 밀고 가는 귀부인을 보곤 놀람을 넘어 징그럽더군. 하지만 이젠 부와 권력을 가진 자들이 자기 애완견을 인간보다 한 단계 높은 존재로 여기는 만큼 개가 큰소리로 뭐라고 짖으면 공손히 고갤 숙여야 해. 개가 이기적인 사랑을 무기로 삼아 자기 주인을 조종하는 건 아마 쉬울 거야. 혹시, 그래서 선진국엔 다 있다는 애완견 소음 방지법이 이 대한민국엔 없는지도 몰라…… 음, 얼마 전에 외딴 거제도에서는 수캐하고 상관을 한 어떤 과부가 이웃에 들키자 자살했다는데……
참, 인간적으로 볼 땐…… 그 여자보다 오히려 개를 아낀답시
곤 이웃에게 피해를 주는 오만한 사람들이 더 나쁜 것만 같아.
휴, 인간이란 대체 뭔지…….'

두견새가 가슴속의 깊은 한을 목 속에서 피와 함께 토하는
듯 구슬피 울었다. 말만 들었지 보진 못한 새 같은데, 대체 새가
그 작은 몸으로 어찌 저렇게 큰 짐승처럼 울 수가 있을까? 그런
의문은 늘 마음 한 귀퉁이에 붙어 숨을 죽이고 있다가 그 소리
를 들을 때마다 이따금 떠오르곤 했다.

"야, 짜식아, 한숨 좀 그만 쉬어라."

옆자리에 누운 시라소니 눈이 조용히 말했다.

"내가 언제?"

"짜식아, 방금 그러고도 몰라? 하긴 니가 쉰 한숨을 니가 안
다면 한숨도 아니것지. 임마, 걱정하지 말고 잠이나 푹 자 둬."

"여긴 도대체 어딜까? 우린 앞으로 뭘 하는 거지, 응?"

청운은 소리를 죽여 물었다.

"야, 너 겁먹었냐?"

"그게 아니라…… 뭔지 알아야 도토리든 밤이든 구워 먹을
거 아냐."

"글쎄, 뭐 나도 잘 모르겠는데…… 선감학원의 어느 한 고참
형에게 들은 바로는…… 설악산에 북파 공작원 훈련소가 있

다고 했거든. 우리가 바로 거기에 들어온 것 같아. 선감도보다 더 무서운 지옥 훈련소……. 그런데 규모로 볼 땐 여긴 본대가 아니라 아마 지대인 것 같아. 설악산이 동서남북으로 워낙 넓고 높다더군. 바다에 가까운 외설악 쪽엔 여기완 달리 대규모의 스파이 양성장이 있대더라. 풋비린내 나는 애들이 아니고 스무 살 넘은 놈들만 뽑는데 해병대 갔다 온 사람에다 심지어 범죄자까지도 있다더라구."

"그럼 우린 뭘 하는 걸까?"

"나도 그게 제일 궁금해. 나라를 위해 충성하는 일이라니 그런 줄 아는 거지 뭐. 일단 좀 자라, 자. 골머리 아무리 굴려 봤자 우리가 뭘 알겠냐."

"응, 잘 자."

"짜식아, 형이라고 한번 불러 봐라."

"나중에 보고 나서."

"짜식…… 그럼 좋은 꿈이나 꿔 둬."

"형도……. 아, 피에로 형……."

청운은 스라소니에게 들리지 않을 만큼 작게 입속으로 독백했다.

청운은 어둠 속에 홀로 돼 심란스런 생각에 잠겼다.

'내게 나라란 과연 무엇일까? 조국, 국가……. 조상님들이 피땀 흘려 지켜 온 조국인가, 혹은 현재 정권을 잡은 지배자들이 자기네 뜻대로 독재하며 국민의 피땀을 빨아먹고 괴롭히는 국가인가?…… 아, 잘 모르겠어. 난 그저 굶어 죽지 않고 살기 위해 여기 들어온 것뿐이야. 아마 다른 애들도 거의 마찬가지일걸.'

소쩍새 울음을 들으며 이런 저런 상념에 잠겨 있던 청운은 어느 결에 잠 속으로 빠져들었다.

강둑에 앉은 채 낚싯대를 드리우고 있었다. 하늘만큼 푸른 강이었다. 하얀 구름이 강물 위에 떠서 흘러갔다.

청운은 고기 잡을 생각도 없는 듯 하늘의 구름과 강 속의 구름을 번갈아 바라보았다.

'아, 마치 잃어버린 고향의 강 같구나!'

청운이 감탄 대신 탄식을 뱉은 건…… 강은 옛 강 같았지만, 멀리 금왕산 자락엔 정겨운 농촌 풍경 대신 회색 시멘트로 지은 건물들이 잔뜩 늘어섰고 그 꼭대기에 솟은 거대한 굴뚝에서 검붉은 연기가 피어올라 푸르른 하늘을 점점 물들여 갔기 때문이었다. 따라서 맑은 강물도 검붉은 빛으로 점차 오염되고 있었다.

그 순간 낚싯대 끝이 파르르 떨었다. 청운은 엉겁결에 자동인형처럼 대를 들어올렸다. 그런데 의외로 큰 잉어 한 마리가 낚시에 걸려 파닥거리는 것이었다. 강둑의 풀밭 위에 놓으니 잉어는 무슨 말이라도 하듯 입을 뻐끔거렸다.

'걱정 마. 널 잡으려던 게 아냐. 곧 놓아줄게.'

청운은 마음속으로 대꾸해 주었다. 그러고는 잉어가 죽을까 봐 급히 낚싯바늘을 입에서 빼냈다. 잉어가 올려다보았는데, 큰 두 눈알이 문득 하나는 붉게 한쪽은 짓푸르게 변하는 것이었다. 그리고 옆구리 비늘 위에 묘한 글자가 나타났다. 한글도 아니고 한자도 아닌 야릇한 문자였다. 그걸 꼭 읽어야겠는데 도무지 해독할 수가 없어 안타까웠다.

불현듯 잉어는 몸을 휙 돌려 꼬리지느러미로 청운의 뺨을 철썩 갈기곤 검붉은 강물 속으로 뛰어 들어가 버렸다.

지옥 훈련

●■▲

청운은 놀랍고 아쉬운 마음으로 잠에서 깨어났다.

스라소니가 손등으로 볼을 두드리며 어서 일어나라고 속삭이고 있었다. 호루라기 소리가 새벽의 정적을 날카롭게 찢어 발겼다. 문 바로 앞에 검정 모자들이 몽둥이를 들고 늘어선 채 조금이라도 거슬리면 후려갈길 기세였다.

청운은 다급히 줄의 꽁무니에 따라붙었다. 연병장엔 아직 어둠의 꺼풀이 남아 어둑스레했다.

대오가 갖춰지자 군용 점퍼 차림에 선글라스를 쓴 키가 좀 작은 교관이 앞으로 나섰다. 새벽 어스름에 저런 검은 안경을 끼면 과연 뭣이 제대로 보이기나 할까. 보인다면 또 어떻게 보일까?

그는 검은 안경으로 대열을 훑어보며 말했다.

"여러분은 우리 민족과 국가를 위해 크나큰 임무를 수행하려는 충심으로 지금 이 훈련장에 서 있다. 이곳은 일명 악마의 산이다. 이곳을 악마의 산이라고 부르는 건 결코 여러분들에게 겁을 주기 위해서가 아니다. 지형이 가파르고 암벽이 많기 때문에 까딱했다간 순식간에 깊은 골짝 속으로 떨어져 죽기 때문에 자연히 별명이 된 것뿐⋯⋯. 그러니 각자가 힘과 기량을 재주껏 기르고 발휘해 살아남아야만 한다. 훈련 중 흘리는 한 방울의 땀은 실제 전투에서는 피 한 방울과도 같다. 최선을 다해 극기한 자는 적진에서도 살아남을 것이며, 자기 자신을 극복하지 못한 자는 개죽음을 당할 뿐이다."

교관은 어딘지 좀 오만해 뵈는 표정이었으나, 코울림이 살짝 섞인 목소리엔 나름의 진정성이 도드라지곤 했다. 그는 헛기침을 한번 뱉은 후 말을 이었다.

"에, 여러분은 정규군이 아닌 특수 요원이기 때문에 제대 날짜가 따로 없다. 일반 사회로 치면 평범한 회사원이 아니라 특별한 슈퍼맨인 것이다! 그러므로 모두가 자신의 한계를 한 단계 이기고 넘어가는 각고의 순간이 곧 비룡승천일이 된다. 그때가 오면 여러분은 지금 자신의 모습을 한갓 가여운 벌레로 추억할 수도 있으리라. 하지만 명심하라! 모든 배추벌레나 굼벵이가 나비나 매미로 환골탈태하진 못한다. 조금이라도 나태함에 끌려 진취적으로 성장 발전하지 못하는 자는 가차없이 도태될 수밖에 없을 것이다. 그건 곧 죽음이다. 알겠는가?"

"예!"

젊은이들의 목소리가 모여 메아리쳤다.

"그럼 실시하라!"

"예, 충성!"

명령과 동시에 검정 모자의 조교들이 구령한 후 훈련병들을 닦달해 험한 산길로 이끌어 갔다.

청운은 별 생각 없이 앞사람만 보며 뛰었다. 자기 뒤에 한 명도 없다는 것은 두려움을 불러일으켰다. 물론 한 명이 있긴 있었다. 하지만 검정 모자의 조교는 같은 인간일 텐데도 동료 대원들과 달리 지옥에서 온 저승사자처럼 느껴졌다.

웅혼한 가상과 아름다운 풍광을 지닌 그 산악을 '악마의 산'이라고 부르는 건 불경스런 짓이었지만, 유람이 아니라 목숨을 건 훈련이고 보니 수긍이 되기도 했다. 숲속이 어둑한 탓도 있었으나 가파른 바윗길이라 그런지 미끄러지고 자빠져서 비명을 지르는 사람이 제법 많았다.

"새끼들아, 정신 바짝 차려라! 지금 이건 준비운동이며 맛뵈기일 뿐이야. 악마산 사전 답사, 즉 예고편이란 말이다!"

하지만 산중턱 저 멀리 빨간 깃발들이 꽂혀 있는 지점까지 한 시간 만에 갔다 오는 건 결코 준비운동이 아니었다.

청운을 비롯한 대부분의 대원들은 곧 기진해 쓰러질 듯 헐떡거리고 있었다. 그런 와중에 한 대원이 암벽 길에서 미끄러져 추락해 죽었고, 또 한 명은 허리뼈가 부러지는 치명상을 당하고 말았다. 그런데도 조교는 한 가닥 감정도 허용하지 않고 붉은 깃발이 펄럭이는 목표 지점을 향해 대원들을 사납게 몰아쳤다.

청운은 분명히 사람의 비명 소리를 들었다. 그런데 맨 뒤에 있다 보니 앞쪽에서 무슨 일이 생겼는지 실상을 제대로 알 수가 없었다. 그래서 앞에 선 대원에게 물어보았다. 그는 모른다고 고갯짓하곤 자기 앞사람에게 묻는 모양이었다. 하지만 그 대원 역시 모른다고 대꾸한 뒤 바로 앞사람에게 묻는 상황이 연속되는 듯싶었다. 대답이 돌아오지 않는 가운데 행군은 계속되었다. 그런 무지와 의문 속에서 청운은 왠지 상쾌한 아침에 걸맞지 않은 음침한 기색이 감도는 것을 느낄 수 있었다.

결국 붉은 깃발을 돌아 내려오는 길에야 청운은 대열 꽁무니의 다른 세 명과 함께 차출돼 부상자와 시신을 떠메고 가는 임무를 맡았다. 청춘의 꽃을 피워 보지도 못한 채 져 버린 시체는 한 마디 추도사도 없이 외진 산자락에 매장되었다. 그리고 척추가 부러진 부상자는 병원으로 후송되었는데, 살았는지 죽었는지 그 후엔 통 볼 수가 없었다. 객지에서 외로이 떠돌 혼백은 세월이 흐르고 나면 그 누가 기억이나 할 것인가.

연병장에 모여 태껸 기본 동작으로 몸을 푼 후 아침 식사를 했다. 보리가 반쯤 섞인 밥에 멀건 된장국, 신김치와 콩자반이 나왔다. 청운은 밥을 국에 말아 김치를 걸쳐서는 퍼먹었다. 검은 콩은 별로 좋아하지 않았지만 영양을 생각해 먹어 두었다. 배가 고프기도 했거니와 청운은 원래 보리밥에 풋고추와 된 장만으로도 만족하는 성격이라 좀 허술한 대로 대충 삼키고 넘어갔다. 하지만 여기저기서 불만이 흘러 나왔다.

"씨팔, 이걸 먹고 무슨 힘을 쓰라는 거여. 차라리 풀밭에 누워 별 하나 님 하나 세다가 죽으라고 하지."

"맨날 쌀밥과 고깃국에, 일주일에 한 번씩은 특식을 준다더니 말짱 거짓말이었군."

"언젠가 어느 동네 선배에게 들기론, 첩보 부대에 입대했는데 처음 사흘 동안 먹을 걸 일체 주지 않더래. 사회에서 낀 묵은 썩살과 기름기를 쫙 빼 버리기 위해 그랬대나 봐. 그래서 한밤중에 시골집에 몰래 들어가 닭서리를 해서는 구워 배를 채웠대. 우리도 나중에 한번 해볼까? 그런데 그 후에도 계속 먹는 게 형편없어서 단식투쟁까지 했다더군."

"물색조 개새끼들! 이제 보니 국가에서 공인한 사기꾼 놈들 이었네. 씹어 먹을 놈들!"

청운은 가만히 생각에 잠겼다.

'국가에서 특별히 조직한 부대인데 그럴 리가 있겠는가? 이왕이면 극한 훈련과 함께 좋은 음식을 먹여 체력을 기르게 해야 목적이 달성되지 않겠는가. 저런 걸 먹고 험한 바위산을 타라고 하는 건 품바 타령하는 거지들에게도 무리일 텐데…….
그런데 왜 이럴까?…… 혹시 국가에서는 충분한 경비가 지급됐지만, 누군가에 의해 착복당해 이런 궁한 꼴이 된 게 아닌가 몰라.'

30분의 휴식 후에 오전 교육이 본격적으로 시작되었다.

교관이 말했다.

"북괴의 특수 부대인 124군 부대는 험한 산에서 한 시간에 10킬로미터를 주파하는 괴력을 지녔다. 우리는 그들보다 1미터라도 더 달릴 수 있어야 한다. 실시!"

대원들은 30킬로그램쯤 되는 모래 배낭을 둘러메고 다리엔 3킬로가 넘는 각반을 찬 채 험난한 바위투성이 산을 기어오르기 시작했다.

'마치 바윗덩이를 진 느낌이군. 이건 정말 장난이 아냐. 언제 죽을지 알 수 없어. 바위와 바위에 낀 채 숨이 꺼지는 내 그림자가 보이는 듯하군.'

모래는 처음엔 부드럽지만 등에서 잔뜩 흘러내린 땀의 염분과 섞이면 딱딱하게 굳어져, 뛰다 보면 등짝에 심한 상처를 내곤 했다. 그래서 아직 피부가 연한 청소년 대원들은 등가죽이 벗겨져 벌건 살 속에서 진물이 흘러내렸다.

그 와중에 또 한 명의 대원이 무리하게 암벽을 기어오르다가 한 순간 절벽으로 추락사했다. 아무런 묵념도 없었고 살아 남은 자들은 더욱 쫓기기만 했다.

훈련을 마치고 내무반으로 돌아오기가 무섭게 대원들은 모두 러닝을 벗은 채 서로서로 등에 하얀 가루약을 뿌려 주었다.

"그렇게 한 달쯤 지나면 딱지가 앉았다가 벗겨지기를 반복한 끝에 등에 영광스런 굳은살이 박히니 걱정 마라."

검정 모자 조교가 큰 보시라도 하듯 웃으며 말했다. 너무 지친 나머지 청운은 그 말이 무슨 개 짖는 소리처럼 들렸다. 그래도 가능하면 좋게 생각하려 했다.

"그래, 저 기간병들도 꿈 많은 청춘인데 다만 국가의 명에 의해 이곳에 차출돼 악독한 지옥사자 노릇을 하고 있으니 어떤 의미에선 오히려 피해자라고 할 수도 있어. 저 검정 모자 밑에 한 인간이 있고 정이 있고 꿈이 있을 텐데…… 각자 인생의 목표가 있고, 잘해서 경쟁자를 물리치고 포상 받고픈 본능적인 욕망도 있을 텐데……."

모래 배낭과 각반을 벗어 버리고 나자 몸이 가뿐해진 대원들은 마치 날아가듯 춤을 췄다. 그러면서 아리랑을 흥얼거리는 것이었다.

아우라지 뱃사공아 배 좀 건너 주소
싸리골 올동백이 다 떨어진다

명사십리가 아니라면 해당화는 왜 피나

춘삼월이 아니라면 두견새는 왜 우나

정선 읍네 물레방아는 사시장철 물을 안고 뱅글뱅글 도는데

우리 집에 서방님은 날 안고 돌 줄을 왜 모르나

아리랑 아리랑 아라리요

아리랑 고개로 나를 넘겨 주소……

오후 1시부턴 총검술과 사격 훈련이 시작되었다.

'총은 사람이 만들었는데도 인격이 없는 인간보다 오히려 어떤 격을 지닌 것 같구나. 총구는 인간의 입과 달리 아부나 거짓말을 하지 않고, 방아쇠는 촌철살인을 위해 침묵을 지키는 것만 같구먼.'

청운은 속으로 생각했다.

사격은 정확성과 함께 신속성이 요구되었다. 처음엔 명중이 목표였다.

100미터 떨어진 표적을 향해 30발 쏴서 28발 맞춰야 합격이었다. 정신 집중이 되면 표적 중앙의 작은 흑점이 점점 확대돼 야구공보다 더 크게 보였다. 그 순간 텅 빈 마음으로 방아쇠를 당기면 백발백중이었다.

하지만 다음 단계로 넘어가 2초 이내에 발사해야만 되자 헛방이 더 많았다. 그 단계를 통과하는 데 한 달이 걸렸다.

마지막은 움직이는 표적을 향한 사격술 연마였다. 무슨 면허증을 따는 게 아니라 특수전 현장에서 살아남아야 하기 때문에 본능적인 눈 깜박임도 금지되었다. 일부러 송홧가루가 날리고 산벚나무 꽃이 어지러이 떨어지는 날 오래도록 훈련하기도 했다. 센 바람에 봄비가 부슬부슬 흩날릴 때 숲속에서 나뭇가지에다 번호판을 걸어 놓고 1번, 5번, 2번, 7번…… 조교가 부르는 대로 사격한 경우도 있었다.

그 다음엔 격투술 수련이 이어졌다. 일반 사회에서 무술은 우선 자기 보호를 위한 체력 단련과 정신 수양을 향해 수행된다. 하지만 단번에 적을 처치하지 못해 자기가 죽는 상황이라면…… 일격 필살이 있을 뿐이다. 그래서 기본적으로 태권도를 비롯해 합기도, 유도, 권투뿐만 아니라 레슬링과 씨름 기술까지 습득했지만…… 최종적으로는 위급 상황시 먼저 상대를 제압하는 게 급선무이므로 눈, 목, 명치, 사타구니 등 급소 공략법을 익혔다.

그런 후 맹견 세 마리가 들어 있는 링 같은 개 우리 속에 대원 한 명이 들어가 격투를 벌였다. 물론 바닥은 자연 그대로의 맨 땅이었고 인간도 개도 맨손에 맨이빨이었다.

미리 한 끼니 굶기고 약을 바짝 올려놓은 개들은 독기 머금은 눈으로 허연 이빨을 드러낸 채 사람을 잡아먹을 듯 으르렁거렸다. 개들은 세 마리가 동시에 덤벼드는 경우는 드물었다.

조교들이 '쉭쉭!' 하고 독려하는 소릴 들으며 기회를 노리다가 한 놈이 선제공격을 하면 삼각형의 두 측면에서 달려들었다. 공격 개시 후 10초 내에 적을 제압하지 않으면 개든 사람이든 죽거나 치명상을 입었다. 그러므로 신속 정확히 급소를 타격하는 데 초점이 맞춰줬다.

청운의 차례가 왔다. 그는 미리부터 초조한 마음으로 떨고 있었다. 어릴 때 개를 쓰다듬다가 손을 물린 이후로 개 앞에 서면 저절로 떨리며 겁이 났다. 귀여운 강아지라도 만일 '아르랑~' 하고 흰 이빨을 내보이면 엉겁결에 놀라 자빠질 정도였다.

"어서 들어가!"

조교가 명령했다.

잔뜩 위축된 청운의 꼴을 살펴본 개들은 마치 웃음소리라도 내듯 으르렁댔다.

'어쨌든 들어갈 수밖에 없다. 하지만 지금 상태로 남의 지시에 따랐다간 죽을 수도 있다. 아, 어쩔까?'

청운은 일단 개 우리 속으로 들어갔다. 이마에서 땀이 방울져 흘러내렸다.

개들이 한껏 야수처럼 으르렁거리며 한 발짝씩 다가섰다. 흥분에 겨워 눈알이 불그스레해진 놈들은 곧 먹이를 향해 달려들 태세였다.

청운은 털썩 무릎을 꿇었다. 이어 양 손을 땅바닥에 댄 채 목을 흔들며 개처럼 컹컹 부드럽게 짖었다. 어디선가 비웃음 소리가 흘러나왔지만 개의치 않았다.

하지만 이미 좀전에 인간의 피맛을 본 개들은 점점 포악해져 갔다. 한 놈이 달려드는 순간 청운은 고개를 살짝 옆으로 젖히며 손가락을 세워 놈의 눈을 찔렀다. 그리고 몸을 공벌레처럼 잔뜩 움츠려 모아 뒤로 구른 뒤 일순 공중제비를 해 일어서며 다른 놈의 턱을 걷어찼다. 마지막 한 놈이 벌건 잇몸까지 드러내며 으르렁거릴 때 청운은 우뚝 선 채로 이젠 아무런 두려움 없이 가만히 내려다보았다. 개는 인간의 눈을 슬쩍 한번 쳐다보더니 살기를 띤 목청을 서서히 거두어들였다.

청운이 앉아 쓰다듬어 주자 개는 혀를 내밀어 다친 손을 핥았다.

그건 훈련의 한 과정이었으므로 모두가 통과해야 했다. 간혹 광기 어린 개의 이빨에 물려 코가 무너지거나 목이 찢기거나 온몸이 만신창이로 변해 버린 경우도 있었다. 두 종족 모두 피해를 당했다. 결투 중에 죽은 인간은 땅에 묻히고, 개는 구워져 인간의 입속으로 들어갔다.

이따금 휴식 시간에 대원들은 편을 갈라 '오징어 게임'을 벌이기도 했다. 하지만 그건 동네 마당이나 학교 운동장에서 친구들과 하던 놀이와는 달랐다. 또 다른 일종의 훈련이었다. 승자에겐 별사탕이 든 건빵 등을 상으로 주고, 패자에겐 토끼뜀 따위의 체벌이 내렸으므로 치열한 생존경쟁 그 자체였다.

훈련은 끝이 없이 이어졌으며 점점 더 강도가 높아졌다. '북괴군이 1미터 뛰니 우리는 1.1미터 뛰어야 한다.'라는 식의 말이 청운은 가장 싫었다. 왜 우리가 먼저 1.5미터를 뛰기 위해 창조적으로 노력하지 않고 괴상스런 나라의 꽁무니만 따라다녀야 하는가? 북한 공산당을 괴물로 생각게 해 경쟁심을 불러일으키려 그러리라고 짐작했지만, 그래도 같은 조상의 피를 물려받은 동족을 악마니 괴물이니 욕하며 증오하려니까 왠지 자신마저 괴물이 된 듯싶어 속이 별로 편치 않았다.

지도만 보고 목표 지점을 찾아가는 독도법讀圖法을 익히고, 평양을 비롯해 북한 지역의 도시와 산악 지대를 촬영한 슬라이드 사진도 수십 번씩 보며 암기했다. 북한 말투도 시간 나는 대로 연습했는데 비중이 크진 않았고 그저 수박 겉핥기식이었다.

아직 본부 측에서 정식으로 밝히진 않았지만 대원들은 자신이 모종의 북파 특수 임무에 투입되리라고 예상했다. 북쪽에 넘어가 오랫동안 머물며 스파이 활동을 하는 게 아니라 단번에 치고 빠지는 단순 테러 행위가 아닐까 하고 청운은 짐작했다. 다들 나이가 어렸거니와 또한 훈련 트랙이 그런 목적을 위해 진행되는 성싶었기 때문이었다.

워낙 산악을 종횡하는 체력 훈련이 고되었기 때문인지 단검

던지기나 철조망 통과법, 지뢰와 부비트랩 처리법, 폭파술 등은 짜릿하면서도 어딘지 어릴 때 하던 위험스런 놀이를 연상시켰다. 치밀한 준비 끝에 도화선導火線이 도둑의 발짝처럼 화급히 타들어 가 거대한 바위를 폭음과 함께 산산조각 낼 땐 마치 첫 몽정의 쾌감이 척추를 따라 내려 아랫도리께에서 맴도는 듯했다.

북으로 침투하는 과정 중엔 지뢰와 같은 장애물도 있지만, 일단 북한 땅으로 넘어간 후엔 논밭이나 모래밭 그리고 나뭇가지 따위를 유심히 살펴야 했다. 모래밭에 새로 생긴 발자국이나 나뭇가지 사이에 매어 둔 투명한 실이 끊어진 것을 관찰한 후 추적하기 때문이었다. 좀 원시적이긴 하지만, 스파이를 죽이기보다 생포해 정보를 얻는 게 더 요긴했으므로 그랬을 터였다. 전기 철조망을 딴 후엔 꼭 엎드려서 기어가야 한다는 사실도 거듭 강조되었다.

시간이 흘러 점차 익숙해졌다곤 해도, 저녁 9시부터 다음날 새벽 5시까지 실시되는 야간 교육 때는 특히 조심해야 했다. 깊은 숲속의 암산과 계곡을 어둠 속에서 걸을 때는 한 발짝 한 발짝, 한 찰나 한 찰나가 삶과 죽음의 위태로운 줄타기를 하는 심정이었다. 어둠 속에서 한 끗만 까딱 잘못 디디면 낭떠러지로 미끄러져 죽거나 중상을 입곤 후송돼 존재 자체가 사라졌다.

상황에 익숙해질수록 다른 동물은 더 주위를 기울이는데 인간은 오히려 나태해지는 건 혹시 신께 선택받은 만물의 영장이라고 자부하기 때문일까? 그런데…… 낮의 강훈련에 지친 대원들에게 그런 시건방진 자부심이 과연 있기나 했을까? 모래 배낭과 각반을 찬 채 언제 끝날지 아슴한 이승과 저승 사이의 길을 걷다 보면 저도 모르게 스르르 잠이 온다. 거부할 수 없는, 거부할 필요가 없는 자연의 세례를, 거부해야만 생존할 수 있는 특수 인형……. 하지만 새벽 두세 시쯤 되면 인간의 의지는 이미 자신의 의지가 아님을 알게 된다. 민족도 국가도 적도 나도 별로 의미가 없다는 사실을 꿈결인 양 느끼게 되고, 결국엔 그걸 느낀다는 사실마저 별 무의미하다는 환각 속에서 절벽 아래로 낙화落花하게 되는 것이었다.

무정

●■▲

봄이 지나고 어느덧 여름으로 접어들었다.

깊은 산중이라 그런지 계절의 변화가 유달리 느껴지진 않았다. 하지만 무성한 나뭇잎을 비껴 순간순간 내리쬐는 햇살은 날이 갈수록 마치 불화살처럼 따가워졌다. 특히 바람도 별로 없는 숲속을 행군하거나 햇빛에 완전히 노출돼 뜨겁게 달아오른 바위 절벽을 헐떡헐떡 기어 넘을 땐, 지옥의 칼산에서 무망한 사투를 벌이는 듯해 못다 핀 푸른 청춘을 포기해 버리고 싶기도 했다.

'인생이란 과연 살아갈 만한 의미가 있는 것일까? 개구리가 태어나 몇 번 폴짝폴짝 뛰어다니다가 순식간에 뱀에게 잡아먹히고 말듯 아무런 가치도 없지 않을까?'

청운은 무정한 염천을 쳐다보며 생각했다.

처음에 24명이었던 대원은 서너 달 사이에 죽거나 병신이 돼 퇴소하고 15명만 남아 있었다. 훈련 중 사고사가 가장 많았지만, 검정 모자의 폭행으로 죽은 경우도 적지 않았고 자살자와 탈영병이 각각 한 명씩이었다.

조교들도 미운 정 고운 정 다 든 대원을 설마 때려죽이려고 하진 않았을 것이다. 또 대한민국이라는 하나의 국가에서 그런 섬뜩한 명령이 체계적으로 내려왔을 리도 없다. 그럼 왜? 그런 살인 행위가 대체 왜 공권력을 빌려 벌어졌을까? 검정 모자들은 자기 뜻이 아니라 국가의 명령에 의해 산골 황무지에 마지못해 와서 청춘을 허비한다고 생각하는지도 몰랐다. 욕구불만이 변질돼 흉악한 폭행과 살해욕으로 폭발하는지 어찌 알겠는가. 또한 폐쇄된 지대에서 휘하에 3명 이상을 거느리게 되면 스스로 왕이라 망상케 되어 같은 인간을 한갓 벌레로 착각하게 되는지도 모를 상황이었다. 더구나 그 당시는 쿠데타 이후 계속 정권을 잡은 군인들의 전성시대라 일반 사회에서든 군영에서든 상상키 힘든 비인간적인 참상이 벌어지곤 했다. 사람의 생명이 지푸라기보다 가볍게 취급되는 시절이었다. 특히 군사정권의 위대한 뜻을 거역하는 경우에는…….

그날의 일은 사실 별것 아닐 수도 있었다. 고된 훈련 후 점심으로 나온 보리가 반쯤 섞인 밥에, 단무지를 고추장에다 듬뿍 찍어 우적우적 씹던 알랑 들퉁 녀석이 한마디 툭 내뱉었다. 해운대 바위 절벽 위에서 연인을 떠나보냈다던 그 슬픈 로맨스의 주인공이었다.

"씨팔, 차라리 바윗덩일 삶아 앞에 놓고 함께 공평하게 뜯어
먹지."

"말하면 뭣해. 그냥 조용히 한 끼 때워."

"흐훗, 특수 부대원을 요로코롬 먹일 만큼 우리나라가 가난
한가 보군. 허지만…… 이런 산중에서 생사고락을 같이 한다
면서, 어떤 놈은 무쪽이나 씹고 어떤 넘들은 고기 통조림 깡통
을 딴다니 말이 돼?"

"조용히 처먹어, 새꺄!"

조교 하나가 어느 틈에 다가와 나무라며 알랑 들롱의 뒤통
수를 툭 쳤다. 평소엔 고분고분한 편이던 녀석의 눈이 휘둥그
레졌다. 하긴 불평은 하더라도 먹고 있었으니까……. 먹는 사
람을 때리면 처음엔 울컥 설움이 일다가 분노로 변해 솟구친
다는 사실을 청운은 경험으로 알고 있었다.

알랑 들롱 녀석은 식판을 들어 조교의 낯짝으로 내던졌다.
죽으나 사나 훈련받은 만큼 겨냥은 정확했다. 고추장이 코끝
과 눈가에 잔뜩 묻은 조교의 얼굴은 마치 연극 무대에 선 피에
로의 조롱을 받는 마귀 같았다.

"개새끼! 네놈은 하극상이 즉결처분이란 걸 아직도 몰랐던
가 보네, 응? 혹시 알고도 그런 거냐? 개새꺄, 무릎 꿇어!"

조교는 입귀를 일그러뜨리며 주절거렸다. 만약 알랑 들롱

녀석이 그때 무릎을 꿇고 용서를 빌었다면 어찌 되었을까? 조교는 마음을 풀고 껄껄 웃으며 녀석의 뒤통수나 한 대 치고 말았을까? 모를 일이다. 대체로 한국 사람은 정이 많다곤 하지만, 이성적인 면에 허점이 있어서 그런지…… 대통령부터 말단 공무원까지 약속을 지키지 않고 자기 이익이나 감정에 따라 일을 처리하는 경우가 많았다(국회의원이나 대법원장도 예외는 아니며, 오히려 더 얄미운 짓을 하는 세상이었다).

그러니 알랑 들롱 녀석은 전후 사정으로 보아 가만있다간 맞아 죽어 시체가 될지도 모른다고 생각했을 수 있었다. 그가 무슨 말인가 하려고 입을 여는 순간 조교의 성난 주먹이 기다렸다는 듯 곧장 거칠게 얼굴을 강타했다. 벌건 코피를 뚝뚝 흘리며 반항하려는 기세를 보이자 조교는 훈련병의 머리를 붙잡곤 무릎뼈로 얼굴에 일격을 가했다. 단말마 같은 비명과 함께 알랑 들롱 녀석은 땅바닥으로 나뒹굴었다. 코와 입도 피투성이였지만 눈알 한쪽이 터졌는지 감싼 손가락 틈으로 불그죽죽한 액체가 흘러내렸다. 그는 이리저리 뒹굴며 계속 신음 소리를 냈다.

"너무하네. 저러다가 사람 잡겠군."

"씨팔! 사람이 아니라 개새끼 꼴이잖아. 아니, 도대체 조국과 민족을 위한 특수 요원이라더니 말짱 도루묵이군. 흐흣……."

"물색조 개새끼들한테 속아서 여기까지 들어온 우리가 쪼다 병신이지 뭘. 세상에 사기 협잡꾼들이 많다지만 명색이 한 국가에서 그런 거짓말쟁이들을 내세워 순진한 애들을 속이다니……. 만일 내가 살아 나가서 그 사기꾼을 만나면 입주둥일 사시미 칼로 잘라서 개한테 던져 주고 혀를 뽑아내 씹어 먹을 테야!"

"아가리 닥쳐!"

조교는 붉으락푸르락해져 권총을 뽑아 들었다.

대원들이 웅성거렸다. 이어 모두들 '우우' 하고 야유를 보냈다. 난동이라도 일어날 기세였다. 그 순간 총소리가 울려 퍼졌다.

"탕!"

땅바닥에 먼지가 일었다. 그와 동시에 다른 조교들이 우르르 몰려들어 훈련병들을 둘러싸곤 총구를 들이댔다.

"죽고 싶은 놈은 당장 나서고, 살고 싶은 놈은 그 자리에 가만히 앉아라!"

아무도 명령에 따라 앉는 자는 없었고 오히려 엉거주춤 쭈그려 앉아 있던 자들마저 식판을 놓고 일어섰다. 팽팽한 긴장이 감돌았다.

"명령이다! 다섯을 셀 때까지 복종치 않으면 즉결처분하겠다! 하낫, 둘, 셋, 넷……."

그 순간 땅바닥에 뒹굴어 있던 알랑 들롱 놈이 겨우 상체를 일으키더니 힘겹게 입을 열었다.

"잠깐…… 이 일은 나 때문에 생긴 것이니…… 다른 동지들에게 결코 피해를 주지 마시오. 내 몸은 죽어 조국 산천의 한 줌 흙이 되겠지만…… 죽음이 두려워 아까 내가 했던 말을 순간적인 실수라곤 하지 않겠소. 조교 당신들을 욕하고 싶진 않아. 흐흣, 당신네들도 우리와 똑같은 피해자가 아닐까 싶으니까. 윗대가리 분들이 알갱이는 다 쪽쪽 발라먹고 쭉쟁이만 우리에게 내려주니까 맨날 거렁뱅이보다 불쌍한 신세지."

그 순간 조교의 군홧발이 녀석의 턱을 세게 걷어찼다. 명배우 알랑 들롱을 좋아하던 녀석은 영화에서처럼 멋진 장면을 보여 줄 여지도 없이 뒤로 쓰러지며 머리를 맨땅에 부딪혔다. 혀끝이 반쯤 잘린 채 아직 할 말이 있는 듯 파르르 떨었다. 성한 한쪽 눈을 허옇게 까뒤집은 참혹한 꼴로 팔다리를 부르르 떨어댔다. 터진 한쪽 눈과 입에서는 피가 덩이져서 흘러내렸다. 명줄은 겨우 붙어 있으나 가망은 없어 보였다.

청운의 머릿속엔 문득 몬도가네인가 하는 영화에서 언젠가 본 적이 있는 장면이 떠올랐다. 하늘을 쳐다보는 소의 잔등을 시퍼런 도끼날로 찍자 소는 엉겁결에 비명도 지르지 못한 채 풀썩 주저앉았다. 앙고라 토끼의 털을 더 많이 수확하기 위해 깎지 않고 사람이 손으로 몽땅 잡아 뜯는 장면…… 담비나 밍

크의 모피는 살아 있을 때 벗겨내는 게 최상품이라며 생체로부터 가죽을 박탈하는 무자비한 장면…… 오래전에 청운 자신의 눈으로 보았던, 무허가 도살장에 누렁이를 산 채로 묶어놓은 뒤 불로 털을 거스르며 웃어대던 사람들의 모습……. 짐승들은 고통이 극에 달한 때문인지 한 순간의 짧은 비명 외엔 아무런 소리조차 내지 못했다. 함께 고생했던 사람 하나가 그런 꼴로 연병장에 쓰러져 붉은 피로 땅을 적시고 있었다.

살아남은 대원들의 웅성거림이 점점 더 커지며 한데 모이고 있었다. 죽음 자체가 무섭지 않다기보다 응어리진 울분이 제물에 터져 나오는 모양이었다.

"조국을 위해 이 한 목숨을 바칠 수는 있다! 하지만 사람대접을 받지 못하고 개죽음을 당하긴 싫다!"

"좀 전까지만 해도 형제처럼 함께 울고 웃다가 저렇게 비참하게 죽어가는 종욱이의 모습은 내일의 우리 꼴일 수도 있다!"

"당장 최고 책임자를 불러서 진상을 밝히고 대책을 강구하라!"

"씨팔, 까짓것 모두 함께 죽자!"

고참 조교가 총구를 번쩍 쳐들어 대원들의 머리를 겨냥했지만 차마 방아쇠를 당기진 못했다. 자신들의 꿈과 욕구가 미지의 어떤 악당들에 의해 협잡질당해 무너져 내린다고 느낀 젊은 대원들은 죽음도 불사할 기색이었기 때문이었다.

그때 문득 검은색 안경을 벗고 푸르스름한 하늘빛 안경을 걸친 교관이 나타나 일장연설을 시작했다.

"여러분, 내 말을 지금부터 명심해서 듣기 바란다. 어디에든 고난 없는 열매는 없다. 여러분은 정규군이 아니라, 곧 특수 부대 요원으로 활약하기 위해 지금 뜨거운 용광로 속을 통과하고 있는 훈련병들이다. 극복하지 못하면 인생 자체가 무용지물이 될 만큼 중대한 사다리이자 절벽의 중간에 서 있는 것이다. 어려움을 극복하고 올라가면 영웅이 될 것이요, 자기 자신을 극복하지 못해 추락한다면 짓뭉개진 지렁이 꼴이 될 뿐이다. 여러분은 아직 잘 모르겠으나, 인간이란 존재는 미완성품이기 때문에 노력하기에 따라 신의 아들이 될 수도 있고 악마 새끼가 될 수도 있음을 명념해야 한다!"

교관은 잠시 연설을 멈추곤 대원들을 훑어보았다.

청운은 눈살을 찌푸리며 '어딘지 사이비 종교 교주가 지껄이던 소리와 비슷한 느낌이 드는군.' 하고 입속으로 중얼거렸다.

교관은 헛기침으로 목청을 다듬은 뒤 연설을 계속했다.

"여러분은 앞으로 우리 국가 방위의 최첨단 특수 요원들이 될 신분이다. 누구든 고난을 겪지 않으면 결코 영웅이 되지 못한다! 그러니 현재 어려움이 많더라도 불평불만에 빠져서는 절대 안 되리라. 미래의 꿈을 바라보고 전진하라! 흐흠, 앞으로 여러분이 작전을 수행케 되면 결사적인 자세로 나서야 하며,

임무수행 중 아니할 말로 혹시 죽는 경우도 전혀 배제하지는 못하리라. 하지만 추운 겨울을 이겨내고 핀 꽃은 아리따우며, 한 그루 나뭇가지에 핀 매화꽃은 형제자매와 같으니…… 그중 한 송이가 꽃샘바람에 떨어진들 어찌 더 고귀하고 어여쁘지 않겠는가! 아아, 매화 꽃송이처럼 아름다운 여러분…….."

"우린 꽃이 되려고 여기 온 게 아닙니다. 앞으로 인간답게 살수 있도록 대책이나 좀 마련해 주시죠."

맨 앞에 서 있던 대원이 말했다.

"꽃은 비유일 뿐인데 쯧……. 어쨌든 지금 여러분의 생사는 우리나라의 생사와 같다. 여러분의 충렬과 붉은 피의 희생이 있기에 우리 국가와 또한 부모 형제자매가 편안한 생활을 유지하는 것이다. 의무적으로 군문에 들어왔다가 나가는 일반병과 달리 여러분은 특수 부대원으로서의 자부심만큼은 지녀주길 바란다. 음, 우리 한반도에서는 남한과 북한이 동족상잔의 피비린내 나는 전쟁을 벌이다가 지금은 종전이 아닌 휴전 상태에 있다. 전쟁이 끝난 게 아니라 잠시 쉬고 있는 중인 셈이다. 그런데 북괴군은 신사협정을 어기고 여기저기서 도발을 감행할 뿐만 아니라 간첩을 남파하여 전국에 암세포를 뿌리고 있는 실정이다. 우리라고 가만히 서서 당할 수도 없고, 공개적으로 정규군을 투입해 대적하려니 유엔의 제재를 받기 때문에…… 바로 이 시점에 여러분의 영웅적인 활약이 필요하게 된 것이다! 만일 북괴의 침략이 없었더라면 여러분이 이처럼 생고생하며 고된 훈련을 받지 않아도 좋을 텐데…… 하지만 북괴의 도발은 갈수록 대담해지고 있다. 만일 허점을 보인다면 또 동족상잔이 벌어진다. 나는 여러분을 민족을 구원할 투사로 믿고…….”

“꼭 짐승처럼 뚜드려 팬다고 사람이 강해지고 복종하는 건 아닙니다. 사람이 사람을 사람답게 대해 준다면 우리도 대의를 위해 고생을 씹어 삼키겠습니다.”

“음, 여러분의 뜻이 무엇인지 잘 알았다. 앞으로 여러분이 대한민국의 정예 투사 후보로서 성실히 훈련 과정에 임해 준다면 제1차 교육기간이 끝나는 가을쯤 동해 시내로 나가 기념 회식과 특박을 허락하겠다. 또한 성과가 아주 좋으면 특별 휴가도 고려해 보겠다. 알았나?”

“예!”

그리하여 험악하던 사태는 겨우 가라앉았다. 그동안 부상자는 숨이 끊어져 시체가 되었다.

빵빠레

●■▲

다음날부터 다시 지옥 훈련이 시작되었다.

원래 사람의 마음이란 최악으로 치달았다가도 상황을 개선
키로 약속하게 되면 누그러들어 목표를 향해 최선을 다하게
된다. 우직한 사람들일수록 자신의 목숨까지도 바쳐 약속을
지키려 애쓰는 것이다.

청소년 대원들이 바로 그러했다. 그들은 마치 젊은 독수리
가 바위 절벽 위의 둥우리를 벗어나 창공으로 날아오르려 날
갯짓 하듯 사나이로서의 의리를 지켜 한 명의 당당한 성인이
되려고 땡볕 아래서 이를 악문 채 극기를 해 나갔다.

새벽 6시에 일어나 저녁 6시에 훈련이 종료될 때까지 식사
시간만 빼고 산악을 기어오르거나 일격 필살법을 익히거나
은신술을 수련했다. 줄타기는 한 줄 타기, 두 줄 타기, 세 줄 타
기가 있었다. 어느 경우든 까딱 방심했다간 까마득한 바위 계

곡으로 떨어져 즉사했다. 줄에 매달린 아이들은 이승과 저승을 수십 번씩 넘나들었다. 공중 낙하는 별다른 장비도 없이 절벽에서 뛰어내리기를 높이만 바꿔가며 무수히 반복했는데, 그 과정에 잘못 낙하해 발목이 부러지거나 심지어 뇌진탕으로 죽는 경우마저 있었다.

여름이 끝나 갈 무렵엔 동해안의 작은 무인도로 들어가 바닷가 침투 훈련을 받았다. 낭만은 없었다. 설령 있다 하더라도 여름 바다를 향해 환하게 발산되는 게 아니라 속 깊이 스며 침묵하는 산호珊瑚 같은 것이었다.

입에 자기 이름이 적힌 하얀 깃발을 문 채 헤엄쳐 가 100미터 밖의 부표에 꽂아둔 후 붉은 기를 찾아 물고 되돌아오는 수영 훈련은 가파른 바위 절벽을 타고 오르는 훈련과는 또 다른 까마득한 생사 간의 체험이었다.

그때까지 살아남은 인원은 겨우 10명뿐이었는데, 선착순으로 5명은 모래밭에 앉아 휴식을 취하도록 했고 뒤처진 5명은 벌로 여름식 빵빠레를 당했다.

원래 빵빠레란 추운 겨울날 알몸으로 깊은 계곡의 얼음을 깨고 들어가 얼굴만 내놓은 채 쭈그려 있는 형벌이었다. 온몸에 큰 바늘로 찌르는 듯한 극심한 통증이 몰려들어 차츰 감각이 마비돼 버려서 추위조차 못 느끼는 순간 "일어서라!" 하는 명령이 내린다. 물 밖으로 알몸뚱이를 내놓는 순간 오히려 물

속이 더 따뜻하게 느껴질 정도로 전신이 꽁꽁 얼어붙는 느낌을 체감하게 된다. 이빨이 덜덜 떨리면서 괴상한 소리를 저도 모르게 흘려 내는 자도 있다. 차가운 겨울바람은 맨살을 칼로 난도질하는 듯싶다. 차라리 물속이 나을 듯해 주저앉으면 "개새끼!"라는 욕설과 함께 검정 모자가 휘두르는 몽둥이질에 박이 터져 핏물이 줄줄 흘러내린다. 이승과 저승은 한 순간에 엇갈린다. 그 모습을 보면서 다른 훈련생들은 죽음을 잊고 자신의 한계를 초월하게 되는 것이다. 생과 사의 경계에서 이뤄지는 훈련을 통해 단시간에 최고의 인간 병기를 만드는 게 검정 모자들의 목적인지도 몰랐다.

만일 개미 한 마리를 빵빠레 아이스크림 속에 집어넣어 놓으면 얼음 속에서 '빵빠레!' 하고 침묵 속의 비명을 내지를지…….

여름 빵빠레는 그걸 응용하되 결코 덜하지 않은 형벌이었다. 죄인으로 지목된 대원들을 바닷물 속에 잠수케 한 후 3분을 견뎌내면 건져서 살려 주었다. 그 전에 해면 위로 올라오는 대가리는 기다리고 있던 조교들이 무자비하게 내려치는 몽둥이에 맞아 벌건 핏물을 뿌리며 죽어가기도 했다. 살려면 짠 바닷물 속으로 숨어야 했지만 이미 숨이 가쁘도록 차서 물을 잔뜩 들이켠 상태라 더 이상 견디기는 어려웠다.

마치 작살을 맞은 물고기나 개구리처럼 사지를 뒤채며 버둥거리는 동료들을 보면서 청운은 선감도 앞바다의 거센 파도에 휩쓸려 가던 피에로 형을 생각했다. 그리고 잇달아 박꽃 누나의 핼쑥한 얼굴이 눈앞을 맴돌며 애처로운 눈길로 오라는 듯 손짓하는 것이었다.

다음번 수영 때 청운은 붉은 기가 꽂힌 반환점까지 선두를 지키며 헤엄쳐 갔으나 되돌아오지 않고 망망대해를 향해 계속 나아갔다. 해변 쪽에서 호루라기 소리가 났지만 그냥 헤엄을 쳤다. 귀환을 독촉하는 야단스런 메가폰 소리를 듣고서야 청운은 제정신이 든 듯 되돌아갔다.

"개새끼! 죽으려고 환장했어? 넌 이미 국가의 소유이기 때문에 죽을 때도 네 맘대로 죽을 순 없단 말이야!"

"쌍놈이 빠삐용처럼 탈출하려 했는지도 모르지. 흠, 그럼 빠삐용이 어떤 건지 한번 당해 봐라!"

조교들이 발길질을 하며 악을 썼다. 그러더니 훈련병들에게 명령해 허연 파도가 밀려드는 바로 앞의 백사장에 깊은 구덩이를 파게 했다. 청운은 그 속에 들어가 목만 내놓은 채로 묻혔다.

원래 '빠삐용'은 하극상이나 탈영을 감행한 훈련병들에게 가해지는 형벌이었다. 연병장 한쪽에 파 놓은 구덩이에다 죄인을 얼굴만 보이게 묻은 후 물 한 모금 주지 않고 방치했다. 고통 속에서 서서히 죽어 가며 참회하라는 뜻인지도 몰랐다.

사흘이 지나면 꺼내 주지만, 대부분 그 전에 미쳐서 고함을 지르거나 울부짖다가 탈진해 죽고 말았다.

청운은 구덩이 속에서 괴로움을 참으며 바다와 하늘을 번갈아 쳐다보았다. 따가운 땡볕이 정수리 위에 내리쬐고, 거대한 짐승 같은 바다의 거친 숨결인 양 파도의 허연 포말이 밀려와 입술을 핥았다. 죽음의 키스라고나 할까.

그나마 대원들이 훈련을 마치고 100미터쯤 떨어진 숙영지로 가 버리자 공포보다 더한 고독감이 밀려들었다. 석양이 핏빛 같은 노을의 잔영을 떨구고 사라졌다. 어스름 속에서 청운은 몸부림을 쳐 보았으나, 모래는 곧 청운이 파낸 좁은 희망의 공간을 다시 채우며 차가운 절망만을 안겨 주었다.

밤이 되자 파도의 섬뜩한 혀와 허연 이빨은 점점 거세게 목과 얼굴을 핥고 물어뜯었다. 선감도에서 '징벌의 십자가'에 매달렸던 기억이 났다. 밤새도록 바닷물 속에 갇혀 신음하던 생사 교차의 시간…….

하지만 그땐 혼자가 아니었다. 피에로 형과 함께 여린 숨결이나마 나누며 서글프고 누추한 인생을 추억할 수가 있었다. 이젠 아무런 도움도 바랄 수 없는 상황에서 고독의 무서움을 체험해야만 했다. 세상천지가 온통 암흑이었기에 청운은 한숨을 쉬며 눈을 감아 버렸다.

'인간이란 대체 무엇일까?'

청운은 생각에 잠겼다. 까마득한 시간을 이겨내 보기 위해서였다. 평소엔 하지 않던 개똥철학도 상황에 따라서는 저도 모르게 하게 되는 모양이었다. 하지만 자기 자신이나 인간들의 고상한 정신적인 면에 대해 사색을 해보려 하자 모래 속에 묻힌 몸이 차갑게 식어 버리는 듯했다. 그래서 별수 없이 인간의 저속한 면에 관해서만 생각했다.

'가능하면 남을 속여 이익을 얻으려 하지만 결국엔 자신의 행운까지도 거덜 내는 족속.'

'만물의 영장이라면서 육욕을 지나치게 좋아하는 동물.'

'같은 종족끼리 패를 갈라 싸우는, 개미보다 훨씬 잔인하게 동족을 살해하면서 낄낄 웃어대는 광인들……'

하지만 그런 개똥철학이나마 더 이상 계속할 수가 없었다. 밤이 깊어질수록 파도 또한 더 거세어져 밀려왔다. 점점 다가온 파도의 포말은 턱을 넘어 입술에 차가운 키스를 하며 간질렀다. 부드럽고도 강인한 바닷물은 곧 이어 철썩거리며 밀려와 코를 들이쳤다.

소리쳐도 소용없다는 사실을 이미 알았기에 청운은 입을 꼭 다문 채 숨을 멈추곤 가만히 있었다. 그는 하늘이나 신이나 부처님에게도 살려 달라고 기도하지 않았다. 돌덩이처럼 안간힘으로 버텨낼 뿐이었다.

자정이 지날 무렵엔 물결이 아예 머리를 넘어 뒤쪽으로 서

너 걸음쯤 더 가서야 멈췄다가 되돌아갔다. 그러곤 더 거센 기세로 밀려왔다가 내려가길 되풀이했다. 청운은 그때마다 눈과 입을 꽉 닫곤 땅속 어딘가 지옥에서 고통받고 있을 가련한 사람들을 생각해 보며 죽음 같은 시간을 참아냈다.

'하늘은 사람을 지푸라기 인형처럼 본다고 하더라. 인간만 특별히 사랑해 주는 귀한 자식이 아니라…… 곰, 늑대, 토끼, 쥐, 파리, 바퀴벌레, 참나무, 엉겅퀴, 민들레꽃 들을 다 똑같이 본다. 우선 내가 내 자신을 이겨내고 잡초보다는 꽃처럼, 모기보다는 꿀벌처럼 살아야 하늘과 땅도 도와주는 게 아닐까?'

차츰 물결선이 낮아지는 성싶었다. 청운은 지친 얼굴로 밤하늘에 반짝이는 별을 쳐다보았다.

"엄마…… 지금은 어디서 무얼 하고 계세요? 너무 보고 싶네요. 엄마, 저 좀 살려 주세요! 아니, 아녜요. 제가 힘껏 견뎌낼게요. 엄마를 만나면…… 옛날보다 더 나은 모습을 보여 드리기 위해 노력하고 있거든요. 검정고시 책에서 이런 말을 보고 속으로 외워 두었는데…… 한번 되새겨 볼게요. 엄마, 들리세요?"

청운은 독백하듯 중얼거렸다.

'행복한 사람이라고 해서 두려움이나 불쾌한 일이 전혀 없는 건 아니며, 역경에 처했더라도 희망과 기쁨이 전혀 없는 것 또한 아니다. 이를테면 바느질이나 수예를 할 때, 어둡고 무거운 바탕에 경쾌한 무늬를 수놓는 것이 밝은 바탕에 침울한 무늬를 넣는 것보다 한결 더 아름답고 곱게 느껴진다…… 이러한 눈의 즐거움에 미루어 마음과 영혼의 기쁨도 상상해 볼 수가 있다. 향香이나 양념은 불에 피우거나 곱게 빻을 때 더욱 향기롭다. 그러므로 행복에 탐닉한 사람보다는 역경에 부대껴 이겨내고 성숙해진 사람이 한결 고상한 인간미를 풍기는 것이다.'

그러고는 고개가 푹 꺾이더니 모래밭에 코를 묻었다. 아마 잠이 든 모양이었다. 아직 한 번씩 파도가 밀려와 얼굴을 덮쳤으나 죽은 듯 꿈쩍도 하지 않았다. 설령 죽는다 한들 그 누가 슬퍼해 주겠는가.

새벽녘이 지나 아침빛이 비쳐 올 즈음에야 청운은 겨우 깨어났다. 누군가 뺨을 세차게 치며 욕을 하고 있었다.

"개새끼! 이게 아직 뒈지지 않았네? 빠삐용이 된 꿈이라도 꾸었냐, 응? 원래는 사흘간 묻어 놓지만 바닷물 먹은 값으로 사면한다. 야, 꺼내 줘라!"

조교가 명령을 내렸다.

청운은 명줄은 붙어 있었지만 반쯤 죽은 상태였다. 그런데도 구덩이에서 끌어내 모래사장에 팽개쳐 두었을 뿐 아무런 조치도 취하지 않았다. 청운은 뙤약볕 아래서 말라 가는 지렁이처럼 꿈틀거리며 메마른 신음을 뱉어냈다.

정오를 지나 점심 식사를 할 무렵에 누군가 급히 시신 쪽으로 달려갔다. 그는 청운의 상반신을 일으키곤 수통 속의 물을 입에 바짝 대 부었다.

청운의 눈이 스르르 뜨였다.

"스라소니 형……."

"그래, 어서 정신 좀 차려."

"형, 고마워……."

"아냐, 내가 더 미안해. 간밤에 살짝 와 보려 했는데 조교한 테 걸리는 바람에……. 좀 더 마셔. 야, 그리고 여기 건빵 봉지 묻어둘 테니 좀 있다가 살짝 빼 먹어."

스라소니는 올 때보다 더 빨리 달려가 버렸다. 청운의 눈에 눈물 한 방울이 맺혀 떨다가 백사장으로 떨어졌다.

원대 복귀 후에도 훈련은 계속되었다. 더 심해지는 기색마 저 보였다. 하지만 늘 받아 온 터라 육체적으로 고통스러울 건 없었다.

오히려 초가을로 접어들어 푸르던 잎새들이 누렇게 변해 소 리 없이 산골짜기로 떨어지는 모습을 보며 대원들은 자기 자 신이 낙엽이라도 된 듯 암울한 표정이었다. 특히 청운은 해변 에 파묻힌 채 밤새도록 죽음 가까이 갔었던 기억이 언뜻 상흔 으로 변해 광증을 일으키는 경우가 있었다.

'세상도 내 인생도 다 무의미하게 보여. 아니, 무서워…….

왜 이렇게, 이런 꼴로 살아야 할까? 아, 차라리 그 전에 절벽으로……'

그렇게 속으로 중얼거리면서도 청운은 가장 앞서서 거칠게 가슴팍을 바위에 비벼대며 가파른 산정을 향해 기어올랐다.

'저 멀리 내려다보이는 계곡은 지옥의 밑바닥이 아닐까? 그리고 저 기암괴석들은 세상의 잘난 사람들 같더니만, 막상 올라오고 보니 짐승처럼 보이기도 하는군. 그리고…… 아! 저기 저 천길 낭떠러지를 몇 번이나 굽이돌며 떨어져 내리는 폭포는 마치 전설 속의 백룡이 날아 승천하는 것 같구나……!'

지난번에 교관이 직접 공약했던 회식이나 외박 건에 대해서는 꿩 구워 먹은 듯 일언반구도 없었다. 심란해진 대원들이 참고 있던 불평불만을 터트리며 무슨 허무주의자들처럼 단체로 땡깡을 부리자 교관이 다시 선글라스를 낀 채 나오더니 입귀로 웃음을 흘리면서 말했다.

"흐음, 언젠가 정신교육 시간에도 언급한 바 있지만…… 흠, 여러분은 우리의 막강한 50만 대군을 대신해서 앞으로 멸공통일의 최전선에서 활약할 몸이다. 그러므로 여러분 한 명 한 명의 정신과 육신 속에 정규 국군의 정신을 압축해서 넣어 한 단계 정제한 초인적인 존재가 되어야 하는 것이다. 어려움을 극복하여 정신 승리를 하는 순간 육체도 환골탈태하여 일기당천의 전사로 우화등선하는 신비로운 기적이 일어나게 됨을 명심하라! 굼벵이가 온갖 고충을 견뎌내다가 나비가 되려는 마지막 한 순간 방심하여 이도저도 아닌 처참한 반거충이 상태로 퍼덕거리는 꼴을 상상해 보라! 여러분은 모두 그런 비극을 넘고 우화등선하여 민족 통일을 향해 날아가는 나비가 되어야만 한다."

그는 불그레한 혀를 꺼내 입술을 슬쩍 핥았다.

"하하, 나도 인간이므로 여러분의 고충을 잘 알고 있다. 사실 그동안 고생도 많았다. 자연스런 청춘의 본능이나 욕망을 억눌러야 했던 고충도 모르는 바 아니다. 하지만 그런 욕망을 꼴리는 대로 쏟아 버리는 건 짐승이나 곤충도 할 수 있는 평범한 짓이다. 여러분은 특수 신분이며 초인적인 존재를 지향해야만 한다! 그런 욕망, 즉 에너지를 고급스런 이상으로 승화시켜 위대한 업적을 이루어야 하는 것이다! 오, 혈기방장한 청춘들이여! 그렇지 않은가? 대답은 하지 않아도 좋다. 전번에 내가 언약했던 회식이 좀 미뤄진 것도…… 흐험…… 어디까지나 여러분을 민족의 영웅으로 성장시키기 위한 배려였던 셈이었던 것이다. 그래, 힘을 모아 조금만 더 가자! 마침 내일부터 최종적이라고도 할 수 있는 훈련이 실시된다. 생명을 걸고 최선을 다해 살아남는 자에게만 천국의 축복이 내릴 터이니 기대하라!"

교관은 말을 마치자 서산 너머로 잠겨 가는 붉은 태양을 쳐다보며 다시금 입귀로 미소 지었다. 대원들은 긴가민가하면서도 별 도리 없이 또 한 번 믿어 보기로 의견을 모았다.

'아, 강렬하던 빛을 거두고 자신의 맨얼굴을 보여 주며 내려가는 저 해님은 얼마나 아름다운가! 그런데 선글라스를 쓴 인간 눈엔 어떻게 보일까?'

청운은 속으로 중얼거렸다.

동굴 속의 비밀

●■▲

다음날이 고요히 밝아 왔다.

오전엔 '극한생존법'이란 소책자를 교재로 삼아 특강이 있었다. 어떤 열악한 조건이라도 극복하고 살아남는 법.

하지만 교본 자체가 미국 특수 부대의 교범을 토대로 짜깁기한 것이라 그런지 한국의 상황에 적용하기엔 어렵고 허무맹랑한 경우가 많았다. 그래도 유명한 북한 연구가 겸 군사 전문가이며 퇴역 장군이라 소개된 초청 강사는 자신의 지론을 밀고 나갔다.

"내가 미국에 있을 때 연구한 프로젝트 중 하나이니 잘 듣기 바란다. 흠, 여러분들이 만약 네바다 사막에서 표류하다가 붉은 개미떼의 습격을 받았다면 어떻게 하겠는가?"

아무도 대답하지 않았다.

"그래, 힘들 거야. 물도 진흙도 없는 사막에서…… 전갈더러

불개미를 물어 죽여 달라고 부탁할 수도 없고, 독수리에게 청산으로 옮겨 달라고 애걸했다간 바위 둥지로 끌려가 찢겨 먹힐 테고, 곰님께 혀로 좀 핥아 달라고 청원하려니 허연 이빨이 무섭고……. 그냥 가만히 있는 게 상책이야……. 뭐라구? 도망치는 게 좋다구? 흠, 불개미는 보통 개미가 아니야. 마치 북한 놈들처럼 악착같을 뿐더러, 자기 조상마저 부정하고 불사조인 척 허세를 떨며 강경하게 나온다니까. 그러니 좀 귀찮고 괴롭더라도 단전호흡이나 하며 지그시 견뎌내는 게 최선이란 말야. 이열치열, 이냉치냉이라고나 할까. 시체처럼 죽은 듯 가만히 있으면 불개미 같은 놈들도 물러나는 걸 내가 분명히 봤어. 그러니까 속으로는 비웃으며 그 시간에 영어 단어 하나라도 외우는 게 현실적이란 우스갯소리도 나오는 거지. 허허헛…….”

깊은 산중에 웃음소리가 공허하게 울려퍼졌다.

그 당시는 혁명 시대였다. 가난을 물리치고 부강한 국가로! 고루한 전통을 벗어나 새로운 현대사회로! 군복을 벗고 양복으로 갈아입은 권력층은 그런 구호를 외치며 국민들을 일하는 로봇으로 만들어 갔다. 특혜 받은 재벌들이 생겨나기 시작했고, 미국이나 일본 같은 국가를 만들기 위해 국민들은 병정개미나 일개미처럼 동원되었다. 부귀한 국가를 건설하는 과정에 진실의 원칙과 안전 수칙은 거의 무시되었다. 수시로 어처구니없는 사건 사고가 터져 수많은 국민을 불귀의 객으로 만들었다.

일본에서 수입한 낡아빠진 배에 과도한 화물과 인원을 실었다가 좌초한 사건은 전세계의 주목을 받았다. 제주도 앞바다에서 침몰한 그 '삼월호'엔 수학여행을 가던 3백여 명의 어린 학생들이 타고 있었는데, 청와대를 비롯한 주요 언론에서는 '전원 구출'이란 뉴스를 내보냈으나 그때 이미 지옥경에서 발버둥치다가 모두 수중고혼水中孤魂이 되고 말았던 것이었다. 차가운 물결만 죽은 아이들과 산 부모들의 설움을 실은 채 출렁거렸다.

그 외에도 겉보기엔 멀쩡하던 아파트가 무너져 수백 명이 사망하기도 했었고, 또 언젠가는 조파리라는 희대의 다단계 사기꾼이 나타나 '뉴코리아 프로젝트'라는 걸 가지고 힘없는 지푸라기 같은 사람들을 희롱했다. 그로 인해 평생 아껴 모은 목돈을 잃은 사람들이 스스로 목숨을 끊었다.

'아, 이 세상에서 살아남으려면 대체 어찌 해야 할까?'

청운은 슬픈 표정을 지었다.

점심 식사 후엔 평소보다 훨씬 긴 두 시간의 휴식 시간이 주어졌다. 대부분의 대원은 그 자리에 늘어져 단잠을 즐겼다.

청운은 지친 마음을 끌고 몇 걸음 옮겨 꽃샘이 보이는 곳으로 에돌아갔다. 서울에선 들은 적이 없는 청아하면서도 기묘한 갖가지 새소리가 오염된 귀를 열어 주었다.

새는 천사나 요정의 변신이라는 얘기도 있지만 원래는 쥐였다고 한다. 평범한 쥐와 달리 이상이 높았던 그 청색 쥐는 나무 우듬지 위로 기어올라 먼 지평선이나 수평선을 바라보곤 했다. 그러다가 어느 날 하늘을 쳐다보며 풀쩍 뛰었는데 허공으로 조금 솟구치다가 바닷속으로 떨어져 내렸다. 아쉬웠지만 물고기가 되어 심해를 유영하며 언젠가 창공을 날아다니길 꿈꾸었다. 오랜 인고 끝에 깃털이 돋아난 듯싶어 해변으로 나와 보니 다시 쥐가 되어 있었다고 한다.

그 쥐는 절망에 빠져 죽어 버렸을까, 과연 어찌 되었을까? 슬픈 눈빛이긴 했지만 다시 나무 위로 기어오르기 시작했다고, 하이틴 로맨스 잡지엔 씌어 있었다.

새는 해맑고 기이한 목청으로 듣는 사람의 머릿속을 씻어 주고 온갖 시름을 없애 준다. 슬픈 사람에겐 힘을 주기도 한다. 그런데 저 새는 도대체 희로애락을 전혀 모르는 걸까? 새는 기쁠 때뿐만 아니라 서글프고 괴롭고 분노했을 때조차도 아름답게 지저귀며 지친 타인의 영혼에 향기를 전해 준다.

"아, 이런 그윽한 산중에서 죽음의 훈련을 받기보다 새들과 함께 놀며 신선 공부를 한다면 참 좋겠구나!"

청운은 중얼대곤 휘파람을 간살스레 불어 새를 꾀어 보려고 했다. 하지만 새들은 저속한 인간의 속셈을 빤히 안다는 듯 욕설 같은 소리로 지저귀는 것이었다.

"그래, 미안하다."

청운은 작게 속삭였다.

얼마나 시간이 흘렀을까…… 청운은 아무런 잡념도 없는 무념무상의 평화 궁전에 들어가 있었다. 호흡이 점차 길어지더니 숨을 쉴 때마다 안락감이 밀려와 더 이상 숨을 쉬지 않아도 될 듯한 무아지경 속으로 잠겨 갔다. 엄마의 자궁 속이 이렇게 아늑할까?

고승이나 도사님처럼 무슨 입정의 경지에 든 건 아니겠지만 아무튼 무심중에 찾아온 특이한 경험이었다. 머릿속에서 어떤 스위치가 일순 멈추는 듯싶더니 한없는 고요가 찾아왔다.

속으로 청운은 좀 겁이 났지만, 너무나 기묘하고 감미로운 나머지 설령 죽더라도 좋다고 느끼며 자기 자신을 무아의 새로운 시공 속에 그냥 내버려두었다. 청아한 새소리만 아득한 곳에서 아슴아슴 들려올 뿐 너와 나, 좋고 나쁨, 옳고 틀림 등의 차별이 아무런 소용도 없는 과거세의 폐기물처럼 여겨졌다. 온전한 것을 이리 가르고 저리 쪼개는 칼과 철조망처럼…….

그건 청운 자신의 심장을 찌르는 흉기인 동시에 온갖 사람들의 자유로운 삶을 옥죄고 파괴하는 악마의 무기였다. 남과 북은 원래 하나였는데 어쩌다가 저렇게 허리가 잘린 채 신음하고 있을까? 왜, 누구에 의해, 무엇 때문에…… 불구자 신세가 되어 속으로 울고 있을까? 아아, 휴전선이니 DMZ니 하는 괴상한 것들이 사라지고…… 금수강산 한반도에 온전한 평화가 깃들길…… 청운은 마음을 모아 기도했다.

그때였다. 메가폰이 마치 괴조가 울부짖듯 잡음을 내며 산중의 고요를 찢어발겼다. 고운 새소리와 함께 청운의 기도까지도 사정없이 몰아냈다.

"들어라! 모든 훈련병들은 즉시 완전군장을 하고 해골탑 앞에 집결하기 바란다!"

청운은 깜짝 놀라 묵상에서 깨어났으나 '평화 궁전'에서 나오기는 싫은 듯 미간을 찌푸리며 손바닥으로 두 귀를 막았다.

하지만 메가폰 소리는 점점 우렁우렁 커지기만 했다.

"좀전에 타전된 첩보에 의하면 북괴군이 삼팔선을 넘어 침범했다고 한다! 물리치자, 북괴 도당! 이룩하자, 승공 통일!"

청운은 경각심으로 정신이 들긴 했지만 아직 일어서진 않았다. 너무나 아쉬운 표정이었다. 마치 아늑한 천국에서 살벌한 지옥 세상으로 쫓겨 나오는 듯…… 아, 조금만 더 그 고요한 평화 궁전 속에서 묵상할 수 있었더라면…… 혹시 나도 나의 반쪼가리 아집을 완전히 벗어나 새 뜻을 지닌 보름달 같은 존재로서 남북통일에 관한 기특한 생각을 낼 수 있었을지도 모르는데…… 아, 정말 천추의 한으로 남을지도 모르겠군.

그는 소태 씹은 상을 지으며 연병장으로 향했다.

도열한 대원들 앞에 다시 선글라스를 낀 교관이 나타났다. 이번엔 입귀를 올려 웃지 않고 짐짓 엄중한 표정을 짓고 있었다.

"여러분! 세계 전쟁사에서도 그 유례를 찾아 볼 수 없는 우리 동족상잔의 참극인 6·25전쟁은 휴전협정으로 잠시 멈춰 쉬고 있을 뿐 결코 끝난 게 아니다. 휴전이나 정전을 종전으로 착각해선 안 되는 것이다. 북괴군은 언제 다시 전면전을 시작할지 모르며 지금도 국지적인 도발을 끊임없이 계속하고 있다. 즉, 한반도는 휴화산 상태인 것이며 바로 이 순간 대폭발을 할지도 모른다. 그러하므로 조금 전의 북괴군 침략 방송을 굳이 여러분의 경각심을 높이기 위해 한 농담이었다고 고백할 생각은 전혀 없다. 왜냐? 엄연한 현실이기 때문이다!"

교관은 검붉은 입술을 혀로 한번 핥았다.

"요즘 일부 몰지각한 국민이나 북괴의 하수인 같은 야당 놈들은 북풍이 어쩌고 하는데, 사실상 북풍보다 무서운 북핵 바람이 불고 있는 걸 어쩌란 말인가? 머저리 같은 놈들, 정말로 공산 독재 국가가 되어 아오지 강제수용소에 들어가 이빨과 손발톱을 다 뽑힌 채 시달려 봐야 정신을 차릴까! 흠…… 여러분, 내가 이런 얘길 하는 건 아까 아침에 출근하다가 기막힌 꼴을 당했기 때문이다. 새파란 학생 연놈들이 플랑카드를 들고 삐약삐약 외치고 있는데, 뭐라고 한 줄 아는가? '우리는 형제다! 북한을 선거판에 끌어들이지 말라!' 이러는 거야. 세상에

원! 깡촌 철부지 애들이 그런 생각까지 할 리는 없고, 분명코 남파 간첩 놈들이 꾀어서 밀봉교육을 시킨 것이겠지. 내가 차창을 열고 타일렀더니 민족 반역자라고 소리치며 침을 땅바닥에 뱉더군. 마치 내 얼굴에 뱉는 느낌이었어. 독초는 어린 싹부터 없애 버려야 해서 경찰서에 처넣어 두고 왔는데…… 그 개쌍 호랑말코 같은 연놈들을 생각하니 지금도 이가 갈리는군. 옛날 같으면 자동소총으로 드르륵 갈겨서 끝장내 버렸을 텐데……."

교관은 이빨을 으드득 갈았다. 청운은 지그시 그를 쳐다보며 생각했다.

'그 학생들이 철부지 같은 애라면 나도 역시 애겠네. 그런데 왜 국가에서 철부지 애들을 속여 산중으로 데려와서는 짐승같이 만들고 있는 걸까? 거짓말쟁이들! 지난번 대선에서도 그랬고 이번 총선에서도 여당이 불리할 것 같으니까 정부가 나서서 북풍 몰이를 한다던데……'

깊은 산중에 고립된 상태에서 어찌 그런 풍문이 돌았을까? 청운은 약간 의아스럽기도 했다. 아마도 누군가 지어낸 헛소문이거나 혹은 어느 쓸쓸한 기간요원의 입에서 무심코 흘러나온 말이 꼬리를 쳤는지도 몰랐다.

교관의 입귀가 어느새 올라가 미소를 흘리고 있었다.

"여러분! 아무튼 여러분들은 그런 개소리에 부화뇌동하지 말고 조국의 간성으로서 애국혼을 발휘해 귀신들을 물리쳐 버리기 바란다. 앞으로 여러분은 임무수행 중 북괴 방송이 지껄이는 허무맹랑한 감언이설에 홀려 넘어갈 수도 있으며 혹은 체포돼 회유를 당할 수도 있다. 그런 만일의 경우를 당하지 않기 위하여 여러분은 초인간적인 훈련을 받아 온 것이다. 잠시 후부터 최종적인 훈련이 실시된다. 훈련시의 땀 한 방울은 실전 때의 피 한 방울과 맞먹는다는 사실을 명심하고 부디 마지막까지 최선을 다해 모두 살아 돌아오길 바란다!"

어느덧 연병장에 땅거미가 내리고 있었다.

교관은 번개처럼 어디론가 사라지고 검은 모자를 깊이 눌러쓴 조교가 나섰다.

"지금부터 너희들에게 지급하는 비상식량은 단 하루치뿐이다. 더 이상은 없다. 이제부터 너희들은 깊은 산속으로 들어가 사흘 동안 은신해서 생존해야 한다. 이것은 실전 상황과 같은 훈련임을 명심하라! 조교들이 대항군으로 변신해 너희들을 수색한다. 그 전에 발각되는 자는 사흘 동안 빠삐용 형벌에 처하겠다. 발각은 곧 죽음과 같다!"

대원들은 완전군장을 재차 점검한 후 검정 모자 조교들의 인솔에 따라 깊은 산중으로 5리쯤 행군해 들어갔다. 숲이 울창해 어디가 어딘지 분간하기 힘들 지경이었다.

고참 조교가 감정이 없는 어조로 말했다.

"지금부터 생존 훈련에 들어간다. 뱀처럼 이동하여 두더지처럼 은신해야 한다. 대항군 조교들의 수색은 밤 8시부터 시작된다. 총알을 발사하는 경우는 없겠지만 수색 중에 총검이나 죽창으로 땅바닥을 찌르게 되니 참고하기 바란다. 사흘 후 잠적 해제 방송이 개시되면 한 시간 이내로 바로 본부까지 도착해야 한다. 신속 정확! 즉 은밀한 곳에 비트*를 파고 잠적하는 건 좋지만, 너무 멀리 벗어나는 건 일종의 도망과 같다는 얘기다. 무슨 말인지 알겠나?"

"예!"

"그럼 실시한다!"

2인 1조로 이뤄진 대원들은 지도와 나침반을 지닌 채 산속으로 숨어들었다. 청운은 '개호주'라고 불리는 녀석과 한 조가 되어 움직였다. 입소 첫날 자기소개 때, 시끄럽게 짖어대는 애완견을 혼쭐내고 여자 주인의 처녀성을 복수심으로 농락했다고 떠벌이던 바로 그놈이었다. 간혹 눈을 짐짓 음흉스레 뜨고 노려보며 코를 크게 벌름거리는 게 버릇이긴 해도 속은 순박한 편이었다.

"이쯤이 어떨까? 한갓지고 수풀이 우거져 괜찮을 듯한데……."

---

* 간첩 활동 등을 위해 숨어 지내는 곳. 비밀 아지트의 줄임말.

청운이 말했다.

"아냐, 이런 음침한 곳일수록 조교 애들이 더 들쑤셔 본다구. 저리 좀 더 올라가 보자구."

개호주가 습관적으로 콧바람을 불며 대꾸했다. 그 넓고 깊은 숲속에서 막상 은신처를 찾으려 드니 쉽게 발견되지 않았다. 실전 같은 상황이니만큼 대충 장난삼아 섣불리 하다간 정말 큰코다치든지 운이 나빠 돼질 수도 있었다.

다른 대원들은 다 어디로 갔는지 고요 속에 구슬픈 두견새 울음소리만 이따금 들려올 뿐이었다.

한동안 더 올라가자 청량한 물소리가 나더니, 어둠을 배경으로 허연 폭포가 마치 벌거벗은 여인이 추는 격렬한 춤처럼 떨어져 내리고 있었다. 가만히 그 모습을 바라보던 개호주가 말했다.

"야, 어떤 감이 오지 않냐? 고불고불 허리를 돌리듯 떨어지던 물이 저 아래에선 치마처럼 퍼지면서 곧장 떨어져 내리잖아."

"응."

"어릴 때 만화를 보면 꼭 저런 곳에 동굴이 있거든. 만화처럼 큰 동굴은 없겠지만 작은 굴 같은 게 있을 수도 있어. 야, 한번 가 보자!"

개호주는 말을 맺기도 전에 산길을 살짝 에돌아 폭포수가 떨어지는 곳으로 내려갔다. 청운은 헛소리 같아 망설이다가 그냥 서 있기도 심심쩍어 슬슬 뒤따랐다.

가까이서 보니 구룡폭포처럼 웅장하진 않았지만 세찬 물살이 바위 턱에 부딪혀 사방으로 무섭게 물보라를 튀겼다. 설령 그 속에 은신할 만한 굴이 있다 하더라도 무슨 소용이겠는가.

그런데도 개호주 놈은 모험을 즐기는 아이처럼 슬금슬금 다가갔다. 하반신이 물에 잠기는데도 개의치 않았다. 허연 폭포수가 침범자를 때려잡듯 녀석의 정수리를 퍽퍽 내려쳤다. 문득 녀석의 모습이 보이지 않았다. 물속에 주저앉았나 싶어 살폈으나 흔적도 없었다.

"야, 어디 있어?"

잠시 후 녀석의 모습은 안 보이는 채 목소리만 들려왔다.

"떠들지 말고 어서 이리로 와. 남한테 들키기 전에……."

청운은 소리 나는 쪽으로 다가갔다. 구슬발처럼 떨어지는 폭포수 안쪽 암벽에 움푹 패인 곳이 있었다. 거기서도 물이 흘러나오는 듯이 보였으나, 실은 떨어지던 폭포수 일부가 약간 튀어나온 바위 턱에 부딪혀 안쪽으로 살짝 휘어져 들었다가 흐르는 것일 뿐이었다.

굴 입구는 좁아서 근골 축소술을 써서야 겨우 진입할 수 있었다. 그런데 안으로 들어갈수록 조금 넓어졌다. 하지만 두어 발짝이 끝이었다. 그 뒤는 막혀 있었다.

청운은 일단 울퉁불퉁한 바위벽에 등을 기대어 앉았다. 좁아서 드러누울 순 없을 듯싶었다.

"어때? 아방궁 같지 않냐? 딴 놈들은 지금 한창 비트 파느라고 생고생일 텐데 말야."

개호주가 배낭을 벗어 지퍼를 열며 말했다.

"글쎄, 괜찮을까? 이미 조교들이 알고 있는 곳일 수도……."

청운이 조심스레 대꾸했다.

"호호…… 나도 이미 검토해 봤어. 하지만 아닌 것 같아."

"어째서?"

"폭포 앞 입구에 거미줄이 쳐져 있는 것도 좀 이상스럽다면 이상한 노릇이지만, 더 야릇한 건 말야……."

"뭔데?"

"여기 해골과 뼈가 있어."

"뭐?"

"누군지 모르지만 단 한 구의 시신이 여기 기대앉은 채 죽어 서서히 백골이 된 것 같아. 유골이 단정한 모양으로 보아 타살이기보단 자살이 아닌가 싶어. 암튼 비밀굴인 것 같아."

"그걸 어찌 알아?"

"짜식, 교육훈련 시간에 잠이나 쿨쿨 잤나 보군. 추리를 해봐. 만약 누가 발견했다면 치워 버리든지 묻어 주지 오랫동안 이렇게 그냥 됐겠어?"

청운은 라이터를 켜서 비춰 보았다. 구석에서 허연 해골이

검은 눈구멍으로 우는 듯 웃는 듯 외롭고 무서운 표정을 지으
며 마주 보았다.

"대체 누굴까?"

청운은 놀라움을 누르고 물었다.

"내가 지하 골방에서 사법고시 공부를 할 때…… 사실 지겨
워서 이른바 불온서적이란 것도 좀 봤는데 말야……. 커다란
동굴이나 구덩이 속에 암장된 유골들이 홍수가 날 때 드러나
기도 한다는데…… 그게 다 대한민국 국군과 경찰한테 총 맞
아 죽은 평범한 애먼 국민이란 거야. 북한 공산당에 협조한 **빨
갱이**라면서. 그런데 사실은 가난한 농민들이 대부분이었대.
공무원들이 나서서 국민보도연맹이란 곳에 가입하면 보리쌀,
비료, 고무신 따위를 준다고 꼬이기도 하고 강압적으로 눈을
부라리며 도장을 찍게 하기도 했다더군. 할당량을 채우면 표
창장도 주고 승진도 시켜 주니까 마구 설친 거지. 농부들이야
혹시 무슨 손해를 볼까 두려워서라도 가입을 했겠지. 그때 이
미 진짜 빨갱이나 부역자들은 다 도망쳐 버리고 정부에 충성
하는 양민들만 남았는데도 그런 허깨비 악당 짓을 한 거야. 국
가의 이름으로 수십만 국민을 마치 개미나 파리처럼 쏴 죽여
서 한꺼번에 구덩이 속에 파묻어 버렸다니 믿을 수가 있어?"*

---

* 얼마 전, 6·25전쟁 때 수많은 희생자를 낸 국민보도연맹을 조직해 관리한
   것으로 알려진 '반공 검사' 선우종원 씨의 증언이 나왔다. 그는 서울지검

"무서운 일이야. 저 해골도 그런 학살을 피해 숨어 있다가 미쳐 죽은 사람이 아닐까?"

"모를 일이지."

"야, 으스스한데 여기 있어도 괜찮을까?"

"운명에 맡기고 일단 있어 보자구."

그리하여 아방궁이 아닌 좁은 암굴 속에서의 잠적 생활이 시작되었다.

"그나저나 아랫도리가 다 젖어 으스스하군. 불을 피울 수도 없고……."

"너처럼 꺼벙한 놈이 이 험한 세상을 어찌 여기까지라도 살아왔냐? 어서 나처럼 바지와 신발을 벗어 말려라."

청운은 훈련화만 벗었다.

"바지는 왜 안 벗냐? 니가 만일 여자였다면 여기가 바로 화촉동방華燭洞房이 되는 건데 말야."

"짜식이 헛소리는……."

검사, 치안국 정보수사과장 등을 지내면서 좌익 전향자 등을 모아 보도연맹을 만들고 관리한 주역이다.

그는 보도연맹 가입자들의 성향을 묻는 질문에 "삐라를 뿌리다 잡힌 사람들은 남로당 등 아무 곳에도 가입한 적 없는 진짜 농민들이었다. 공산당으로 볼 수 없었다. 의식분자라기보다 오히려 순박한 국민들이 많았다."라고 증언했다.

한국전쟁 전국유족회 등은 전쟁이 벌어진 뒤 전국에서 보도연맹원 20여만 명이 희생됐다고 말한다.

청운은 눈을 흘겼다.

"아따, 여기서 어찌 사흘을 견디냐? 아무튼 조교 놈들이 나타나기 전에 한 꼬바리부터 하고 보자구."

개호주는 주머니에서 담뱃갑을 꺼내 한 개비 입으로 뽑아 물고 불을 붙였다. 하얀 종이로 포장되어 담배 이름도 그림도 없는 그 '백담배'엔 성욕 억제 성분이 포함돼 있다는 얘기도 떠돌았다.

청운은 자신이 직접 만든 솔잎 담배를 조심스레 꺼내 피웠다. 마른 솔잎을 가지런히 모아 종이에 만 그것은 강렬한 중독성은 없지만 담백하고 향긋한 매력이 있었다. 또한 연기가 나지 않아 추적자들에게 발견될 위험도 적었다.

"아따, 무슨 맛에 그걸 빨고 앉았냐, 응? 신선이 되어 우화등선이라도 할랑가 보네. 야, 이 담배에 성욕 억제약이 들어 있다면 또 어떠냐. 어차피 쓸 수도 없는 성욕인데 말야."

"꼭 그것 때문은 아냐."

"그럼 뭔데?"

"그냥 왠지 싫어서……."

"짜식, 괴팍스럽긴. 그런데 무슨 가랑잎이나 마른 잔디 따위를 담배 대용으로 말아 피운다는 소린 들었지만 솔가리는 좀 생소한걸."

"옛날에 지리산 빨치산들이 창안해 낸 담배라는 얘길 얼핏

들은 적이 있어서 한번 만들어 봤지."

"그건 또 어디서 누구한테 들었노?"

"선감도라는 곳에서."

"너도 선감도에 있었었구나. 지독한 곳이라고 하던데…….
그곳 출신으로 꽤 재미있는 놈을 하나 알고 있지."

"스라소니……?"

"그놈이야 음흉하지 재미있다고 할 수 있냐."

"그럼 누구?"

"잠깐, 조용히 해 봐. 조교 놈들이 슬슬 사냥을 시작하는가
본데……."

멀찍이서 낙엽 밟는 소리가 들려왔다. 그리고 폭포수 소리
때문에 흐릿하긴 했지만 두런두런 말소리도 났다.

"이 자식들이 두더지 새끼처럼 제법 감쪽같이 숨긴 숨었군.
허지만 부처님 손바닥 안이지 뭐."

"저쪽이 쫌 이상하니까 한번 찔러 봐. 좀 더 세게 쿡! 내가 경
험상 보니간 슬쩍 찌르면 놈들은 피를 흘리면서도 꾹 참아내
더라니까."

"한 마리당 몇만 원씩 상금이 있으니 몇 마리 잡아 보자구."

비트 잠적은 공작원들이 북한 지역에 침투했을 때 목숨을
최대한 유지해 나가기 위한 은신술이었다. 하나의 공작을 완
수하기 위해서는 현장 상황에 따라 하루가 걸릴 수도 있으나

사흘 이상 한 달을 넘길 경우도 있다. 만약 북한군에 발각돼 포위당하는 시점엔 두더지처럼 땅으로 들어가 무한정 버텨내야 하기에 가장 힘든 훈련이기도 했다. 야전삽으로 최단시간에 항아리 모양의 땅굴을 파고 그 위에 솔가지 따위를 얼기설기 걸친 다음 낙엽을 덮어 위장한 뒤 그 무덤 같은 곳에 웅크려, 비가 오나 눈이 오나 판초 우의 하나로 견뎌내야 한다. 만약 재수 옴 붙어 저승사자 같은 검정 모자 조교들에게 발각되면 곧바로 지옥행이었다.

"야, 저놈들 딴 데로 가나 보다."

개호주가 소곤거렸다.

"아냐, 저건 낙엽이 아니라 물을 찰박찰박 밟는 소리 같은데……."

"그건 네 마음이 너무 예민해졌기 때문일 거야."

"정말 다가오는데……."

청운은 귀를 곤두세웠다.

"그게 환청이란 거야. 내가 전에 개 짖는 소리를 못 참아서 혼쭐내 버렸지만…… 너무 싫어서 증오하다 못해 개소리에 공포감을 갖게 되니까…… 나중엔 창문 여닫는 소리뿐만 아니라 간혹 내 자신의 숨소리까지도 무심결에 그놈의 개소리처럼 들려 화들짝 놀라곤 했었지. 그뿐인 줄 아냐. 나중엔 사람의 얼굴마저 서서히 길쭉해져 개와 같은 모습으로 변하더라니까."

청운은 가능하면 텅 빈 마음으로 선입견 없이 들어 보려고 했다. 하지만 이미 잡념에 사로잡힌 마음은 쉽사리 안정되지 않았다.

"조교 놈들이 다시 이쪽으로 내려오진 않겠지. 벌써 아홉 시가 넘었네. 긴장이 풀리니 슬슬 배가 고프군. 야, 일단 뭘 좀 씹고 보자구."

"그럴까."

둘은 배낭을 열어 건빵과 미숫가루를 꺼냈다. 군용 그릇에다 폭포수를 받아 미숫가루를 탄 후 건빵 몇 개를 띄워 슬슬 불려 가며 어둠 속에서 먹었다. 후래시라도 켜면 좀 아늑해지겠지만 비상시를 위해 최대한 아껴 두어야 했다.

"너 아까 선감도 출신의 재미있는 사람을 안다고 했잖아. 어떻게 만났어?"

청운이 문득 생각난 듯 물었다.

"흐흥, 내가 여기 오기 전에 청량리 풍전 나이트클럽에 좀 있었거든. 거기 밤무대에 인기 가수나 코미디언들이 많이 출연했었지. 나훈아와 남진을 비롯해 이미자와 김추자 그리고 배삼룡과 서영춘 등 기라성 같은 연예인들을 바로 옆에서 볼 수 있었어. 흠, 그때가 그립기도 하군."

녀석은 추억에 젖어 멜랑콜리한 곡조를 콧소리로 흥얼거렸다.

"그런데 왜 나왔어?"

"흥, 아까 말한 선감도 어릿광대 때문이었지."

"어릿광대라구?"

"응, 앞니 빠진 어릿광대 녀석이었지. 그런데 너 왜 갑자기 긴장하냐?"

"아냐, 그냥 혹시 아는 사람인가 싶어서……. 나이는 몇 살쯤 됐었지?"

"나보다 한 살 많다고 해서 그냥 뭐 맞먹었는데, 겉보기엔 스무 살도 더 먹은 것처럼 늙어 보이더라."

"혹시 이름이 김순식 아니었어?"

"그건 모르지. 그런 데서 본명을 잘 밝히진 않거든. 우린 그냥 엿장수라고 불렀어."

"엿장수?"

"응, 걔가 홀의 허드렛일을 도맡아 하는 시다바리 턱이었는데, 꿈이 채플린 같은 위대한 희극배우라 손님이 뜸한 막간에 잠시 등장해 엿장수 흉내를 냈었거든. 조선의 채플린 같은 존재가 되겠다나, 허허……."

청운은 애써 흥분을 가라앉히는 표정이었다. 그 엿장수가 바로 선감도에서 함께 사선을 넘어 탈출하던 피에로 형이라는 걸 확신하게 되었기 때문일까.

"그 어릿광대 쇼가 재미는 좀 있었어?"

"글쎄, 뭐랄까…… 나이트홀 무대라는 게 아기자기하게 가다가도 좀 팡팡 튀는 게 있어야 하는데…… 녀석이 너무 순해서 클라이막스로 끌고 올라가 빵 터트려 주는 힘이 부족했지. 그러니 밑바닥을 기는 수밖에…… 그렇거나 말거나 녀석은 늘 히죽히죽 웃길 잘 했어. 선감도에서 바다를 건너 탈출하다가 빠져 죽을 뻔했는데, 파도에 쓸려 되돌아갔다가 다음 기회에 다시 헤엄쳐서 기어코 빠져나왔다더군. 자기는 두 번 살게 된 셈이니 아무 욕심 없이 흘러가는 대로 맡긴다며 히죽 웃더만."

청운은 잠시 생각에 잠겨들어 있다가 물었다.

"그런데 그 엿장수 때문에 왜……?"

"아따 이 자식, 무슨 첩보대 수사관이라도 된 듯이 꼬치꼬치 물어쌌네. 홀 사장의 사돈의 팔촌이라는 악당 놈이 자꾸 괴롭히는데도 엿장수 녀석은 예수님이나 부처님처럼 허허 웃으며 마냥 참기만 하는 거야. 그래서 내가 대신 악당 놈을 반쯤 죽여 놓고 나와 버린 셈이지. 아따, 이제 그만 피곤하니 눈 좀 붙이고 보자구."

개호주는 벽에 기댄 채 판초 우의를 꺼내 두르고는 코를 골며 슬슬 잠들어 갔다.

청운은 쓸쓸한 소쩍새 소리를 들으며 폭포수를 바라보고 있다가, 언젠가 어디서 보고 기억해 둔 구절을 입속으로 중얼거렸다.

모든 곳에서 악보다는 선을 행하라.

모든 것들 속에서 진실하여 소멸하지 않는 것을 찾도록 하라.

어떤 인간에게서도 장점을 찾아 그것을 살려 주라.

누구에게도 열등감을 갖지 말며, 어떤 인간에게도 우월감을 갖지 말라.

모든 사람과 동물과 벌레나 초목은 모두 그대 자신이 변한 것임을 추억하라.

태어난 건 시작이 아니라 결말이다.

죽는다는 건 문제 밖의 일이며, 삶은 거룩한 축복인 것이다.

청운은 어디엔가 살아 있을 피에로 형과 애처롭고 청초한 박꽃 누나를 생각하다가 어느 결인지 잠이 들었다.

흑백 스파이

●■▲

　분홍색 조명이 비치고 있었다. 은빛 쇠창살로 막힌 두 곳의
마주보는 공간에 수백 마리의 소와 돼지 떼가 간혀 움메움메
꿀꿀꿀꿀 울어댔다. 쇠살문이 스르르 열리자 동물들은 제 앞
에 가설된 좁은 통로를 따라 한 마리씩 차례로 걸어 나갔다. 통
로는 컨베이어 시스템이 되어 그들을 목적지까지 옮겨 갔다.
조명이 강렬해지고 은빛 금속 장비들이 여기저기서 빛을 반
사했다. 군데군데 사람이 서 있었으나 마스크와 흰 비닐 옷으
로 무장하여 로봇처럼 보였다. 소와 돼지는 각각 따로 설비된
장치를 향해 다가갔다. 맨 앞의 소가 사각형 통 속으로 들어서
는 순간 통의 양옆에서 반원형의 쇠살이 나와 등을 씌웠다. 동
시에 위쪽에서는 굵은 벨트가 목을 감아 바싹 쳐들었다. 바로
앞엔 수평으로 설치된 예리한 톱니바퀴가 이빨만 살짝 드러
낸 채 윙윙 돌고 있었다. 목이 도살기에 고정되는 순간 톱니바

퀴는 맹렬히 회전하며 돌아 나와 단숨에 끊어 놓고 재빨리 기어들었다. 소의 몸통은 컨베이어에 실린 채 피를 솟구쳐 올리며 다음 작업대로 가고 머리는 공중에 매달려 어둑한 곳으로 사라졌다. 돼지의 경우는 목이 단두대에 고정되면 위쪽에서 톱니바퀴가 내려와 그대로 절단해 분리했다. 뒤에 줄지어 선 짐승들은 발버둥을 쳤으나 눈알이 붉어진 채 순서대로 목이 잘려 갔다. 바라보고 있는 사이에 소와 돼지의 머리가 하나하나 사람의 얼굴로 일변했다. 짐승들의 얼굴이 미처 표현하지 못했던 극심한 공포가 인면엔 똑똑히 어렸다. 개중엔 미쳐서 혀를 빼물고 히득거리는 것도 있었다. 짐승의 눈물이 한 방울 내 가슴에 떨어졌다. 순간 나는 소로 변신해 도살기로 향해 점점 다가가고 있었다. 옆쪽에서 찌르는 듯한 비명이 울려 돌아보니 소녀가 작은 돼지로 변해 꽥꽥거리며 울고 있었다. 쇠살이 내 몸을 꽉 얽매었다. 눈앞에서 톱니바퀴가 윙윙거렸다. 애처로운 비명이 귀를 찔렀다. 톱니가 목에 닿는 순간 청운은 꿈에서 깨어났다.

왜 그런 꿈을 꾸었을까? 해골이 바로 옆에서 지켜보기 때문인지도 모르고, 양민 학살에 대한 개호주의 얘기를 들었기 때문인지도 몰랐다.

녀석은 입을 쩝쩝 다시며 코를 골다가 일순 멈추곤 했다. 처음 입소했을 때만 해도 녀석은 옆사람이 자다가 깰 정도로 심하게 코를 골았다. 이빨을 갈아대는 누군가의 소리를 덮어 버릴 만큼 요란스러웠다. 그건 개인 문제가 아니라 공작 차원에서도 심각하게 불리한 요소였다. 그렇기에 그동안 동료들의 수많은 욕설과 조교들의 죽인다는 협박에 이어 실제로 폭행을 당하고서야 저만큼이나 호전된 것이다. 하지만 강압적인 조처에 의해 억눌린 코골이는 마치 용수철처럼 한 번씩 커다랗게 증폭되곤 했다. 만일 폭포 소리가 없다면 고요한 새벽에 멀리까지 메아리를 울려 대항군인 조교(북파된 지역이라면 북한군)에 의해 발각될 수도 있었으리라.

아직 어둠이 채 가시지 않은 새벽녘에 깬 두 사람은 교대로 굴속에서 살그머니 나가 용변을 보았다. 오랫동안 웅크려 있던 육체를 펴 잠시나마 움직이고 나니 또 배가 고파 비상식량을 대량 소비했다. 조금씩 아껴 먹으려 했으나 더 배가 고파 와 차라리 다 먹고 나서 대책을 찾기로 했다. 그런 물질적인 면에서는 인간은 어쩌면 바위나 기계보다 저급하고 저능하다는 생각이 들었다.

둘은 한참 의논한 끝에 해골은 이장하지 않고 그대로 두기로 했다. 아침빛이 살짝 비쳐 든 상태에서 다시 보니 무섭기보다는 왠지 안쓰러웠기 때문이었다.

"야, 땅속에 파 만든 비트보다 좀 서늘하긴 했지만 편리한 점도 많은데 어떡할까? 딴 데로 나가 굴을 팔까?"

개호주가 물었다.

"글쎄……."

"하긴 뭐 지금 나서기도 부질없지. 사흘 동안 여기서 견뎌 보는 것도 나중엔 특별한 추억이 되지 않을까 싶기도 하잖아, 그지?"

"일단 그러자구."

개호주는 백담배 한 개비를 꺼내 물었다.

"원효대사님께서 산속에 버려진 불쌍한 해골을 베고 주무시다가 목이 말라 골 속에 괸 물을 마시고 홀연 도통했듯이 우리도 한 도통 할지도 모르잖어, 응?…… 난 사실 평범하게 살긴 싫고, 그렇다고 특출나게 살 만한 재주도 없어서 여기까지 왔는데…… 어쩌면 속은 건지도 몰라. 물색관 놈들이 먼저 속이고 꾄 것도 사실이지만, 나 자신이 이미 속을 준비가 돼 있었는지도……."

그는 말끝에 쓰디쓰게 웃었다.

"혹시 우리 모두가 그런 생각으로 살고 있는 게 아닐까?"

청운이 폭포수를 바라보며 대꾸했다.

"야, 쓸데없는 개똥철학 집어치고 살아 나갈 궁리나 하자구. 사실상 오늘부터 잠복 훈련이 개시된다고 봐야겠지. 조교 애들도 어젯밤엔 슬쩍 한번 훑어보고 지나갔지 않을까 싶어. 이제부터 굴속에서 사흘 동안이나 어찌 지내야 할지 걱정이네."

"난 방금 방향을 잡았어."

"뭔데?"

"단군 신화에 나오는 곰처럼 살아 보기로……."

"미친놈! 하하, 그럼 나더러 호랑이 역을 맡으라구? 성공의 호랑이도 아니고 끝내 실패하는 그런 캐릭터를……."

"그 호랑이는 마지막 한 순간을 못 견뎌낸 게 아니라, 문득…… 거기 더 있다가는 앞으로도 계속 그런 터널 같은 게 자기를 가두리라는 걸 갑자기 깨달은 게 아닐까? 그게 호랑이답잖아."

"짜식, 꺼벙한 놈이 꿈보다 해몽이 좋군. 그럼 넌 왜 곰탱이가 되려는데?"

"기다려야 하니까……."

"뭘?"

"내가…… 나서서 찾을 수 없는 것들이지."

"아이구, 골치 아퍼. 일단 중지하고 아침 배나 채우자."

둘은 배낭에서 일순위로 필요한 물품들을 꺼내 정리해 두곤 공동으로 사용하기로 합의했다. 그래봤자 별 대단한 것도 없었지만, 마음의 교류로만 보면 형제와도 같은 기분을 느낄 수가 있었다. 어쨌거나 물질적인 이해관계를 벗어난 청춘의 마음이었기에, 연인보다 더 진실한 동지애를 겉멋으로나마 느끼기도 했다.

어제 먼저 먹으려다가 곱게 모셔 두었던 주먹밥은 잔뜩 굳어 버려서 차라리 지난밤에 먹었으면 좋았을 걸 하고 후회했다.

"다른 놈들은 어떡하고 있을까?"

"진짜 동굴 속에 들어앉아 보물찾기 놀이를 하는 놈들도 있 겠지. 하지만 대부분은 개털 신세를 못 면하겠지. 조교가 가르 친 대로 으슥한 곳에 구덩이를 파고 위에는 나뭇가지를 덮어 위장한 채 웅크려 있지 않을까. 온몸이 쥐가 나고 냉기에 굳어 무척 고달플 거야. 지네나 불개미가 옷 속으로 침투했다고 생 각해 봐. 근지럽고 따가워도 소릴 지를 수도 없고……. 마치 남 북의 공작원들이 휴전선을 넘나들듯 개미새끼들이 팬티 고무 줄 위쪽으로 아래쪽으로 종횡무진 기어 다니며 지랄을 치면 미칠 지경일 거야."

"비유가 꽤 그럴듯하군."

"이건 비교가 아니라 사실일 수도 있어. 우리나라의 지도 모 양은 호랑이도 토끼도 아니고 바로 사람의 몸이야. 손을 쳐들 고 절규하는 모습이라구."

"그럴까?"

"그러니 우리도 이 고생을 하는 게 아니겠냐? 땅을 파낸 흙 은 배낭에 담아 먼 골짝으로 던져 버려야 할 텐데 흘린 흙을 처 리하는 것도 더 골치일 거야. 대충 놔뒀다간 조교 놈들이 회심 의 미소를 지으며 접근해 대창을 찌를 테고 말야. 그런 지옥에 비하면 여긴 그래도 천당일 수가 있으니 나한테 감사하라구."

"난 평범해서 그런지…… 차라리 땅 구덩이 속이 더 편할 것 같아."

청운이 대꾸했다.

"웃기는 소리 작작해."

"물론 여기도 결코 편한 건 아니지만, 어쩐지 슬쩍 도망친 듯 해서 마음이 쫌 불편하달까. 적극적으로 어떤 목표를 이루기 위해 은신한 게 아니라 수동적으로 도피한 듯한……."

"너가 정말 평범하다면 남 걱정 하지 말고 여기서 살아 내려 갈 생각이나 해."

개호주가 핀잔을 주었다.

북파 공작에서 비트 잠적은 아주 중요했다. 북한 지역으로 잠입하여 곧장 임무 수행지로 이동할 수 있으면 천만다행이 겠지만, 상황이 그렇지 못할 경우엔 땅강아지처럼 잠적한 채 적절한 순간까지 기다려야만 한다. 목표 지점이 훤히 내려다 보이는 데로 접근했을지라도 예상치 않은 변수는 많으므로 인간 두더지 꼴로 굴을 파고 견뎌야 하는 것이다. 한두 시간이 면 모르되 하루 이틀 사흘을 넘길 경우엔 초인적인 극기가 필 요하게 된다. 일단 북파되면 십중팔구는 사살당하거나 체포 돼 귀환하지 못하는 게 현실이었지만, 10퍼센트도 안 되는 생 존 확률을 위해 미리 목숨을 걸고 실제 상황과 같은 훈련을 벌이는 것이었다.

간혹 멀리서 희미한 소리가 메아리를 울리며 들려오기도 했다. 하지만 그게 조교의 대창에 찔린 훈련병의 비명인지 혹은 훈련병이 먹이로 잡은 짐승을 찔러 죽이는 소리인지 잘 분간되지 않았다.

둘은 뱃속에서 꼬르륵 소리가 몇 번이나 날 때까지 기다리다가 점심을 대충 먹곤 조심스레 담배를 한 대씩 피웠다. 연기를 다 삼켜 소화시켜 버리는 완전흡연법으로.

"아, 저 폭포는 만고강산을 흘러왔다가 앞으로도 몇천 년 금수강산을 흘러가련만…… 이 내 청춘은 한 방울 물보다 허무하게 사라지고 말겠고나야!"

개호주 녀석이 영탄조로 지껄였다. 그러더니 좀 어울리지 않게 구석의 해골 쪽으로 돌아앉아서 중얼중얼 뇌까렸다.

"선배님, 인생이란 대체 무엇입니까? 어떤 자는 신이 내려 준 운명이라 하고, 어떤 자는 자기가 개척하는 대로 이뤄지는 것이라 합디다. 하지만 이 땅에서만은 신이 내려 준 것도 아니고, 인간 스스로 개척할 수 있는 것도 아닌 듯…… 권력을 잡은 인간이 인신人神이 되어 세상사와 인간사를 저들 꼴리는 대로 좌지우지하는 것 같습니다. 이런 사악한 꼴을 신은 왜 바라보고만 있을까요?"

청운은 배낭 밑바닥에 숨겨 두었던 '청춘 아리랑'이란 잡지를 꺼내 표지 속의 남녀 배우를 바라보았다. 신성일과 남정임이 수영복 차림으로 마주보며 강렬한 눈빛을 교환하고 있었다. 하지만 그들의 웃음이나 생동하던 육신은 수많은 손때로인해 칙칙해져 버린 상태였다.

내무반엔 원래 책이 없었다. 육체를 단련하기에도 바쁜데 마음의 양식이 무슨 필요가 있냐고 생각하는지도 몰랐다. 그런데도 선데이 서울 같은 통속적인 대중잡지나 성인용 만화책은 이 구석 저 구석에 짱박힌 채 은근히 묵인되고 있었다.

훈련병 중 누군가 숨겨서 밀반입했다고 보기엔 무리였다. 최신호는 아니었지만 6개월 이상 묵은 건 아니었기 때문이었다. 조교들이 보고 버린 걸 누군가 주워 챙겼거나, 혹은 최소한의 오락용으로 은근슬쩍 윗선에서 투입한 것인지도 몰랐다.

욕구불만에 가득 찬 사춘기의 훈련생들은 예쁜 여배우의 나신裸身이 실린 화보나 애절한 다방 레지나 웨이트리스의 사랑 이야기를 보면서 쌓인 욕망을 풀기도 했다. 특히 성인 만화책은 청소년들에게 음침한 애욕의 세계를 한층 과장하거나 왜곡해서 보여 주었다. '김일성의 아방궁', '기쁨조 25시' 같은 자극적인 제목을 단 그 책을 펼치면 어여쁜 팔등신 미녀들이 등장해, 잡지 화보의 여배우들은 검열 때문에 더 보여 줄 수 없는 은밀한 부위까지 대담하게 슬쩍 드러내 침을 삼키게 했다. 그 풍만하고 부드러운 몸매는 현실의 여자나 여배우들보다 훨씬 리얼하고 매혹적이었다.

그런 여신들을 은밀한 아방궁 속에 제 맘대로 불러 놓고 김일성과 그 측근들이 벌이는 주지육림酒池肉林의 환락 파티는 훈련병들의 질투심을 자극했을 뿐더러 맹렬한 증오감마저 불러일으켰다. 누군지 모르지만 애초에 계획적으로 그런 것이라면 그 목적은 충분히 달성했다고 볼 수도 있었다.

하지만 그 당시 대한민국의 대통령 각하도 아방궁 같은 비밀 안전 가옥에서 중앙정보부 소속 엽색관을 통해 불러 모은 인기 여배우나 여대생들과 함께 시바스 리갈을 마시며 환락의 잔치를 벌인다는 유언비어가 떠돌았다. 유언비어가 사실인지 사실이 유언비어인지 종잡을 길 없는 암흑 시대였다.

청운은 잡지책을 슬슬 넘겼다. 그건 대중잡지이면서도 어딘지 육체의 말초신경만을 자극하지 않는 유머와 낭만성이 조금쯤 있는 성싶었다. 하지만 부질없지 않을까. 그냥 상대적으로 그렇게 느껴질 뿐인지도 몰랐다.

문득 한 쪽에 청운의 눈길이 머물렀다. 'Spy vs Spy'라는 제목이 붙은 세 장면짜리 만화였다. 첫 장면엔 검은 옷차림의 스파이가 등장해 음흉한 미소를 지으며 모종의 공작을 준비한다. 그의 대가리는 마치 쥐처럼 뾰족한 직삼각형으로 단순화돼 있다. 다음 장면에서 그 스파이는 적인 하얀 양복 차림 스파이에게 모종의 공격이나 첩보 공작을 감행한 뒤 치명적인 타격을 입혔다고 생각하고 빙긋 웃는다. 하지만 하얀 스파이는 순식간에 상대의 공격을 받아쳐 반전시키며 마치 적의 거울 속 모방범처럼 웃고 있다.

쥐의 머리를 도형화한 것 같은 예각삼각형에 몸통은 직사각형으로 단순화되어 있는데, 몸 전체의 색깔만 흑백으로 다를 뿐 똑같은 쌍둥이 꼴이다. 대화는 전혀 없고 표정과 몸짓으로만 표현되는 팬터마임이었다. 처음엔 하얀 스파이가 곤경에 처하지만 돌연 반전을 일으켜 결국엔 검은 스파이를 이겨 버린다.

청운은 선감학원에 있을 때도 그 만화를 몇 번 본 적이 있었다. 그땐 잘 몰랐지만 이제 다시 보니 하얀 놈은 미국, 검은 놈은 소련을 상징하는 것 같았다. 그 당시엔 자유와 공산 양측의 냉전 기류가 최고조에 이른 때였다. 그러므로 그 괴상스런 스파이들은 서독과 동독이기도 하고, 남한과 북한을 상징한다고 볼 수도 있었다.

하지만 그땐 그냥 재미로 봤었는데 지금은 심정이 그닥 편하지가 않았다.

'우린 여기서 나라를 위해 싸운다며 이 고생을 하고 있지만, 남들이 볼 때는 저 괴상망측한 스파이들처럼…… 인간이 아닌 괴물처럼 느껴지는 게 아닐까?'

청운은 시름에 겨워 한숨을 내쉬었다.

"야, 좀 답답하고 울적하지? 굴 밖에 나가서 돌아다니며 사냥이나 할까? 남은 비상식량이랬자 겨우 오늘 밤 먹을 미숫가루 반 봉지밖에 없는데 말야. 아까 보니까 바윗돌 밑에 가재가 몇 마리 숨어 있더라만 그건 최후의 순간을 위해 남겨두자구."

개호주가 불쑥 말했다.

"음, 그런데 한낮에 위험하지 않을까?"

"어차피 저 밑 세상이나 여기 굴속이나 이판사판이지 뭐. 짱박혀 있다고 위험이 사라지는 것도 아니니까. 일단 여기서 벗어난 후엔 발각되지 않는 게 가장 좋겠지만, 만일 그런 경우라도 쫄지 말고 가능하면 재빠르게 멀리 도망쳐야 해. 조교 놈들이 보곤 속으로 감탄할 정도로……."

"알았어. 너나 잘해. 도망치는 순간에도 조교를 향해 농담이나 지껄이지 말고 말야."

"짜식이 형님을 놀리려구 드네. 야, 어서 나가기나 해. 좌우부터 잘 살피고……."

"응."

청운은 팔부터 먼저 굴 입구로 내민 후 바위벽에 돋은 아주 작은 모서리와 틈을 다 활용해 상체를 빼냈다. 세찬 폭포수가 등짝을 때렸다. 그는 재빨리 손바닥으로 물속의 바위를 짚곤 하체를 빼냄과 동시에 물구나무를 섰다가 곧바로 회전해 일어섰다. 굳이 그런 위험한 곡예를 벌이기보다 발부터 먼저 굴 밖으로 내놓고 서서히 나오면 될 텐데 왜 그럴까? 그건 청소년의 마음속에 깃든 샷된 과시욕이라기보다는, 그동안 워낙 위험스런 훈련을 일상적으로 받다 보니 그 정도는 너무나 평범하게 여겨졌기 때문이었다.

개호주는 도마뱀처럼 바위벽을 타고 곧장 기어 나와 이미 물 밖에 서 있었다.

둘은 물에 젖은 발을 쩔벅거리며 길도 없는 산을 에돌아 올랐다. 상체를 숙인 채 주위를 살펴보며 신속히 움직였다. 위험한 상태이긴 해도 자연 속으로 나오고 보니 좁은 굴에 갇혀 안전할 때보다 훨씬 살아서 숨 쉬는 느낌이었다. 그런 짜부라든 안전 따윈 허위로 여겨질 정도였다.

울창한 숲속을 지나 바위 턱에 기대어 바라보는 서산마루의 석양은 한낮의 찬란하던 빛을 감추고 마치 홍옥紅玉처럼 그윽히 성찰하는 듯한 모습이었다. 곧 이어 점차 하늘을 물들인 노을은 그 석양의 애환이나 예술품 같기도 했다.

하지만 두 훈련병은 그 장엄한 모습을 더 오래 바라보고 있을 수가 없었다. 어둠이 내리기 전에 먹이를 찾아야 하기 때문이었다. 하루치 식량이라곤 해도 실은 상부에서 정한 것일 뿐 한창때인 그들의 위장 속에선 대낮에 내린 눈처럼 돌아서면 곧 녹아 버렸다.

"어디서 밤나무 한 그루만 찾아도 완전 대박일 텐데 말야."

개호주가 숲을 쳐다보며 말했다. 하지만 아무리 살펴도 탐스런 밤송이를 단 나무는 보이지 않았다. 개호주 녀석은 허리를 굽혀 도토리나마 부지런히 주워선 주머니에 넣었다. 녀석은 시시껄렁한 농담 따먹기나 할 때완 달리 상당히 현실적이고 실용적인 면모를 보여 주고 있었다. 송이버섯도 몇 개 발견해 캐고 산삼 비슷한 것도 한 뿌리 채집했다.

그에 비해 청운은 아직 아무것도 찾지 못한 채 마른 솔잎만 한줌 주워 모았을 뿐이었다. 뭔가 찾으려고 할수록 점점 초조하고 빈궁한 마음으로 헤매는 데 비해, 개호주 놈은 또 무슨 대단한 걸 발견했는지 반쯤 흘러나오던 탄성을 곧 입속으로 삼켰다. 그러고는 속삭였다.

"야, 저것 좀 봐."

청운은 눈길을 돌렸다.

커다란 고사목枯死木 둥치 아래에 알록달록한 뱀 두 마리가 엉겨 꿈틀거리고 있었다. 불그레한 혀를 날름거리며 서로의 입술을 핥아 주곤 했다. 바로 그 옆 작은 바위턱엔 작은 풀꽃이 피어나 바람이 없는데도 이따금 흔들렸다. 스러져 가는 마지막 노을 아래서 시간을 잊은 듯 징그러운 정념에 빠져 꿈틀거리는 그 모습을 바라보고 있자 청운의 입술에선 감탄사가 맴돌았다.

"아……!"

개호주는 굵은 나뭇가지를 하나 꺾어 들더니 살금살금 사랑에 겨운 놈들에게로 다가갔다.

"야, 그냥 놔두고 가면 안 될까?"

청운이 물었다.

"흐흥."

개호주는 더 군말 없이 머리를 단호히 흔들었다. 그는 순간 참나무 가지로 일단 뱀들의 목을 제압한 후 한 마리의 대가리를 꽉 밟은 채 다른 한 마리의 대가리를 집어 들었다. 그러고는 멱을 딴 뒤 껍질을 쫙 벗겨 내렸다. 뱀은 졸지에 연인과의 사랑도 내장도 이윽고는 기억이 담긴 대가리마저도 제거된 채 꿈틀거렸다. 그것은 다시 몇 토막으로 잘려 사물이 되었다.

산골의 해는 짧아 어스름이 내리자 곧 어둠이 밀려왔다. 두 사람은 발길을 돌려 아지트로 향했다.

"야, 내가 얘기 하나 해줄까?"

침묵을 깨고 개호주가 말을 꺼냈다.

"응."

청운은 생각에 잠긴 채 대꾸했다.

"군바리들이 5·16혁명이란 걸 일으킨 후였대. 국가재건최고회의에서는 사회정화 차원에서 깡패나 불량배들을 모조리 잡아들였지. 이정재 등 거물급 정치 깡패들은 처형해 버리고, 뒷골목의 조무래기들은 국토 건설단이란 근로 봉사대로 편성해 강원도와 제주도 등지의 건설 현장에 투입됐어. 흠, 제주도로 간 패는 5·16도로라는 걸 만드는 데로 갔고……."

개호주는 잠깐 주위를 둘러보았다. 청운도 함께 살펴보면서 속으로 생각했다.

'혹시 그 이상스런 형과 내가 함께 걸었던 그 해안도로가 아닐까? 그 형이 얼핏 그런 말을 했던 것 같기도 해. 하지만 내가 그런 사실을 몰랐기에 그 형의 더듬거리던 말을 잘 이해하지 못했었지.'

산속에 별다른 낌새가 없자 개호주는 말을 이었다.

"강원도 패는 설악산의 경사가 별로 심하지 않은 지역을 개간해 농사를 지을 만한 화전火田으로 만드는 작업을 했대. 제주도 패와 달리 설악산 패는 비교적 온건해 뵈는 건달들이었대. 그들의 작업장은 애시당초 하나의 재건 마을을 건설하려는 청사진 아래 계획되었다더군."

"뭐?"

"군사정부는 구악을 쳐부수고 새나라를 건설한다는 구호를 국민들에게 선전할 필요가 있었겠지. 아마 뭐 깜짝 뉴스로 이용할 가치를 찾아봤을 거 아냐."

청운은 선감도에서 겪었던 일들이 생각나 부르르 떨었다.

"문제는 재건 마을은 완성돼 가는데, 그 속에서 살 가족이 없는 거야. 그래서 정부는 구색을 맞추느라 억지스러운 계획을

짰대나 뭐래나. 뭔지 궁금하지?"

"뭐, 별로…… 그래서?"

"비교적 얌전한 성싶은 깡패나 건달은 신랑으로 삼고, 청량리 오팔팔 등 무허가 사창가에서 절망적인 삶을 이어가던 창녀들을 끌고 와서 신부로 삼아 합동 혼례식을 올려 주었대. 신혼방과 살림살이까지 마련해 주곤, 농사 지으며 알콩달콩 살아 보라고 권한 거지. 만일 행패를 부리거나 도망치다 잡힐 경우 교도소로 곧장 보내 버린다는 엄포를 놓았대."

"허 참……."

"그런데 출발은 거창했지만, 언론이 나서서 나팔 불며 선전하듯 그렇게 오순도순하진 않았던가 봐. 얼마 못 가 도루묵이 되었다더군. 우선 신랑이란 자들이 일을 지긋이 해 나가려 하질 않았대. 깡패 노릇으로 금전을 챙기고 유흥가의 하루살이 향락이 몸에 밴 건달 녀석들이 하루 종일 땡볕 아래서 농사를 짓는다는 건 부처가 되기보다 더 힘들었겠지. 그리고 신부 노릇을 하는 창녀들 또한 그건 선녀가 되어 하늘로 오르는 만큼 어려웠을 거야, 아마. 도시의 환락가에서 낮엔 늘어지게 자빠져 자다가 저녁녘에야 야한 화장을 하고 웃음과 몸을 팔던 날라리들이 얼마나 답답했을까."

"그래도 너무 심하게 말할 건 없잖아."

청운이 한 마디 했다.

"하긴…… 사람 생피를 빨아먹는 흡혈귀 같은 악덕 포주들의 손아귀를 벗어난 것까지는 좋았을지 몰라도, 억지 결혼식을 올린 신랑이란 자식이 걸핏하면 술을 처마시고 욕지거리를 하며 폭력을 행사할 땐 한숨과 함께 온몸이 떨렸을 거야. 흥, 하루 이틀도 아니고 매일 꼬박꼬박 밥상을 차려 주기도 지겨웠겠지. 향수 내음과 술 냄새가 그리워 긴 밤을 뒤척이기도 했을 테고 말야."

청운은 대꾸 없이 어두운 산길을 밟아 내렸다. 개호주의 말소리가 좀 잦아들었다.

"산골의 저 뻐꾸기 소리는…… 고향 생각보다는 그곳을 벗어나 서울의 휘황한 밤거리로 날아가고픈 향수를 주지 않았을까? 지친 여자들은 시골 장날 반찬 사러 간다면서 줄행랑을 치거나, 술에 취해 잠든 신랑의 머리맡에 애정 어린 말과 함께 친정에 다녀온다는 편지를 남겨 놓고는 도망쳐 버렸던 거야. 건달들은 속으론 잘됐다고 쾌재를 부르면서도 짐짓 쓸쓸한 표정으로 위장한 채, 마누라 찾으러 간다고 파출소에 신고하고는 유유히 휘파람을 불며 그 산골 지옥을 떠나갔다더군. 아름다운 부활의 낙원을 목표로 시작됐던 재건 마을은 차츰 주민들이 빠져나가 버려 유령 마을로 변하고 말았다더구먼."

"전설 따라 삼천리 같아."

"전설이 아니라 현실이야. 바로 그 유령촌에 설악개발단이라는 최대의 HID 비밀 훈련소가 들어선 것이지. 저 멀리 보이는 산봉우리 너머 외설악 쪽에 있다나 봐."

"넌 그걸 어떻게 알았어?"

"아는 형한테 들었지 뭐."

"거기가 비밀 본부라는 거야?"

"그렇지 않을까 싶어."

"그럼 우린 뭐지?"

"아마 지대가 아닐까 싶은데…… 나도 모르겠어."

"그곳에 한번 가보고 싶군. 조금은 부러워."

"꿈 깨고 발 앞이나 제대로 봐. 벼랑에서 떨어지면 새는 날아오르지만 인간은 죽어."

무슨 대꾸를 하려던 순간 청운은 돌 모서리를 밟아 발목이 뚝 꺾이면서 외마디 비명을 내다가 꾹 삼켰다.

김 수령과 박 통의 목

●■▲

사흘째 되던 날은 이른 새벽부터 부슬부슬 비가 내렸다.

폭포 소리 사이로 가만히 귀를 기울이면, 나뭇잎에 후드득거리는 빗소리와 낙엽을 적시며 떨어지는 빗방울 소리가 하모니를 이룬 채 들려왔다. 깃털이 젖었을 산새들이 선잠에서 깬 듯 지저귀는 단발적인 소리가 애처로웠다.

'내 신세도 처량하다만 둥지마저 젖었을 쟤들은 얼마나 스산한 기분일까? 아냐, 새들은 쟤들 나름대로 사람이 모르는 어떤 방법이 있겠지. 객관적으로 보면 내가 더 서글픈 처지일지도 몰라.'

청운은 어스름 속에서 실소를 지었다. 그는 입구 쪽으로 옮겨 앉아 웅크린 채 손등에 턱을 얹고 바깥을 내다보았다. 빗발은 조금씩 더 굵어지는 듯싶었다.

'짐승이나 벌레는 훨씬 순수하고 단순하니까 별로 걱정이 없을 수도 있겠지. 한 송이 풀꽃이나 백합화처럼…… 그러면 하느님이 보호해 주시기도 할 거야. 문제는 우리 인간이지. 너무 많은 꿈과 욕망을 가진데다가, 그걸 스스로 이루어 보겠다고 악을 쓰니…… 하늘은 그냥 두고 볼 수밖에 없지 않을까? 더구나 우린…… 오직 파괴만을 목적으로, 영혼은 짓밟아 버린 채 무정한 인간 병기로 조련하는 터에…… 어떻게 기도를 할 수 있겠는가? 그냥 당해낼 수밖에…… 죽음이 오면 죽을 수밖에는…….'

청운은 한숨을 내쉬었다. 빗발은 더욱 굵게 쏟아져 내리며 물보라를 일으켰고 폭포 소리보다 더 거세게 계곡 수면을 두드렸다.

'다른 애들은 어찌 하고 있을까? 비를 막을 것이라곤 판초 우의밖에 없을 텐데…… 그래봤자 비트 속에 빗물이 들어차면 소용도 없을걸.'

번개가 번쩍거리고 천둥이 산자락을 내리누르듯 울려 퍼졌다.

청운은 솔잎 담배를 한 개비 꺼내 피워 물었다.

'아, 남이 잘되면 어쩐지 배가 아프고 잘못되면 은근히 기쁜 게 사람의 마음이라지만…….'

지금은 그렇지가 않았다. 염려가 되었다. 훈련병 한 사람에게 생기는 일은 모든 대원들에게 어떤 식으로든 영향을 준다는 사실을 그동안 절실히 체험했기 때문인지도 몰랐다.

"나든 너든 우리는 다 거미줄에 걸려 파닥거리는 하루살이 신세 같구나. 아, 왜 이런 스파이 훈련생 신세가 되어……."

청운은 중얼거리다가 말끝을 맺지 못하고 연기를 길게 뿜어 냈다.

이쯤에서 잠시 특수 부대의 유래에 대해 한번 살펴보는 것도 의미가 있겠다. 이른바 북파공작원의 존재는 남북한의 분단과 그 비극적인 궤적을 함께 한다.

일본의 압제 아래 신음하던 한반도는 1945년에 일단 해방이 되었지만 참다운 하나의 나라를 세우진 못했다. 적을 스스로의 힘으로 물리치지 못하고 다른 강대국들의 힘을 빌려서 얻은 어설픈 해방이기 때문이었다. 결국 한반도의 남쪽엔 미국군이, 북쪽엔 소련군이 들어와 주둔하게 되었다. 아직은 힘이 약하니 스스로 일어설 때까지 도와준다는 명분이었다.

하지만 하나의 나라가 하나의 나라를 돕는 데에 공짜는 있을 수 없다. 자기네들에게 유리하게 이용하거나 좀 키워서 똘마니로 부려먹거나, 원조해 주는 척 길을 들이다가 언젠가 적당한 시기가 오면 자기네의 군수품과 상품 따위를 팔아먹는 식민지 같은 시장으로 만들어 버리는 것이다(이 사실을 꿰뚫어보지 못하는 지도자는 멍청이거나 꼭두각시가 아니면 매국노와 다름없다). 그 후 자본주의와 공산주의를 각각 대표하는 강대국인 미국과 소련은 한반도를 통일시키려 애쓰기보다 오히려 이 작은 땅을 갈라놓은 채 세계 냉전구도의 축소판 또는 첨예한 대결장으로 만들어 갔다.*

그리하여 한 민족의 핏줄을 받았으면서도 양분된 남한과 북한은 서로를 인정하지 않고 적대시하면서 한쪽은 민족 해방 통일을 다른 한쪽은 멸공 통일을 내세워 사사건건 싸웠다. 그때부터 이른바 간첩, 무장 공비, 스파이, 공작원 따위로 불리는 비밀스런 존재들이 상대 쪽에 침투하여 암약을 벌이게 된 것이었다.

그러다가 마침내 6·25전쟁이 터졌다. 남한에선 '김일성이 소련을 등에 업고 쳐내려온 남침'이라 주장하고, 북한에선 '미국의 꼭두각시인 이승만이 쳐올라온 북침'이라고 주장하는 이 피비린내 나는 동족상잔으로, 결국 한반도 금수강산만 만신창이가 되고 순박한 한민족 백성만 지옥의 고통을 겪었을

---

* 최근 한국과 미국은 사드^{THAAD}를 주한미군에 배치하기로 결정했다. 한·미는 "북한의 핵과 탄도 미사일 위협으로부터 대한민국과 국민의 안전을 보장하기 위해 결정했다."라고 발표했으나, 사드의 군사적 효용성에 대한 의구심은 해소되지 않았고, 앞으로 한반도에 군사적 긴장을 야기해 군비 경쟁을 무한대로 초래할 가능성이 높은 결정이다.
예나 지금이나 한국은 미국에서 가장 많이 무기를 수입하는 나라이다. 최근 1년 평균 무기 수입에 쓴 돈은 약 90억 달러(약 10조 원)이며 그중 90%가 미국산이었다.

뿐이었다.

그 무렵엔 북한이 남한보다 경제력이나 군사력에서 조금이 나마 우위에 있었으므로 김일성과 강경파가 모험을 감행했을 수도 있다. 어쨌든 전쟁 초반엔 부산까지 밀고 내려왔으니까. 하지만 그 전에 좀 이상스러운 일이 있었다. 약소국 한국의 보호자임을 자처하던 미국은 1950년 1월 초 문득 태도를 돌변하여 "한국은 미국의 태평양 방어선에 포함되지 않는다."라는 선언을 애치슨 국무장관 명의로 발표했다.

그런 발언은 아마 호시탐탐 남침을 노리던 김일성과 북한 군부를 유혹했을 수도 있었다. 그 미끼를 덥석 문 듯 얼마 후 김일성은 결국 전쟁을 일으켰고, 미국은 다시금 태도를 바꿔 보호자임을 내세우며 참전했다. 미국과 소련에서 공수돼 온 어마어마한 양의 무기에 의해 정겹던 국토는 유린되고, 수많은 군인과 양민이 죽거나 다쳤다.

그런 위기 속에 육군 소속 HID 등 육해공 3군 첩보 부대 공작 원들의 활약이 본격적으로 시작되었다. 특히 HID 요원들은 북한의 평양을 비롯해 여러 도시로 깊숙이 잠입해 들어가 주요 시설물 폭파, 요인 납치, 전략 정보 수집 등 긴요한 임무를 수행해 정규군의 전진과 승리에 결정적인 기여를 했다.

하지만 적진에 침투해 작전을 펼치는 건 목숨을 걸어 놓고 해야 하는 일이었다. 수많은 요원들이 청춘의 꽃송이를 조국에 바친 채 이름 없이 스러져 갔다. 부유한 국가 권력층의 자녀들이 외국으로 도피해 쾌락을 향유할 때 민중의 아들딸들은 속절없고 비극적인 전쟁의 제물이 되었다.

그 당시 8세에서 15세 정도의 어린 아이들도 정보국에서 나온 군인들의 달콤한 말에 속아 넘어가 검은 지프차를 타고 가서는 속성 훈련을 받곤 북으로 침투했다.

그들은 군사 시설의 사진을 찍고 위치를 그려 오거나 삐라와 유언비어를 퍼뜨려 불안감을 불러일으켰다. 또한 공산당사나 군부대 근처를 거렁뱅이처럼 어슬렁거리다가, 당 간부나 군관에게 훌쩍훌쩍 울며 접근해 독침을 찔러 살해하기도 했다. 그렇게 어린 아이들을 이용한 건 전쟁고아처럼 가장하면 경계심을 사지 않아 목표물에 접근하기가 쉽기 때문이었다.

하지만 그런 수법이 계속 먹힐 리는 없었다. 경계심을 높인 정치보위부원이나 사회안전부원에게 체포된 어린 북파공작원들은 엄한 조사와 고문을 받다가 숨이 끊어지거나 강제 노동수용소에 갇혀 험한 일과 굶주림에 시달린 뒤 죽어 갔다. 그먼 타향의 험지에서 어린아이들은 얼마나 두려움에 떨며 엄마를 불렀을까. 하지만 아무런 메아리도 없었다.

하루아침에 귀한 아들을 잃은 부모는 온갖 수소문을 다 한 끝에 혹시나 하여 군부대를 찾아가 호소해 보았으나 돌아온 건 냉랭한 무시와 모른다는 대꾸뿐이었다. 국가는 어린 북파

공작원들을 구출하기 위해 아무런 노력도 하지 않았을 뿐더러 그런 괴이쩍은 일을 국가에서 할 리가 있겠냐며 오히려 통박을 주었다.

전쟁 중엔 암호명으로 '레비스^{Rabbits}(토끼)'라고 불린 여성 비밀 북파공작원도 활약했다. 미모의 여대생이나 여배우들로 이루어진 그 조직은 이승만 대통령의 부인 프란체스카가 뒤에서 조종했다고 한다.

비참한 전쟁의 배후엔 이름도 군번도 없이 비정규군으로 활약한 또 다른 부대가 있었다. 그것은 인천 상륙 작전을 성공으로 이끈 '팔미도 탈환 작전'을 수행한 켈로^{KLO(Korea Liasion Office)} 부대로서, 주한미군 첩보 연락처로 알려진 미국 극동군사령부가 1949년 6월 조직한 북파 공작 첩보 부대였다. 그들은 전쟁 중 북한군의 후방 침투와 방해 공작 등 비밀 작전을 수행하며 무수히 많은 피의 희생을 치렀다.

1953년 7월 휴전협정 체결 후 유엔군이 주둔한 남한 측에서는 군인을 북파할 수가 없었다. 생포돼 취조받을 경우 협정 위반이 드러나기 때문이었다. 하지만 남과 북은 그 이후에도 물밑으로 게릴라전과 스파이 활동을 이어갔다. 그래서 북파공작원들은 군번도 계급도 없는 민간인 신분으로 사복이나 북한 군복을 입고 위장한 채 침투했던 것이다.

그러던 중 1968년 1월, 북한 무장공작원 서른한 명이 험한 산을 넘어 청와대 코앞까지 숨어들었다. 그들은 김일성 직속 인민무력부 산하의 124군 부대에 소속된 최정예 공작 요원들이었다.

그들은 우리 군경과 치열한 교전 끝에 한 명만 살아남고 모두 사살되었다. 생포된 김신조는 "나는 위대한 수령님의 특명을 받들어 청와대를 폭파하고 대통령 박정희의 목을 따러 왔수다!" 하고 미친 듯 외쳐댔다.

그 많은 무장 공작조가 시골 구석도 아닌 수도 서울의 청와대 앞까지 대체 어떻게 잠입할 수 있었을까? 김신조는 서부전선을 통과해 서울까지 들어오는 도중에 단 한 번의 불심 검문도 받지 않았다고 털어놓았다. 한미 군사 협정으로 철통같은 방위망을 구축하여 국가 안보와 국민 안위에 최선을 다한다던 청와대와 국방부였다. 벌건 대낮에 수십 명의 무장 게릴라들이 제 집 안방에 들어오듯 할 때 우리 국군과 경찰 그리고 대한민국의 군사 작전권을 쥐고 있는 미군은 대체 무엇을 했을까?

그 이틀 후 북한은 또다시 도발을 감행했다. 특정 국가에 속하지 않은 동해의 공해상에서 미국 해군 정보함 푸에블로 호가 북한 영해를 침범했다는 이유로 북한 경비정에 의해 나포되었던 것이다.

미군은 비상사태를 선포하고 오키나와 해군기지에서 핵 추진 항공모함 엔터프라이즈 호를 동해로 급파했다. 극동군 소속 공군 비행단의 전투기 대대도 한반도 상공으로 날아왔다. 일촉즉발의 전운이 감도는 순간이었다.

하지만 북한은 수그러들기는커녕 까불면 승무원 81명을 모조리 죽여 버리겠다며 배짱을 내밀었다. 무력시위를 벌이면서도 물밑 협상을 끈질기게 벌이던 미국은 결국 "미국 군함이 북한 영해를 침범했음을 시인하며 차후 그런 일이 다시 반복되지 않도록 조처한다."라고 발표했다. 그리하여 생존자와 더불어 전사자 시신 2구는 판문점을 통해 송환됨으로써 위급하던 사태가 진정되었다.

여기서 강조하고 싶은 건 북한 측의 배짱이 아니라, 미국 정부가 자기네 국민이나 군인의 생명을 아끼고 끝끝내 구출해 내는 태도이다. 죄 없는 국민을 빨갱이로 몰아 학살하고, 수많은 청년과 어린 소년들까지 공작원으로 만들어 사해에 몰아넣고도 그런 일 없다며 입을 닦는 국가를 과연 제대로 된 국가라고 할 수 있을까? 북한 땅에서 숨져 간 공작원의 시신 한 구도, 강제 수용소에 갇힌 생존 요원 한 명도 조국의 품으로 귀환시키려 노력한 적이 없는 정부를 참된 정부라고 할 수 있는가? 그들의 혼은 지하에서 통곡하며 묻고 있는지도 모른다.

아무튼 박정희 대통령의 분노는 극에 달했다.

"북괴군 무장공비 놈들이 침투해 와 청와대를 폭파하고 내

목을 따려 했다구? 그놈들이 대체 제정신이야, 미치광이들이야! 어린애들 장난도 분수가 있어야지 말야. 흠, 한미 동맹이니 혈맹이니 하지만 미국 애들도 자국에 이익이 있을 때만 그런 소릴 할 뿐이니 믿을 게 없어. 미국 놈 믿지 말고 소련 놈 속지 말라는 얘기도 있잖아. 중국 놈들은 중간에 끼어들어 슬쩍 이익을 챙기지…… 흠, 이참에 우리도 핵을 만들어서 자주국방의 토대를 세우고 군사 작전권을 우리 손으로 가져와야지, 이거야 답답해서 견디겠나. 하지만 먼저 평양의 주석궁을 폭파하고 김일성의 목에 칼날을 들이대 간담을 서늘케 해줘야겠어. 신속히 준비해서 결행하도록!"

최고 권력자의 추상같은 한 마디에 국가안보회의 석상에 둘러앉은 중앙정보부장 및 군 장성들은 즉시 대책을 논의했다. 그리하여 기존의 첩보 부대들을 정비해 강화시켰을 뿐만 아니라 실미도 684 부대, 선갑도 특수대, 마니산 까치 부대 등이 창설되었다.

육군 첩보 부대^{HID(Headquarters of Intelligence Detachment)}는 오래전부터 경기도 청계산 모처에 북파공작원을 양성하는 비밀 훈련소를 운영하고 있었다. 그곳은 첩보 부대 산하 각 지구대 훈련소에 비해 규모와 시설이 훨씬 나은 종합 훈련소였다.

원래는 촬영, 도청, 문서 절취 등을 수행할 수집 공작원을 주로 양성하다가 김신조 일당 침투 사건 후 긴급 명령에 따라 요인 암살, 시설물 폭파, 게릴라전 등의 특공 훈련 중심으로 전환했다. 위장을 위해 정문에 걸어 놓은 간판엔 대한축산연구소 또는 대성목장이라 씌어 있었다. 그래서 이곳 출신 공작원들을 목장 출신 돼지라고 부르기도 했다. 필요할 시엔 언제라도 간단히 잡아 사용할 수 있는 소모품 같은 존재랄까…….

또한 당국은 남북한 군사 대결의 특성상 앞으로도 정예 공작원들이 지속적으로 양성돼야 한다는 구상 아래 강원도 외설악 지역 모처에 최대 규모의 비밀 훈련소 '설악개발단'을 개설했다. 이곳엔 물색조의 포섭에 의해 들어온 일명 '도깨비' 부대원들과 논산 훈련소에서 정규 모병한 '땍벌' 부대원들이 함께 입대해 각각 훈련을 받았다. 소수 팀으로 이뤄져 안전 가옥에 수용되었던 청계산과 달리 설악산에서는 지대로 편성한 다수 병력을 내무반에 수용한 채 엄격한 규율 밑에 집단 지옥 훈련을 일상화했다.

그만큼 냉전체제 아래에서 남한과 북한은 군사분계선을 사이에 두고 치열한 무장 게릴라전을 벌인 것이다. 실제로 남북한은 그 무렵인 1967~1968년 동안 서로 가장 많은 공작원을 침투시켜 동족 청년들끼리 죽고 죽이는 피의 보복전을 펼쳤다. 한쪽에서 공격하면 다른 한쪽에서 몇 배로 복수하는 악순환의 반복이었다. 그 와중에 얼마나 많은 청춘이 동백꽃 송이처럼 붉은 피를 흘리며 스러져 갔을까.

해군 장병 39명이 전사한 충무함 침몰 사건을 비롯해 경원선 폭파, 대한항공기 납치, 울진 삼척 지역 무장공비 사건 등이 모두 그 무렵에 일어났다. 특히 120명의 북한 무장공작원이 대거 남파돼 이승복 어린이 등 양민을 참혹하게 학살한 울진 삼척 사건은, 그전에 남한 공작원들이 북파되어 실행한 모종의 파괴 살해 사건에 대한 보복 공격이었다. 북한이 도발을 해올 때마다 남한은 두 배 이상의 무장 공작 요원을 침투시켜 평양의 중요 기관이나 개성 물류 단지 등을 폭파하고 군 수뇌부 인사를 살해하기도 했다.

　실미도 684부대는 1968년 4월에 만들어졌는데, 그 목적은 오직 하나 김일성의 목을 따는 것이었다. 평양의 주석 궁전까지 공작원들을 안전하고 확실하게 침투시키려면 육상이나 해상보다는 공중 낙하가 최상이라고 판단해 공군 첩보 부대에서 훈련을 맡았다. 하지만 지휘 감독은 중앙정보부에서 총괄했다.

　인천에서 15킬로쯤 떨어진 외딴섬인 실미도가 훈련지로 선택된 것은, 지도상에도 나타나지 않은 작은 무인도라 보안 유지에 유리하면서 보급품 조달이 용이하기 때문이었다.

　북한 124군 소속 무장공작원과 같은 인원인 31명의 젊은이들이 물색조에 의해 모집돼 야음을 틈타 배를 타고 실미도로 들어갔다. 그들은 살인자나 범죄자로 잘못 알려져 있지만 실은 대부분이 다소 불량기를 가진 청년이나 실업자 따위였다. 살인자는 엄마 뱃속에서부터 태어난 것이 아니라 극한 상황 속에서 만들어졌다.

이튿날부터 무지막지한 지옥 훈련이 시작되었다. 훈련병들은 부대 마크인 해골 바가지 앞에서 '우리의 맹세'를 복창한 후, 오직 북한 특수 부대원을 능가하는 인간 병기로 만들어지기 위해 야만적인 극기 훈련에 매진했다. 정상적인 인간의 생각과 감정은 말살당한 채 야멸찬 야수의 마음을 기르고 일격필살의 살인 기술을 익혔던 것이다. 그런 악랄한 과정을 제대로 통과하지 못하면 맞아 죽거나 미쳐서 자살하고 말았다. 고된 훈련을 마친 뒤 취침 시간엔 총을 든 기간병들이 훈련생 막사를 지켜야 할 만큼 기간병과 훈련병 사이엔 동지로서의 정보다는 섬뜩한 살기가 흘렀다.

한 달쯤 후, 밤중에 나침반과 지도만 갖고 위치 찾기 훈련을 하던 중 두 명이 탈출을 시도하다가 체포되었다. 그들은 철삿줄로 두 손이 묶인 채 연병장에 내던져졌다.

"이놈들은 조국이 내린 신성한 임무와 동지들을 배신했다! 총알조차도 아까우니 여러분의 손으로 응징하라!"

소대장이 명령을 내렸다. 훈련병들은 처음엔 망설였지만 조교들의 강압과 독촉에 마지못해 몽둥이를 들었다. 곧 이어 처절한 비명이 산골짝을 울렸다.

훈련병들은 그렇게 악마가 되어 갔다. 피투성이로 변한 두 구의 시체는 화장되어 바다에 뿌려졌다. 훈련이 끝날 때까지 그와 유사한 사고는 계속 이어졌다.

애초엔 1년 내에 훈련을 종료하고 북한으로 진군할 예정이었으나 웬일인지 자꾸 늦춰졌다. 그리고 대우도 점점 형편없어졌으므로 훈련병들은 사기가 뚝 떨어진 채 절망감을 씹으며 방황의 나날을 보냈다. 그러던 중 훈련병 세 명이 탈영해 마을로 내려가 처녀 두 명을 강간하는 사고가 터졌다. 그들은 무의도 초등학교에서 학생들을 인질로 잡고 기간병들과 대치하다가 결국 붙잡혀 비참하게 죽어 갔다.

1971년 한여름, 실미도에서 살아남은 훈련병 24명은 기간병들을 사살한 후 '청와대로 가서 대통령에게 우리들의 운명을 직접 물어보자.'라고 결의하곤 서울 영등포까지 진입했다. 버스를 빼앗아 타고 시내로 계속 진격하려던 그들은 군경과 격렬한 총격전을 벌이던 끝에 사살되거나 자폭해 죽었다. 부상을 입은 채 살아남은 네 명은 군 형무소에 수감됐다.

얼마 후 야당의 요구로 국회 차원의 진상 조사가 시작될 즈음이었다. 긴장한 공군 첩보 부대 지휘부는 한 공작 요원을 불러 '어떡하든 그놈들의 입을 막으라.' 하는 특별 지시를 내렸다.

다음날 국회 조사단이 형무소로 들어가 그들을 만났다. 실미도에서 당한 진상을 밝히고, 자기들이 원래 범죄자가 아니라 민간인이었으며, 국가가 애당초 했던 약속을 어기곤 폐기물처럼 방치했다는 사실 등을 밝혔다면 그들은 살아날 수 있었을지도 몰랐다. 그런데 생존자 네 명은 군사 보안 때문에 밝힐 수가 없다는 한 마디만 꺼낸 뒤 입을 꽉 다물어 버렸다.

국회에서 쟁점화하지 않자 국민들의 관심은 그 사건으로부터 멀어져 갔고, 생존자들은 곧 형장의 이슬로 사라지고 말았다. 국가를 믿었던 그들이 받은 건 죽음보다 뼈저린 배신이었다.*

실미도 부대가 김일성의 목을 따는 게 목적이었다면, 육군 첩보 부대 소속의 선갑도仙甲島 비밀 훈련소는 북한의 발전소와 댐 등 기간시설 파괴를 주로 담당할 공작원을 양성키 위해 만들어졌다.

선갑도는 인천에서 배를 타고 세 시간 넘게 들어가야 하는 외떨어진 무인도였다. 사방이 기암절벽으로 둘러싸인 그 절해고도에 죄수들만으로 구성된 특수 부대가 사상 초유로 둥지를 튼 건 1968년 초여름 무렵이었다.

30여 명의 대원은 모두가 교도소에 수감돼 있던 사형수나

---

* 제2의 실미도 사건이라 불리는 월미도 사건이 그 후 또 일어났다. 월미도에서 특수훈련을 받던 해군 첩보 부대 UDU 요원 5명이 청와대에 가서 공작원의 가혹한 진실을 밝히겠다며 무장 탈영했다. 그들은 인천 율도 발전소 근처까지 진출했으나 해병대와 공수부대에 포위돼 총격전을 벌이다가 결국 붙잡혔다.

무기수 그리고 20년형 이상의 장기수들이었다. 그들은 군복무 중에 살인 등의 범죄를 저질러 중형을 선고받고 이등병으로 강등돼 불명예 전역과 동시에 남한산성 소재 육군 교도소로부터 안양 교도소로 옮겨져 복역 도중 차출된 것이었다. 조국을 위해 목숨을 걸고 명령대로 충실히 훈련에 임한다면 임무 완수 후엔 국가가 전과를 말소하고 영웅 대우를 해준다는 물색관의 말은, 그들에겐 저 멀리 캄캄한 밤하늘에 반짝이는 별과 같은 아련한 희망이었으리라.

그들의 임무는 주요 시설물의 폭파였으므로 훈련은 어둠이 섬을 집어삼킨 밤 9시경부터 실시되었다. 새벽 3시쯤 침투 훈련을 마치면 비트를 파고 완전무결하게 은신하여 서너 시간을 견디는 괴로운 훈련을 받았다. 발견될 시엔 모진 기합과 몽둥이질이 기다렸다. 또한 폭약을 배낭 속에 가득 채운 채 짊어지고 토끼처럼 날듯이 바위산을 뛰어넘는 훈련도 매일 반복되었다.

그들은 원래 군인이었으므로 기본적인 훈련에 소요되는 기간을 줄일 수 있었다. 또한 정신교육이 돼 있어 단시간 내에 특수 훈련 대원으로 정신무장을 시키는 게 가능했다. 그리고 교도소에 갇혀 삶을 포기한 채 절망감만 짓씹고 있던 자들이라 일단 재생의 기회가 주어지면 목숨을 걸고 임무 완수에 매진할 터였다.

하지만 예정 기간인 6개월을 지나 1년이 경과하도록 북진 명령이 내리지 않고 대우가 점점 나빠지자 여기서도 실미도 처럼 훈련병의 불평불만이 터져 나오기 시작했다.

세 명이 유언비어 날조 죄목으로 체포당해 육지로 이송됐다. 그들은 인천 주안에 감춰져 있던 첩보 부대 안가의 영창에 가둬졌다. 유사시엔 나포 간첩을 가두기 위해 문 안쪽에 쇠창살이 달려 있었다. 그 후 한 달 동안 방치해 둔 채 하루에 주먹밥 한 개만 주어 기진맥진한 상태로 만들었다. 그러고는 동료 첩보 대원들을 불러 감쪽같이 처치해 버리라는 명령을 내렸다. 대원은 영창으로 들어가 훈련병에게 마취제를 치사량 이상 투여했으나 죽지 않고 버티자 노끈으로 목을 졸라 질식시켰다. 이어 화장해서 뼈를 바닷속에 던져 버렸다.

그런 절박한 상황에서도 나머지 대원들은 갈매기들이 구슬피 울어대는 절해고도에서 하루하루 인내하며 지옥 훈련을 받고 있었다. 실미도에 못지않은 지옥섬 선갑도에서 큰 '청춘의 폭발' 사고가 일어나지 않은 건 어떤 연유일까?

선갑도 훈련소에서는 기간병과 훈련병이 함께 공작원으로서 북한에 침투하기로 방침이 정해져 있었다. 실미도 부대에선 기간요원들은 명령만 내리고 훈련병들은 무조건 복종하는게 철칙이었으므로 자신들의 신세를 일개 소모품이라고 여기게 된 반면, 선갑도의 훈련병과 기간요원들은 일종의 공동 운명체로서 동지애를 나누고 있었다. 인간이 같은 인간으로부터 인간 대우를 받지 못하면 영혼 속의 신성이 사라져 야수로 돌변하는지도 모를 노릇이었다.

그토록 치열하던 남북한의 파괴적인 공작원 전쟁은 1972년 7·4남북공동성명을 계기로 쌍방 간에 침투 중단을 협약하게 됨으로써 일단 비극의 일막을 내리게 된다. 그리하여 선갑도 부대를 비롯해 해병대 소속의 마니산 까치 부대 MIU 등 비밀 부대들이 해체 작업을 밟게 되었다. 만일 그렇지 않았다면 아마 선갑도에서도 처참한 비극의 드라마가 벌어졌을지도 모를 일이었다.

자물쇠 속의 아이들

3부

인간 낙엽

항구의 로맨스

●■▲

줄기차게 내리던 비는 오후가 되어서야 서서히 잦아들었다.

청운과 개호주는 마지막으로 남아 있던 미숫가루를 물에 타서 마셨다. 용케 수중에 넣어 갈무리해 두었던 뱀 살과 인삼 뿌리는 이미 한참 전에 그들의 뱃속으로 들어가 소화돼 버렸다.

"시키들, 상황에 따라 좀 땡겨서 마칠 수도 있지, 꼴값하느라고 정규 시간은 꼭 지키려나 보군. 그래 놓곤 실전에서는 떡 먹듯 예사로 시간을 어기고, 도무지 어이없는 미련퉁이 짓을 해서 대형 사고를 내 애먼 사람을 수백 수천 명씩 죽여 놓고도 눈 하나 깜짝 않는 인간들이 소위 한국의 지도자란 놈들이라니깐!"

개호주 녀석이 콧방울을 벌름거리며 불평을 터트렸다.

그때였다. 마이크 소리가 산 여기저기로 울려 퍼졌다.

"대원들에게 알린다! 지금 이 시각부터 잠적을 해제한다!

모두 은신처를 벗어나 30분 내로 귀환 장소로 이동해 집합하기 바란다!"

메아리가 산골짝을 이리저리 떠돌아다녔다.

배낭을 챙겨 굴 밖으로 나선 개호주가 물을 첨벙첨벙 밟고 저쪽으로 건너가더니 갑자기 질퍽거리는 흙탕 위에 드러누워 미친개처럼 마구 뒹굴었다.

"왜 그래?"

청운이 놀라서 물었다.

"너도 빨리 해."

"응?"

"멀쩡하게 내려가면 북한에 넘어갔다가 초대소에서 융숭하게 대접받고 왔다고 생트집을 잡을지도 모른단 말야."

"설마 그럴라구."

"야, 설마가 사람 잡는다. 간첩이나 빨갱이로 몰려 죽은 억울한 사람이 얼마나 많은지는 아무도 모른데. 그리고 빨갱이 가족뿐 아니라 사돈의 팔촌까지도 연좌제로 묶어 못살게 족쳤대."

그리고 이런 이야기를 했다.

시골에서 태어난 그 여자는 어려운 집안 형편으로 소녀 시절에 서울로 올라와 온갖 궂은일을 하다가 스무 살이 넘어 홍콩으로 이민을 갔다. 그곳 술집에서 호스티스 등으로 일하던 중 젊은 한국인 사업가를 만나 한 살 어린 그 연하남과 결혼을 했다. 하지만 결혼 생활이 순탄치 않았던지 부쩍 싸움이 잦아졌다.

그날도 다툼을 벌이던 중 남편이 여자를 둔기로 때렸고, 갑자기 쓰러지자 겁을 먹은 그놈은 자살로 위장하기 위해 목을 끈으로 묶은 뒤 일본으로 도주해 버렸다. 그런데 엉뚱하게도 그는 일본의 북한 대사관에 망명 신청을 했다. 북한으로 망명하여 처벌을 피하기 위해서였다. 그러나 거절당한 그는 생각을 바꿔 미국 대사관으로 도주했다. 미 대사관은 놈의 행동을 수상하게 여기고 한국 대사관에 연락하여 신병을 인계했다.

그는 결국 주일 한국 대사관으로 갔고 궁지에 몰린 놈은 잔꾀를 부리는데, 아내가 북한 공작원에게 납치되었고 자신은 북한 대사관에서 도망쳐 왔다는 것이었다. 그러나 미국 대사관의 증언과 놈의 알리바이 부족으로 거짓말은 금방 탄로났고, 일본 측은 이러한 내용을 한국 외무부와 중앙정보부에 통보했다.

중앙정보부는 갖은 방법을 동원하여 놈을 한국으로 압송하여 회견을 강행하는 데 성공했다. 놈은 기자회견에서 가증스러운 눈물까지 흘려 가며 자신이 북한의 간첩에게 납치될 뻔했다고 밝히고, 아예 중앙정보부의 요구대로 아내를 북한의 여간첩이라고 진술했다.

중앙정보부가 이러한 공작을 했던 배후에는 군사 정권의 이해타산이 있었다. 그 당시엔 불꽃 같은 국민들의 민주화 운동으로 정권은 큰 부담을 안고 있던 상태였다. 또한 대통령은 국민들 앞에 약속한 민정 이양을 거부하고 또 다시 대선에 출마한 시점이었다. 위기에 몰린 상황에서 군사 정권에게 요긴하게 필요했던 것이 바로 북풍北風 공작이었다. 중앙정보부는 이미 자체 조사를 통해 놈이 거짓말을 하고 있다는 것을 다 파악했지만, 국면 전환용 대공 사건으로 만들기 위해 엉뚱하게도 북한의 납치 미수 사건으로 조작해 버린 것이다(일단 북풍이 불면 사실 여부와 관계 없이 국민들은 북괴군이 쳐내려와 또다시 전쟁이 벌어질지도 모른다는 공포심과 위기감에 떨게 되고, 그리하여 마치 흑마술에라도 걸린 듯 정부의 입바른 거짓말을 그대로 믿곤 고분고분 로봇처럼 따르게 되는 셈이다).

　여자의 시신은 보름쯤 지난 후 부패한 냄새를 참다 못한 이웃 주민들의 신고로 발견되었다. 형체를 알아볼 수 없을 정도로 부패한 상태였고, 이후 홍콩의 무연고 묘지에 외로이 묻혔다.

　중앙정보부는 여인의 유족들을 위로하기는커녕 모조리 중정 지하실로 끌고 가 잔인한 고문과 협박을 자행했다. 간첩으로 낙인 찍힌 가족들은 감옥에서 정신병에 걸려 폐인이 되었고, 친척들도 사회의 따가운 시선을 참다 못해 홧병으로 사망하는 등 풍비박산이 났다.

"나중에 기회가 있으면 또 얘기하기로 하고, 일단 누가 볼지 모르니까 빨리 서둘러."

청운은 만약 남이 보면 미친놈들이라고 비웃으리라는 생각을 하면서 진창에 드러누워 뒹굴었다. 차가운 몸만큼 시간이 응고돼 버린 듯싶었다. 왜 이런 짓을 해야 하는지, 꼭 해야만 하는지, 하지 않으면 안 되는지 의문스러웠다.

"야, 그만하고 일어서! 너 꼭 광인 같다."

개호주가 팔을 잡아당겨 일으켜 그대로 끌고 내려갔다. 청운은 진짜 미친놈처럼 히히 웃으며 터덜터덜 발을 옮겼다.

연병장엔 비 맞고 굶주린 살쾡이 같은 꼬락서니의 훈련병들이 이미 모여 서 있었다. 엄마 뱃속에서 태어날 땐 저마다 다른 얼굴로 딴 꿈을 꾸었을지 몰라도 그곳에선 매한가지 운명을 지닌 군상群像인 성싶었다.

검정 모자 조교의 명령으로 앉은번호 점호를 실시했다.

"하나, 둘, 셋…… 아홉, 이상!"

"좋다! 모두 일어서라! 곧 지대장님의 특별 훈시가 있을 것이다!"

잠시 후 선글라스를 낀 불독 같은 얼굴이 미소를 지으며 나타났다. 그는 윗입술로 윗니에 낀 뭔가를 닦아내는 듯 움죽거리더니 말을 꺼냈다.

"모두 그동안 수고가 많았다. 주어진 악조건을 회피하지 않고 극복해 낸 여러분은 우리 조국의 작은 영웅들이다. 오늘로써 일차적인 훈련이 종료되었다! 혹독한 극기 훈련에서 살아남아 최강의 전사로 불사조처럼 재탄생한 여러분의 무운을 빌며, 자랑스러운 해골단의 자부심을 갖고 항상 조국에 충성하길 바란다!"

청운은 문득 놀랐다.

'처음에 24명이 함께 훈련을 시작했었는데 겨우 9명만 남았다니…… 그럼 15명은 어디로 갔단 말인가?'

사실 그동안에도 하나둘 죽어 가는 동료들을 보며 충격과 분노를 느꼈었지만 며칠 지나면 억지로라도 잊어버리려고 애를 썼었다. 몽둥이에 맞아 죽거나 절벽에서 자의 반 타의 반으로 떨어져 죽은 경우도 있었고, 반병신이 되어 귀가 조치되거나 탈영하는 자도 있었다. 되돌아보면 힘겨운 시간의 연속이었다. 그래서 일종의 룰렛 게임 같은 자해 시도를 벌이는 놈도 있었다. 훈련 도중 다치면 외부의 병원으로 후송된다. 지옥 같은 현실에 지쳐 버린 훈련병들 중엔 간혹 일부러 자신의 몸에 상해를 가하기도 했다. 절벽에서 뛰어내리거나 칼이나 총으로 신체의 일부를 훼손하는 것이다. 몸이 좀 상하더라도 병원 침대에 누워 며칠 푹 쉬거나 귀가 조치되려고 벌이는 짓이지만 그러다가 정말로 황천길을 밟는 경우도 있었다.

'나도 잠시 더 살아 있을 뿐 같은 신세일 수도 있을 거야. 개미가 1밀리미터를 더 걸어간들 과연 무슨 소용이 있나? 살아남은 걸 적자생존의 영웅이랍시고 입에 발린 칭찬을 하는데, 실은 선한 사람은 도태시켜 죽여 버리고 평범한 사람을 악독하게 만들어 버리는 것 같아.'

검은 선글라스는 청운의 마음속에 일렁이는 상념을 흩트리듯 목청 높여 말을 이었다.

"여러분! 우리 대한민국은 지금 위대한 영도자이신 박대통령의 지휘 아래 조국 근대화라는 단군왕검 이래의 창대한 이상을 향해 매진하고 있다! 그런데 저 윗동네의 동족이란 것들이 공산당의 탈바가지를 쓴 채 사사건건 우리 조국의 찬란한 미래를 방해하는 것이다! 어린 영웅인 여러분은 일당백을 넘어 전 북괴군을 쳐부순다는 강력한 일념으로 매사에 임해 주기 바란다. 우리의 참된 정신을 붉은 피로 모아 민족의 제단에 바치려는 각오가 중요하다. 충무공 이순신 장군의 말마따나 생즉사 사즉생인 것이다……. 우리의 마음이 한곳으로 모일 때 우주가 감응하여 진인사대천명의 신비로운 기적의 통일이 이뤄질 수 있음을 명심하라! 더욱 노력하여 앞으로 큰 영웅이 돼 주길 바란다."

그는 일순 말을 멈췄다. 그리고 이마의 주름살과 입꼬리만으로 짐짓 심각한 표정을 꾸며 훈련생들을 둘러보았다. 그들의 모습에서 일말의 불안과 초조한 강박증의 기색을 본 후에야 그는 불현듯 표정을 바꿔 원래대로 웃음 지었다. 그러고는 무슨 큰 시혜라도 내리듯 느릿느릿 말을 꺼냈다.

"흠, 살아남은 자들에겐 응당한 포상이 있어야겠지? 내일 오전엔 교육 훈련이 없다. 그리고 오후엔 지난번에 약속했던 대로 속세로 내려가서…… 훈련 종료 축하 잔치를 벌일 예정이니 그리 알도록…… 이상!"

예상했던 만큼 큰 환호성은 터져 나오지 않았다. 그래도 다들 속으로 기다렸던 터인지라 쾌활한 미소와 함께 입이 저절로 벌어졌다. 그 어떤 기대감과 희망이 짓눌렸던 심신 속에서 솟아나 대원들을 원래의 사춘기 청소년으로 되돌려 놓았다.

그들은 마치 소풍을 앞둔 아이들처럼 들뜨고 설레는 모습이었다. 어떤 녀석들은 목욕을 하기 위해 큰 솥에 물을 부어 끓이기도 했고, 성질이 좀 급한 놈들은 찬물을 길어 온몸에 뒤집어쓰며 짐짓 비명을 질러대는 것이었다.

"짬지도 잊지 말고 깔끔히 잘 씻어두거래이. 속 때를 빼고 광을 내야 공주님이 귀여워할 끼니까."

"난 그냥 갈란다. 맨날 바위와 흙바닥에 시달리고 땀으로 목욕을 해대서 때란 놈도 삼십육계 줄행랑을 쳐버렸당게. 그라고 사나이의 냄새는 여자에겐 역겹기보단 향수보다 그윽한 야성미를 풍겨 준단 말이여."

싱거운 농담을 하며 낄낄대는 녀석들도 있었다.

기다리고 기다리던 날이 밝았다.

아침 식사 후 조교들이 짙은 쑥색 점퍼와 바지, 새 속옷과 양
말 그리고 새 신발을 한 켤레씩 나눠 주었다. 외출 복장인 모양
이었다.

"수염이 긴 사람은 꼭 면도를 해라. 한 놈이라도 산적처럼 보
이면 모두가 오해받게 된다. 이왕이면 깨끗하게 하란 말이다."

조교가 한마디 던졌다. 하지만 그럴 필요도 없었다. 생김새
는 달라도 저마다 이미 알토란 같은 미남으로 변신해 있었다.
찌든 땀내로 야성미를 풍겨 주겠다고 호언장담하던 녀석마저
오히려 더 매끈해진 얼굴로 휘파람을 불어 날렸다. 좀 굼뜬 녀
석도 머릿속으로는 곧 최고의 호남아로 변신할 야망을 갖고
서둘렀다.

산새들만이 늘 그렇듯 하늘빛과 숲속 바람에 씻긴 깃털로
포르르 날며 청아하게 지저귈 따름이었다.

점심 식사 후엔 내무반 숙소를 대청소하고 정리했다. 대충
슬슬 하다가 마는 녀석도 있었지만, 청운은 먼지 한 알이나 매
트리스 밑에 납작하게 깔려 죽은 집게벌레의 시체와도 무언
의 대화를 나누는 듯 천천히 해 나갔다.

'훈련이 종료됐다고 하니 멀지 않은 때에 떠나야 할지 몰라.
이별이라고 생각하면 늘 아쉬움이 남는 건 무슨 까닭일까? 그
토록 힘겨웠던 체험의 시간도 추억 속에서는 아름답게 변하

기 때문인가, 혹은 늘 궁핍하게 살아오다 보니 미지의 시간이나 삶에 대한 기대가 너무 크기 때문일까? 헛되다는 걸 이때껏 배워 왔으면서도…….'

오후 세 시쯤 되자 마이크가 지시 사항을 전했다.

"대원들은 즉시 외출 준비를 마치고 연병장에 집합하기 바란다!"

군용 트럭 한 대가 헐떡거리며 올라와서 한옆에 정차했다. 대원들은 1분도 지나지 않아 쑥색 점퍼 차림으로 모여 섰다. 교관이 척 나서서 한마디 했다.

"지금부터 여러분에게 주어진 자유를 만끽하는 건 좋지만, 개인적인 돌출 행동은 절대로 결단코 삼가야 한다. 외부로 나가서 회식을 마치고 귀대할 때까지, 여러분은 한 그루의 나무에 핀 무궁화처럼 즐기되 일사불란해야 한다는 것이다. 알았나?"

"예!"

"흠, 좋아. 어이, 그걸 나눠 줘."

그러자 조교가 명함만한 크기의 종이쪽을 대원들에게 하나씩 건네주었다. 교관이 말을 이었다.

"그건 신분증 대용이다. 여러분의 인품을 믿지만, 만에 하나 돌발할지도 모르는 일말의 불상사에 대비하기 위해 임시 지급하는 것이니 함부로 사용하진 마라. 흠, 앞으로 여러분들이 정식 요원으로 선발돼 공을 세우게 되면 여러분의 사진에 금테를 두른 정규 신분증을 발급해 줄 것이다."

청운은 그 종이쪽을 바라보았다. 거기엔 한 글귀가 선명히 찍혀 있었다.

'대한민국 군경 제위는 본 증명서를 지닌 자에 대해 1분 이상 심문하지 못함.'

아래쪽에 전화번호가 조그맣게 적혀 있었다. 청운은 그걸 바지 뒷주머니에 찔러 넣었다.

"트럭에 타라!"

조교의 명령을 받은 대원들은 신속하고도 가벼운 동작으로 카키색 장막이 쳐진 적재함으로 뛰어들었다. 사복 차림의 조교들까지 다 승차하자 트럭은 연병장을 뒤로 하고 천천히 속세를 향해 내려갔다.

낙엽이 우수수 지는 산길을 지나 읍내로 들어서자 사람 사는 아련한 풍경과 냄새가 장막 틈새로 슬슬 느껴지기 시작했다. 뒤쪽에 앉은 놈은 반쯤 열어 둔 장막 사이로 길을 지나가는 여자들을 훔쳐보곤 침을 꼴깍 삼켰다.

"저기 다방이 있네. 저런 곳에서 여자를 꼬시면 청춘이 아깝지 않을 텐데……."

"다방이 문제냐. 저기 저 술집으로 들어가면 천국이 열릴 것인디."

"조용해, 시키들아!"

조교의 한 마디에 침묵의 순간들이 이어졌다. 트럭은 읍내의 번화가를 지나쳐서 꽤 긴 도로를 돌아가는 듯싶었다. 얼핏 바다가 보이다가 사라지곤 했다.

이윽고 트럭이 멈춘 곳은 포구의 한 모퉁이였다. 작고 낡은 어선들이 파도를 타고 일렁거렸다. 저 멀리 동해 바다가 아득히 펼쳐져 있었다.

어슷비슷한 술집들이 바다 쪽을 향해 줄느런히 늘어서 있었다. 파도 소리가 아련하면서도 구체적인 실감을 던지며 들려왔다.

한 무리의 젊은 사내애들이 갑자기 나타나자 술집 앞의 의자에 삐딱이 걸터앉아 잡담을 나누던 아가씨들이 분 향기를 날리며 우르르 달려들어 팔을 낚아챘다.

"오빠, 꽃 본 나비처럼 일루 와."

"오매불망 기다리던 낭군님께서 이제야 오셨네. 내 눈물 좀 봐주시어요."

"장동휘보다 더 멋진 오라버니야, 날 두고 가다가 발병 나지 말고 나랑 함께 가자, 응?"

여자들은 저마다 아양을 떨며 꽃의 매력을 발산하려고 기를 썼다.

하지만 앞장선 조교는 아가씨들의 손을 뿌리치며 곧장 걷다가 '항구집'이란 낡은 간판이 붙은 술집으로 성큼 들어섰다. 대원들이 뒤따라 우르르 몰려들자 아가씨들이 버선발로 마중을 나왔다. 바깥마당의 나무 탁자에 앉아 술을 마시던 뱃사람들이 의아한 눈길로 쳐다보았다.

쑥색 점퍼를 걸친 젊은이들은 조교의 뒤를 따라 복도를 지나서 으슥한 뒷방으로 갔다. 칸막이를 터서 갑절로 널찍해진 방안엔 미리 예약해 두었던 듯 어느 틈에 푸짐한 술상이 줄느런히 차려져 있었다. 산골짝에선 보지도 못했던 싱싱한 생선회를 비롯해 각종 해산물과 돼지고기 따위로 상다리가 부러질 지경이었다.

대원들이 모두 둘러앉자, 짙은 화장을 한 아가씨들이 사이사이에 사뿐히 끼어들어 사내들의 듬직한 어깨에 슬쩍 기댄 채 맑은 소주로 잔을 찰랑찰랑 채우기 시작했다. 좀 뒤늦게 다리를 절룩거리는 아가씨 하나가 고개를 숙이고 들어오더니 청운의 옆에 머뭇머뭇 앉았다.

"미안해요. 다른 사람이 없어서……."

그녀는 소주잔을 채우며 들릴 듯 말 듯 말했다. 청운은 대답 대신 슬쩍 쳐다보았다.

엷게 대충 화장을 한 모습이었다. 분도 살짝 바르는 척만 했고 입술 연지도 옅은 색이었다. 눈썹과 눈은 아무런 덧칠도 하지 않은 자연 그대로였다. 그래서 그 농염한 자리에서는 상대적으로 좀 빈약한 느낌을 주었다.

젊은 욕망의 화신 같은 청춘들은 갇혔던 문을 열고 싸구려 분 냄새에 취해 코를 벌름거렸다. 조교가 점잖게 한마디 했다.

"화끈하게 마시고 놀되 술에 취해 헛소리를 늘어놓거나 경거망동할 경우엔 시계 바늘이 즉각 거꾸로 돌아간다는 것만 명심해라."

그러고는 옆방으로 가 버렸다.

"자, 건배를 하기 전에 한마디 하고 싶다. 먹지 말고 들어 달라!"

어떤 놈이 나섰다.

"뭔데 그래, 임마? 빨리 하고 꺼져!"

"과연 굵고 짧게 사는 게 옳으냐, 가늘고 길게 사는 게 좋으냐? 나는 이게 영 괴로운 문제였기 때문에 오늘 이 자리를 빌려 한번 묻고 싶은 것이다."

"저 개소리를 위해 건배!"

누군가 굵직하고 짧게 외쳤다.

그와 동시에 사내들은 술잔을 들어 깰 듯 부딪친 후 입으로 가져가 꿀꺽꿀꺽 감격스레 마셨다. 그리고 싱싱한 생선회와 고래고기를 마구 썹어 삼켰다.

분위기가 무르익어 가는데도 묵묵히 앉아 이따금 소주 한 잔 들이켜고 생굴이나 미역나물을 집어 먹는 청운을 바라보던 여자가 속삭였다.

"제가 부담되는 건 아녜요?"

"예?"

청운은 놀라서 대꾸했다.

"아님 됐구요. 다른 분들처럼 좀 많이 드세요."

"아, 예……."

"자, 우리 어린 서방님…… 한 잔 쭉 드시고 이걸 좀 맛보셔요."

그녀는 고래고기 한 점을 파래김에 싸서 입에 넣어 주었다.

한편 긴장이 풀린 대원들은 술잔이 돌수록 점점 취흥에 젖어들기 시작했다. 이윽고는 짝꿍 아가씨의 저고리와 치마 속으로 손을 집어넣어 여체의 속살에 접근하려고 서둘렀다.

청운은 그런 모습을 가만히 바라볼 수가 있어서 즐거웠다. 절름발이 여자는 이제 다른 여자들을 부러워하는 빛이 전혀 없이, 청운의 옆에 붙어 앉아 손가락으로 그의 짧은 머리카락을 간질이거나 무릎에 손을 얹은 채 가만히 있었다. 어떤 면에서는 좀 자랑스러운 표정을 보이기도 했다.

나이 든 어떤 아가씨가 젓가락으로 술상을 두드리며 장단을 맞춰 한 곡조 뽑았다.

타향살이 몇 해던가

손꼽아 헤어 보니

고향 떠난 십여 년에

청춘만 늙고

부평 같은 내 신세가

혼자도 기막혀서……*

홍진비래^{興盡悲來}라는 말이 있지만 그건 시간의 길이나 재물의 유무와도 어느 정도 관련이 될 터였다.

잔뜩 취한 젊은이들은 '공작'하러 간다는 농담을 던지기도 하며 여자를 데리고 하나둘씩 위층으로 올라갔다. 낡은 나무 계단이 삐걱삐걱 신음 소리를 냈다.

청운과 그의 짝만 텅 빈 방에 남았다. 청운은 천천히 맑은 소주를 마셨다.

"우리도 가요."

여자가 그의 입술을 부드러운 손수건으로 닦아 주더니 말했다.

청운은 말없이 일어섰다. 여자가 팔짱을 껴서 그를 부축하려고 했다. 하지만 여자가 절룩거렸기 때문에, 청운은 자신도 비틀거리는 주제에 몸피가 작은 여자를 부축하려고 애를 쓰며 천천히 계단을 올라갔다.

2층엔 좁은 복도 양옆으로 작은 방들이 다닥다닥 붙어 있었

---

* 김능인 작사, 〈타향살이〉

다. 여자는 빈 곳이 없는 것 같다며 계면쩍은 표정을 짓더니, 그를 이끌어 한 구석으로 가서 어두운 계단을 올라 다락방 같은 공간으로 밀어 넣었다.

여자는 성냥불을 켜 촛대 위의 조금 남은 양초에다 붙였다. 흐릿한 불빛으로 삼각형에 가까운 좁직한 공간이 얼핏 드러났다. 두 사람이 겨우 앉을 정도밖에 되지 않았다.

"여긴 내가 너무 슬플 때 오는 곳이에요. 저 쪽창을 좀 내다 보셔요. 별들이 초롱초롱 빛나지만 마치 맑은 눈물을 흘리는 것같이 보이지 않으세요? 흐린 날엔 고깃배 불빛을 바라보노라면…… 괴로운 사람들의 눈물 방울이 바다로 떨어지는 듯 느껴져요. 파도 소리는 어딘가에서 부르면서도…… 주소가 없는 편지처럼 슬퍼요."

"왜 여기 있죠?"

청운은 선감도에서 만났던, 지금은 살았는지 죽었는지 모를 박꽃 누나를 생각하며 물었다. 여자는 가늘게 한숨을 쉬었다.

"나도 잘 모르는 운명이죠. 어릴 때 부모가 여기 맡기고 떠났대요. 누추하지만 이리 와서 좀 앉으세요."

"누나부터 그렇게 서성대지만 말고 먼저 좀 앉으세요."

"응, 알았어요. 자기도 여기 앉아요."

청운이 앉자 여자는 그의 손을 잡아 부드럽게 매만지면서 말끄러미 눈길을 맞추는 것이었다. 별빛을 품은 듯한 그 눈은 살짝 물기에 젖어 있는 성싶었다.

그녀가 고개를 숙여 버렸을 때 청운은 그 눈빛을 다시 한번 보고 싶어 주시했다. 하지만 여자는 긴 속눈썹 아래로 눈물 한 방울을 매단 채 가만히 정지해 있었다.

청운은 입술을 가져가 그 눈물방울을 핥아 주었다. 여자는 청운의 무릎에 놓여 있던 손을 들어 그의 어깨에 얹었다. 그리고 머리카락을 부드럽게 쓰다듬으며 입맞춤을 해 왔다.

감미로움을 못 이겨 청운은 그녀의 상체를 껴안았다. 그녀는 능동적으로 행동하면서도 거칠지 않고 백합을 한 손에 든 소녀처럼 유순했다.

청운은 그녀의 등 뒤에 달린 지퍼를 겨우 찾아 내리고 옷을 벗겼다. 아담한 몸이 언젠가 서점에서 슬쩍 보았던 루벤스인가 르누아르의 화첩 속에 나온 처녀처럼, 벽에 기대어 한 손으로는 가슴을 가리고 다른 한 손은 비밀의 숲 위로 슬쩍 내려뜨리고 있었다. 청운은 곧 알몸으로 변해 좁은 공간임에도 용케 그녀를 눕히고 자신도 바싹 붙어 누웠다. 한 사람이 누울 만한 공간은 되었으므로 그곳이 아늑한 연인의 둥지로 변하는 데는 시간이 필요 없었다.

먼 듯 가까운 듯 바다 쪽으로부터 뱃고동 소리가 들려왔다.

청운은 그녀의 작은 젖가슴을 빨고 만지다가 목으로 입술을 옮겨 갔다. 할딱거리는 남과 여의 호흡이 격렬히 교차했다. 그

소리는 생명의 충일함과 함께 얼핏 그것의 종착점을 보여 주는 듯싶기도 했다. 청운의 입술이 다시 그녀의 눈 위에 머물다가 입술로 옮겨갔을 때 그의 심볼도 이미 그녀의 미끈거리는 신비한 삼각주의 문 속으로 들어가 있었다. 그는 하체를 격렬하게 움직이며 무슨 달콤한 밀어라도 속삭이려는 양 달뜬 입술로 그녀의 귀를 찾았다.

'앗!'

청운은 속으로 깜짝 놀랐다. 한쪽 귀는 보드라운 감촉 속에 손가락으로 만질 수가 있는데 오른쪽 귀는 흔적 없이 사라져 버리고 없었다. 그 순간 여자 자신도 움찔 놀란 모양이었다. 하지만 청운은 별다른 표를 내지 않고 그녀의 귓바퀴가 있었을 자리와 귓구멍을 입술과 혀로 정성껏 핥아 주었다. 이어 마치 지구의 끝을 향해 마라톤이라도 하듯 땀을 흘리며 하체를 움직였다. 여자의 입에서 울음 섞인 달뜬 신음 소리가 흘러나왔다. 그러면서 남자의 등짝을 고양이처럼 손톱으로 마구 할켰다. 여자는 절정의 문턱에 이르자 그의 등을 껴안고 있던 손을 풀어 자신의 머리칼을 잡아 헝클어 대며 상체로만 몸부림쳤다. 촛불이 팔락이다가 꺼져 버렸다. 청운은 여체의 격렬한 파도 속에 표류하다가 한 순간 아득한 심해로 침몰해 떨어졌다.

어둠 속에서 둘은 그대로 가만히 있었다. 좌초한 작은 종이배처럼……

"징그럽지두 않았어? 병신이……."

여자가 먼저 속삭이며 남자의 머리를 쓰다듬었다.

"음, 귀가 왜 두 개나 있는지 전부터 난 궁금했는걸 뭐."

"절뚝발이인데두……?"

청운은 그녀의 입술에 살짝 입을 맞추었다.

"난 어쩐지 절뚝거리는 모습이 더 좋아."

"응? 왜?"

"두 발로 아스팔트나 시멘트 길을 척척 걷는 사람들을 보면 어딘지 자만심이 보이는 것 같아. 그리고 인간인데도 평범한 로봇처럼 느껴지기도 하고……."

"피, 거짓말쟁이."

"물론 모든 사람이 다 그렇다는 얘긴 아니죠. 자신은 건강하면서도 한 눈과 한 귀와 한 팔다리가 없는 것처럼 외로운 사람들도 있을 테니까요. 선감도의 박꽃 누나도 어릴 때 병을 앓아 절뚝거렸지요."

"선감도가 어딘데요?"

"바다 건너 저 멀리……."

"그 여자가 나 같은 절름발이라서 동정한다 그거죠?"

"아니, 그게 아니라 그 누나가……."

"쳇! 어릴 때 병으로 절름거리게 됐다면 나도 운명이려니 하련만……."

여자는 한숨을 폭 쉬었다. 청운은 어떤 사연인지 물어보려다가 그냥 가만히 있었다.

"그는 깡패는 아니었지만 그보다 더 두려웠던 반미치광이였어. 그림인가 그린다고 저 건넛말 해림사에 와서 지내던 남자였지. 평소엔 과묵하고 냉정하다가도…… 자기 자신이나 자기 그림에 집착하면 과대망상에 빠져 이상스러운 광인이 돼 버리곤 했어. 그림이 잘 안 되면 난폭해져서 자기 몸에 상처를 내고 내게도 몹쓸 짓을 했지. 서울 부잣집 아들인지 뭔지 돈 잘 쓰는 한량이었지. 고급 자가용을 몰고 멀리 강릉, 정선, 포항, 울릉도까지 가서 신나게 놀곤 했으니 누굴 원망하랴 싶긴 해. 다 내 불찰이지 뭘……. 하루는 또 발광을 해서 '해바라기 여인의 초상'인지 뭔질 그린다며 바닷가 백사장에 나를 발가벗겨 묶어 놓곤 한쪽 귀를 잘랐어. 히히 웃으며……. 해바라기에겐 귀가 없다나. 그는 자기 귀도 잘라 내 귀와 서로 바꿔 달자면서 광란을 부리더니…… 결국 그러진 않고 귀 값으로 돈다발을 던져두곤 서울로 올라가 버렸어."

청운은 손을 올려 그녀의 머리카락을 쓰다듬고 남은 귀를 만져 주었다. 부드럽고 따스한 귀였다.

그때 아래쪽에서 귀에 익은 조교의 목소리가 들려왔다.

"애들아, 이젠 집에 돌아가야 할 시간이다. 소풍은 끝났다. 어서 정리하고 내려와야 착하다는 칭찬을 들을 수 있다!"

쿵쾅거리며 계단을 내려가는 소리며, 만족에 겨운 허풍스런 소리 또는 아쉬움에 찬 소리 따위가 들려왔다. 청운은 급히 옷을 챙겨 입은 후 여자를 뒤에 남겨둔 채 밖으로 나갔다.

칠성판

●■▲

다음날 아침이었다.

다들 지난밤의 숙취로 인해 정신없이 곯아떨어져 있을 때 마이크가 시끄럽게 왕왕거리며 대원들의 잠을 깨웠다.

"모두 연병장으로 집합하라! 선착순 5명 이외는 빵빠레를 먹게 된다!"

엿가락처럼 늘어져 있던 대원들의 몸은 일순 긴장해 총알보다 빨리 연병장으로 뛰어나갔다. 그동안 반복된 빡센 훈련과 체벌은 잠재의식 속까지 스며들어 그들을 일사불란한 인간 병기로 만들어 놓았던 것이다.

교관은 흐뭇한지 대원들을 둘러보며 슬쩍 미소를 지었다. 아무도 살을 에는 빵빠레 벌을 받지 않았다. 그런데 문득 교관의 표정이 얼음처럼 냉랭해졌다.

"어제의 잔치는 훈련 과정의 연장이었다. 여러분은 언제 어떤 상황에 놓이더라도 조국을 위한 막중한 임무를 잊어서는 안 되는 것이다. 그런데 배신자가 생겨났다!"

교관은 침통한 어조로 말한 뒤 손에 쥐고 있던 쪽지를 펴 들었다.

"이것을 써서 계집애에게 준 놈은 자수하고 앞으로 나오기 바란다."

대열에서는 아무런 움직임도 소리도 없었다.

"기억이 나게 한번 읽어 줄까? 흠…… 어린 소년들이 깊은 산속에서 살인적인 이상한 훈련을 받고 있으니 언론에 알려 줘요…… 흠, 여기 있는 여러분 모두는 미리 조국의 통일과 영광을 위해 목숨 걸고 투쟁하며 그전까진 비밀 엄수를 서약한 몸이 아니던가? 이런 무지몽매하고도 불량스런 투서는 우리 대한민국에 대한 반역 행위일 뿐만 아니라, 그동안 여기서 생사고락을 같이 해온 우리 모두에 대한 배신행위인 것이다! 그나마 양심이 쥐오줌만큼이나마 남았다면 자진해서 고백하고, 그렇지 않다면 묵비권을 행사해라. 제법 돌대가릴 굴린답시고 글씨를 위장해 어린애처럼 써놓았지만 가소로울 뿐이다. 이 쪽지는 어제 데리고 논 술집 아가씨가 조교에게 전달한 것이다. 5초의 시간을 줄 테니 사내답게 결정하기 바란다."

싸늘한 침묵이 흘렀다.

조교들은 만일의 사태에 대비해 그림자처럼 숨은 채 대원들의 동선을 살필뿐더러 술집 아가씨들을 매수해 화촉동방에서 나온 비밀도 수집한 모양이었다. 그걸 예상치 않은 대원은 멍청이거나 혹은 자기가 007 제임스 본드처럼 그 아가씨의 몸과 마음을 완전히 정복했다고 착각했는지도 몰랐다.

하지만 이젠 자백하고 나서는 게 조금이나마 현명한 선택이지 않을까 싶었다. 교관은 이미 쪽지의 주인공을 파악하고 있다는 투였다. 하기야 인상이나 말투 그리고 신체의 특징 따위를 조합하면 아홉 명 중에서 한 명을 찍어내는 건 여반장일 터였다. 게다가 마치 암사마귀가 교접 후 숫사마귀를 잡아먹듯 그 술집 아가씨가 바로 뒤에서 몰래 손가락을 들어 조교에게 지적해 주었는지 누가 알겠는가. 그런데도 10초가 지나도록 장본인은 나서지 않았다.

"좋다. 끝내 버티겠다면 증인인 작부를 불러와 대질하면 명백히 밝혀질 것이다. 한 놈의 배신자 때문에 충의로운 여러분들까지 고생하게 되었다. 야, 일단 저 혐의자를 끌어내라!"

교관이 냉엄한 어조로 명령하자 검정 모자 두 명이 성큼성큼 대열 속으로 뛰어가 한 대원을 양쪽에서 잡아끌고 나왔다. 그러고는 땅바닥에 꿇어 앉혔다.

청운은 깜짝 놀랐다. 바위굴 속에서도 그랬지만 평소에도 어딘지 능글맞으면서 냉소적인 면이 있던 개호주 녀석이 아닐까 은근히 걱정했던 것이다. 그런데 그가 아니었기 때문에 속으로 또 놀랐다.

　배신자로 낙인찍힌 자는 개호주 놈 따위와는 달리 평소에 별 말이 없으면서도 자기가 맡은 일을 깔끔히 처리했다. 잘난 척 앞에 나서지 않고 그림자처럼 소리 없이 남을 도왔다. 청운은 그에게 다가가고 싶었는데도 왠지 어려워서 경이원지했다. 그는 반항하지 않고 가만히 있었다.

　"아직도 잡아뗄 테냐? 그년허구 대질시켜 줄까?"

　교관이 착 가라앉은 목소리로 말했다.

　"아닙니다. 그 쪽지는 제가 쓴 게 맞습니다."

　놈은 창백한 안색이었지만 의외로 차분히 대꾸했다.

　"그런데 왜 쥐구멍 앞에서 쌩까고 있었냐? 그냥 넘어갈 줄 알았냐?"

　"아닙니다. 우리 부대와 동료 대원들에게 피해를 주고 싶은 생각은 조금도 없었습니다."

　"이 개새끼! 그런데 왜 그랬냐, 응?"

　"우리는 어차피 목숨을 걸어 놓고 어떤 특별한 목적을 위해 특수한 훈련을 받고 있습니다. 그런데 너무 비인간적입니다! 욕설과 폭력과 굶주림…… 그게 꼭 그렇게 필요한 것인지 사실을 좀 알고 싶었습니다. 처음에 스물네 명이었던 훈련병 중에 열다섯 명이 죽거나 병신이 되어 떠났습니다. 어둠 속의 무자비한 폭력보다는 차라리 밝은 규칙 아래 고된 맹훈련을 받다 죽고 싶어요. 북한에서 내려 보내는 간첩들처럼 민족 영웅 대우는 받지 못할지언정 일회용 소모품처럼 죽고 싶진 않⋯⋯."

"저놈의 새끼가 미쳐 버렸나 보군. 야, 조교! 칠성판 준비해! 애써 훈련시킨 돼지를 그냥 버리긴 아깝지만 어쩔 수 없어. 저런 놈은 어렵사리 윗동네에 넘어가더라도 미인계에 걸려 김 일성 만세를 부를 놈이야."

검정 모자들이 그를 거칠게 끌고 해골탑 앞으로 갔다. 그리고 어제 나눠 줬던 새 옷을 다 벗겨 알몸뚱이로 만들었다. 한 인간의 나체는 의복을 착용하고 있을 때에 비해 의외로 나약해 보였다. 그 나체는 땅바닥에 처박혀 한 마리의 지렁이처럼 꿈틀거렸다.

"가까운 미래에 우리 조국의 영웅이 될 대원 여러분! 저 사악한 배신자는 스스로 반성하긴커녕 정녕 뻔뻔스럽게 대한민국을 모욕하고 대원 여러분을 배반했다! 이제 곧 특수 요원으로 임명받아 옛 독립투사 선배님들처럼 조국을 위해 활약해야 할 여러분에 비하면 저런 놈은 피를 빨아먹는 이나 벼룩과 같다. 어쩌면 이 나라의 동량과도 같은 여러분의 피를 빨아먹고도 남을 저런 쥐벼룩 새끼는 여러분 스스로 처치하는 게 옳지 않을까 싶다."

교관이 엄지손가락을 까딱거리자 한 조교가 바께쓰를 들어

'죄인'의 몸에 차가운 물을 쏟아부었다. 이어 다른 조교가 참나무 몽둥이 다섯 개를 땅바닥에 던지더니 명령했다.

"하나씩 집어 들어라."

그 몽둥이는 오래된 것이라 나무 본래의 빛깔이 이미 사라진 상태였다. 또한 낡은 껍질이 군데군데 떨어져 나간 자리에 손때와 핏자국도 말라붙어 있었다.

대원들은 선뜻 나서서 명령을 수행하려 들지 않았다.

"몽둥이는 모자란다. 빨리 집지 않은 놈은 동조자로 간주하고 처벌하겠다!"

순간 대원들은 우르르 달려들어 몽둥이를 집었다.

"저 간악한 배신자를 쳐 죽여라!"

대원들은 좀 전까지만 해도 동료였던 벌거숭이 사내를 노려보기만 할 뿐 선뜻 먼저 나서지는 않았다.

'내가 저런 신세라면 과연 어떨까?'

청운은 땅바닥에서 지렁이처럼 꿈틀대는 사람을 바라보며 속으로 중얼거렸다.

"아직 몸이 안 풀렸다 그거지? 그럼 우선 맑은 계곡물 속에서 빵빠레를 한번 분 뒤 연병장을 기어서 세 바퀴 돌고 다시 시작하자. 알겠나?"

그때 어떤 대원이 한 발짝 성큼 내딛더니 몽둥이를 쳐들어 인간 지렁이를 내리쳤다. 이마가 터지며 피가 흘렀다. 그리고 곧이어 눈알이 뒤집혀 허연 흰창을 드러낸 채 입술과 팔다리를 파르르 떨었다. 무슨 말인가 하고 싶어도 더 이상 가망이 없어 보였다.

"빨리 실시해! 몽둥이가 없는 놈과 있더라도 피가 묻지 않은 놈은 저승 동무로 같이 보내 주겠다!"

그러자 순식간에 폭우가 쏟아지듯 반쯤 시체가 된 몸을 향해 방망이질이 시작되었다. 신음 소리도 없었다. 이제 더 이상 발버둥마저 사라졌는데도 몽둥이질은 로봇의 관성처럼 계속됐다. 몽둥이를 쥐지 못한 놈 하나는 틈새로 껴들어 발길질을 해댔다.

청운은 맨손으로 선 채 그 모양을 보며 진저리를 쳤다.

소나기가 멎듯 갑자기 시체를 향한 폭행이 멎었다. 대원들은 거친 숨을 토해내며 몽둥이를 던지곤 슬슬 물러났다. 피가 흘러 황토 흙바닥을 더 붉게 물들이고 있었다. 그 피비린내 속에 젊었던 육체가 으깨져 곤죽이 된 채 널브러져 있었다.

'저렇게 죽을 것이라면 대체 왜 태어났을까? 살아 있다는 게 풀잎 끝에 맺힌 이슬 같구나.'

청운은 시체에서 비참한 현실과 허무한 인생을 보는 듯 맘속으로 독백을 했다.

"야, 뒷전에서 구경만 하고 있었던 두 놈! 네놈들도 동조자로 쳐죽이고 싶지만…… 어차피 네깟 얼충이들은 임무 수행도 하기 전에 뒈질 테니 잠시 놔두겠다. 그 대신 저 시체를 들고 가서 처리하라!"

고참인 검정 모자가 청운과 다른 한 대원을 지적하며 명령했다.

청운은 의외로 무심한 표정인 채 시신 곁으로 다가가 상체를 안아 들었다. 피비린내가 물씬 풍기고 손이 미끈거렸다. 그래도 청운은 마치 감정이 굳어 버린 인형처럼 조교의 지시에 따랐다.

처음 여기 입소했을 무렵에도 한 훈련병이 반항하다가 맞아죽은 적이 있었다. 그 당시 교관은 본보기라고 말했었다. 그 이후에도 많은 대원들이 맞아 죽고, 지나친 기합을 받다가 목숨이 끊어지거나 스스로 자기 몸을 훼손해 시체로 변했다. 왜, 대체 왜 그랬을까? 누가 억지로 강요한 것도 아니고…… 물색관의 허풍과 달콤한 거짓말이 있었다 하더라도 어쨌든 본인 스스로 선택한 길이 아니던가?

남한과 북한의 특수 공작원은 그 임무는 엇비슷하더라도 신분에선 큰 차이가 있었다. 북한에서는 신체가 강건할 뿐만 아니라 두뇌도 우수한 청년들을 엄선하여, 군사 이론과 실전력을 겸비한 공작원으로 양성키 위해 3~5년 동안 체계적인 교육 훈련을 시켰다. 그들은 금성정치군사대학 등 북한 최고의 엘리트 교육 기관에서 자부심을 갖고 공부하면서, 멀잖은 미래에 조국 해방 통일의 전선에 나가 임무를 완수하고 민족 영웅으로 떠오르는 꿈을 꾸기도 했다. 실제로 그들은 대남 공작을 잘 해내고 돌아가면 조국 영웅 칭호를 받고 본인뿐 아니라 온 가족이 그 영광의 혜택을 입었다. 그리고 이후에도 능력에 따라서는 당이나 군부에 들어가 활동하며 옛 공작원 시절을 미소 지으며 추억할 수도 있었다. 설령 그 미소가 아무리 초라하더라도…… 허황된 거짓이나 무자비한 살해보다는 낫지 않았을까. 일회용 소모품 같은 신세보다는…….

왜 그런 차이가 생겼는지 섣불리 예단하긴 어렵다.

해방 후 남북한이 서로 갈라져 각각 따로 정부를 수립하는 과정에서, 남한은 미군정의 의견을 받아들여 일제 강점기 시대에 활동한 친일파 인사들을 정치, 군사, 경찰, 법률, 경제, 교육, 예술계 등 모든 주요 분야에 걸쳐 재등용한 반면 북한은 일제의 잔재를 철저히 청소한 것으로 알려져 있다. 남한은 과거의 죄악보다는 현재의 능력을 중요시했고, 북한은 민족의 정기를 바로 세우는 게 무엇보다 가장 중요하다고 판단한 셈이었다. 이를테면 일제강점기에 독립투사를 잡아 잔인하게 고문하고 죽인 친일 경찰이나 군부의 파렴치한 인사들을 당장 필요하다는 이유로 받아들인 남한 정부와, 새 물은 새 물통에 받아 담으려 시도한 북한 정권의 상반된 시각이 문제인 것이다.

어쨌든 그리하여 대한민국에서는 묵은 친일파와 더불어 새로이 등장한 친미파가 득세하여 설치는 동안 나라의 독립을 위해 몸 바친 투사들과 그의 자손들은 거지 신세가 된 반면, 북녘의 조선인민공화국에서는 민족의 영웅으로 추대받고 그들의 자손들도 영예로운 아들딸로 대우받았다.

북한에서는 이른바 민족 해방 투쟁이 아직까지 끝났다고 보지 않았다. 일본의 구더기가 여기저기 득실거리는 한반도의 남쪽에 이젠 미국이라는 거대한 괴물이 들어앉아 독기 서린 불을 뿜고 있으니 그들을 싸그리 몰아내야만 마침내 한민족의 독립이 성취된다는 이야기였다. 그런 만큼 조국 독립과 통일 투쟁을 위해 양성되는 남파 공작원은 그들의 입장에서는 이 시대의 독립투사이자 해방 전사가 되는 셈이었다.

동서고금의 고전뿐만 아니라 한국의 국정 역사 교과서도 역지사지易地思之의 진리를 강조한다. 서로 입장이나 처지를 바꿔 놓고 생각해 보면 난해한 문제도 풀릴 수 있다는 뜻이리라. 남북한 문제에도 한번 적용해 보면 엉뚱한 공상이라고 욕을 할까?

'만일 삼팔선 너머 북한 땅에 소련 군사 기지가 수백 군데 진을 치고 있고 로스케 병사 놈들이 뻔뻔스레 북한의 인민들을 살해하고 예쁜 처녀들을 강간해도 법정에 세워 처벌할 수가 없다면? 러시아 어를 가르친다는 핑계로 어린 소녀들을 간음하다가 들켜도 미꾸라지처럼 히히거리며 빠져나간다면? 전시 작전권이 러시아 군사령부에 넘겨진 상태에서 조·러 연합 군사 훈련이 남한을 겨냥해 정기적으로 벌어진다면? 그런 상황에서 남한은 오직 60만 국군만으로 자주국방을 수행해야 한다면……? 만약 그렇다면 남한의 정부와 국민들은 어떻게 해야 할까?'

물론 그건 대답하기 어려운 한갓 허황된 공상일 수도 있었다.

문득 하늘이 어둑스레해지더니 비 냄새를 머금은 듯한 바람이 세게 불어왔다. 나뭇가지에 겨우 붙어 있던 가랑잎이 우수수 떨어져 이러저리 정처없이 흩날렸다.

'왜 이런 짓을 해야 하는가? 선감도에서부터 몇 번씩이나……'

청운은 시체를 묻을 구덩이를 급히 파며 중얼거렸다. 빗방울이 후두둑 떨어졌다.

처녀 미인계

●■▲

청운을 비롯해 악마산에서 살아남은 8명은 비무장지대에서 가까운 어떤 부대의 비밀 안가로 이동했다.

숲속 깊이 은폐된 그 안전 가옥에는 교육관과 기간병 다섯 명이 배치돼 있었다. 의식주 등 모든 면에서 생활 여건이 훨씬 좋아졌다. 그들은 그곳에서 공작원으로서 갖춰야 할 정신교육을 비롯해 여러 가지 실제 기술을 배웠다. 전문적인 요원들로부터 독침과 독약 사용법, 미행술, 열쇠 기술, 폭파법, 독도술 따위를 한층 더 세련되게 익혔다.

얼마 후 8명은 다시 2개 조로 나뉘어 각각 따로 밀봉교육과 훈련을 받았다. 청운이 속한 조는 사진 촬영법을 위주로 해서 교육했다. 특히 청운은 그림을 그리는 손재주가 딴 애들보다 좀 더 뛰어나, 가능한 한 신속 정확히 대상을 보고 그리는 관찰 묘사법 등을 집중적으로 수련했다.

밀봉교육 시간에 교관은 말했다.

"여러분의 적은 바로 우리 국가의 적이기도 하다. 여러분은 악마의 공산당 괴뢰 소굴을 무찌르러 갈 정의로운 민족의 전사인 것이다! 물론 북한의 하늘과 땅 그리고 산천은 우리 조국의 갈라진 반쪽이며, 그 지옥에서 고통받는 일반 주민들은 우리가 구해 내어 함께 행복을 누려야 한다. 그런데 아무리 아름다운 이 금수강산이 천국이라 하더라도, 악마 괴물이 설치는 이상 한반도 한민족은 시시각각 불안에 떨어야 하는 것이 아닌가? 우리의 주적은 바로 그 빨갱이 악마당 괴수와 그 밑에서 서민의 피를 빨아 먹으며 희희낙락하는 악당들이다. 그들은 자기들의 소굴을 인민 공화국이라고 떠벌리지만, 사실은 사이비 종교의 판박이와 같다. 그 사이비 공화국 수령은 사실은 독재자로서, 마치 위대한 교주처럼 스스로를 신격화하고 인민들을 세뇌시켜 피를 빨아 마시는 것이다!"

그는 목소리를 살짝 낮추었다.

"여러분, 혹시 기쁨조가 무엇인지 아는가? 아방궁의 미희들이라면 알기 쉬울 것이다. 조선 왕조 시대보다 사이비 '조선 인민 공화굴'이 더 사악한 점은, 예쁘고 어린 소녀들을 뽑아 괴수의 마음대로 농락했다는 사실이다. 그녀들은 국신을 모시는 민족의 선녀라고 세뇌되어 수괴의 기름진 몸뚱이를 매만지는 것조차 영광스러워 한다. 조선 왕조 때 왕들이 후궁을 여러 명

두었다곤 하지만 나름대로 엄격한 도덕과 규범이 있었기 때문에 연산군 등 몇몇 망나니 색마를 제외하면 오히려 일반인보다 규방 생활이 불편했다고도 한다. 그런데 북한 괴수는 사이비 종교의 교주를 뺨칠 정도로 체계적이고 광범위하게 미소녀들을 물색하여 그의 아방궁을 채우고 있다!"

교관은 저도 모르게 좀 흥분한 모양이었다.

"소녀들을 육욕의 노리개로 삼은 것 자체가 사악한 범죄라고 할 수 있다. 국가라는 이름을 내걸고 바로 그 신국神國의 법으로 파렴치한 짓을 저지르는 것이다. 우리 대한민국의 중학교와 고등학교를 합친 고등중학교의 어린 여학생들을 매년 봄에 모아 놓고 일차적으로 물색 관리들이 괴수의 취향에 맞는 어여쁘고 몸매 고운 애들을 뽑는다. 학업 성적과 성격이 나쁜 계집애들을 추려낸 다음, 아리따운 선녀 후보들은 특급 병원으로 이동해 건강 상태와 처녀성 검사를 통과하면 진선미녀로 뽑혀 수령과 그 휘하들의 성노리개가 되는 것이다. 그리고 북한을 방문하는 외국의 주요 인사들이나 우리 남한에서 올라간 유명 인사들을 미인계로 포섭하여 저들의 스파이로 변조시키니…… 여러분들 또한 각별히 유의해야만 할 것이다. 소년 또는 남자 기쁨조도 있는데, 공식적으론 호위사령부 소속이지만 고위급 여자를 위무하고 북한을 방문한 각계 여성들로부터 정보를 빼내는 게 임무다. 원래 공산당 놈들은 여자고 남자고 감언이설을 잘 쓴다. 여러분은 어떤 상황에 처하더라도 우리 조국의 건아임을 명심해야 한다. 체포됐을 때뿐만 아니라 자수했을 경우에도 보위부 놈들은 여러분의 눈알과 생이빨을 뽑고 손가락을 부러뜨려 버릴 것이다. 폐차된 후 죽는 바에 차라리 독약 앰풀을 깨 삼키고 자살하는 게 더 나을 것이다."

괴수의 아방궁 얘기가 나올 때는 질투와 원망이 뒤섞인 숨을 거칠게 내쉬던 대원들도 교관의 마지막 말에 대해서는 미간을 찡그린 채 콧방귀를 뀌었다.

"흥, 북괴나 남한이나 거의 비슷한 모양이구만 뭐."

"여기서야 윗동네 놈들처럼 그렇게 노골적으로 하진 않고 점잔빼는 척하지만, 어차피 유명한 여배우를 비롯해서 애리애리 야들야들한 여중고생이나 여대생 년들을 맘대로 골라 먹을 수 있으니 열린 아방궁이지 뭘 그래. 그리고 꼭 최고 권력자가 아니더라도 돈만 있으면 자유롭게 주지육림 속을 헤매며 애욕 잔치를 벌일 수가 있는데 뭐가 부러울까, 씨팔……."

원래의 교육 목적은 북한 괴뢰 도당에 대한 적개심을 불러일으키는 것이었을 텐데, 빼꼼이 같은 대원들의 야유는 엉뚱한 데로 흘러갔다. 물론 슬쩍 비양거릴 뿐이었지만, 이미 근엄한 가면 뒤쪽의 맨얼굴을 알고 있다는 투였다.

청운은 그런 말을 들으면서 생각했다.

'아마 허풍도 많이 섞였겠지. 인간이란 동물은 꿈이 많아서 자기가 하지 못하는 욕망을 허풍으로 소화시키기도 한다니까……. 하지만 나라를 다스린다는 분들께서 정말 그런 짓거리에 정신이 팔려 있다면 솔직히 짜증나는군. 좀 염려도 되고 말야. 하지만 내가 어쩌겠어, 응? 만약 그게 사실이고 국민들이 그걸 확연히 알게 된다면…… 검정고시 국사 책에 나온 대로 힘없고 가난한 백성들이 나서서 동학 같은 혁명을 일으키거나, 어떤 애국지사가 마치 안중근 의사나 윤봉길 열사처럼 이토 히로부미와 총독부 고위층을 향해 정의의 총알을 날리듯 하지 않을까? 자, 나는 지금 할 수 없는 일은 속으로 계획만하고, 당장 주어진 상황에서 해야 할 일부터 제대로 하자.'

그러고는 열심히 스케치를 하고 카메라를 만지작거렸다. 마치 자신의 몸처럼 익숙해질 때까지. 낡은 물건이지만 무엇인가 중요한 일을 해낼 수 있다는 생각 속에서…….

미국 공군 기지에서 떠오른 정찰기는 북한 하늘을 날며 비밀리에 공중 촬영을 하곤 했다. 군사분계선과 비무장지대를 넘어 평양 등 주요 도시의 군사 기지와 기간 시설물들을 빠짐없이 사찰했다. 지하 구조물이 존재할 만한 구역은 수차례 탐찰했다.

그 필름은 미군 정보 부대를 통해 한국 첩보 부대로 넘어왔으며, 인화된 사진들은 각 전선의 지구대로 보내졌다. 그러면 지구대에서는 이전에 촬영된 사진과 비교 판독해, 어떤 정체 불명의 신축 구조물이 발견되면 즉시 무슨 용도의 건축물인지 알아내어 작전 대비를 꾀하는 것이었다.

초점을 정확히 맞추지 않고 고공에서 무작위로 촬영된 항공사진은 윤곽이 아주 불투명했다. 그리고 실핏줄이나 점처럼 작은 모습으로 보이므로, 결국 현지에 직접 가서 확인하여 사진을 찍고 그림을 그려 와 침투 작전을 세우는 게 최상책이었다.

한 조로 짜인 세 명의 대원들은 서로 일심동체라고 느낄 정도로 반복 훈련을 받았다. 두 명은 실격하고 여섯 명만 남은 상태였다.

사진 촬영술 교육은 피사체를 선명히 포착하고 주변 풍경을 고스란히 담아내기 위한 파노라마 기법을 위주로 진행됐다. 또한 건물의 용도 및 출입구의 위치, 차량과 병력의 숫자를 탐색하는 가상 훈련도 덤으로 받았다.

며칠 후였다. 늦가을 바람이 이른 아침부터 산자락의 낙엽을 이리저리 구슬프게 흩날렸다.

조교들이 대원들을 깨워 집합시켰다.

교관의 표정은 선글라스를 꼈는데도 어딘지 긴장된 기색이었다. 그래도 분위기를 살짝 누그러뜨리는 게 좋겠다는 듯 입가에 가벼운 미소를 띠었다.

"여러분은 이제 둥지를 떠나서 날아가야 한다. 조국과 민족의 통일을 위해 사선을 넘어 저 윗동네로……. 드디어 작전 명령이 떨어졌다!"

대원들의 얼굴이 일시에 굳었다. 그동안 휴식 시간엔 빨리 작전이 시작되면 좋겠다고 농담 따먹기를 하기도 했지만 막상 그 현실이 눈앞에 닥치고 보니 불안스러워진 것이리라.

'북한은 대체 어떤 곳일까? 북괴라고도 하고 북조선이라고도 하는 그곳엔 혹시…… 도깨비 같은 괴물이 설쳐대며 사람을 잡아먹는다는데…….'

청운은 불안스런 표정으로 은근히 떨었다. 헛웃음이 나오면서도 저절로 가슴속이 떨리는 걸 어쩔 수가 없었다.

교관은 침착하게 마치 자기 목소리를 음미하기라도 하는 듯, 그 음성이 대원들에게 주는 영향력을 맛보기라도 하는 듯 목청의 고저강약을 적당히 조절해 가면서 일장연설을 했다.

"흠, 여러분은 우리 특수 공작원 역사상 최초의 청소년 부대라고 할 수 있다. 6·25전쟁 때 어린 아동들이 북파돼 훌륭한 활약을 펼친 적도 있지만, 워낙 다급한 상황이라 훈련을 제대로 받지 못한 채 적진에 투입돼 사실상 인명의 낭비가 많았다. 그래서 장점은 살리고 단점은 최소로 줄이는 변칙적이고 창발적인 전략에 따라, 전세계적으로 최초의 청소년 특수 부대가 탄생하게 된 것이다! 여러분은 성인에 비해 연약한 면이 없잖아 있지만 또 그만큼 유연하고 순수한 장점이 있다. 상부에서 기획을 하긴 했으나 실제적인 성과는 여러분 자신의 노력으로 일궈내야 한다. 이번 제1차 작전에 성공하면 더 중요한 임무가 주어질 것이다. 이를테면 2계단, 3계단, 4계단, 5계단…… 계속 올라간다면 노력에 따라 정규 특급 요원으로 성장하여 대한민국의 영광에 한 몸 바쳐 기여할 수 있는 것이다!"

교관은 헛기침을 한번 하고 나서 말을 이었다.

"어쨌든 그동안 수고들 많았다. 많은 우여곡절을 겪었을 테지만, 그건 나중에 여러분의 인생에서 값진 훈장이 될 수도 있다. 그러니만큼 이곳에서 겪은 일들은 오직 선택받은 자들의 비밀로 남아야만 한다. 여러분은 어디서든 조국의 전사로서 명예롭게 살아가야 하는 것이다! 사실 지원자는 많았지만…… 훈련병이 굼벵이에서 극기하여 우화등선하듯 재탄생한 경우는 여러분들뿐이다. 여러분이 잘해야만 다음 회차 후배들도 명예로운 전통을 이어 따르는 것이 아니겠는가? 계획대로라면 A조는 육로를 통해, B조는 해안으로 침투할 예정이다. 부디 해골부대의 정신을 잊지 말라!"

교관은 좀 비장한 어조로 말을 맺었다. 그가 떠드는 동안 지프차 두 대가 와서 대기중이었다.

"어서 타라!"

따로 갈리게 된 두 조의 대원들은 서로 작별 인사를 나눌 틈도 없이 차에 올랐다. 그들의 운명은 어찌 될 것인가? 하늘은 아무 말도 없이 마냥 푸르기만 했다. 천지의 기운을 받고 사는 나뭇잎 속에서 새들만 저마다 다른 목소리로 지저귈 뿐이었다.

북행길

●■▲

한밤중이었다.

어쩌면 이승에서 마지막으로 먹는 밥일지도 모를 일이었다. 그런데 청운은 밥도 국도 제대로 삼킬 수가 없었다. 하나의 인간, 한 남자가 된다는 게 이다지도 힘겨운 것인가?

이른바 윗동네라고 불리는 북한 땅! 그 미지의 세상으로 넘어간 후 살아 돌아온 대원은 많지 않았다고 전한다. 십중팔구十中八九는 죽거나 붙잡혀 불귀의 객이 되고 겨우 한두 명만 살아 돌아온다는 괴물의 땅……. 하지만 청운은 왠지 별로 겁이 나진 않았다. 그저 미지의 어떤 괴상한 세계에 대한 호기심과 긴장감 때문에 식욕이 쪼개져 숨어 버린 것 같았다. 같은 조가 된 개호주와 스라소니는 '특식'을 열심히 먹어댔다.

"야, 너 왜 안 처먹고 그러냐? 새끼, 속이 막 떨리는가 보군."

개호주가 싱긋 웃으며 말했다.

"그냥, 입맛이 별로 없어서……. 난 왠지 멀리 여행을 떠날 땐 배가 안 고파."

"미친놈, 이게 지금 여행이냐? 호호, 하긴 사선을 넘어 가는 여행길이긴 하지."

"만약 통일이 되면 거기도 우리나라잖아. 만약 너가 낳은 아기가 있다고 쳐 봐. 그런데 아기의 하체만 보고 상체를 보지 못한다면 대체 어떤 기분일까? 난 지금 그런 느낌이야."

"임마야, 제발 헛소리 좀 그만 지껄여라. 마치 신선 같구나야. 야, 내가 지금 배고파서 이렇게 퍼먹는 줄 아냐, 응?"

"뭐, 응?"

"미각을 통해 내가 현재 동물처럼이라도 살아 있다는 사실을 느껴 보기 위해서야."

"개소리들 집어쳐!"

갑자기 스라소니가 닭고기를 씹던 이빨을 슬쩍 드러내며 지껄였다.

"뭐라구, 그럼 넌 그게 맛있냐?"

개호주가 인상을 찌푸린 채 물었다.

"맛? 오해하지 마라. 난 그냥 오늘 하루를 버텨내야 한다는 생각으로 씹어 삼킬 뿐이야."

스라소니는 청운의 그릇에서 계란말이를 쿡 집어 가져가며 중얼거렸다.

"식사 끝났으면 그만 일어서라. 갈 길이 바쁘다."

잠시 한쪽에 물러서 있던 조교가 다가서며 재촉했다.

세 명의 사내 애들은 자리를 털고 일어나 마치 서부영화에 나온 총잡이들처럼 양손을 허리춤에 걸친 채 조교를 따라 걸어갔다.

한 방에서 그들은 북한 군복으로 갈아입고 작은 배낭 속에 쌍안경, 카메라, 나침반, 수첩과 볼펜, 보병삽, 미숫가루, 독약 등을 챙겨 넣었다. 그들이 배낭을 메고 출발 준비를 마치자 교관이 들어와 훈시를 했다.

"여러분은 이제부터 공동 운명체로서 움직여야 한다. 이건 허울 좋은 전우애가 아니라 실익을 위해서이다. 여러분의 배낭은 가능한 작고 가벼워야 하기에 필수품들을 나누어 지니게 한 것이다. 물론 비상시엔 각자 도생해야겠지만, 가능하면 공동 목표를 향해 육체건 정신이건 협력해 일사불란해야 한다는 뜻이다."

교관은 진지한 표정을 짓더니 한쪽 벽에 붙은 지도를 가리켰다.

"보다시피 토끼 같기도 하고 호랑이 같기도 한 이 한반도는 같은 땅이지만, 남북은 전혀 다른 곳이다. 그렇다고 겁먹을 것까진 없지만 생명이 걸린 만큼 최대한 세심하면서 또한 과감해야 한다. 윗동네까지 침투하는 동안 많은 난관이 있겠지만,

사즉생의 이순신 장군 정신으로 나아가면 오직 영광이 있을 뿐이다! 교육 훈련 중에 습득한 기술을 잘 활용하되, 어디까지나 적지의 상황에 따라 창발성을 발휘해야만 목숨을 보존할 수 있을 것이다. 건투를 빌며…… 이상!"

그러고는 어둠 속으로 사라져 갔다.

자정을 갓 넘은 시각, 세 명의 청소년 공작원은 검고 작은 차를 타고 최전방으로 거슬러 올라갔다. 민통선(민간인 통제지역)을 지나 군사 분계선이 저 멀리 보이는 듯한 검문소를 통과할 때마다 조금 전에 건맨을 흉내내던 풋내기들은 점차 안색이 창백해졌다. 그간 공상만 하던 북으로의 침투가 실제 상황임을 생생히 느낀 때문일까.

차는 한없이 길게 뻗은 철조망을 따라 무정스레 달려갔다. 비무장지대^{DMZ}의 숲과 벌판이 어둠 속에서도 어렴풋이 보였다(아니, 보인다기보다 느껴졌다). 달은 없었지만 유난히 초롱초롱 반짝거리는 별빛 때문인지 황량하면서도 그윽한 느낌을 주는 풍경이었다.

초소 앞에서 지프차가 멎었다. 세 명의 공작원이 내리자 차는 곧 떠나 버렸다.

청운은 미지의 세계인 북쪽의 암흑을 묵묵히 응시했다. 삼팔선 또는 휴전선이라고도 불리는 통한의 단절…… 해방 후 미국과 소련의 암투 속에서 그들의 입맛대로 한반도 금수강산의 허리에 그어진 그 군사분계선을 기점으로 남북 양쪽으로 2킬로미터씩 모두 4킬로미터에 이르는 광막한 비무장지대가 펼쳐져 있었다. 그 비밀의 공간을 거쳐 북국으로 침투해야 하는 것이었다.

초소에서 기다리고 있던 수색대 요원이 다가왔다.

"여러분을 분계선 지점까지 안내할 송 중사입니다. 저 디엠젯 안에는 전역에 걸쳐 각종 지뢰가 매설돼 있습니다. 지금부터 제 뒤를 따라 조심스레 전진하기 바랍니다. 귀환 때에도 이 루트를 이용할 것이니 유의하십시오. 자기 몸을 중심으로 해서 좌우 30센티미터 밖으로는 결코 벗어나선 안 됩니다."

그는 말을 마친 후 소리 없는 그림자처럼 움직여 나갔다. 대원들은 마치 어미 뒤를 따라 꼬리를 물고 가는 오소리처럼 일심동체로 움직였다. 달도 없는 밤이라 그런지 수색대 요원마저 침투 루트를 찾아 나아가느라 잔뜩 긴장한 상태였다.

10미터를 이동하는 데 1분 이상 걸렸다. 어떤 지점에서는 한동안 멈춰 이성적인 판단과 도박 사이에서 갈등하기도 했다.

이윽고 남방 한계 철책선 앞에 도착했을 땐 자정이 한참 지나 있었다.

"그럼 수고하십시오. 사흘 후 자정에 이 지점에서 다시 만나도록 합시다."

송 중사가 작게 속삭인 후 돌아갔다.

세 명의 공작원은 천천히, 하지만 최대한 신속히 움직이려 노력하며 조심스레 어둠 속을 헤쳐 나갔다. 무성한 수풀이 바람에 흔들리며 얼굴을 간질렀다. 과연 저 광막한 지뢰밭을 통과할 수 있을지 의심스런 상황이었다. 저 땅 속엔 얼마나 많은 지뢰가 묻혀 있을까? 땅을 파 보면 마치 저 컴컴한 하늘에 무수히 박혀 반짝거리는 별들만큼 지뢰가 총총히 박혀 있지 않을까? 하늘의 별은 정신을 맑게 승화시키지만 땅의 쇠별은 사람의 육신을 파괴하면서 사악한 빛을 사방에 뿌린다.

청운은 긴장한 채 개호주의 뒤를 따라가면서도 이따금 눈을 들어 밤하늘에 살아 있는 듯이 반짝이는 별을 쳐다보았다. 초롱초롱 마치 눈물이라도 머금은 양 살짝 웃음 지으며 어떤 밀어를 속삭이는 듯한 별…… 서울에선 보지 못한 산골 처녀의 눈동자 같은 것이었다.

"야, 잠깐 기다려 봐!"

앞장서 걷던 스라소니가 말했다.

"왜?"

개호주가 대꾸했다.

"저게 뭐야?"

"개울 같은데……."

"겉으론 얕아 보여도 늪지대일 수도 있어. 저쪽으로 돌아가자."

"그러려면 제법 걸어야 할 것 같은데 그냥 돌파하자. 니미럴, 괜히 돌아가다가 재수없게 지뢰에 걸리는 것보다야 낫지. 쌍놈들이 물속에 뭘 묻어 놨겠어?"

"모를 일이잖아."

"그래도 어쨌든 저 멀리 돌기보다 길을 단축하는 게 유리할 것 같아. 네 생각은 어때?"

개호주가 청운에게 물었다.

"응?"

청운은 그들의 대립된 의견을 그냥 무심중에 듣고 있다가 되물었다. 어차피 파리나 지푸라기 같은 목숨인데, 이리 가든 저리 가든 목적지에만 가면 되는 것 아닌가. 하지만 지금 이 순간엔 어느 쪽이든 선택을 해야만 했다. 그래야 어디로든 움직여 나갈 테니까.

"빨리 말해 봐, 임마!"

누군가 재촉했다.

청운은 심호흡을 했다. 어찌 보면 사소하겠지만 또 다른 관점으로 보면 너무나 중대한 양갈래 길 앞에 선 느낌이었다. 두 사람의 의견이 충돌하고 있으므로, 지금은 운명이나 신의 뜻에 맡길 수도 없고 그렇다고 인간의 의지에 맡길 수도 없는 상황이었다. 사소하게 별일 없이 나아간다면 좋겠지만 혹시 큰 사태가 발생한다면 그 책임은 누가 져야 할까?

결국 청운은 아무 말 없이 앞으로 나서서 개울인지 늪인지 모를 물속으로 걸어 들어갔다. 폭이 5미터쯤 되는 개울을 청운이 탈 없이 헤쳐 건너자 의견을 다투던 둘도 더 군말 없이 따라왔다. 원래 행동 지침은 '서로 협력하되 중요한 최종 결정은 스라소니가 한다.'라고 내려졌지만 대충 그렇게 해서 넘어갔다.

다시 무성한 수풀이 앞을 가로막았다. 부드러운 풀과 나무들은 침묵의 휴식을 방해받은 게 성가신지 발목과 무릎 그리고 허리께까지 휘감으며 저항하는 성싶었다. 마른 갈대가 스산한 바람결에 휘날리며 구슬픈 곡조로 노래했다.

어둠 속을 헤치며 공포스러운 밤의 여로를 얼마나 걸어갔을까. 저 앞쪽에 철조망이 보였다. 어둠보다 더 검고 날카로운 철조망은 그 순간에도 한반도의 허리를 가르고 있다는 게 실감날 정도로 강고하고 길게 펼쳐져 있었다.

"이제 저것만 넘으면 빨갱이 도깨비들이 산다는 북한 땅이다."

스라소니가 중얼거렸다.

정말 그럴까, 하고 청운은 맘속으로 생각했다. 저 너머 비밀의 베일에 가린 북촌엔 과연 어떤 사람들이 어떻게 살고 있을지 궁금하긴 했지만, 그들이 괴상스런 도깨비 같은 사람인지는 의심스러웠다. 이쪽에서 저쪽 사람들을 도깨비라고 한다면 저쪽에선 이쪽 사람들을 마귀라고 부를지도 몰랐다. 서로 생각이 다른 사람들끼리는 무슨 소린들 못하랴. 환한 자유 대한에서 사는 사람들도 의견이 좀 다르면 악마니 사탄이니 하며 잡아먹을 듯 으르렁거리지 않던가.

'쳇, 두 쪽 다 국민과 인민을 위한 아름답고 위대한 민주 공화국이라고 내세우고 있지만 정말 그런가? 선감원 같은 강제수용소나 아오지 지옥 수용소 따위에 수많은 사람들을 가둬 둔 채 서로 잘났다고 허풍 치지 말고 형제간끼리 통일이나 잘 해서 잘 살 생각이나 해라, 짜식들아! 사이비 종교의 교주처럼 국민들을 제발 우롱하지 말란 말이야……. 뿔 돋은 뻘건 도깨비니 마귀 사탄이니 하는 관념적인 헛소리보다야 이 현실의 지옥을 직시하는 게 훨씬 짜릿하지 않을까 싶어. 권력과 돈과 욕망에 미친 상류층 인간들이 중류층 동족을 짐승으로 여기고, 중류층 인간들은 하류급 동족을 사람 아닌 벌레처럼 취급하는 이 땅은…… 정말로 두 덩이가 아니라 열 덩이 백 덩이 천 덩어리로 쪼개져서 없어져 버릴 수도 있단 말야. 강대국들의 먹이가 되는 것이지 뭐…….'

청운은 속으로 혼잣말을 뇌까렸다.

"임마, 빨리 오지 않고 뭘 자꾸 우물거리는 거야."

개호주가 핀잔을 주었다.

청운은 머릿속의 잡념을 털어 버리고 곧 동료들의 뒤를 따라붙었다.

철조망은 견고하고 날카로워 보였다. 강철은 무심한 가운데 적의를 품고 있는 성싶었다.

스라소니가 상의 주머니에서 지포 라이터를 꺼내 손바닥으로 가린 채 불을 켜 철조망 아래쪽을 살펴보았다. 주변의 풀들이 미세하게 파르르 떨리고 있었다. 바람결에 의한 나부낌이 아닌 어딘지 부자연스러운 느낌을 주는 떨림이었다. 철조망에 강한 전기가 흐르고 있다는 징조였다.

"일단 오리발을 꺼내 봐. 가능한 대로 작업하면서 찬스를 보자구."

스라소니의 말과 동시에 개호주가 배낭에서 특수 절단기를 꺼냈다. 절연제로 처리됐기 때문에 전기가 거의 통하지 않는 기구였다.

개호주는 특수 장갑을 끼고 나서 철망을 조금씩 끊기 시작했다. 이따금 신음 소리를 토하는 것으로 보아 힘겹기도 하겠지만 그가 전기를 억지로 견뎌내고 있다는 걸 짐작할 수 있었다. 북한이고 남한이고 전력량이 풍부하지 않은 상태였다. 산업 시설을 가동하고 도서관에 불 하나라도 더 밝혀 민족 문화를 꽃피우는 데 써야 할 전기가 동족 파괴의 사악한 동력이 되고 있었다.

교육 시간에 듣기로는, 전력 부족으로 인해 시간대에 따라 강 중 약의 전기가 흐르기도 하고 완전히 꺼져 버릴 때도 있다고 했다. 하지만 규칙적이지 않고 시시각각 바뀌므로 언제라도 그에 대비해야 하는 것이었다.

개호주가 땀을 뻘뻘 흘리며 전기 철조망을 따는 동안 스라소니와 청운은 야전삽과 손가락으로 땅바닥을 조금씩 팠다. 어찌보면 거치적거리기만 하고 또한 감전될 위험이 있는데도 그들은 마치 검정 개미처럼 조금이나마 도우려고 애를 썼다.

'꼭 이렇게 해야 할까? 물론 일분 일초가 급하므로 응당 협력해야만 한다. 하지만 별로 효율적이진 않다. 괜히 찔끔찔끔 헛심을 쓰는 대신 개호주 녀석의 작업이 끝나길 기다렸다가 힘을 모아 집중적으로 작업한다면 훨씬 빠르고 위험성도 적을 텐데……. 하지만 스라소니가 부지런히 뭔가 하고 있는데 나만 베짱이처럼 가만히 서 있을 수도 없는 노릇이고, 참 지랄같군. 이런 식은 아마 우리 조상님들로부터 대대로 물려받은 버릇이 아닐까. 어딘지 정이 많아서 가만히 있지 못하고 조금이나마 도우려는 뜻은 좋은데, 상황에 따라서는 좀 합리적으로 가만히 쉬고 앉았다가 자기 차례가 왔을 때 진짜 부지런히 하는 게 결과는 더 좋을 것 같아.'

청운은 속으로 꿍얼꿍얼 중얼거렸다.

결국 우려하던 사고가 일어나고 말았다. 뒷걸음질치던 개호주의 군홧발에 스라소니의 손이 밟히면서 삽날에 손가락 하나가 깊숙이 베어 버린 것이었다. 순간적으로 흘러나온 짧은 비명 소리를 북한군 초소에서 만약 누가 듣게 된다면 셋은 독 속의 쥐새끼 신세가 될 수도 있는 위험한 상태였다. 서치라이트가 좀 더 강렬해져 샅샅이 훑어 가는 느낌이 들었다.

셋은 일단 작업을 중지한 채 납작 엎드려 숨을 죽였다. 죽음처럼 싸늘한 땅바닥 위로 시간이 급박하게 흐르다가 허공으로 흩어지고, 마치 시공간이 응결된 듯이 여겨졌다.

다행히 북한군 초소에서는 별다른 움직임이 없었다.

셋은 다시 몸을 일으켰다. 이윽고 철조망을 다 잘라내고 뒤처리까지 마치자 청운은 삽으로 그 아래쪽의 땅을 파기 시작했다. 조금이라도 감전의 위험을 줄이기 위해서였다. 개호주는 스라소니의 손을 묶어 주고 있었으므로 청운 혼자서 땀을 뻘뻘 흘리며 통로를 만들었다.

잠시 후 셋은 조심스레 기어 철조망을 건너갔다. 찌릿찌릿 온몸을 엄습해 오는 성싶은 공포감이 전류 때문인지 미지의 세계에서 오는 압박감 탓인지 청운은 잘 분간할 수가 없었다.

그들은 우선 급히 산속을 찾아 기어들었다. 변변한 무기도 갖지 않은 그들로서는 가능하면 아무에게도 들키지 않고 은밀히 임무를 수행한 뒤 귀환하는 게 최상책이었다. 그러려면 일단 으슥한 산줄기를 타고 목표 지점에 접근해 가야 했다.

청포도

●■▲

산은 갈수록 점점 더 험준해졌다. 남한의 고산준령을 토끼처럼 뛰어다닐 정도로 지독한 훈련을 받았지만, 처음 보는 북녘의 험산은 꼭 어둠 속이 아니더라도 조심하지 않으면 낭패를 당할 만큼 가팔랐다. 지도상으로 보면 그들의 목적지는 50킬로미터쯤 되었다. 하지만 산길은 평지와는 달랐을 뿐더러 앞으로도 계속 첩첩산중을 넘어야만 했다. 깎아지른 절벽과 까마득한 계곡이 반복적으로 나타나 칼산 지옥의 나졸들처럼 밤길을 막았다.

어느덧 먼동이 터 오고 있었다.

셋은 기진맥진한 채 낙엽이 수북이 쌓인 산중턱에 주저앉았다.

"일단 요 부근에 비트를 파고 숨은 채 좀 쉬면서 대책을 짜 보자."

스라소니가 말했다.

그들은 한숨 돌린 후 곧장 잠복호를 파기 시작했다. 아무리 깊은 산중이라 하더라도 결코 안심할 수 없는 이유는 그들이 북파공작원이기 때문이었다. 남한에선 애국자가 북한에선 반역자로 변하는 것이다. 언제 어디서 나무꾼이나 산나물을 캐러 올라온 아낙네의 눈에 띌지 모르는 노릇이었다. 설령 철부지 꼬마라 할지라도 일단 부딪치면 위험스러웠다. 남한 아이들도 반공 교육을 받아 수상한 사람을 보면 두서너 명쯤은 경찰서에 신고하겠지만, 철저하게 세뇌 교육을 받은 북한 아이들은 남한 간첩을 철천지 악괴로 생각하므로 즉각 달려가 보고할 터였다. 그러므로 북한 지역으로 넘어온 이상 가능하면 누구와도 만나지 않아야 하며, 만일 그럴 경우엔 아장아장 걷는 어린애일지라도 죽여 버려야 하는 것이었다.

장해물 중엔 인간의 눈길 외에도 몇 가지가 더 있다고 훈련 때 들었다. 지뢰나 전기 철조망보다 덜 위험해 보이지만 사실 은근히 더 무서운 건 흙밭과 실 올가미였다. 침투가 예상되는 지역의 논밭이나 길목에 고운 흙이나 모래를 깔아 두었다가 발자국을 보곤 추적한다. 또한 인간 고기가 스며들 만한 숲의 요소에 보일락 말락 한 실을 쳐두었다가 그게 끊어진 걸 보고 적의 침투를 알아채기도 했다. 그런 원시적인 방법을 쓰는 건 북한의 경제 사정 때문이기도 했지만, 남한의 공작원을 생포해 정보를 수집하려는 목적도 없지 않았다.

비트를 파고 그 위에 나뭇가지와 낙엽 따위를 올려 위장해 놓은 다음 셋은 급히 비상식량을 꺼내 허기를 달랜 후 멀찍이 떨어진 곳으로 가서 용변을 보곤 흙으로 덮었다. 그러고는 비트 속으로 들어가 웅크려 앉았다.

"일단 오늘은 여기 푹 박혀서 동태를 살펴보다가 어둠이 내리면 나가서 전진하자. 좀 갑갑하겠지만, 산속에도 낮에 사람이 다니는지 알아 두면 다음날에 참고할 수도 있으니까 말야."

스라소니가 삽날에 베인 손가락을 슬슬 흔들며 말했다. 아마 붕대 속으로 신선한 바람이 스며들도록 그러는 모양이었다.

"잠이나 푹 자 두자구."

개호주가 받았다.

"그래도 한 사람은 불침번을 서야겠지. 코를 골다가 들켜 생포될 수도 있으니까 말야."

"먼저들 좀 자. 내가 나중에 깨워 줄 테니까."

청운이 대꾸했다.

"짜식, 형님 대접을 해주는군."

개호주가 빙긋거리더니 흙벽에 기댄 채 스르르 눈을 감았다.

그때 어디선가 멀리서 무슨 소리가 메아리를 울리며 들려왔다. 셋은 바짝 긴장해 귀를 쫑긋 세웠다. 혹시 침투 흔적이 발각돼 수색 작전이 벌어지고 있는 건 아닌가 싶어 모두 가슴을 졸였다.

아침은 빛나라 이 강산

은금銀金에 자원도 가득한

삼천리 아름다운 내 조국

반만년 오랜 역사에 찬란한 문화로 자라난

슬기론 인민의 이 영광

몸과 맘 다 바쳐 이 조선 길이 받드세…….

그건 북한 애국가였다. 대원들은 교육 시간에 그걸 듣고 외었었다. 북한에 침투한 후 혹시 필요할지도 모르기 때문이었다. 곧 이어 우렁우렁하는 소리가 들려왔다.

"친애하는 남조선 장병 여러분! 여기는 지상 최고의 낙원인 조선민주주의인민공화국에서 위대한 영도자 김일성 수령님의 따사로운 빛의 은혜를 담아 보내 드리는 조국 방송입니다. 날마다 살얼음판 위를 걷는 듯한 지옥 생활이 얼마나 힘겨우십니까? 지금부터 한 달 전 양키 놈들의 꼭두각시인 독재 괴뢰 정권의 압제에 못 견뎌 죽음을 무릅쓴 채 지상 천국인 진정한 조국의 품으로 귀순한 조동호 동무가 옛 전우 여러분께 전하는 서신 낭독이 있겠습니다!"

그 방송은 휴전선 너머 남쪽의 국군 병사들에게 보내는 게 목적이겠지만, 철조망에 걸려 다 넘어가지 못하고 되돌아 깊은 산중의 이 절벽 저 골짝에 부딪혀 메아리져 오는 듯싶었다.

'천국, 천국, 천국…… 낙원, 낙원, 낙원…….'

메아리를 듣던 스라소니는 피에 젖은 붕대가 감긴 손가락을 계속 흔들며 눈을 흉하게 일그러뜨렸다.

"개새끼들, 천국 좋아하네."

"사이비 종교 교주의 개소리하고 같군."

청운이 중얼거렸다.

조동호라는 귀순 병사의 목소리가 들려왔다.

"사랑하는 남한의 국군 여러분! 안녕하십니까? 저는 얼마 전까지 여러분과 함께 고생했던 조동호입니다. 저는 지금 너무나 행복해서, 마치 지옥에서 천국으로 올라온 듯합니다. 남쪽이 헬조선이라면 여기는 정녕코 무릉도원이라고 할 수 있을 것입니다! 추악한 미국의 지배 아래 국군의 지휘권마저 미군에 넘겨진 상태에서 사는 여러분은 겉으론 살아 있는 인간 같지만 사실은 죽은 꼭두각시와 다름없는 것입니다. 너무나 안타까운 나머지 이 편지를 읽고 있지만, 애처로운 심정에 눈물이 뚝뚝 떨어져 종이에 번지는군요……."

낭독자의 목소리에도 눈물이 스며들고 있었다. 스라소니가 씹어 뱉듯 말했다.

"흐흥, 저건 유령의 목소리일 뿐이야."

"뭐?"

개호주가 반문했다.

"괴뢰 도당의 누군가가 대신 써 준 걸 읽고 있단 말야. 아마 지금쯤 조동호란 개놈은 뒈졌거나 아오지 탄광에 가 있고, 저 개소리는 미리 녹음해 둔 것일 거야."

"맞는 말도 있구먼 그래."

"무슨 쌍호랑말코 같은 반동분자 비스무리한 소리야."

스라소니는 개호주를 가만히 노려보았다. 개호주는 외면했지만 냉기류가 흘렀다.

잠시 목청을 가다듬은 조동호의 목소리가 메아리와 함께 다시 들려왔다.

"여러분, 남조선에서는 치열한 생존 경쟁에서 패배한 수많은 사람들이 절망에 허덕이며 스스로 목숨을 끊습니다. 또한 가난 때문에 남자 아이들은 열악한 노동 현장으로 스스로 끌려가 고생하다가 다치거나 죽습니다. 그리고 여자 애들은 가족을 살리기 위해 반강제적으로 눈물을 머금은 채 유흥업소로 들어가거나 폭력배들에게 납치돼 홍등가에서 처녀성을 유린당하고 타락의 암울한 늪에 빠져 미쳐 버리기도 합니다. 없는 사람들은 제 아무리 착실하게 살아보려 해도 점점 더 빈궁해지고, 권력과 부를 가진 자들은 허허 웃고 앉았어도 떼돈이 계속 불어납니다. 이것은 정상적인 세상이 아니라 지옥에서나 가능한 일이 아닐까요? 여러분, 그런데 이곳 인민공화국에서는 소박하면서도 절실한 지상 천국이 차츰 실현되고 있습니다. 정욕과 물욕의 노예가 아닌 순박한 사람들이 힘을 합쳐 공평한 세상을 만들려고 노력하고 있는 것입니다! 모두가 보리밥과 된장국을 먹더라도, 함께 희비애락을 나누면서 희망이 보이는 삶을 살아가면 누구도 굳이 비참한 자살을 택하지는 않을 것입니다! 여러분, 마지막으로 한 말씀 드리겠습니다. 제가 얼마 전까지만 해도 조국이라 생각했던 그곳에서는 고위급 부유층 자식들은 갖은 방법을 동원해 병역을 회피했지요. 나라를 하나의 개인 별장이나 도박판으로 여기는 게 아닐까요? 그리고 똑똑하다고 자부하는 대학생들은 카투사로 들어가 미군의 노예나 졸개 노릇을 하고 있는 실정입니다. 하지만 위대한 인민공화국에서는 탄생의 고고성을 울리는 순간부터 국가가 모든 것을 도맡아 줍니다. 어린이와 청소년은 모두가 조국의 미래이므로 저마다의 특기를 살려 완전 무료로 공평하게 교육시킨다고 합니다. 군대는 미국처럼 치사스레 돈벌러 가는 곳이나 남한처럼 마지못해 대충 떼우러 가는 데가 아니라, 조국 수호의 신성한 존재로서 우뚝 서는 것입니다! 여기는 제 아무리 잘났다고 하더라도 군대를 갔다 오지 않으면 반병신으로 취급돼 아가씨로부터도 콧방귀만을 받게 됩니다. 이런 정도인 만큼, 만약 여러분들이 진실을 깨닫고 미국의 추악함이 떠다니는 똥바다를 떠나 진정한 우리 조국으로 온다면 온 민족의 영웅으로 대접받는 기회가 주어질 것입니다. 아무런 억압이 없는 진달래꽃 핀 정겨운 황토 산천으로 오셔서 함께 지상 천국의 복을 누리게 되길 충심으로 바라며 이만 줄입니다!……"

잠시 후 선전 방송에 가려져 있던 고운 새소리가 되살아나기 시작했다. 낙엽이 져 스산한 바람결에 구르는 소리도 들려왔다.

"원 참, 진달래 진 지가 언젠데 호랭이 담배 피는 소릴 뇌까리고 있을까. 저 새낀 지금쯤 분명 황천객이 돼 지옥 주변을 떠돌고 있을 거야."

스라소니가 미간을 잔뜩 찌푸리며 씹어 뱉었다.

"어거지가 좀 심하구먼. 진달래는 북한의 나라꽃이기도 하지만, 무궁화처럼 우리 한민족 전체의 꿈과 설움을 담은 꽃이기도 하잖아. 북한 사람들이 무궁화를 보고 적대국의 꽃이라면서 발로 짓밟아 버릴까?"

"……"

스라소니는 말문이 막힌 채 개호주를 노려보기만 했다.

"한 마디로 하면…… 조동호나 너나 나나 같은 족속이란 말야. 우리를 나눠 놓기도 하고 지금처럼 한 곳에 가둬 놓기도 하는 철조망만 없다면……"

"쌍! 듣자듣자 하니까 못 지껄이는 소리가 없네. 난 저런 배신자 빨갱이 새끼나 너 같은 수박이 아니니까 혼동하지 마라."

"수박이나 청포도나 같은 과일이고, 사람 뱃속에 들어가면 어차피 똥이 되어 나올 뿐인데 뭘 그래? 도둑놈들이 따먹지 못하게 지키는 게 더 좋을걸."

"수박은 뭐고 포도는 뭐야? 무식한 놈 서글프게 만들지 말고 좀 쉽고 편하게 얘기해라."

청운이 긴장된 분위기를 풀기 위해 말했다.

"씨팔, 넌 그걸 몰라서 묻고 앉았냐? 겉은 푸르죽죽한데 막상 대갈통을 깨 놓고 보면 빨갱이가 들어앉아 있다는 얘기지."

스라소니가 표독스런 웃음을 흘리며 대꾸했다. 분위기는 반전될 기미가 전혀 없었다.

"호호, 수박이든 청포도든…… 결국엔 그 즙액을 빨아먹고 파리나 모기처럼 무서운 전염병을 퍼뜨려 생명을 죽이는지, 꿀벌처럼 벌꿀을 만들어 죽어 가는 생명을 살리는지 하는 게 더 중요하지 않을까?"

"이런 개빨갱이 새끼는 말로 해선 안 돼!"

갑자기 스라소니는 미친 듯 흥분해 개호주의 멱살을 잡아끌더니 주먹으로 면상을 마구 쳤다. 코피가 터져 붉은 피가 주르르 흘러내렸다. 스라소니 속에 숨겨져 있던 잔인성을 보는 듯해 청운은 심장이 떨렸다. 선감원에서 피를 볼 때까지 폭력을 휘두르던 그 잔인성이었다. 개호주는 반격을 시도했지만 좁은 구덩이 속이라 뜻대로 되지 않았다. 그래도 씩씩대며 엉겨 붙어 일단 스라소니의 무지막지한 주먹질만은 결사적으로 막았다. 둘은 마치 소싸움장의 두 마리 짐승처럼 푸른 뿔과 붉은 뿔을 서로 맞댄 채 씨근벌떡거렸다.

"뻘겅이 같은 새끼, 죽여 버리고 말겠다!"

"너처럼 무식한 퍼렁이는 살해되는 것보다 차라리 자살하는 게 대한민국에 도움이 돼. 우물 안 개구리보다 못한 맹꽁이 같으니!"

"개자식, 양다리 걸치는 첩자처럼 꼼수 쓰지 말고 차라리 북괴 품속으로 꺼져 버려!"

"그래, 맹꽁이 새끼…… 너놈 꼬라지 보기 싫어서라도 갈 테니까 걱정 말어!"

"가기 전에 죽이고 말겠다!"

두 놈은 으르렁거리며 다시 치고 박기 시작했다. 마치 우물 속 진흙탕의 개싸움 같았다.

'만일 적군이 이 꼴을 본다면 드르륵 갈겨 버릴까, 히히 비웃을까?'

청운은 고함이라도 치고 싶었으나 그저 속으로만 생각했다. 그러고는 두 투견 사이에 끼어들어 우선 지랄 발광을 하며 설치는 스라소니의 목을 꽉 껴안고 졸랐다.

"멈추지 않으면 죽여 버리겠어."

"너 이새끼, 미쳤니? 빨리 놔라!"

스라소니는 켁켁거리면서도 울분을 못 이겨 발악했다.

"그래, 함께 죽자구. 선감도를 잊기 위해서라도 그래야 할 것 같아."

청운은 나지막이 음울하게 속삭였다. 살의를 품고 씨근거리던 스라소니의 숨결과 힘줄이 서서히 풀려 갔다.

"알았으니…… 제발 좀 놔 줘…… 이제 그만하자……."

"뭘 그만해, 이 더러운 쥐벼룩 같은 새끼!"

궁지에서 벗어난 개호주가 피를 흘리며 달려드는 걸 청운은 등으로 막았다.

"제발 이러지들 마. 여기까지 와서 이 지랄 하려고 우리가 지옥산에서 그 생고생을 한 거야, 응? 다 죽고 우리만 남았는데 이런 개쌈이나 할 거냐구……."

두 녀석은 구덩이 벽에 등을 기댄 채 말없이 헐떡거리기만 했다. 개호주의 코에선 피가 계속 흐르고, 스라소니의 삽날에 다친 손가락도 상처가 터졌는지 감아 놓은 붕대가 점점 붉게 물들어 갔다.

'서로 의견이 좀 다르다고…… 그동안 생사를 함께한 동지애도 잊고…… 상대의 결점만 찢어진 생살처럼 드러내 마구 비난한다면…… 그 누군들 고름이 흐르는 썩은 흠집을 새살로 바꿀 수 있을까.'

청운은 그런 상념을 입 밖으로 표현하고 싶었지만 혼자 속으로 삭이며 한숨을 쉬었다.

'혈기 왕성한 동무들아, 우린 우리가 잘 모르는 자들이 갈라놓은 철조망 속에 갇혀 서로 싸워서는 한갓 꼭두각시가 될 뿐일 것만 같아. 그 많은 아이들이 지옥 훈련을 받다가 비참하게 죽어간 건…… 결국엔 동족 간의 싸움을 그치고 평화를 이루는 데 바쳐져야 하지 않을까? 우린 작은 씨앗이야. 윗동네에서 지옥 훈련을 받는 청소년들도 그렇고…… 우린 분단과 전쟁을 넘어 결국엔 민족 통일의 씨앗이 되어야…… 조그마한 생명의 의미라도 갖지 않을까 싶어.'

청운은 배낭에서 꺼낸 붕대로 그들의 코를 막아 주고 손가락을 싸매 주면서 생각했다.

어린 방랑자

●■▲

어둠이 내리자 그들은 비트에서 기어나와 다시 험한 산을 타기 시작했다.

길이 나지 않은 미지의 숲을 헤쳐 나가야 했기 때문에 많은 시간이 걸렸다. 목숨을 건 행군이기에 셋은 좀 전의 싸움 따윈 깡그리 잊고 정신을 집중해 허덕허덕 목표 지점으로 근접해 갔다.

그들의 임무는 정체가 명확하지 않은 북한 군사 시설물 등에 대한 정보 수집이었지만, 항공 사진엔 전혀 나타나지 않은 지하 시설이나 은폐된 천연 동굴에 대한 파악도 추가돼 있었기에 조금이라도 이상해 보이면 멈춰 살펴보곤 했다.

새벽녘에야 그들은 목표 지점이라고 짐작되는 산등성이에 도착했다. 잠시 숨을 돌리려는 찰나 가까이서 쾅쾅 포탄 터지는 듯한 소리가 울려왔다. 셋은 땅강아지처럼 납작 엎드렸다.

"괜찮아?"

"응."

"그럼 뭐지?"

청운은 좀 더 위쪽으로 기어 올라갔다. 별다른 이상이 없자 둘도 조심스레 따라왔다. 그 순간 다시 포탄 터지는 듯한 굉음이 울렸다. 땅속의 진동까지 느껴질 정도였다. 셋은 다시 낙엽 속에 머리를 박았다.

청운이 먼저 눈을 들어 산자락을 살폈다. 어슴푸레한 속에 뭔가 움직이는 것이 보였다. 서서 걷는 개미 같은……. 청운은 망원경을 꺼내 눈에 바짝 갖다댔다. 그것은 사람이었다. 벌레나 외계인 같기도 했지만 여명이 점점 밝아올수록 남한의 농촌이나 공사판에서 늘 보던 노동자와 별반 다르지 않은 존재들임을 알 수 있었다. 그들은 아마 산중턱 어딘가에 발파 작업을 하고 있는 모양이었다.

"뭘까?"

"혹시 땅굴을 파는 게 아닐까."

"멍청하긴…… 저기서 왜 땅굴을 파겠냐. 두더지 새끼들도 아니고 말야."

"땅굴을 꼭 서울 쪽으로만 파야 한다는 무슨 헌법이나 법률이 있냐? 핵실험을 하기 위한 기지를 짓고 있을 수도 있잖아."

"뭐? 그 정도로 대단해 보이진 않는데……."

"원래 큰 야망일수록 사소한 척 숨기는 법이지. 훤한 대낮 놔두고 왜 어스름 속에서 저러고 있을까 싶잖아?"

"뭔가 수상하니까 우릴 보냈겠지 뭐."

"그럼 어떡하지?"

셋은 소리를 죽여 속삭였다. 잠시 후 조장인 스라소니가 말했다.

"일단 청운이 넌 전경 스케치부터 해. 어차피 사진 촬영은 날이 밝을 때 좀 더 근접해서 해야 테니까, 우린 비트부터 파자."

"알았어."

청운은 배낭에서 카메라를 꺼내 목에 걸고 손엔 연필과 수첩을 든 채 큰 소나무 아래 자리를 잡았다. 그것은 어릴 때 엄마가 사서 예쁘게 깎아 주던 향나무 냄새 은은한 그 연필이 아니었다. 글자가 흐릿해질 때 침을 살짝 묻혀 쓰면 엄마의 속눈썹처럼 살짝 짙어지던 그 연필이 아니라 미국제 연필(고급 샤프펜슬)이었다.

처음에 청운은 '초등학교 교실에서 공부하는 것도 아니고 험악한 곳으로 가는데, 왜 좋은 필기구를 놔두고 굳이 약하고 부러지기 쉬운 연필 종류를 사용할까?' 하고 궁금했다. 교관은 '야전에선 단순한 게 가장 좋다. 연필은 보기보단 상당히 이지적이고 이성적이다. 차가운 북풍이 분다고 얼어붙지 않고 따스한 남풍이 분다고 풀어져 번지지도 않는다. 북극의 차가운 물속에 빠져도 얼지 않고, 뜨거운 사막에서도 말라 버리지 않는다. 즉, 악조건에서도 쓸 수가 있고 읽을 수도 있는 건 현재로선 연필이 최고다.'라고 설명했다.

청운은 샤프펜슬로 구도를 잡아 나갔다. 그 스케치는 멋진 풍경화나 수채화를 그리는 데 목적이 있는 게 아니라 군사적인 필요가 중요하기 때문에 명료한 선과 점을 사용해 사실적으로 그려 나갔다. 전문 화가는 아니지만 그래도 제법 묘사력이 괜찮았다.

그는 멀리 보이는 산마을 풍경도 그렸다. 아슴푸레한 대로 마치 어릴 때 잃어버린 고향이라도 회상하는 듯 정성을 들였다.

불현듯 호루라기 소리가 들려왔다. 청운은 급히 엎드린 채 동향을 살폈다. 흐릿하게 비치던 인공조명이 슥 꺼졌다. 폭파음도 드릴 소리도 더 이상 들리지 않았다.

사람 목소리는 원래부터 들려오지 않았으므로 이젠 찬바람에 휩쓸리는 낙엽 소리만 귓가를 스칠 뿐 적막강산이었다. 얼마 후엔 개미만한 사람들마저 어디론가 사라져 버리고 야릇한 정적만 감돌았다.

청운은 즉시 구덩이를 파고 있는 동료들에게로 갔다.

"왜?"

스라소니가 고개를 들고 물었다.

"사람들이 모두 어디론가 사라졌어. 무슨 일일까?"

"아침밥 먹으러 간 것 아닐까. 먹어야 일도 할 테니까."

개호주가 삽질을 계속하면서 말했다.

스라소니는 훌쩍 뛰어 구덩이 밖으로 올라섰다. 그리고 마치 사냥하려는 사자처럼 상체를 잔뜩 낮춘 채 청운을 앞서 나갔다. 잠시 후 그는 뱀처럼 배를 땅에 대곤 수풀 속을 기어 전망이 좋은 지점에 자리 잡았다. 스라소니는 숨도 쉬지 않고 산기슭 쪽을 내려다보았다.

"음, 비 내리기 전에 개미떼가 사라진 듯 조용하군. 단순히 밥 먹고 쉬러 간 걸까, 아니면 야간작업을 마치고 잠적한 걸까?"

"으스스하군. 하지만 어차피 밤에 촬영할 순 없으니까 지금 기회를 보는 게 좋을 것 같아."

청운이 대꾸했다.

"갈등 생기는군. 위장술법인지도 모르고……."

"어쨌든 빨리 선택해야 돼. 저들이 다시 나오면 최소한 저녁 때까진 기다려야 할 테니까."

"점심때도 있고 하니 좀 더 상황을 지켜보면서 경우의 수를 계산한 후에 땅거미가 내릴 무렵 선택하면 어떨까?"

"기회가 아까워서 그래. 우선 내가 한번 접근해 볼게."

"까딱 잘못해 발각되면 모두 죽어. 너무 근접하지 말고 슬쩍 정찰하곤 급히 돌아오라구."

"응, 알았어."

청운은 대꾸하곤 수풀 속을 기어 내려갔다. 새벽이슬이 목줄기에 닿아 선뜻한 느낌을 주었다. 아래쪽으로 내려갈수록 나무숲은 점점 옅어졌다. 청운은 큰 바위 뒤에 숨은 채 아래쪽을 찬찬히 살폈다.

'음, 여전히 쥐 죽은 듯 조용하군. 그런데 저건……?'

위쪽에선 보이지 않았지만 청운은 옆으로 슬쩍 에돌아 내려갔기 때문에 산기슭에 바짝 붙여 지은 바라크를 포착할 수가 있었다. 두 개의 장승 같은 것이 조금씩 움직이는 듯해 망원경으로 보았더니 총을 어깨에 건 두 명의 보초병이었다.

'저 바라크 안에서 지금 밥을 먹거나 쉬고 있겠군. 그런데 민간인들이 일하는 작업장에 군바리가 지킨다니…… 혹시 죄인들이 강제 노동을 하고 있는 상황은 아닐까? 그러고 보니 노동자들 중에서도 몇 명 외엔 다 괴로운 표정이었던 것 같아.'

청운은 상의 주머니에서 수첩과 샤프펜슬을 꺼내 스케치한 후 좀 더 비스듬히 내려가 보았다. 도대체 무슨 공사를 하고 있는지 조금이라도 보이길 바라면서. 하지만 황토가 드러난 작업장 터엔 목재와 돌더미만 쌓여 있을 뿐이었다. 작업 목표와 진행 상황을 보려면 더 내려가야 했지만 아래쪽엔 벌목이 돼 버려 몸을 숨길 데가 없었다.

청운은 수동 카메라로 몇 장면을 찍곤 곧 미련 없이 발길을 돌렸다. 혼자서 너무 지체해서는 안 되겠다는 자각이 들었기 때문이었다.

"어때?"

스라소니가 물었다.

"보초가 지키고 있어. 최소한 두 명. 설령 노동자들이 아침까지 안 나오더라도 그들이 문제야."

"그럼 저녁때까지 기다릴 필요도 없는 것 아냐?"

개호주가 반문했다.

"아마 비슷한 상황이겠지."

"흠, 어떡하지. 조금 있으면 해가 떠올라 버릴 텐데……. 과연 저 여명의 빛이 좋을까, 아니면 나중에 석양빛을 이용하는 게 더 나을까?"

스라소니가 심란한 표정으로 중얼거렸다.

적진 침투 때 가능하면 보초가 교대할 무렵의 어스름 녘을 이용하는 건, 착시 현상으로 인한 일시적인 눈의 혼돈 때문이란 조교의 가르침이 있었지만 지금은 그런 상황도 아니었다.

스라소니는 미간을 잔뜩 찌푸린 채 손가락 관절을 하나씩 눌러 딱딱 소리를 연이어 내더니, 다른 사람이 의견을 밝히기도 전에 스스로 말을 꺼냈다.

"어차피 우린 내일 자정에 아군과 접선하기로 돼 있으니 여기서 하루를 지내며 상황을 확실히 살피자. 괜히 서둘렀다가 참변이라도 당하면 무척 후회될 테니까."

별다른 대안이 없었기 때문에 그러기로 했다. 셋은 비트 속에 은신한 채 어떤 방법이 적절할지 의논을 하는 한편 수시로 한 명씩 교대로 나가 아래쪽의 상황이 어떻게 변하는지 망을 보았다.

청운은 다시 아까 그 바위 뒤에 엎드려 전경을 살폈다. 그러다가 심심하면 이름 모를 하얀 풀꽃을 스케치하기도 했다. 먼 산등성이 위로 아침 해가 서서히 떠오르며 산야에 빛을 뿌리기 시작했다.

'같은 것이라도 상황에 따라 다르게 느껴진다더만 햇빛도 그렇군. 어쩐지 군사분계선의 남쪽과는 다른 느낌이야. 여기가 조선민주주의인민공화국 땅이라서 그런가? 조선이란 '아침의 신선한 빛'이라고 검정고시 책인가 어디서 본 것 같은데…… 그리고 한국도 사실은 '환한 하나의 나라'라는 뜻이라던데…….'

그때였다. 보이지 않는 곳으로부터 일꾼들이 몰려나와서 다시 작업에 착수하고 있었다. 좀 더 지켜보던 청운은 급히 아지트로 되돌아갔다.

"어때?"

"다시 일개미들이 나오고 있어."

"잠도 안 자고 작업만 한다구? 그럼 혹시 여긴 강제노동수용소일까?"

스라소니가 생각에 잠겨 중얼거렸다.

"교대로 일할 수도 있지 뭘."

개호주가 대꾸했다.

"그런 기미가 없었잖아."

"하나의 바라크 속에서 작업조와 휴식조가 계속 돌고 돌 수도 있겠지."

"그럼 강제 노동하는 것을 보고 오라고 우릴 보냈다는 거야? 씨팔!"

"흐흐, 노동의 목적이 중요하겠지."

"씨팔! 그걸 알아내기 위해 이 고생을 하고 있는 거잖아."

스라소니가 씹어뱉었다.

"그래, 니 말대로 기회를 최대한 살려 대가릴 굴려 보다가 저녁노을이 질 무렵에 결행하자구. 하지만 다른 방법도 없진 않지."

"그게 뭔데?"

"눈높이를 현실에 맞추고 대충 가능한 장면만 찍어 가는 거야. 우리가 무슨 대단히 위대한 일을 한답시구 굳이 위험을 무릅쓸 필요가 있을까?"

"그래도 임무는 임문데…… 어떡해서라도 목표 장면을 찍어 가야지."

청운이 한마디 했다.

"그렇다면 평범한 방식으론 안 돼. 양동작전이라도 펼쳐야 작은 가능성이나마 있을 거야."

개호주가 속삭였다.

"양동작전?"

스라소니가 반문했다.

"그래. 한 방향으로만 내려가는 건 오히려 더 위험해. 그러니 세 방향에서 접근해 경우의 수를 늘리자는 얘기지. 희생양이 필요할지도 몰라."

"뭐?"

"놀라긴……."

개호주는 스라소니의 눈을 가만히 노려보았다.

"쓸데없는 개소리 말고 구체적으로 얘기해!"

스라소니가 다그쳤다.

"희생양이라고 꼭 죽는다는 법은 없으니까 편하게 들어 봐."

"됐어. 어차피 목숨 걸고 올라왔는데 뭔 사설이 그리 길어. 그래서?"

"흠, 교관님께서도 우리 셋이 일심동체가 되어 하나의 임무를 완수하면 성공이라 하셨지. 호호, 그러니 나라고 하는 이기적인 존재를 버리고 조국을 위해……."

"야, 지겨운 개소리 그만 지껄이고 제발 요점만 말해."

"음, 죽을지도 모르는데 서둘 필욘 없잖아. 우선 목표 지점을 향해 곧장 내려가려고 애쓰기보단 좌우로 슬쩍 돌아 멀찍이서 양 날개를 편 형국으로 두 사람이 각각 접근하는 거야. 그리고 나머지 한 사람은 산을 저쪽으로 쭉 에돌아가 다시 목표물을 향해 접근하되, 만일 발각될 경우엔 숨기보다는 오히려 천천히 걸어 내려가서 항복하는 척 저들의 주목을 끌고 시간을 지체시켜야 해. 미친놈처럼 요란스럽게 쇼를 해야 한단 말이야."

"누가 그 배역을 맡아?"

스라소니가 개호주의 눈을 쳐다보며 물었다.

"어차피 위험은 비슷해. 또 우린 운명 공동체고……. 자원을 하든 제비를 뽑든 정해야겠지."

개호주는 빙긋 웃으며 대꾸했다.

"그럼 제안을 한 네가 맡으면 어때? 적격일 것 같은데……."

개호주는 입을 꾹 다문 채 침묵을 지켰다.

위험은 비슷하다지만, 그 역할을 맡았다가 만일 적의 수중에 잡히는 몸이 된다면 그의 삶은 큰 위기에 처하게 될 터였다. 인민무력부의 정보기관이나 정치보위부에 끌려가 극심한 고문을 받다가 죽을 수도 있었다. 설령 반병신이 돼 살아남는다 하더라도 아오지 강제 수용소에 갇혀 신음하며, 평생 남쪽의 조국과 아지랑이 피는 고향으로 돌아가지 못할 것이었다. 그러므로 교육훈련 시간에 교관은 애써 강조했는지도 모른다.

'적의 포로가 되는 순간 여러분은 하나의 인간이 아니라 동물보다 못한 취급을 당하게 됨을 명심하라. 그들 자신이 야수보다 더 잔혹하다. 달콤한 꾐수에 빠져 넘어가고 싶겠지만, 그 흡혈귀들은 여러분의 뇌수에서 정보를 빨아먹은 다음에 작두로 온몸을 썰어 버린다. 빨갱이 야수들은 누구든 배반자를 가장 증오하기 때문이다. 그렇기에 일단 유사시엔 지체 없이 독약 앰풀을 깨물고 동백꽃처럼 붉은 단심을 품은 채 산화하는 것이 최선의 선택이다.'

아무도 말이 없었다. 생명을 건 선택의 문에서 벗어나기가 힘든 모양이었다.

"그럼 제비뽑길 하지. 아냐, 그냥 가위바위보로 정하면 되겠네."

청운이 입을 열었다. 그러자 개호주가 말했다.

"아냐, 역시 먼저 제안한 내가 미치광이 배우 역을 맡는 게 낫겠어. 하지만 상황에 따라서는…… 양 날개를 맡은 너희들 중에서 누가 나서야 할 수도 있어. 내가 꼬리 부분이지만 만일의 경우엔 휙 돌아서 부리가 되어 목표물을 찍을 수도 있단 말이지. 아무튼 상황을 끝까지 주시하되, 불가피하게 위장 할복을 해야만 할 땐 우선 카메라 같은 건 풀숲에 던져 숨겨 버려야 해."

"물론 그래야겠지."

스라소니가 진지한 어조로 동의했다.

"점심때까지 내가 망보고 있을 테니까 먼저들 좀 자둬."

청운은 말한 후 아지트를 벗어나 바위틈에 엎드렸다. 머리 위에서 이름 모를 새들이 청아한 목청으로 인간세를 비웃는 듯 지저귀었다.

산중이라 땅거미가 일찍 내렸다. 서녘 하늘엔 노을이 붉게 물들어 있었다.

세 사람은 마지막으로 남은 음식을 먹고 난 후 꼭 필요한 물건만 챙겨 지니곤 비트 밖으로 나섰다. 그러고는 수풀 속에 바짝 엎드렸다.

노동자들은 여전히 꾸물꾸물 일개미처럼 움직이며 작업을 하고 있었다.

"쓰벌, 한 시간 내로 임무를 마쳐야만 자정까지 약속된 접선 장소에 도착할 수 있을 텐데……. 접선 시간을 못 지키면 우린 대동강 오리알 신세가 되는 거야. 며칠 후 겨우 살아 돌아간다 하더라도 이중 스파이 혐의를 받게 되니까 서둘러야 해. 저 석양빛이 조금이라도 남아 있을 때 사진을 찍지 못하면 말짱 꽝이잖냐 말야."

스라소니가 성마른 목소리로 씨부렁거렸다.

"일단 흩어져 각자의 목표 지점으로 한 발짝이라도 더 가까이 가서 기다리자구."

개호주가 제안했다.

"그게 낫겠군. 그럼……."

셋은 손을 포개 잡고 눈빛을 한번 교환한 뒤 급히 움직여 나갔다.

스라소니는 왼쪽 산기슭을 향해 내려가고 청운과 개호주는 오른쪽으로 에돌아 내렸다. 중턱쯤에서 헤어질 때 개호주가 청운의 어깨를 슬쩍 두드리곤 미소 지었다.

"잘 가. 다시 볼 수 있으려나……."

"무슨 소리야. 사진 한 장만 찍고 올 텐데. 절대로 먼저 내려가서 그 미치광이 역할을 하지 마. 살면 같이 살고 죽을 땐 같이 죽으면 되지 뭘."

청운이 싱긋 웃으며 개호주의 미소에 대답을 했다.

"알았어. 그럼……."

"좀 있다 봐."

청운은 수풀을 헤치며 길도 없는 산을 타내렸다. 바로 그때 호루라기 소리가 산새들의 지저귐을 중단시키며 날카롭게 울려 퍼졌다.

청운은 깜짝 놀라 멈춰 섰다. 상체를 웅크린 채 아래쪽을 살폈다.

노동자 무리가 하던 일을 놓더니 차츰 사라져 갔다. 아마도 일부만 보이는 목조 바라크 안으로 들어가는 모양이었다. 보초병 두 명은 계속 남아 있었다.

'빛이 사라져 버리면 사진을 아무리 잘 찍더라도 아무 소용이 없어. 암실에서 빛의 소망을 건져낼 수가 없다구. 빨리 가자!'

청운은 속으로 중얼거렸다. 하지만 총을 든 보초의 눈치를 살펴야 하기에 마음만 다급할 뿐 그의 동작은 생쥐만큼 조심스럽기만 했다. 청운은 기회를 보아 한 발짝씩 기어 내렸다. 초조한 표정으로 빛이 점차 사라지는 하늘을 쳐다보곤 했다.

'아, 흉한 도깨비굴보다 저 고운 노을을 찍을 수 있다면 얼마나 좋을까! 나라가 동강나는 바람에 우린 무엇을 보든 뭣을 하든 늘 반토막 앞에 멈춰 서서 이리도 안타까워해야만 하는가? 도대체 쟤들은 나무로 만든 인형인지, 쇠토막으로 만든 로봇인지 모르겠군. 일 분 동안만이라도 노을을 쳐다보며 시간을 잊으면 좋으련만……'

청운은 불만스러운 듯 중얼거렸다.

그때 바라크 쪽에서 한 명의 노동자가 나오더니 보초들에게로 다가갔다. 들리진 않았으나 그들은 무슨 얘길 나누고 있었다.

청운은 그 틈을 타고 급히 아래로 미끄러져 내려가 쌓아 둔 통나무 더미 밑에 엎드렸다. 바라크의 전면이 바로 보였다. 벌집이나 개미굴처럼 사람들이 우글우글했다.

목표인 작업장 자체는 아직 반쯤밖에 보이지 않았다. 바위

투성이의 산기슭에 동굴을 뚫어 어떤 구조물을 짓는 모양이었다.

청운은 카메라를 들고 렌즈를 피사체에 맞추기 시작했다. 초조감 때문에 손이 덜덜 떨렸다.

'사진을 찍을 땐 아무리 급해도 서둘러선 안 된다. 급할수록 돌아서 가라는 속담을 명심하라. 잘못 찍힌 사진은 혼란만 줄 뿐이다. 무심한 심정으로 오직 카메라와 일심동체가 되어 피사체의 실상에 접근해서 셔터를 누를 때 가치 있는 한 장면이 사실대로 포착되는 것이다.'

문득 촬영 전문 조교의 말이 떠올랐다. 그는 심호흡을 해 진정하려고 애쓰며 셔터를 눌렀다.

'어쨌든 이제 됐어. 여기서 빠져나가기만 하면 돼. 흐흐……스라소니도 나름대로 뭔가 잘 찍고 있겠지. 조용한 걸 보니 개호주 녀석도 별일 없는 모양이구 말야.'

그때 목조 바라크 입구에서 다시 일꾼들이 나오기 시작했다.

청운은 그 장면까지 찍은 다음 카메라를 급히 배낭 속에 넣은 후 산 쪽으로 한 발짝 뛰었다. 그 순간 발치에 뭔가 걸리더니 갑자기 통나무 하나가 빠져나와 굴렀다. 이어 통나무는 제 몸을 톱으로 자른 인간이란 괴존재를 고발이라도 하려는 듯 우르르 소리를 내며 잇달아 굴러 내렸다.

보초병과 일꾼들의 눈이 이쪽으로 향하고 있었다. 청운은 털가죽의 일부가 벗겨진 산토끼처럼 절망을 느끼며 파르르 떨었다. 산의 수풀은 너무 멀어 보이고 뒷걸음질 쳐 웅크리기엔 이미 늦었다.

'죽음과 삶 사이에 놓인 명도천을 건너는 느낌이군.'

청운은 신음처럼 중얼거렸다.

그때 저 멀리서 손뼉 치는 소리와 함께 별안간 각설이 타령이 들려왔다.

작년에 왔던 각설이

죽지도 않고 또 왔네

아리랑 고개를 넘어 님 찾아왔네……

사람들의 눈이 일순 그쪽으로 집중되었다. 개호주가 유인 전술을 쓰고 있는 모양이었다. 아마 망원경으로 상황을 주시하다가 청운의 위기를 간파하곤 급히 나섰을 터였다.

청운은 그 틈을 노려 상체를 잔뜩 숙인 채 산기슭을 기어올라 수풀 속으로 몸을 숨겼다. 심장이 벌떡벌떡 뛰었다. 청운은 심호흡을 하며 아래쪽을 내려다보았다. 보초 하나와 대부분의 일꾼들은 괴상스런 소리가 나는 쪽으로 걸어가고, 다른 보초 하나가 총을 든 채 몇 사람을 데리고 통나무 더미 쪽으로 다가왔다. 개호주가 사람들에게 둘러싸이는 광경을 보던 청운은 곧장 산을 타올랐다. 착잡한 심정을 삭이기가 힘들었다. 개호주의 앞날은 과연 어찌 될는지 걱정스러웠다.

산 중턱을 오르는데 부엉이 소리가 났다. 청운은 그쪽을 향해 갔다. 스라소니가 먼저 와서 기다리고 있었다.

"좀 찍었냐?"

"별로."

"난 한 컷 하긴 했는데 어스름해서 어떨지 모르겠다."

"개호주는 어떻게 될까?"

"너무 걱정하지 마. 어차피 지 갈 데로 간 것일 테니까."

"뭐?"

"그 자식, 겉은 푸르딩딩해도 속엔 빨갱이가 들어앉은 수박 같은 놈이라니까. 이번 기회를 이용해서 북괴에 귀순한 게 분명해."

스라소니가 냉정하게 내뱉었다.

"뭔 소리야? 전방 지대도 아닌 이런 곳에서 귀순한다고 하면 믿어 줄 것 같아? 고문을 당해 죽고 말 거야."

청운이 반발했다.

"얌마, 개소린 그만두고 어서 이곳을 벗어나자. 아마 그놈은 우리와 함께 북파됐다가 자기만 귀순했다고 뻥을 깔 게 분명해."

"좀 다혈질이긴 해도 그럴 성격은 아냐."

"아무튼 경계령이 내리기 전에 이곳에서 조금이라도 더 멀리 가야만 해. 빨리!"

스라소니는 먼저 발을 옮기며 재촉했다. 청운은 몇 번이나 뒤돌아보면서 떨어지지 않는 걸음을 떼었다.

삼팔선

●■▲

어둠이 점점 짙어졌다.

깊은 산중 어디선가 늑대와 여우의 울음소리가 들려오기도 했다. 먼 곳인 듯싶기도 하다가 문득 가까운 데서 짖어대는 것이었다. 하지만 그들은 그걸 두려워하진 않았다. 만약 눈앞에 나타나면 잡아서 구워 먹고 싶을 만큼 배가 고플 따름이었다.

둘은 쉬지 않고 걸었다. 아군 안내조와 약속된 시간에 맞춰야 하기도 했지만, 스라소니는 지나치게 서두르고 있었다. 그는 개호주가 귀순하여 북파 정보를 흘렸을 게 분명하기 때문에 이미 북한군 수색대가 추격해 오고 있으리라 믿었다. 청운은 그 정도로 각박한 심정은 아니었지만 추격 가능성은 충분하다고 생각하며 발길을 재촉했다.

"스라소니 형, 죽을까 봐 잔뜩 겁먹은 모양이네. 죽는 것보다 잔혹한 폭력이 더 두려울 수도 있는데……. 그래서 어린 아이들이 스스로 제 목숨을 끊기도 했잖아, 선감원에서 말야."

"개소리 집어치워! 그딴 소릴 왜 여기서 해? 그리고 임마, 말을 하려면 니 생각대로 내뱉지 말고 사실대로 똑바로 하라구!"

"뭘 그리 화를 내고 그래?"

"니가 지금 화를 돋구잖아, 임마! 내가 죽는 게 무서워서 서두른다구? 인생의 풋내기 같은 자식, 만일 여기서 우리가 붙잡히거나 죽는다면 너와 나뿐만 아니라 우리 국가의 미래도 무의미해져 버리는 거야. 난 내 목숨이 아니라 이 카메라 속의 사진 때문에 생존 귀환해야만 해!"

"대체 국가란 뭘까?"

"새끼, 돌았냐? 국가는 그냥 국가고 우리 대한민국일 뿐이지, 뭔 딴 국가가 있겠어."

"형, 하지만 국가도 사람이 만들어서 사람이 움직이는 것 아니야?"

"당연한 소릴 하고 자빠졌네."

"좋은 나라도 있고 나쁜 나라도 있을 것 아냐?"

"그래서…… 나쁜 나라는 뒤집어엎어서 새로 만들어야 한다는 얘기냐, 응?"

"아니, 뭐……."

"야, 사람이나 동물이나 모두 장단점이 있지 않냐. 너도 그렇고 나도 마찬가지고. 그건 자연스러운 특성이라고 봐. 돼지를 개로 바꿀 수 없듯 너를 나로 만들 수도 없어. 단점을 장점으로 싹 바꾸면 좋겠지만 그건 살아 펄떡거리는 고등어를 반 토막으로 자르는 것이나 같지 않을까 싶어. 단점뿐만 아니라 장점까지도 그 생명과 함께 모두 잃어버리는 꼴이란 말야. 하나의 국가도 마찬가지라고 봐. 수많은 국민이 모여 함께 사는 나라를 우파와 좌파가 지들 욕심대로 바꾸려 한다면 결국 망해 버릴 테니까.”

“바꿀 수 있는 건 하나씩 바꾸는 게 옳아. 난 한꺼번에 뒤집어엎는 혁명이나 쿠데타를 하자고 주장하진 않았으니 오해하진 말라구. 몸을 칼로 싹둑 잘라내 버리자는 게 아니라, 나쁜 종기를 수술해 약을 바르거나 침술이나 뜸을 활용하면 썩은 살이 사라지고 새살이 차오른다는 얘기일 뿐이야.”

“어디서 얻어 들은 소릴 앵무새처럼 뇌까리고 앉았네. 말은 제법 그럴듯하지만…… 현실에서는 전혀 씨알이 먹히지 않는다니까 자꾸 우기는군. 얌마, 저 산새가 졸다가 지저귀고, 폭포수가 떨어져 내려 저렇게 흘러 내려가고, 사자가 사슴을 잡아먹듯이…… 우린 그냥 살아가면 되는 거야. 너가 애쓰지 않더라도 언젠가 바뀔 건 자연히 바뀌게 되어 있걸랑.”

스라소니가 발걸음을 재촉하면서 빈정거렸다.

“호호, 그래서 선감도에서 그런 짓을 했던 거야? 어린 애가 웃는다고 구정물이 가득 찬 드럼통 속에 집어넣어 놓고……

허푸허푸 버둥거리며 머릴 내밀 때마다…… 몽둥이로 그 대가리를 두드려 패서 피범벅으로 만들었냔 말야?"

청운은 옛 추억 속에 떠오른 일곱 살짜리 어린 아이의 피투성이 얼굴과 그 후의 정신병 그리고 비참한 죽음을 생각하면서 치를 떨었다.

"넌 잘 모를 거야. 그곳에도 온갖 종류 잡동사니들의 삶이 있었고, 그들을 통제하기 위해서는 규율이 필요했어. 군대나 선감학원 같은 특수한 곳에선 건전한 대다수를 위해 몇몇 불량배 따윈 처벌할 수가 있다구. 너도 나도 다 피해자지만 욕만 할 수도 없는 거야."

"그건 살인이었어."

"미친 소리 작작 해! 어떤 특별한 상황에서 정해진 규칙은 준수되어야만 해. 나도 좋아서 그런 것만은 아니야. 꼴통 새끼들을 제대로 다루지 못하면 내가 몇 배나 더 얻어터지니깐 말야."

"왕거미란 자는 찢어 죽이고 싶어."

청운은 이를 으드득 갈며 씹어 뱉었다.

"옛날 일에 흥분하면 뭣 하겠냐. 깨끗이 잊고 앞으로 잘 살아볼 생각이나 하자구."

스라소니가 달래듯 말했다.

"평생 못 잊을 거야."

"그럼 한 시간 동안만 휴전협정을 맺고…… 어서 빨리 우리

땅까지 귀환한 후에 가서 보자구. 적군의 추격이 점점 가까워져 오는 기분이야."

스라소니는 불안감과 신경질이 뒤섞인 목소리로 다그쳤다. 그는 사냥감을 물고 자기 굴로 돌아가는 스라소니 같지가 않고 허둥대는 쥐새끼처럼 보였다. 하지만 그는 여전히 자기의 직감을 믿고 있었다. 길은 자꾸 어긋나 가파른 절벽이나 위험한 계곡으로 들어서 주춤거렸지만, 그는 나침반이 고장난 모양이라고 우기면서 계속 걸어 나갔다.

'참으로 제멋대로군. 어쨌든 선감학원에서 반장까지 지낸 선배님이시라 조금쯤은 믿는 구석이 있었건만 알고 보니 완전 깡통이로군.'

청운은 속으로 비웃으면서도 어디까지 어떻게 가는지 한번 보자는 심정으로 묵묵히 따라 걸었다. 그리고 사실 컴컴한 어둠 속에서 어디가 어딘지 분간하기 어려운 건 누구나 마찬가지였다. 그래도 자기만의 육감이나 신념 또는 생각에 따르기보다 잠시 멈춰 나침반을 보며 서로 의견을 나눴다면 더 나은 길로 가지 않았을까?

그들이 밤길을 헤맨 끝에 이윽고 북쪽의 철책선 앞에 닿았을 땐 예상보다 시간이 많이 지나 있었다.

"임마, 결국엔 여기까지 잘 왔잖아. 이제 삼팔선만 넘으면 우린 성공하는 거야. 하하핫……."

스라소니가 속삭였다.

"이제부터가 더 문제야. 오히려 더 위험할 수 있다는 걸 알면서 그래."

"그래도 눈앞에 조국이 보이잖아, 임마."

청운은 대꾸 없이 힘겹게 내려온 북녘 길을 되돌아보았다. 그리고 다시 눈길을 돌려 앞으로 거쳐 내야 할 먼 험로를 바라보았다. 아득한 어둠만이 보일 뿐이었다. 우선 이 철조망을 통과해 기나긴 비무장지대를 지나야만 한다. 살아 돌아가야 할 책임의 무게가, 침투할 당시의 죽음을 각오하며 견뎌내던 그 아득한 무게보다 더 육중해진 느낌이었다.

청운은 배낭에서 특수 절단기를 꺼내 굳은 철조망을 자르기 시작했다. 올 때 뚫어 놓은 구멍이 어느 지점쯤에 있는지 찾기도 어려웠겠지만 만일의 경우를 대비해 일부러 방향을 멀찍이 바꾼 셈이었다. 그동안만큼은 담력이 더 강한 스라소니가 오히려 초조해하고 있었다. 청운은 처음엔 좀 떨었지만 작업을 시작한 후엔 정신이 집중된 탓인지 의외로 대담해진 모습이었다. 억지로 특이한 체험을 찾아다니진 않지만, 주어진 체험은 제대로 겪어내야만 조금이나마 성장할 수 있다고 그는 어린 거지가 된 이래로 늘 생각했던 것이다.

"됐어. 형, 빨리 나가."

"응."

스라소니는 배낭을 벗어 철조망 너머로 던지곤 몸을 잔뜩 움츠려 조심스레 기어 넘어갔다. 청운도 뒤따랐다.

이제 그들은 철조망에 갇힌 신세가 되었다. 철조망을 넘어 왔으되 철조망에 갇힌 신세……. 군사분계선을 기준점으로 해 남과 북으로 각각 2킬로미터씩 총 4킬로미터에 달하는 드넓은 비무장지대 속엔 사람 손을 타지 않은 희귀한 동식물들이 살고 있지만, 수많은 지뢰가 여기저기 묻혀 있어 자연의 생명이 기를 펴지 못한 채 늘 살육의 긴장만 감돌았다. 그건 한국인의 마음속에 그어진 선이며 위기감이기도 했다. 일상생활 속에서도 수시로 심장을 반토막 내고 뇌수의 흐름을 분열시키는…….

"가자! 덤벙대지 말고 잘 따라와."

스라소니가 말하곤 앞장을 섰다.

"형, 괜찮겠어? 내가 앞에 갈까?"

청운이 대꾸했다.

"짜식, 너에게 앞길을 맡기느니 차라리 내 인생 내가 책임지겠다. 지금부터 내 발짝을 잘 보고서 내 다리가 무사할 때만 걸음을 옮겨."

"너무 비장한 느낌이군."

"임마, 조장 말씀이니까 잘 새겨두라구."

그들은 후래시를 꺼내 들었지만 아직 켜진 않은 채 어둠속을 천천히 헤쳐 나갔다. 멀리서 두견새 울음소리가 들려왔다. 두 청소년은 과거와 미래를 잊은 듯 긴장된 모습으로 한 발짝 한 발짝 어둠을 통과해 내고 있었다.

저 멀리 아군 초소의 불빛이 아득하게 보였다. 별빛이나 반딧불 같기도 했다.

"만약 통일이 되면 이곳은 어떻게 될까?"

문득 스라소니가 물었다.

"공장이나 농장이 들어서지 않을까……."

청운은 후래시로 땅바닥을 비추며 무심코 대답했다.

"아냐, 민족 기념 공원을 만들었으면 좋겠어. 통일탑을 하나 세워서 그곳에 우리 이름뿐만 아니라 죽어간 무명 동료들의 외로운 이름도 새겨 넣고 말야."

"형, 헛소리 말고 앞길이나 잘 봐."

"호호…… 넌 지뢰가 겁나니? 난 한창 스릴을 즐기고 있는 걸. 이건 정말 계집애와 섹스하는 맛하곤 비교할 수가 없어."

"개소리…… 이건 형이 남한테 잘 하던 욕인데…… 지금 내가 하고 싶군."

"아냐, 나를 버리게 되니까 너무 평온해. 물론 반강제적이긴 하지만 일단 나를 벗어나 보니, 쪼잔했던 작은 내가 무척 치졸하고 불쌍해 보여. 그런 갑갑한 틀 속에 갇혀 어찌 살았나 싶을 정도야. 앞으로는 나를 잊어버리고 조국과 민족을 위해 살아야겠어. 자, 힘내. 태극기를 떠올려 보며 신념을 가지라구."

바로 그 순간이었다. 폭음과 함께 스라소니의 몸이 중심을 잃곤 풀썩 쓰러졌다. 청운은 본능적으로 납작 엎드렸다. 몇 발짝 앞에서 스라소니의 신음 소리가 들려왔다. 죽어가는 동물의 절규와도 같은 소리였다.

청운은 급히 그쪽으로 기어갔다. 왼쪽 무릎께가 시큰거렸지만 별로 신경 쓰지 않았다.

"형, 괜찮아?"

대답은 없고 고통에 겨운 발악뿐이었다. 청운은 손전등을 켜 비춰 보았다. 스라소니의 이마에서 흘러내리는 피가 얼굴 전체를 덮어 무슨 흡혈 귀신처럼 보였다.

"형, 정신 좀 차려 봐. 이대로 죽을래?"

청운이 재우쳤으나 스라소니는 이빨을 앙다문 채 겨우 고통을 씹어 삼키고 있는 성싶었다.

청운은 손전등을 그의 하체 쪽으로 비춰 보았다. 다리 전체가 피투성이였다. 그리고 검붉은 피가 계속 흘러나와 마른 땅을 적시고 있었다. 지뢰를 밟아 한쪽 다리는 무릎 밑에서 사라져 버렸고 다른 쪽 다리도 파편에 맞았는지 반쯤 부러진 상태였다. 청운은 배낭에서 압박 붕대를 꺼내 허벅지에 감으면서 속삭였다.

"형, 조금만 참아. 살아서 조국으로 돌아가야만 되잖아. 이제 얼마 남지 않았어."

스라소니의 신음 소리가 갑자기 뚝 그쳤다. 문득 그가 말했다.

"너의 증오심으로 나를 죽이고 싶잖니? 지금 죽여 줘."

"무슨 소리야?"

"너무 괴로워서 그러니…… 끝내 달라구."

"선감도에서 저지른 악행 때문에 고통 받다가 죽어간 애들을 생각하면 좀 견디기 쉬울지도 몰라."

"뭐? 개자식! 그러니까 빨리 죽이면 그 애들의 복수가 될 것 아냐……."

스라소니는 이빨을 바득바득 갈며 씩씩거렸다.

"아냐, 천천히 처절히 고통 받으며 참회해야만 그 애들의 원한이 조금쯤 풀릴지 몰라. 내가 지금 형을 죽이면 그 애들의 원혼이 도리어 나를 욕할 수도 있어."

"악마 같은 놈!"

"그래, 이제 내가 형을 저 지옥 속으로 데려갈 거야. 악행을 저지르고도 참회하지 않고 뻔뻔스레 살다가…… 죽으면 흙 속에서 쾌락도 고통도 전혀 모르는 백골이 된다는 놈들을 위해…… 신께서 바로 이 땅에 특설 지옥을 만드셨는지도 모르지."

"개새끼, 넌 그럼 천당으로 가나?"

"나도 함께 그곳으로 가니까 걱정 마. 자, 어서 업혀."

"집어치워! 너야말로 정신 차리고 임무를 수행해! 지금부터 조장으로서 명령한다……. 빨리 너 혼자 내려가라!"

"그럴 순 없어. 빨리 내 등에 상체부터 기대어 봐. 업히기만 하면 곧장 내려갈 수 있어."

"아냐, 난 이미 병신이 돼 버렸어. 눈 한쪽이 터지고 다리도 없는 몸이야. 그러니 너라도 어서 가."

"형을 남겨둔 채 나 혼자 갈 순 없어."

"우리가 함께 가면…… 지뢰를 밟을 위험이 두 배 이상 늘어난다. 그리고…… 약속 시간에 도착하지 못하기 때문에…… 또 다른 위험 속에 놓이게 된다."

스라소니는 헐떡거리다가 겨우 말을 이었다.

"이런 상황에서 만약 입장이 바뀌었다면…… 난 아마 너를 즉시 죽이고 갔을 거야. 왜냐하면…… 목표가 더 중요하니까. 우리가 임무를 완수하지 못하면…… 함께 훈련받다가 죽어간 그 수많은 동료들에게 죄를 짓는 거야. 그러니 어서 너 혼자 떠나라."

"안 돼. 그럴 수 없어."

청운은 무릎을 꿇은 채 스라소니의 오른팔을 잡아 자신의 어깨 위로 두른 후 천천히 일어섰다. 그러면서 반항하는 그를 추슬러 겨우 등에 업었다.

"동정하지 말고 그냥 제발 목숨을 끊어 줘. 난 이미 인간이 아니라 넝마 같은 꼴이야."

"말 잘했군. 내가 옛날에 넝마주이를 한 적이 있는데, 인간 넝마를 한번 주워 가볼까? 고물상에 넘기면 몇 푼이나 받을는지 모르지만……."

"개새끼!"

청운은 더 이상 대꾸하지 않고 발을 옮겼다. 갑자기 무릎 속에 강렬한 통증이 엉겨들었다. 지뢰의 파편이라도 맞은 모양이었다. 그래도 청운은 묵묵히 계속 움직여 나갔다. 한 발짝 비틀거릴 때마다 하늘과 땅이 뒤집어지는 느낌이었다.

'왜 이런 멍청한 짓을 하고 있는 걸까? 버리고 가라기에 이렇게 짊어지고 가는 것이지, 만일 살려 달라고 애걸복걸했다면 그냥 놔두고 갔을 거야. 내 심사도 참 고약하긴 하군. 진심은 과연 뭘까? 나도 곧 쓰러져 죽겠는데 왜 이런 애물단지 넝마를 업고 가는 거지? 선감도에서 겪은 일을 생각하면…… 이자의 남은 한쪽 눈알도 파내고 팔다리를 자근자근 밟고 싶은데…… 왜?'

등에 진 넝마가 점점 무거워졌다. 피가 계속 흘러 손을 적셨다. 그 핏방울이 모여 뚝뚝 땅바닥으로 떨어지는 소리가 들리는 성싶었다. 등에 닿은 몸의 체온이 왠지 차츰 떨어지는 느낌이 들었다. 청운은 소름이 돋았다.

"형, 괜찮아?"

말은 없이 거친 신음 소리만 흘러 나왔다.

"형, 제발 정신 좀 차려 봐! 조금만 더 가면 살게 된단 말야."

등짝은 점점 온기를 잃으며 차가워졌고, 스라소니의 입은 아무리 애를 써도 의미 잃은 괴성을 흘려 낼 뿐이었다.

저 멀리서 초소의 불빛인지 도깨비불인지 반딧불인지 모를 빛이 반짝거렸다. 늦가을의 스산한 밤바람에 쏠린 탓인지 불빛은 더 가냘프고 아득해 보였다.

청운은 일단 그 빛을 목표로 삼아 한 발짝 한 발짝 어렵사리 떼어 놓았다. 절망과 희망이 순간순간 교차하는 밤길이었다. 언제부턴가 멀리서 부엉이 울음과는 다른 소리가 나는 듯싶더니 점점 가까워졌다. 그건 개가 컹컹 짖어대는 소리였다.

"차라리 피 냄새 맡고 다가오는 늑대나 이리라면 좋을 텐데……. 개 뒤엔 항상 인간이 있으니 문제야."

청운은 뇌까리며 정신없이 서둘렀다. 하지만 아무리 특수 훈련을 받은 신체라도 한계는 있었다.

'무거운 모래주머니를 메고 바위산을 노루처럼 **빠르게** 뛰어다니던 그 동료들과 나…… 는 어디로 갔을까? 그때가 그립다기보다는 특이한 기적 같기만 해.'

청운은 그 시절을 떠올리며 힘을 내 보려 애썼지만 다리의 통증을 못 이겨 비틀거렸다. 개가 짖는 소리는 이제 그것이 풍산개인지 셰퍼드인지 진돗개인지 대충 분간될 정도로 가까워졌다. 개들의 헐떡거림 뒤에서 사람의 목소리가 들려왔다.

"간나 새끼들, 뛰어 봤자 간장 종지 안의 벼룩이구 도마 우에 놓인 붕어 신세야. 동무들 힘내라우. 간나 새끼들을 잡으면 영웅 전사가 될 테니끼니. 흐흐흐……."

청운은 죽은 셈치고 지뢰 천지인 DMZ를 헤쳐 왔지만 그 순간만큼은 죽음의 두려움이 심장을 움켜쥐는 듯싶었다. 아군 초소에서 반짝이는 불빛은 이제 눈앞인데 추격자들의 숨소리가 점점 가까워졌기 때문이었다. 하지만 뒤에서 총소리가 나는 순간 머릿속이 텅 비는 느낌이었다. 등에 업힌 스라소니가 짧은 비명을 내곤 축 늘어져 내렸다.

청운은 작별 인사도 못한 채 시신을 놓아두고는 절뚝절뚝 뛰었다. 총소리가 또 들려왔다. 그는 발에 무엇이 걸린 듯 휘청거리더니 비탈을 굴러 떨어졌다.

하늘과 땅이 빙글빙글 돌아가는 듯한 극심한 현기증이 뇌를 휘감았다. 일어서야 한다고 생각했지만 죽어가는 파리의 날개보다 못한 의식의 떨림뿐이었다.

'여기 이대로 누운 채 죽어야만 하는가?…… 아니야, 이렇게 억울하게 죽으면 안 돼! 일어나야만 해! 난 여기서 이대로 죽고 말 순 없어……. 엄마, 어디 계세요. 저 좀 살려 줘요!…… 박꽃 누나는 지금도 선감도에 살아 있을까?…… 피에로 형, 물

속에서 숨 막혀 힘들었지. 내가 그래. 아…….'

다시는 못 볼 듯한 정다운 얼굴들이 주마등처럼 명멸해 갔다. 청운은 괴로움으로 몸부림쳤다. 이제 앞으로 나의 육신은 썩어 해체돼 이 세상에 영영 존재하지 않으리라.

지난 삶을 되돌아보자 한없이 서럽고 후회스러웠다.

'허위와 오만과 증오로 본래의 심성을 파괴한 죄를 너는 아느냐?'

지옥의 염라대왕이 내는 소리 같았다.

'삶이 이토록 속절없는 줄 알았더라면…… 불쌍한 사람들을 도와주고, 고통받는 사람들에게 따스한 한 마디 위로의 말을 건네어 주고…… 좋은 일을 했을 텐데…….'

몸속에 있던 영혼이 스르르 빠져나가 공중에서 자기 몸을 내려다보는 성싶었다.

'다시 저 몸속으로 들어갈 수 없다면…… 나는 지옥계를 떠돌게 되겠지. 안 돼! 아직은 저 지상에서 할 일이 많이 남아 있는걸.'

청운은 소리치고 싶었다. 그러나 입이 굳어서 떨어지질 않았다. 도저히 인정할 수 없는 상황이었지만 꿈속에서 가위눌리고 있는 듯 어쩔 도리가 없었다.

'아, 꿈이라면 얼마나 좋을까! 으아하, 이 악몽 같은 현실이 정녕 악몽이라면 기쁠 텐데……. 당장 깨어나야만 해……!'

꿈같기도 하고 꿈이 아닌 성싶기도 했다. 그의 눈가로 눈물이 흘러내렸다. 자신의 시체를 향해 말하고 싶어도 전달되지 않는 안타까움이 눈물로 변했는지도 몰랐다.

청운의 영혼은 다시 육체 속으로 돌아가고 싶어 했다.

'아, 시간을 되돌려서라도 살아날 수만 있다면……'

만약 그렇게만 된다면 새로운 마음으로, 지옥 같은 세상도 천국으로 여기며 살 수 있을 것 같았다.

'아, 꿈이라면……'

하지만 결코 꿈은 아니었다. 가혹한 운명의 길을 걸을 수밖에 없었던 혼백은 삶에 대한 미련과 안타까움 그리고 분노로 인해 이승과 저승의 교차로에서 방황하는 모양이었다.

청운의 몸은 죽은 듯 개울물 위에 떠 있었다. 나뭇가지를 겨우 붙잡고 있던 손이 풀리자 그의 몸은 물결을 따라 천천히 둥둥 떠내려가기 시작했다.

희비애락의 감정을 전혀 느낄 수가 없는 성싶었다. 감정이 소진돼 버린 건지 감정을 느낄 능력이 고갈돼 버렸는지 몰랐다.

냇물이 굽이져 흐르면서도 남쪽을 향하고 있었던 덕분에 청운의 시체는 이튿날 새벽 아군에 의해 발견되었다.

"죽은 게 맞지?"

"다리에 총상을 입었고 머리는 바윗돌에라도 세게 찍힌 듯하군."

시체를 끄집어 올려놓은 뒤 수색대원들이 말을 나누었다. 그들이 초소에 무전을 친 뒤 함께 시신을 들고 갈 때 이상스런 소리가 들려왔다.

"난…… 저 삼도천을…… 건너기 싫어……. 난…… 억울해서…… 지금 여기서 죽긴 싫어……."

흐릿하긴 했지만 그건 그들이 들고 가는 시체에서 나는 소리가 분명했으므로 깜짝 놀라 손을 놓아 버리고 말았다. 땅에 떨어진 몸뚱이는 긴 한숨을 내쉬더니 서럽게 울기 시작했다. 그러더니 물을 웩웩 토해 내는 것이었다.

지푸라기

●■▲

군 병원으로 옮겨진 청운은 하얀 벽만 묵묵히 쳐다보고 있었다. 마치 정신이 나간 듯한 모습이었다.

대충 치료를 받은 후 그는 지프차에 태워져 어느 부대로 호송되었다. 예전에 훈련받던 곳은 아니었다.

그는 그곳에서 귀환 보고를 하는 대신 취조를 받았다. 카메라를 잃어버려 임무 완수를 못했을 뿐더러 두 명의 동료는 사라지고 혼자만 살아 왔기 때문이었다.

청운은 가능하면 사실대로 얘기했지만, 어떤 세세한 기억은 떠올리기가 어려운지 혹은 싫은지 입을 다물곤 했다. 아무도 본 사람이 없기에 조금쯤 슬슬 매끄럽게 꾸며내면 될 텐데…… 욕망도 희망도 없는 한낱 지푸라기처럼 심문관의 거센 입김이 이리 불면 이리 뒤척 저리 불면 저리 뒤척거렸다. 중심이 없었지만 끝내 날려가 버리지는 않았다. 진술서의 빈틈은 심문관이 자기 판단에 따라 메꾸었다.

며칠 후 청운은 휴가증이나 제대증이 아닌 누런 갱지의 귀향 증명서를 받고, 고급 주택 한 채에 평생 풍족히 살 만한 금액 대신 일금 3천 원이 든 봉투를 받아 쥐곤 군부대 문을 나섰다.

그는 왼쪽 다리를 좀 절뚝거리고 있었다. 지뢰의 파편인지 총알인지는 모르지만 제거 수술을 받진 않은 상태였다. 관심이 없는 건지 능력이 없는 건지, 보행 가능이란 불편한 딱지를 다리에 붙인 채 퇴출된 셈이었다.

청운은 예전에 국가의 대행자인 물색조들이 속삭였던 감언이설을 그때나 지금이나 별로 믿진 않았다. 속인 놈도 나쁘지만 속은 놈도 멍청하지 않은가! 하지만 한 국가가 어린 청소년들을 상대로 사기극을 벌인 듯해 기분이 더러웠다.

'씨팔, 개잡년놈의 새끼들! 그래도 목숨을 걸고 갔다 왔는데 쓰레기처럼 내버리다니…… 그럼 말이지, 대통령이나 국회의원이나 장관, 장군이니 대기업 회장님네들은 아무런 실수도 없이 역할을 잘 수행했기에 맨날 그렇게 낄낄깔깔 웃으며 수많은 돈을 챙기는 거야, 응?'

청운은 침을 퉤 내뱉곤 절뚝절뚝 걸어 나갔다.

'수많은 청소년들이 국가에서 내민 행복의 미끼를 물었다가 결국엔 죽고 말았다. 난 살았지만 유령이 된 기분이다. 다리 병신이라서 그런가? 내 나름대로 국가를 위해 일했는데…….

국가로부터 사람 취급을 받지 못한 거지 같은 신세라서 그런지도 모른다…….'

시외버스 정류소 앞 전봇대나 벽에 포스터와 표어가 붙어 있었다.

간첩은 표시 없다. 너도나도 살펴보자!

어둠 속에 떨지 말고 자수하여 광명 찾자!

의심나면 다시 보고 수상하면 신고하자!

포스터에 그려진 간첩은 인간의 얼굴이 아니라 악마나 도깨비 괴물처럼 표현돼 있었다. 청운은 씨익 웃고는 고개를 돌려버렸다.

서울행 버스에 오른 청운은 맨 뒷자리로 가 앉아 창밖으로 눈길을 던졌다. 차창을 스쳐가는 풍경을 무심히 흘려 보면서, 그는 지난 1년간의 지옥 같았던 시간을 회상했다. 사람이 아니라 하나의 물건처럼 취급받다가 결국엔 죽어 버린 어린 청춘들……. 그 속으로 언뜻언뜻 고아가 되어 무정한 거리를 떠돌던 어떤 소년이 떠오르기도 했다.

동대문이 가까운 마장동에서 내린 청운은 허름한 식당으로 들어가 국밥 한 그릇을 시켜 먹은 다음 거리로 나섰다.

늦가을을 지나 초겨울로 접어드는 길목에서 스산한 바람이 지친 낙엽을 이리저리 흩날리고 있었다.

산속의 나무들은 잎새를 거의 다 떨구고도 그 낙엽으로 인해 왠지 편안해 보이기도 했었는데, 도시의 가로수는 어쩐지 쓸쓸하고 삭막한 느낌이었다. 혹시 나이테 속으로 모질게 도시인들을 저주하며 차갑게 울고 있지는 않을까?

청운은 어느 쪽으로 갈까 잠시 생각해 보다가 답십리 방향으로 걸었다. 청량리의 어느 클럽에 있다는 피에로 형을 당장 찾아가 보고 싶었지만 그 전에 먼저 해야 할 일이 떠올랐던 것이다.

그렇다고 꼭 가봐야 한다는 생각까진 없었다. 그저 아주 멀지 않은 곳이므로 발길을 돌린 것뿐이랄까. 그는 서산마루에 가까워지는 석양을 바라보며 걸었다.

아차산 기슭에 자리 잡은 새하늘교 본부 건물 앞에 도착한 건 이미 땅거미가 내린 후였다.

하늘엔 노을이 벌겋게 타오르고 있었다. 웅장한 구중궁궐은 그 노을빛을 받아 한층 장엄스러워 보였다.

'그때 이곳에서 도망치면서 꼭 다시 돌아오겠다고 다짐했었지. 힘을 길러서……. 지금 이렇게 돌아오긴 했는데…… 그때보다 더 상황이 좋진 않군.'

청운은 절뚝절뚝 정문 앞으로 다가가며 혼잣말을 중얼거렸다.

철옹성 같은 그곳엔 빨간 줄무늬가 선명한 허연 추리닝을 걸친 건장한 사내들이 보초를 서고 있었다. 예전보다 경비가 훨씬 더 강화된 성싶었다. 새하늘교 본부와 남부파의 교권 다툼이 더 치열해지고 장기화된 게 아닌가 막연히 추측해 볼 뿐이었다.

청운은 장엄한 사이비 종교의 궁궐과 냉엄한 표정의 보초들을 바라보며 속으로 생각했다.

'흐흐…… 만일 내가 임무를 완수하고 건강한 몸으로 귀환하여…… 만일 휴가차 여기 와 있다면…… 그렇다면 아마 이다지도 비참하진 않을 텐데…….'

청운은 서글픈 표정으로 고개를 흔들었다. 몇 번이나 궁궐문을 쳐다보았으나 보초들의 냉랭한 눈초리를 피해 결국 천천히 발길을 돌렸다.

초겨울 바람이 등을 밀어 그는 마치 한 잎의 낙엽 또는 지푸라기처럼 절뚝절뚝 방황하듯 도시의 어스름 속으로 걸어갔다.

어린 영혼의 울음

●■▲

헬^{Hell}조선이란 말이 유행했지만 실상 지옥 같은 세상 현실이 오늘날에만 그 검은 입을 벌리고 붉은 혀를 날름거렸던 건 아니다. 금수저니 흙수저니 하는 비유도 마찬가지다. 이 땅에서는 조선시대뿐만 아니라 일제 강점기를 거쳐 남북이 삼팔선으로 분단된 이후로, 대한민국에서든 저 조선인민공화국에서든 이른바 금수저들의 천국과 흙수저들의 지옥 같은 생존 현실이 계속 이어져 왔다.

선진국의 특징은 후진국에 비해 상대적으로 국가 혹은 정부가 국민을 덜 속이는 게 아니라, 국민들 스스로 거짓말에 속지 않고 공동체의 바람직한 생존 방향을 찾기 위해 탐색하고 실험하는 게 아닌가 싶다. 예전엔 아니할 말로 국민들의 의식 수준이 낮아서 똑똑한 성싶은 대표를 뽑아 내세웠다 치더라도, 지금은 오히려 현명한 국민들이 무능하고 파렴치한 정치꾼들을 지도하고, 만일 어떤 국회의원이나 대통령일지언정 괴상한 짓을 한다면 국민의 상식으로써 바른 길로 교도해 주어야 할 것이다. 그들의 오만한 착각으로 인해 이 나라가 1퍼센트의 천국과 99퍼센트의 지옥으로 더 깊이 전락하기 전에……

이 소설은 전작인 『선감도』의 속편 격이다. 선감도를 탈출한 주인공의 삶을 궁금해하는 독자들도 많았지만, 또한 작자로서도 내심 특이하다면 꽤 특이한 청운의 인생 행로를 통해 이 사회의 어두운 환부에 묻힌 진실을 탐사해 보려는 복안이 있었던 셈이다. 어린 나이에 고아 신세가 되어 서울 바닥에 내던져진 주인공은 국가의 보호를 받기보다 오히려 국가에 의해 '불량 국민'으로 억울하게 지목되어 수용소에 갇혔었다. 그로서는 믿었던 국가란 것이 무엇인지 도무지 알 수가 없는 야릇한 복마전伏魔殿일 뿐이다.

세월호 침몰 사건, 부산 형제복지원에서 자행된 인간 살해, 거짓 속에 창궐하는 무수한 사이비 종교, 한 맺힌 위안부들의 눈물, 아직도 베일에 가려진 북파 공작원들의 비극 등의 문제는 '과연 국가란 무엇인가?' 하는 의문을 국민들의 가슴속에 던지고 있다. 세월을 초월하여……

간첩, 스파이, 무장 공비 등으로도 불리는 남·북파 공작원은 통일이 되어야만 사라질 존재들이다. 그들도 우리와 같은 사람이다. 국가에 의해 선택돼 국가를 위해 일했는데도 그들은 남북 쌍방에 의해 도깨비나 괴물로 지탄되고 있는 실정이다. 일회용 소모품으로 사용되곤 폐기된 존재들⋯⋯. 그 속엔 어쩌면 1퍼센트의 금수저를 제외한 대다수의 국민이 포함되는지도 모른다. 남과 북의 인민이나 국민 모두는 동족에 대한 스파이, 간첩, 무장 공비인지도 모르는 셈이다.

이 소설은 아직 제대로 알려지지 않은 '어린이·청소년 공작원'들을 중심으로 진행된다. 8세~17세의 어린 소년들로 구성된 부대는 공식적으로 밝혀지진 않았지만, 6·25 동족상잔 전쟁을 전후해 실제로 수많은 아이들이 물색조의 허풍에 속거나 반강제적인 방법에 의해 비밀스런 부대로 끌려가 북파 공작 임무를 수행하다가 죽거나 행방불명되었다. 남북한 간에 공작원 대결이 가장 치열했던 1960~70년대 초엔, 어린 아이들은 배제되었으나 열대여섯 살 정도의 청소년이 체격이나 민첩성 등에 의해 선발돼 성인 부대에 소속된 사례가 종종 있었다고 한다. 북파공작원의 존재가 이젠 은밀한 비밀이 아니며, 국가에서도 선별적으로 보상을 해주고 있다지만, 꽃다운 어린 소년들의 활동과 죽음에 대해서는 여전히 함구무언이다. 그 아이들은 깊디깊은 망각의 바닷속에 가라앉아 있다.

이 소설은 전작의 속편이라곤 해도 서로 예속적이진 않고 독립적인 작품이다. 그래서 주인공의 이름도 '청운'으로 바꾸었다. 문예지에 연재되는 동안 독자들이 궁금해했었기에 이 자리를 빌려 밝힌다. 그리고 서두에 사이비 종교 단체의 해괴망측한 모습을 너무 적나라하게 묘사한 부분에 대해서는⋯⋯ 현실은 소설보다 더 리얼하며, 진짜 종교와 사이비 종교의 관계는 진짜 정부와 사이비 정부의 관계와도 같다고 에둘러 말할 수 있을 뿐이다.

그동안 자료 조사를 하느라고 도서관 자료실을 많이 찾았지만, 직접 북파를 체험한 생존자의 증언에 비하면 종이 위에 쓰인 글자들의 무게는 오히려 가볍게 느껴진다. '대한민국 특수임무유공자회'의 이남진 이사님은 분단된 나라의 앞날을 걱정하면서, 자신이 직접 체험한 북파공작원의 세계에 대해 찬찬히 들려주셨다. 다만 이 소설은 주인공 청운의 삶을 중심으로 전개되기 때문에 다채로운 비화秘話를 다 반영하지 못해 아쉬울 뿐이다. 다음 작품에서 귀중하게 활용할 것을 기약하며 깊은 감사의 인사를 드린다. 그리고 동同 협회의 권남균 홍보부장님은 인터뷰가 가능한 분을 찾느라고 애를 많이 쓰셨다. 특수임무유공자회가 이 시대의 민족 한恨과 분단 철책을 끊고 통일의 길잡이가 되길 희망한다.

과거사의 암실에서 빛바랜 필름을 찾아내 소설로 인화印畵하는 것은 결코 쉬운 작업이 아니지만 작은 보람 또한 있었다.

전작이 출간된 이후 선감도 사건은 신문과 방송의 대대적인 조명을 받았고 그 결과 당국에서는 특별법을 만들어 생존 피해자에 대한 보상과 사망자 유해 발굴 그리고 위령 공원 조성을 추진할 예정이라고 한다. 국가 권력에 의해 억울하게 지옥경 속에 내던져졌던 분들이 지난 원한을 잊고 희미한 미소나마 지을 수 있게끔 깊은 배려가 있길 바란다.

끝으로, 귀한 연재 지면을 마련해 주신 월간 〈조선문학〉의 주간님을 비롯해 〈민주신문〉의 편집국장님 그리고 출간을 맡아 주신 작가와비평의 대표님께도 고마움을 담은 마음의 엽서를 띄운다.

2021년 가을
연신내에서
김영권